CLOUD
ERIC McCORMACK

雲

エリック・マコーマック
柴田元幸 訳

東京創元社

雲＊目次

雲

ナンシーに

天空がすべて羊皮紙で、
海がすべてインクで、
すべての鳥の羽根がすべてペンで、
男も女もすべて筆記者だったとしても
それでもまだ
この驚異を綴《つづ》るのは不可能であろう。
——長老ガマリエル

プロローグ

その本に出くわしたのはラベルダでのことだった。

鉱業関係の会合があってカナダから飛行機でラベルダに行き、出席したひとつの会議が正午ごろに終わったところだった。アベニーダ・デル・ソルを歩くホテルへの帰り道は、さして快適なものではなかった。七月は蒸し暑い時期であり、特にラベルダのように元はもっぱらジャングルだった内陸の都市ではなおさらだ。歩道にはほとんど人けがなかった。この時間になると、地元の人たちでさえ日蔭を求める。まして北の国から来た私の体は、べったり湿っぽい暑さに慣れておらず、いっそう辛かった。

と、空がいきなり真っ黒になって、熱帯特有の土砂降りの雨が降り出した。私は会合へ向かう途中にも目に留めていた古本屋の店先に逃れた。ステンシル文字の入った、吹けば飛ぶような看板によれば、ブックストア・デ・メヒコなる名である。英西混淆《えいせいこんこう》の名前からして、英語の本もあるかと思ったが、ウィンドウにはくたびれた見かけのスペイン語の本しか並んでいなかった。

降りしきる雨が止《や》まない限り、どのみちどこへも行けない。ちょっと覗いてみようと、私は開いた扉からなかに入っていった。

店内には、老いたマヤ人の、幾何学模様の民族服を着た女性が一人いるだけだった。入口付近の、売上げ金を入れる青い金属の箱を置いたテーブルの向こうに座っている。背後の店内は、廊下程度の幅しかなく、両側の壁に並ぶ歪《ゆが》んだ合板《ごうはん》の本棚が空間をほぼ埋めていた。唯一の照明は、ランプシェードもなしにぶら下がっている数個の電球のみ。小さなトカゲが何匹か、ガーゴイルのように天井に貼りついている。およそ有望とは言いがたいが、古い本の匂いのおかげで雰囲気は悪くなかった。

店内をぶらついてみると、本はやはりほぼ全部、安手《やすで》のペーパーバックだった。何冊かパラパラめくって、乏しいスペイン語の知識を頼りに、どういう内容か探ろうとしてみた。本によっては傷みも著《いちじる》しく、紙魚《シミ》の巣があちこちに出来ている。何か齧歯類《げっしるい》に齧《かじ》られたように見える本もあった。

過去の経験を思い出して、どの本にも慎重に触《さわ》った。何年も前、オーストラリア北部の書店で古い本を拾い読みしていたとき、何か柔らかいものが指の下で動くのを感じて思わず本を落とすと、そこから私の手くらいの大きさのサソリが出てきて、コソコソ陰へ逃げていったのだった。

ブックストア・デ・メヒコに入ってたぶん五分くらい経ったところで、外の空が明るくなってきて雨足も弱まってきたのが見えた。もう軒先を軽くぱたぱた鳴らしている程度だ。私は出入口の扉に向かって歩き出した。

そのとき、ある棚の下の方に、ハードカバーの本が何冊かあるのが見えた。そのうちの一冊が特に私の目を惹いた。薄い、大判の本で、棚に上手《うま》く収まらず、ほかの本が並んでいる上に寝かせてある。もっとよく見ようと、私は身を乗り出した。書名は英語のようだったので、ざっと見てみようと持ち上げてみた。

本は黴《かび》の臭《にお》いがした。背表紙の文字は色褪《いろあ》せた金色で、目のすぐ近くまで持ってきても全部は読めない——*The ...dian Cloud*。表紙は茶色い革で、やたらと大判で紙も厚いので、ページ同士を剥《は》がすのに一苦労だった。それほどの枚数ではない。たぶん百ページ程度で、あちこち白黴と湿気の染みがついている。それでも何とか、引き剝がして扉ページを開いた——

黒曜石雲

The Obsidian Cloud

*

エアシャー郡
ダンケアン町の
上空で起きた
今も記憶に残る
奇怪な出来事の記述

Rev. K. Macbane　著

オールド・エア・プレス
印刷・製本業
スコットランド
18―

ダンケアン！

思いがけずその名を、ここ別半球で目にして、私は思わず息を呑んだ。ダンケアンはスコットランドのアップランドにある、私が若者だったころつかのま滞在した小さな町である。その町で、あることが起きて、私の人生の軌道が丸ごと変わった。それは忘れようのない体験だった。そして理解しようもない体験だった。

私はページをそれ以上剝がして開けようとはせず、その古い本をマヤ人の女性の座るテーブルに持っていった。ダンケアンで起こったという「奇怪な出来事」が何だったのかには、さして興味はなかった。だが覚えのある地名を見ただけで、その本が欲しくなったのだ。私は女性に値段を訊ねた。

彼女は白髪交じりの長い髪をうしろで束ねていた。瞳は茶色で、その表情は読み取りようもない。

「二千ペソ《ドス・ミル・ペソス》」彼女はまばたきひとつせずに言った。

法外な、たぶん値切られることを承知の上の値段だ。だが私は言われたとおりに払い、彼女は金属の箱に金を入れた。そして本をビニール袋に入れて、黙って私に手渡した。

雨宿りをさせてくれた礼を私は彼女に言った。

彼女はわずかにうなずいたが、こっちの言葉を少しでも理解していたかは疑わしい。

ブックストア・デ・メヒコを出て、湯気の立つ水たまりをよけながらアベニーダ・デル・ソルを進んでいった。やがてホテルの自室に戻ると、本を手に、ビニールの肱掛け椅子に腰を下ろした。エアコンをもってしても、本から立ちのぼる白黴の臭気を打ち消せはしなかった。私はふたたび扉ページをしばらく眺め、ダンケアンという名を見たことの偶然につくづく感じ入り、悲しさと恨めしさの入りまじった気持ちで、そこで過ごした日々を思い起こした。

それから、厚い、大判のページを用心深く剝がしながら、読みはじめた。

『黒曜石雲』はどうやら、今日《こんにち》なら「天気事象《ウェザー・イヴェント》」と呼ばれるような出来事を報告した本らしかった。それは風の強い七月の朝に始まった。十時を回ってすぐ、くさび形に集まった低い黒雲が、風に吹かれて北海上空からスコットランド本土に移っていった。雲の群れがサザン・アップランドの丘陵にたどり着いたころにはもう午後に入っていて、いくつかの雲は雲同士この上なく滑らかに溶けあって、一個の巨大な、黒い下腹部を有する雲と化していた。

二時になり、風がすっかり止んで、黒雲はダンケアンの町がある、高い谷間の真上にとどまった。町の上空、丘の頂《いただき》から頂まで、北、南、東、西、どこも真っ黒で、この上なく滑らかなので、磨き込んだ黒曜石をそれは思わせ、事実、黒曜石のごとく地上の田園地帯を映し出していた。驚くべきことに、その空の鏡にダンケアンそのものが、すべてが逆さになった姿で見えていた。街路や広場、教会と尖塔、周囲の野原や田舎家も、さらには、やがてエア川に注ぎ込む、丘の中腹や谷間をくねくね降りていく一連の小川まで。

この出来事に関し、ダンケアンの町なかと周辺に住む人々の信頼しうる証言がいくつも記されていた。青物商、書記官、陶工、仕立屋、醸造業者、薬剤師助手、巡査、弁護士、そしてたまたま三月に一度の訪問に来ていた巡回歯科医。皆が宣誓供述書に署名していた。

黒雲はおそろしく低く垂れ込めていたので、視力の鋭い人々のなかには、自分の小さな鏡像がそこに映ってこっちを見下ろしているのが見えたと断言する者もいた。「家《うち》の亭主が東の牧草地で羊を集めてるのが見えました」と地元の農家の妻は言った。「家の玄関口に居るあたしも見えましたし、あたしの肩に座った猫のパドックまで見えました」

丘の頂近くの、シダの茂るすきまに横たわっていた恋人二人は、自分たちの営みが上空に映っているのを見て愕然とした。自分たちが何を見たか、証言することは拒まなかったものの、二人とも別の人間と結婚している身だったので、当然名前を出すことは断わっていた。

そうした証人たちの一人として、著名な博物学者であり天文学者でもあるスレイシー・ド・ウェア博士がおり、証言に科学的な重みを加えていた。博士はたまたまその日、調査に携《たずさ》わってアップランドを移動中であった。黒い塊《かたまり》が上空に近づいてくると、パニックに駆られた鳥の大群がいくつも、生け垣や林に避難するのを博士は目にした。何千羽という鳥が、あちこちの大枝に動きもせず音も立てずとまっていた。雲自体が鏡としてはたらくのを見たド・ウェア博士は、いささか詩的な感慨を口にしている。「その鏡像を目の当《ま》りにして、小生は理解しました。私共のちっぽけな円い大地、天空の物言わぬ大いなる糸車からすれば極小の粒子でしか無いその大地が、無限に深遠なる美を湛えた園でもある事を」

一時間かそこらすると、ダンケアンの住民たちはもうこの頭上の現象にすっかり慣れてしまい、雲が現われる前にやっていた営みに戻っていった。弁護士は法律文書の執筆に戻り、陶工は陶器を焼き、醸造業者は泡多く匂いも強いアップランド・ビールの大桶をかき回し、農夫たちはビーツやジャガイモが並ぶ畑を耕し、主婦はいつものとおりどろっとして噛み応えもあるケールのスープの夕食を作る作業を再開した。子供たちは「常時《いつも》の遊びに立ち返り、石蹴り遊びや輪になって踊ろ《リング＝アラウンド＝ザ＝ロージー》に没頭し、上空に広がる奇怪な光景には、恰《あたか》もそれが日常茶飯事であるかの様に碌《ろく》すっぽ目も呉れなかった」

実際、この現象はほぼ終わりに近づいていた。報告は以下のように結ばれる。「教会の鐘楼《しょうろう》が三時を打つと共に風が何時《いつ》に無く烈しく吹き始め、黒い雹《ひょう》の粒がダンケアンの町に降り注ぎ、顔を上げる勇気のある少数の者の顔にも降った。自らの住居に避難した大半の者達は、その黒曜石の鏡が遂に空に溶けてゆくのを目撃した。黒い雹は黒い雨に変り、インクの様にダンケアン中の排水溝を流れ、やがてそれも只の水に変った。三時五分にはもう雨は止んでいて、アップランドの空は平時のどんよりした灰色に戻っていた」

斑点《はんてん》の浮かぶ白紙のページを挟んで、次の部分は〈補遺〉と題されていた。長さは数ページしかなかった。

ラベルダのホテルの部屋の、座り心地の悪い椅子に座った私は、たったいま読んだものに当惑していた。『黒曜石雲』。これはきっとフィクションにちがいない。だが書き方はいかにも事実を述べているふうだし、皮肉やパロディの気配、その他作り話であることを暗に示すのによく使われる手口はいっさい見られない。著者マクベーンが聖職者――Rev. K. Macbane の Rev. は reverend（牧師）の略だろう――だということは、ある種の霊的、宗教的たとえ話なのだろうか。だとしたら、その意味は私にはさっぱり見えない。

頭をすっきりさせようと、しばし椅子を離れ、窓辺に行って暴風雨の余波を見てみた。メキシコの空はいまや澄んだ、冴えわたる青で、雲ひとつ見えなかった。窓の下の車道も歩道も、すでにからからに乾いて見える。もし一時間前に自分が外に出ていなかったら、よもや嵐が訪れたとはわかるまい。亜熱帯の気候ならば、こうした激変は奇跡でも何でもない。雨季には日々起きているありきたりの現象であり、理解も容易である。少なくともこの本の「黒曜石雲」とはまったく違う。

そこで私は椅子に戻り、読書を再開した。〈補遺〉に何か、いったいどういうことなのかを解くヒントが見つかるかもしれない。

著者マクベーンは、看過できない告白とともに〈補遺〉を始める。自分の目でこの現象を見てはいない、というのだ。あくまで「歴史家としてのみふるまっている」のであり、目撃者の証言に全面的に依存したと彼は言う。「自分に語られたことを忠実に記録したのみであり、その信憑性については読者に判断を委《ゆだ》ねる」。事実、この〈補遺〉が必要となったのも、本文を入稿して数週間後に、この現象に関する「二つの新証言」に行きあたったからにほかならない。歴史家として「十全な真実を伝える義務」を感じたのでこの最新情報もここに収録する次第である、というのだ。

一つ目の証言は、ダンケアンから数キロメートル東に行った小さな炭鉱村グレンミュアの村長のものである。村民ミッチェル家の四人の子供（男二人女二人）が呆然と黒い雲を見上げていると、突然、怯《おび》えきった母親が村長に語ったところによれば、四人の目がぽんと飛び出した。母親はその音を「鍋でぐつぐつ煮えているスープ」にたとえた。次の瞬間、子供たちはそれぞれ大量の血を吐いて、ばったり倒れ、すでに息絶えていた。家の床に並べられた四人の子の遺体の眼窩《がんか》が空っぽであったことを、村長自らが宣誓していた。

この第一の証言も陰惨だったが、私の注意を惹いたのは二つ目の証言だった。これはメグ・ミラーなる地元の詩人が、霊感を求めてアップランドを彷徨《ほうこう》した体験をめぐる日記の抜粋だった。この現象が起きた日、彼女はあたりで最も高い丘ケアン・テーブルの中腹にいて、丘の南西側にしか育たぬ小さな黄色いユキノシタを集めていた。つまり、雲が上空で止まった時点で、彼女は谷間にいた誰よりも三百メートル以上高いところにいたわけであり、したがって誰よりも近くから雲を見ることになった。「初めは雲が、下の大地を映しているのだと思った。けれど良く見てみると、私の目は、其れとは違うものを明るみに出した。私が見たのは此の世界ではなく、別の惑星がゆっくり輪を描いて通り過ぎて行く情景であった。住人達は私を真っ直ぐ見据え、その目は赤くギラギラと、今まで見た事も無いし二度と見たく無い表情で光っていた。両腕は恰も、近くに来たら摑まえてやろうと思っているかの様に私の方に突き出されていた。私は大切なユテノシタも放り出し、ダンケアンの町目指してケアン・テーブルを野生の山羊《ヤギ》みたいにあたふた駆け降りて行った」

もし本当だとすれば、実に驚くべき発言である。だが私にとっては、メグ・ミラーの名前を見たそのことが、ダンケアンをめぐる別の記憶を呼び起こした。あの町にいたとき、私は彼女の著書を一冊与えられた。それを贈られたことが、一種の凶兆だったとのちに思えるようになるのだが、何も知らなかった当時の私は、そんなことを思いつくはずもなかった。

これら最後の証言のあと、〈補遺〉はマクベーン本人の個人的省察で締めくくられる。黒曜石雲をめぐる奇怪な事件に関して聞いたもろもろの発言に対する彼の反応は、きわめて常識に則《のっと》ったものに私には思えるので、ここにその全文を引用する。

> 合理的に物を考える人間として、筆者は先ず、ダンケアンの上空に現れた黒曜石雲の物語を、集団錯覚の更なる一例として片付けたい誘惑に駆られる。聖母が現れたとか、木が血を流したとか、迷信深い人間達が信じ込まされて来た、或いは自分自身に信じ込ませて来た、暗黒時代から今日に至る無数の物語と変らぬのだ、と。
>
> とはいえ、この黒雲に関しては、未《いま》だ存命中の人々の報告が多数あって、其処《そこ》には悪戯《いたずら》を共謀している気配も無く、お目出度い連中を騙《だま》してやろうという動機も看て取れぬ事を、筆者としても不思議に思わざるを得ぬ。
>
> これに鑑《かんが》みて、筆者は本書に於て、人々の証言を只管《ひたすら》集めるに留め、判断を下すのは控えるのが最善と考えた。自明の理と言う他ないが、変りゆく、当惑させられる事多き現代世界に生きて

はいても、我々は古代のアルキメデスとさして変りはしない。幻想と現実とを峻別する為の如何《いか》なる確固とした基盤も我々には無い。いずれ未来の学者が、この黒曜石雲の歴史に出遭って、筆者が現在有している以上の正当な自信を以て、幻と現《うつつ》とを区別出来る様になるかも知れぬが。

『黒曜石雲』発見の二、三日後、用事も済んだ私は、本を鞄《かばん》に入れて空路オンタリオへ向かった。キャンバルーの自宅に戻ったら、少し調べてみようと思っていた。

そして実際、ひとたび日常のペースに戻ると、地元の大学図書館に行き、百科事典や文学史をパラパラめくって何時間か過ごした。これほど非凡な書物ともなれば、どこかで何らかの記述が見つかると思ったのだ。ところが『黒曜石雲』についても、類似の自然現象についても、あるいは著者マクベーンについても、まったく何ひとつ出てこなかった。

こういう調べ物のやり方を、自分がまるでわかっていないことを私はじきに思い知った。この手のリサーチは、専門家にやってもらった方がずっといい。

こうした事柄に詳しい人物であればもっといい。

「専門家なら誰でもいいというわけには行かないよ」私が相談した人物は言った。「スコットランドの専門家に見てもらったら？　何といってもその出来事はスコットランドで起きたことになっているわけだし、本の版元もスコットランドなんだから」

というわけで、グラスゴーにある国立スコットランド文化センターに私は電話し、稀覯本《きこうぼん》を専門とする学芸員と話をすることができた。私の協力要請に耳を傾けたのち（センターの事業を支援すべく相当額の小切手を贈ることも私はほのめかした）、相手は私自身に関していくつか質問し、その本を入手した経緯を訊ねた。それから、吟味したいので本を郵送してもらえまいか、本格的な調査に値するか検討したいのでと言った。何か報告すべきことが見つかり次第ご連絡しますと学芸員は言った。
あまり乗り気の声ではなかった、と言っても不正確ではないだろう。

当面はそれだけだった。『黒曜石雲』に関して何かを探り出すために、打つべき手は打った。ブックストア・デ・メヒコであの本に出くわしたことが今回のメキシコ行きのハイライトだった。本好きなら誰でも思うだろうが、あの本の背後に何かほんの少しでも事実が隠れているのか知りたいと私は思ったのである。

もし私が信じやすい人間だったら、『黒曜石雲』が私を選び出したのだとすら信じたかもしれない。私があの本を見つけてその神秘を解明せんとするよう、本が私をおびき寄せ、熱帯の土砂降り雨からの避難所を求めてあの書店に入るよう仕向けたのだ、と。

さすがに私もそこまでお目出度くはない。とはいえ、ああいうおよそ馴染《なじ》みのない場で、あの懐かしい名前を思いがけず目にして、心臓が跳ね上がったことは事実だ。ダンケアン、という名を見るともに、いままで何百回と思い起こしてきた、まだ二十一だったときにあの小さなアップランドの町でわが身に起きたことがもう一度よみがえってきた。あのときの若者と、いまの自分とを較べてみるのは、私にとってつねに心乱される営みである。たいていの人々にとって、若いころのことを思い返すというのはそういうものではないだろうか。まるで、二つの映画が重なりあって目がくらくらする像が生じるのを見るみたいなのだ。けれど私はいまも、そのかつての私自身に大きな共感を抱いている。かつてのその私は、あの小さな町でわずか数か月恍惚の時を過ごし、それから、ある霧深い朝、傷心と戸惑いを抱えて、夜明けの列車でひっそり町を去ったのだ。

私は電話口で学芸員に、自分はグラスゴー大学を卒業したのち短期間ダンケアンに住み、以後世界をずいぶん回ってきたと伝えた。自分の人生の浮き沈みも、夢と現実とのつながりと同じくらい不可解に思えることが時々あるということは打ちあけなかった。だがそうした思いがあるからこそ、もしかしたらこの本にも、これほど切実に反応したのかもしれない。あたかも本と私とが、何らかの形で絡みあっているかのように。すべての本読みにとって、ある種の本はまさにそういうものではないだろうか？　とはいえ私としても、まさか『黒曜石雲』の謎を解こうと企《くわだ》てるなかで、わが人生最大の謎に対する答えが見つかるとは夢にも思っていなかった。

第一部

記憶の重荷はそのとき私にとって、
無限に広がる水銀の上を運んでゆくべき岩の様に思えた。
――タンクリード・アーノルド

トールゲート

1

私が生まれたところでは、赤ん坊が生後九か月になると、母親が自分の胸に酢をすり込むのが慣わしだった。それが赤ん坊を乳離れさせるための、昔ながらのやり方だったのだ。私はよく、母もこの方法を私に使っただろうかと考えてきた。といって、母に訊いてみようか、などと思ったわけではない。でも私はずっと、酢の匂いが嫌いだったのだ。

そして私は、こうも考える。そういう経験をした人は、どんなに純粋な愛もいずれは苦々しく終わる、と思うようになるだろうか、と。

私が誕生したときの状況は、およそ尋常なものではなかった。私は屋外で、寒々とした夜と霧のなかに生まれ落ちた。グラスゴーの、トールゲートと呼ばれる、警官でさえ避けようとするスラムで。

時は十二月、霧は主としてクライド川の川沿いに並ぶ製鋼所や造船所が出す煙から生じていた。川自体も、それらから排出される毒性の廃液に汚染されていた。年配の人のなかには、ずっと昔の冬のある晩、川に本当に火が点《つ》いて、映画さながらに、活火山から溶岩がドロドロ流れ出ているみたいに見えたと主張する人もいた。夏のあいだ、ごくたまに暖かい天候が続くと、子供たちはひと泳ぎしようと川へ入っていったが、すると何日かあとで、皮が一枚剝《む》けてしまうのだった。

その十二月の、私が生まれた霧深い夜、私の両親は、医者の処置を受けようと、道路沿いに連なる長屋から出かけていったのだった。せめて最初の子供くらいは、医者と看護師のいる清潔な場所で生まれさせてやりたいと二人は考えたのであり、そのために必要な金も貯めていたのだ。概してトールゲートの子供は、住まいにある金属製のバスタブで生まれるのが常だった。産婆役を務《つと》める者がいるとしても、誰か家族のなかの経験豊かな人間だった。

けれど私の両親は、頼れる親族もいなかったから、違う方法に決めたのだった。かくして三キロ離れた外科医院までの道を、二人は精一杯の速さで歩くことになった。母の陣痛がすでに始まっていて、どうも具合がおかしいように思えたのである。

言うまでもなく、彼らは間に合わなかった。私の誕生は、べったり汚れた歩道で、慣れぬ父を助産師として起きた。一人か二人見物人もいたが、彼らにもやはり経験はなく、助けようにも助けられなかった。どうやら私は、なかなか外に出てきたがらなかったらしく、母のなかにとどまろうとあがいたせいで、危うく母を死なせてしまうところだった。それでもやっと、霧という、より冷たい子宮のなかに私はしぶしぶ出てきた。

こうした生々しい事実は、何年も経ったあとに両親から聞かされた。当然ながら、自分では何の記憶もない。それが自分に何らかの影響を及ぼしたのだろうな、とはよく考えるけれど。

多くの面で、わが家は典型的なトールゲートの家族ではなかった。たとえば私は一人っ子で、周りの家はまずたいていてい大家族だった。私の母も本当は子供が大勢欲しかったのだと思う。ここでもまた、ずいぶん大きくなるまで私は、自分がその歩道であがいたせいで母の体に損傷を与え、おそらくそのせいで母が子供を産めなくなったことに気づかなかった。

母は背の低い、ずんぐりした体付きで、家庭の外で仕事に就いてはいなかった。あの当時、そういう女性はほとんどいなかったのである。髪は真っ黒で、たいていはうしろで丸くまとめていたが、夜になってほどいて下ろすと、それはこの上なくエキゾチックで美しい眺めだった。私は母の髪に触《さわ》るのが大好きだったし、父がその美しさを褒《ほ》めると、母の顔も嬉しさにぱっと赤らむのだった。

世の中にはときどきそういう人がいるが、母は二つの目の色が揃っていなかった。右目は青く、左は緑。どっちの目を見るかで、違う二人の人間がそこにいるみたいだった。青い目のうしろにいる女性は夢見がちで幸せそうに見え、緑の目のうしろの人はしばしば心配顔で悲しそうだった。大きくなって、母にそう言ってみると、それは一理あるかもしれないと母は答えた。自分にとって、世界は美しく希望に満ちた場だと思えることもよくあるけれど、時には何もかもが黒々と侘《わび》しく感じられるのだと母は言った。母はそのことを、それまで夫以外の誰にも話したことがなかった。私が二人目だった。

一方父は、痩せた、髪も薄い男性で、胸は落ちくぼみ、手がいつも小刻《こきざ》みに震えていた。まだ三十代なかばだったときも——そのころ私は十になっていた——たいていの同世代の男性より老けて見えた。生まれつき数字に強く、ランダム・ミルの事務所で簿記係をしていた。ランダム・ミルは造船所で使う鋼板を作る工場だった。巨大な煙突が昼も夜も煙を吐き出していた。

父自身もヘビースモーカーだった。手が細かく震えるせいで、煙草を口へ持っていくのによく苦労していた。いったん口に入れたら、だらんとくわえて、ほとんど喫《す》いきってしまって先端が薄い唇のすぐそばに来るまで留めていた。やがて、それを床にペッと吐き出し、靴で踏みつけて消す。「つかまえたぞ！」と父は、長屋に蔓延《まんえん》するゴキブリを相手にしているみたいに言った。

父と暮らしたおかげで、私は幼いうちから、誰にもはっきりそう言われたわけではなかったけれど、人の見かけにあまり多くを読み込むのは愚かだということを学んだ。時おり、およそぱっとしない顔の――たとえば父の顔の――持ち主が、底抜けに優しく、賢い人だったりするのだ。その逆もまた真。

父はしじゅう咳き込んでいた。喋るときでもそうだった。喋るとたいてい、何か気の利いた皮肉を言うか、たいていの人が信じていることに異を唱えるか、そのどちらかだった。暖炉の前に座って本を読むのが好きで、それは母も同じだった。本を買う余裕はなかったけれど、二人ともいつも図書館からどっさり借りてきていた。私も学校に上がるずっと前に両親からアルファベットを教わり、それら小さなしるしの魔法の組合せによって、自分の心のなかにこの上なく魅惑的な情景や人々や出来事を作り出すすべを学んでいた。

かくして、両親を通して私も大の本好きになった。

長屋に住む家族はたいていそうだったが、わが家でも建物じゅうに潜んでいる鼠《ネズミ》とゴキブリ対策に猫を飼っていた。わが家のショウガ色の猫ペニーは元は野良猫で、右前足の先がなくなっていた。それでも、表の様子を見ようと窓台に跳び乗るときや、コンロの前に立って夕食を作っている母の肩に跳び乗るときなどに支障はないようだった。

私がまだごく幼かったころには、レックスという名の、半分ラブラドルの黒い元野良犬もいた。レックスは路上で暮らしているあいだに右目をなくしてしまっていた。父がある日、なだめすかして連れて帰ってきて、そのまま居ついたのである。レックスの主な仕事は、誰かが玄関に来たときに吠えることで、これについては大変有能だった。もうひとつの仕事は、冬の夜に、奥の部屋のジャガイモ袋の上に座って、イモが傷まないよう温めておくこと。ペニーがレックスの上に乗って寝そべり、ゴロゴロ騒々しく喉を鳴らしていた。

私たちはこの犬をレックスと呼んでいたけれど、実は雌犬だった。男っぽい名前をつけるというのは父の思いつきだった。人間でも動物でも、男の方がトールゲートで生き延びるのは楽だと父は考えたのである。だがこれは正しくなかった。ある日レックスは、仕事から帰ってきた父を出迎えようと、半開きの玄関を走り抜け、階段を駆け降りてそのまま路上に飛び出した。通りかかった石炭馬車に轢《ひ》かれて、背骨が折れた。

以後わが家では二度と犬を飼わなかった。

私にとって、わが家で何より奇妙だったのは、両親が二人とも孤児だったという事実だった。

父は自分の両親について、二人が難民だったということしか知らなかった。アムステルダムからニューヨークへ向かう移民船に乗っていたのだが、その他数十人の乗客とともにスペイン風邪に感染し、二人とも船がグラスゴー沖に停泊中に亡くなった。一人っ子だった私の父は当時生後六か月で、スコットランド人と見なされた。ステーン（Steen）という両親の名は、英語式に読めばスティーン、いかにもスコットランド風に聞こえたのである。父は船から下ろされて孤児院に入れられ、十四歳までそこで暮らした。

母の物語はもっと典型的だった。赤ん坊のときに、ある寒い朝、毛布に包《くる》まれて、別の孤児院の玄関先に捨てられていたのである。両親についてはまったく何もわからないので、院の運営者たちが名前を選んだ。母は十五年経って孤児院を出て、ランダム・ミルの事務所の清掃係になった。十八のときにそこで父と出会って、二人は結婚し、やがて私が生まれたのだった。

トールゲートのスラムでは、子供が十人あまりいるのは当たり前だった。わが家は一家三人だけで、ほかに生きた親戚もいないので、私たちはたがいに対してすべてであるほかなかった。私も子供のときからその重荷を意識させられた。
　両親が私を愛してくれていて、たがいに愛しあっていることも私は意識していたが、トールゲートは愛という言葉をよく聞く場所ではなかった。父は時おり、煙草を吹かしながら、あまり自己満足に響かぬよう努めながら、「宮殿に生まれたって、俺たちの持ってるものを持ってない連中もいるよな」と言うのだった。

大きくなると、私は両親から、自分たちをファーストネームで呼んでほしいと頼まれた。ジョゼフと、ノーラ。お前が嫌でないといいんだけどね、と二人は言った。孤児院ではだいたいいつも名字でしか呼んでもらえなかったから、と母は説明した。二人ともいまその分を取り返したいのだ、と。
　全然嫌じゃないよ、と私は答えた。
　けれど心中、「母さん《マザー》」「父さん《ファーザー》」という頼もしい言葉を使えなくなるのは嬉しくなかった。だから、両親の前では言われたとおりにしたけれど、心のなかでは相変わらず二人をそう呼んでいた。

私はハリーと名づけられた。父の孤児院での一番の友だちを偲《しの》んだ名である。その子は十歳の誕生日が過ぎてまもなく肺炎にかかって死んだので、自由を経験せずに終わった。ハリーが生きられなかった生を私が生きられれば、と両親は願ったのである。

トールゲートの長屋は、見わたす限りどこまでも続いていた。わが家はそのうちのひとつの建物の四階にあった。何階分もある、すり減った石の階段は、割れた壜や空缶から成る日々の障害物競走コースであり、通りがかりの酔っ払いの便所の役も果たしていた。

どこの世帯も同じだったが、わが家には広い居間兼台所兼寝室があって、両親の使う埋め込み式のベッドがあった。奥には小さな、暖房の入っていない寝室があって、そこが私の部屋だった。どちらの部屋も天井に水漆喰《みずしっくい》が塗ってあって、ずっと消えない湿気のしみが広がっていた。

チフスと結核が猛威をふるった話はどこにでもあったが、それ以外にも、どの長屋も何かしら不快な歴史を抱えていた。殴《なぐ》る、刺す、家庭内殺人、どれもありふれた話だった。トールゲートのスラムは特に、長年続いている、剃刀《かみそり》を振り回す不良グループがいくつもあることで有名だった。父親から息子へと、代々引き継がれてきたのだ。縄張りをめぐる争いは日常茶飯事だった。

戦時中も不良グループの暴力は絶えなかった。メンバーの何人かは軍隊に入ったが、近所をうろついて喧嘩の種を探すままにとどまった者も多かった。私の父は驚かなかった。

「すぐ目の前にいる奴の喉を掻っ切れるんだ、わざわざ遠くにいる奴を撃ったりして何が面白い？」と父は皮肉った。

父自身は肺が弱く咳も止まらないという理由で入隊を拒否されていた。

「こんなすごい勇士を門前払いにするなんてなあ」と父はよく愚痴《ぐち》った。これには母まで声を上げて笑わずにはいられず、父も咳の混じった笑いの発作に襲われるのだった。

戦争が長引くなか、トールゲート近辺の製鉄所や造船所が頻繁に爆撃されたので、住民の安全を図って、コンクリートの丸天井がついた公共シェルターが造られた。でもシェルターにペットを連れていくのは禁じられていたし、水が漏るので長屋よりもっと湿気がひどかった。しばらくすると、たいていの人は、空襲が始まっても、運を天に任せることにして家にとどまった。

私たち一家も、やはり家にとどまった。

「少なくともここにいれば、泥棒に入られずに済む」と父はあるとき煙草を吹かしながら私と母に言った。「人が大勢集まりすぎると、そういうことをやりがちだからね。都市は人間を不自然にする。ロンドンで腺ペストが流行したとき、感染した人間は近所の人たちにわざと病気をうつしたんだ。ついこないだ本で読んだ」

「でもそれって、何百年も前の話でしょう」と母は言った。「いまも同じとは思えないわ。ここの近所の人たちはうちから物を盗んだりしないわよ」。母はひどく心配そうな顔をしていた。

「まあ、ロンドンはもう違うかもしれんが」と父は言った。「トールゲートはどうかなあ」

父がそう言うと母はますます動揺した顔になり、父もそれに気づいた。少しのあいだ煙草を吹かしてから、こう言った——「まあでもノーラ、君の言うとおりかもしれないよ。わからんものだよな。君の言うとおりかも」。


戦争中ずっと、トールゲートのどの長屋にも、実際に爆弾が落ちたことは一度もなかった。でも、最後の方で一度、すごく大きいやつがかなりそばに落ちた。私たちの住む建物の裏手の空地から、どすん、という衝撃が響いてきた。けれど爆発はしなかった。

そのうちに兵士の一団がやって来て、爆弾から信管を外して安全化し、土をかぶせて埋めた。周りを有刺鉄線で囲んで、立入禁止の看板を立てた。

その後まもなく、ラジオや新聞が、戦争は終わったと報じた。軍隊に行っていた人たちがじきに戻ってきて、仕事を探しはじめた。父もランダム・ミルの事務所で、そういう職探し中の人に何人か会った。

「目付きを見ればわかるんだ、この人間は人を殺すしかないところにいたんだなって」と父はある晩、母がコンロの前に立っていて聞こえないときを狙って私に言った。このときばかりはさすがの父も皮肉で締めくくりはせず、煙草を吹かしただけだった。「ノーラには言うなよ」父は小声で言った。

2

戦争は私にさほど大きな影響を及ぼさなかった。身の回りにどんな危険があろうと、両親が護ってくれると信じきっていたのだ。だが私は、ただの戦争よりずっと恐ろしい恐怖にしばしば襲われた。たとえば、ひどい夢を見た。たいていの夢は目覚めるともう思い出せなかったけれど。

私の父はそれを冗談に仕立てようとしてくれた。

「悪夢ってのは、トールゲートで暮らすにはすごくいい訓練だよ」

悪い夢を見た、と言うと母は心配そうに私を見た。何も言いはしなかったが、母も母でずいぶん悪夢を見たのではないかと思う。

トールゲートはまた、迷信にも満ちていた。共同の洗い場へ母が洗濯に行くと、時おりよその長屋の女たちが、幽霊のような姿を見ただの、誰もいない部屋からうめき声や物を叩く音が聞こえただのと話しているのを耳にした。一人の女などは、火にくべたシチュー鍋がふわふわ浮き上がって開いた窓から外に出てがしゃんと道に落ちたと主張した。

「女房連の無駄話さ」と父は、母がそういう話をすると、鼻を鳴らし煙草を吹かしながら言った。でも父はその手の話を明らかに楽しんでいたし、それは私も同じだった。それでまた悪夢を見はしたが、母の話が聞けなくなるのが嫌で、そのことは黙っていた。

やがて、十五のときに私は、かつてそういう恐ろしい出来事が私たちの住まいにも近い長屋で実際に起きたことを発見した。私はよく、学校へ行く途中、ある広場の前を通った。広場といっても小さな菜園程度の大きさの舗装された場所で、割れたビール壜やゴミがそこらじゅうに転がっている。広場の真ん中から石の標識が突き出ていて、高さ一メートルくらいあり、緑っぽい青銅の銘板がネジ留めしてあった。単語がいくつか刻まれているが、べったり汚れているし、例によって卑猥な言葉や不良グループのシンボルなどが刻まれ、判読は不可能だった。

十一月のどんより曇ったある朝、周りに誰もいないときに私は標識の前を通った。ハンカチを取り出し、大急ぎで銘板を拭って字が読めるようにした——

かつてここで暮らした
キャメロン・ロスを
偲んで
——彼の魂よ安らかに眠れ——

その日の放課後、下校途中に私は町の図書館に寄り、しばらく探した末に目当てのものを見つけた。『往年のグラスゴーの歴史にまつわる真正の人物、情景、出来事の集成』。百科事典のような作りになっていて、目次にはおびただしい数の短い項目がびっしり小さな字で並んでいる。ある項目の見出しは「トールゲート　キャメロン・ロスの放血」となっていた。

私はその本を読書机に持っていき、該当のページを開いた。開いたとたんにハッと身構えた——ページのど真ん中にX字の切れ目が、おそらくは剃刀で、入れられていたのだ。切れ目のてっぺんに黒っぽいしみがあって、下のページにまで染み込んでいる。私は身を乗り出し、念のため匂いを嗅いでみたが、普通に本の匂いがするだけだった。項目名の下に、次の警告が印刷されていた。

神経繊細なる読者はこの項を避けるようお勧《すす》めします

こんな文句が書いてある本は初めてだ。ますます好奇心をそそられて、私は読みはじめた。

キャメロン・ロスの人生前半に関し知られている事は殆《ほとん》ど無い。トールゲートに住み、地元の女性を娶《めと》り、三十歳の時に起きた出来事で束の間奇怪な名声を獲得したという事のみである。

一八一〇年一月、グラスゴーらしい陰気な冬の朝、ロスの妻は寝床の、夫がいつも寝ている側がぐっしょり血で濡れている事に気付いた。実際、血は未《いま》だ毛布から染み出て床にジク〳〵垂れており、冷たい木の床板の上で凝固していった。ロスは眠っておらず、呆然と目を開き黙って妻の方を見上げていた。

医師が呼ばれてロスを診察したが、体の何処からも血が出た痕跡は見付からなかった。こうしたスラムで暴力が蔓延している事を良く知る医師は、何か揉め事があったのではと疑っていた。だがあれこれ訊ねても満足な答は引出せぬ為、ロスに強壮剤を一本与えて帰っていった。

六日の間、何事も無かった。七日目の朝、夜が明ける直前、ロスは再び出血を感じ、今回は自分から妻を起した。妻はランプを灯し寝床に持って来たので、何が起きたかはっきり見届ける事が出来た。夫の毛布は胸の辺りがどす黒くなって、血がドク〳〵出て来ていた。妻が毛布をどけると、何か編み棒のような尖った物が夫の体内から皮膚を突き破って上向きに飛び出ているのが見えた。

医師が再び呼ばれ、ロスを診察したが、血は沢山出たものの最早流れは止っていたし、切った跡や傷の痕跡などは何処にも見当らなかった。再出血の兆しが少しでも見えたら連絡するように、是非自分の目で出血の原因を見たいから、と医師は妻に言い置いて帰った。

七日後の早朝、ロスの呻《うめ》き声で妻は目を覚した。直ぐ様医師を呼びに出掛け、二人で大急ぎで戻ったので症状が始まって三十分と経たぬ内に寝床に辿り着いていた。だがロスは息絶えていた。開いた目が彼等を見上げていた。これ迄に較べ出血は少なく、傷跡は何も無かった。息を引き取ってからいくらも経っておらぬのに、体は酷《ひど》く冷たく、血の色合いは蠟のように温かみを欠いていた。

キャメロン・ロスのこの奇怪な放血の原因について何か判ればと、医師はこの日後刻、グラスゴー王立病院に死体解剖を要請した。如何《いか》なる医学上の目的にも役立たぬとの理由で要求は却下された。

ロスが埋葬される日、要人の葬儀の如き大人数が、棺の後に付いてトールゲートの町なかを抜けて埋葬地へ赴いた。ロスの死は一種の奇蹟だと唱える者も居た。貧窮者用区域の地中に遺体が下ろされると、多くの者が涙した。

翌日の『イーストサイド・トリビューン』の社説は、ロスのような無名の人物の葬儀に斯《か》くも多くの人数が集まった事実に注目し、その死因とされる放血に就いても触れていた。この病が本物なのか、社説を書いた編集主幹は疑義を表明しており、ロスが死後の注目を得んが為に故意に己の体に危害を加え、命を落したのではないかと推測していた。愚かな大衆は始終斯様な詐欺行為にまんまと騙《だま》されているのである、と編集主幹は論じていた。

葬儀の後間も無くロスの妻は行方を晦《くら》まし、クライド川に身を投げた、売春宿に職を得たという噂が流れた。後日、死んだ筈のロスとその妻がロンドンの街を一緒に笑いながら歩いている姿が目撃された、という報告が幾つも為された。

キャメロン・ロスの墓の正確な位置は最早知られていないが、トールゲートの嘗《かつ》ての住居近くには彼を偲ぶ銘板が今も見られる筈である。

図書館でこれを読んでいた私は、首筋の毛が逆立った。こういう怖い話がもっとあるのだろうかと、その古い本をパラパラめくってみたが、ページの上の方にはもう、さっきのような警告は見つからなかった。

図書館を出て家に帰る私の頭のなかは、血を流して死んでいくキャメロン・ロスの姿に依然埋められていた。夕食後、私はいつもより静かだったにちがいない。

「どうしたの、大丈夫？」と母が言った。母は猫のペニーを膝に乗せて暖炉のそばに座っていた。猫は私に向けて愛想好く目をパチクリさせた。いつもの肱掛け椅子に座った父は、煙草をくゆらせその煙に目をすぼませながら、新聞の上からチラチラと私の方を見た。

十五になったいま、二人が何を心配しているか私にはわかった。学校から帰るのが少しでも遅くなるたび、私が女の子と会っているのではと二人は思っていた。私とさして年の変わらぬ男の子たちが大勢そうなるように、女の子を妊娠させて結婚する破目になるのではと心配していたのだ。そういう男の子女の子は、両親たちと同じ長屋生活を続けるしかなく、鉄工所や造船所で一番熟練を要しない仕事に携《たずさ》わる。そもそも仕事にありつけるだけでも幸運なのだ。

というわけで、私はただちに、両親の不安を取り除きにかかった。図書館に行っていたんだ、そこで読んだ本のことが頭から離れないんだよと二人に打ちあけた。この通りの先で銘板を見かけたキャメロン・ロスっていう人の話なんだよ、と伝えると二人とも聞いたことがないと言うので、読んだ内容を話すと父も母も熱心に聞いてくれた。

誰かがその本に、剃刀か何かで切れ目を入れていたことも私は伝えた。

「ま、闇夜にそういう人間に出くわしたくないね」と父が言った。

私は笑わなかったし、母も同じだった。ロスの死に方は何らかの奇蹟だと葬儀で唱えた人たちに私は好奇心をそそられていた。ひょっとしてそのとおりかも、と私は言った。

すると父が、鼻から煙を吐き出すガーゴイルみたいな顔でまくし立てた。

「奇蹟？　言わせてもらえばだな、この世で唯一の奇蹟は、奇蹟を信じている連中が跡を絶たんことだよ」。この一言が自分でも気に入ったようで、「そうじゃないかい、ノーラ？」と父はさらに言った。自分が何か鋭いことを言ったと思ったとき、父はよく母の是認を求めたのだ。

母は答えなかった。そこに座ってペニーを撫でながら、いつにも増して心配そうな顔をしていた。それで父ももうそれ以上は言わず、口から垂れた、刻々短くなっていく煙草を吹かすばかりだった。

やがてそこから、二センチ以上の長さがある灰が落ちた。灰はシャツの前面にゆっくり落ちていき、その晩すでに蓄積されていた灰と混じりあった。

その夜私はベッドに横たわり、天井の湿ったしみと睨めっこしていた。いままで幾晩も、私はそれらのしみを、冒険物語で読む熱帯の島々だと想像していた。そこでは空はつねに青く、人々は悩みもなく、体は陽に焼けている。いつの日か、大きくなったら、そういう楽園のような場所で暮らすんだ、そう私は考えていた。両親も連れていって、三人一緒に、風通しのいい、空のように青い海を見渡すバンガローで暮らすんだ、こんな陰気な長屋から遠く離れて。

けれどその晩に限って、しみはどこまでもトールゲートのしみでしかなく、何か致死的なキノコのように闇のなかで脈打っていた。結局私は体を横に向け、目をぎゅっと閉じて、意志の力で自分を眠りに追い込むしかなかった。

3

十八になり、私は大学に進んだ。資格を満たせば学費は不要だったのだ。大学はグラスゴーの街の西側にあって、トールゲートからはバスで三十分。アーチ形の窓、暗い階段吹き抜け、寒い廊下、すきま風の入る講義室等々から成るゴシック風建築は、どっしりとしてあたりの風景を圧倒していた。

私はとりわけ図書館が好きだった。螺旋《らせん》階段があって、本棚と本棚のあいだには迷路のような通路がのびている。図書館員のうち何人かはひどく青白く、浮世離れして見えたので、何世紀も前にそういう通路で迷子になったかつての図書館員の幽霊だったとしてもおかしくなかった。

図書館の真ん中に自習室があって、どこよりも古い本が並んだ年代物の本棚が四方を囲んでいた。この自習室が私の一番好きな場所になった。そこは訪問者をほとんど歓迎しているように、訪問者たちに穏やかに息を吹きかける巨大な優しい動物のように思えた。午前の講義のあと私はその部屋の机に陣取り、午後ずっと気分よく勉強した。

そして毎晩六時、混んだバスに乗り込んで家路に就く。じきにバスは大学周辺の優雅な屋敷も、都心のにぎやかで明るい街並も過ぎて、薄汚れた倉庫や長屋の並ぶ谷間に入っていく。それがトールゲートだった。


バスが毎日通る通りのなかには、殺人や暴力行為が日常茶飯事で、新聞に載りもしない場所もあった。シェルドン・ストリートの、とある長屋の最上階をバスの窓越しに見るだけで私はいつも身震いした。私が大学に上がる前にそこである事件が起きたのだが、それに関わった男を父が知っていたために、私の記憶にも残っていたのだ。男はこの長屋に住む自営の大工で、父が勤めているランダム・ミルの棚や机を作っていた。

この大工が慢性的な鬱病《うつびょう》を患《わずら》い、廃業せざるをえなくなった。その後まもなく、男は材木の蓄えを一部、自分の住まいに持ち込み、一日の大半、鋸《のこぎり》を引いたり金槌《かなづち》を叩いたりして過ごすようになった。音がうるさいと隣人たちが苦情を言った。新しい家具を作ってるんです、もうじき出来上がりますから、と男は礼儀正しい口調で弁明した。

ある日、鋸と金槌の音が止《や》んだ。一週間して、住まいから悪臭が漂うようになった。隣人たちはドアをノックしたが反応はなかった。

警察が呼ばれ、ドアを破って中に入り、大工がそこでいかなる仕事をしていたかを目のあたりにした。大工は自宅の居間で、込み入った見かけの青写真一揃いに基づき、手の込んだ縮小サイズの絞首台を作っていたのである。

大工本人が絞首台の梁《はり》から垂れ下がっていて、疑いの余地なく死んでいた。どうやら首に輪を掛けたあと、箒《ほうき》の柄《え》を使って落とし戸の掛け金を外したらしかった。彼の職人芸は精緻《せいち》であった。足先は床からきっちり八センチ上に垂れ、ぴんと伸びたロープが彼を絞殺していた。

かたわらの床に書き置きがあった。

今日、五十歳の誕生日にあたり、私はあらゆる点に関して己に有罪判決を下し、絶命するまで首を吊られる刑を科す。刑はただちに執行する。

いったい何に関して自分に有罪を宣告したのか、誰にもわからずじまいだった。父はこの大工と何度か口を利いたことがあるだけで、大人しい、礼儀正しい人物だと思っていたので、その死に衝撃を受けた。だがそれでも、母に向かって冗談を飛ばさずにはいられなかった。

「トールゲートに住む鬱の人間がみんな首を吊り出したら、じきに国中でロープが不足しちまう。そうだろ、ノーラ？」

母はいつものとおり心配そうな顔をして、何とも答えなかった。

私が大学一年のあいだに、別の長屋で、広く報道された出来事が起きた。

件《くだん》の建物は、私が降りるバス停の一キロ半ばかり前にあり、閉鎖されて隅々まで板が打ちつけてあった。そういう光景は非常に珍しかった。評判は悪くとも、トールゲートの人口は増える一方なので、住宅にはつねに需要があったのである。

この長屋内のある世帯で、一人の若い女性が、夫の助けを借りただけで、伝統的なやり方で初めての子供を産んだ——奥の寝室の床の上、金だらいのなかで。ところが、赤ん坊が生まれて数分後、母親の心臓が停止し、数分後に死んでしまった。

何が起きたかを理解するや、夫はおもむろに赤ん坊の喉を掻き切った。そして椅子に腰かけ、大きなグラスでスコッチを一杯飲み、自分の両手首を切って、出血多量で死んだ。

少なくともそれが、警察と隣人たちが下した結論だった。夫妻は赤ん坊の誕生を心待ちにしていたし、夫は妻を好いているように見えていた。全体として、夫の決断は理解できるものだった。妻なしで生きたいとは思わなかったし、数時間前に生まれた赤ん坊を赤の他人に委《ゆだ》ねることも望まなかったのだ。

だが、長屋じゅうの住人を追い出してしまったのは、一世帯で三人が悲惨な死を遂げたことではなかった。トールゲートの住人はそれほど感傷的ではない。実際、三人の死があって一週間以内に、その住居は清掃され、賃貸しの広告が出されたのである。

近くの長屋に住む若夫婦が、真っ先に住居を見に来た。居間の空間を二人は点検し、何ら問題は見つからなかった。ところが、三つの死が生じた奥の寝室をいまにも開けようとしたところで、奇妙な物音が聞こえてきた。男がすすり泣き、うなるような音が部屋から漏れてきたのである。二人はあわてて隣人たちを呼びに行き、入ってきた隣人たちもやはりその音を聞いたように思った。誰も寝室のドアを開けたがらなかった。

その後の日々、市当局が住居を捜索したが、何ひとつ見つかりも聞こえもしなかった。だが噂は広まり、隣接した住人たちの脱出が始まった。何か月も経たぬうちに、建物全体が空っぽになり、板が打ちつけられた。トールゲートの人々は、感傷癖はなくとも、その分、迷信深さはたっぷり持ち合わせていたのである。

　こうした行動が新聞でしかるべく報道されると、私の学生仲間たちの何人かは、無知と無学の産物だと嘲笑《あざわら》った。それまでにも、彼らがトールゲートを話題にするのを私はしばしば耳にしていた。文明の広まった現代の都市に、そのような野蛮なスラムがいまだ残っていることに彼らは驚き呆れていた。むろん私は、僕はそこに住んでるんだなどと宣伝したりはしない。彼らの見解に賛同して、ただうなずくだけだった。けれど私は、子供のころ自分がキャメロン・ロスの物語にどう反応したかを忘れていなかった。ロスの碑がある場所は、この幽霊長屋からも遠くなかった。いまでもあの話のことを考えると、ぞっと寒気がした。

　実際、ある日大学の図書館で、人類学・民話のセクションの前を通りかかり、好奇心から中に入ってみると、棚のかなりの部分が、スコットランドの迷信の歴史で占められていることがわかった。書名はどれも学術的だったが、パラパラめくってみると、その章題には「邪眼」「呪い」「贖《あがな》いの生贄《いけにえ》」「悪魔の憑依《ひょうい》」といった物騒な言葉が並んでいた。

　中をざっと覗いてみた結果、私はこう結論するに至った。トールゲートの暴力的な文化は独自に育まれてきたものかもしれないが、迷信に惹かれるということ自体は人類と同じくらい古い話なのだと。

毎晩バスで家に帰る際、自分が降りるバス停に着くころにはもう、車内に残っている大学生は私一人だった。停留所から私の住む長屋までは歩いて一キロ弱の距離。街灯が切れていなければ、歩きながら、自分の影が街灯柱から次の街灯柱へと跳び移るのを眺めて楽しんだ。影は自らに追いついたと思ったのもつかのま、また別の影に追い越されてしまう。街灯の電球が切れていないことが嬉しい理由はもうひとつあって、それは幽霊を怖がる気持ちとは関係なかった。街灯が点いていれば、不良連中に目を光らせていられるのだ。四つ角に男たちがたむろしているのが見えるたび、私は近寄らぬよう気をつけた。私は本を持ち歩いていたのであり、それはトールゲートにあって、叩きのめされるに十分な理由だっただろう。

4

大学に通った四年間、家に帰ると父は、私が何を勉強しているかを聞きたがった。夕食のあと、よく二人で、私が学んだばかりのいろんな考え方について——特に哲学と心理学に関して——何時間も話しあった。私の方が、父より感化されやすかったことは認めざるをえない。いまも覚えているが、ある夜私は父に、普通の人たちが「人生は矛盾に満ちている」と言うとき本当は「人生は小反対《サブコント》命題《ラリーズ》（共に真にはなりうるが共に偽にはなりえない命題）に満ちている」ということを言っているのだ、と話した。加えて「雨が降っていないのではない」は「雨が降っている」とまったく同じ意味だと。

父は煙草を盛んに吹かした。

「そもそも普通の人間が『人生は矛盾に満ちている』なんて言うもんか」と父は言った。「でもかりに誰かがそう言ったとしたら、それがどういう意味かこっちにもわかる。だけどその誰かに、人生は『小反対命題に満ちている』なんて言ったら、何のことかさっぱりわからないだろうよ。それどころか、頭がおかしいと思われるのがオチだ。それとも『頭がおかしくないのではないと思われないのではないのがオチだ』と言わなきゃならんのかね」。父はひどく面白がって、母の方を向いた。「そうだろ、ノーラ？」

でも母が面白がっていないのが私にはわかった。言語にそういう罠が満ちていると思うと母は嫌な気持ちになったのだ。そういう考え方を以前に私は、哲学の講義で教わった例をいくつか使って母に教え込もうとしたことがあった。たとえば——藁《わら》を何本重ねたら積み藁《ヘイスタック》と呼べるのか？

母は絶望したように肩をすくめるだけだった。

でもその母も、一度だけ笑ったことがあった。私はこう訊いたのだ——男がどれだけ髪を失ったら、妻は夫を「てっぺんが薄くなってきた」ではなく「禿《は》げた」と見なすようになるか？

母は父の薄くなってきた髪をちらっと見て、それから二人ともゲラゲラ笑い出した。自分をダシにして妻が笑っていることを父は本気で喜んでいた。二人は見るからにたがいを好きあっていた。だから私は、さらにこう訊くこともできただろう——二人の人間がどれだけたがいを好む気持ちを抱いたら、彼らは愛しあっていると言えるのか？

もちろんそう訊かれたら、二人ともバツの悪い思いをするだけだっただろう。

夕食後のある夜、私は父に、哲学のゼミで知的意図《インテリジェント・デザイン》理論について議論したことを話した。この世界はきわめて精緻に構成されていて、驚くべきものを実に多く含んでいるから、その根源には偉大な精神が存在するにちがいない、という発想に基づく理論である。

父はフンと鼻を鳴らした。

「そんなこと思いつくのは、トールゲートに住んだことのない人間だけさ」と父は言った。そして暖炉の方に歩いていって、炉棚に積んだ、図書館から借りてきた本の山から、いま読んでいる本を取って戻ってきた。父はあるページを見つけて開き、私に渡した。『パブロ・レノフスキー格言集』という本だった。

「さあ、その項目を読み上げてくれ」と父は言った。私は言われたとおりにした。

「『世界を見てみよ、何千年何万年にも亘る戦争、疫病、飢餓、殺人、公的私的残忍行為、不公正、親殺し、集団虐殺。余程醒《さ》めた人間でない限り、背後に何か大いなるパターン、大いなる計画が在るに違いないと信じる他あるまい』」

　私が読み終えると、父は満悦した顔で煙草を吹かしていた。

「お前の教授たちがこれを聞いたらどう思うかな？」と父は言った。「世界が偉大だと思えるのは、単にそういう目で見るからだ。トールゲートに住んでいたら、『大いなるヘマ《ビッグ・ブランダー》理論』の方がしっくり来るだろうよ」。父は笑って母の方を向いた。「どうだ、上手《うま》いこと言っただろ、ノーラ？」

　母は嬉しそうな顔をしなかった。きっと母にしてみれば、不愉快な考え方は、わざわざ言葉にされるのを聞かずとも十分嫌なものだったのだろう。

実際、私が大学で学ぶことの大半は母を不安にさせるようだった。別の夜に私は、心理的ストレスが戦争から帰ってきた兵士に与える影響に関する講義の話をした。

　父は煙草の煙に息を詰まらせ咳き込みながらも最後まで聞いていた。どうやら感心してくれた様子で、私はいささか驚いた。聞き終えてから口にした言葉は、咳や咳払いの句読点交じりの、ちょっとした演説と言ってよかった。

「今度ばかりはお前の教授の言うとおりかもしれんな。実際、戦争中にグラスゴーにいた全市民が目下心理的ストレスを抱えているとしても驚かないね。だって、敵は連日飛行機から爆弾を落として、日夜私らを殺そうとしていたわけだろう？　同じことが、爆撃されたヨーロッパやらロシアやらにいたすべての市民に当てはまる――そうじゃないか？

考えてみれば、心理的ストレスを産むのは戦争だけじゃない。黒死病とか、何世紀も人を怯《おび》えさせてきたいろんな恐ろしい出来事を考えるなら、これまで生きてきた人間ほぼ全員をお前の教授は勘定に入れるべきじゃないかね。みんな心理的ストレスに苦しんできたんだ、王も首相も国会議員も、誰も彼も。

で、そう考えれば現在すべてが滅茶苦茶になっていることにも納得が行く。心理的ストレスを抱えてるんだ、私ら一人残らず！　この世界にどんな希望がある？」。父は母の方を向いた。「そして俺たちの場合はもっと悪い、そうだろノーラ？　戦争だの何だの全部ある上に、お前も私も孤児院で育てられて、それからこんなスラムに住む破目になったんだから。俺たち二人はどれだけ滅茶苦茶なことになってるのかな――もちろん単に心理的にってことだが」

母がひどく心配そうな顔をしたので、父はすぐさま切り上げ、笑い出した。

「なあノーラ、ただの冗談だよ」と父は言った。「ハリーと私とで、ちょっと面白がってるだけさ」

事実、夜ごと父と議論するのは面白かった。それによって目が啓《ひら》かれたことも多かった。鋭い指摘を――私には絶対に思いつかない指摘を――いったい何度聞かされたことか。父と話すのは時に、古い靴箱を開けて中に宝石を見つけるようなものだった。

5

母は大学での私の社交生活の方にはるかに興味を持った。特に、女子学生とどう接しているかが関心の的だった。私としても、授業で一緒になった女の子とコーヒーを飲みに行ったことくらいは何度かあったが、どの相手とも真剣な話は何もなかった。だからそれについては母にも気兼ねなく話せた。

一人の女の子に目をつけていることは、母には言わなかった。

その子を意識するようになったのは、二年目が始まったころだった。彼女が自習室に来るのは月に一、二度だったが、そこらじゅうの机に空いている椅子があっても、かならず私の一番好きな机の、私の真向かいに座るのだった。顔を上げなくても、いつも漂っているライラックのかすかな香りで、彼女が来たことがわかった。

彼女がひとたび腰を落着けて勉強に集中しはじめると、私はそっちを盗み見た。長い茶色の髪、緑の瞳。逆方向から字は読めないけれど、筆蹟も私のふらふらの殴り書きとは違って優雅そうに見えた。彼女が立ち上がって本棚へ行くたび、そのしなやかな歩き方、スカートが太腿やふくらはぎの周りで渦巻くさまに私の胸は高鳴った。

何度も何度も、彼女に声をかけようと決意したが、結局いつも先延ばしにしてしまった。彼女が特権的な世界、トールゲートのむさくるしい街並とも私とも何ら関係ない世界の住人であることは明らかだった。とはいえ、なぜか彼女は、自習室に来るたび私がいる机を選ぶのだった。

私は毎晩寝床で、彼女が私の両腕に抱かれて横たわるという筋書きを無数に想像した。運命によって引き合わされた恋人同士。天井の湿ったしみの下、彼女は私のあらゆる官能的夢想の中心を成していた。

二年目の終わりのある午後、私は彼女に何か言おうと決めた。彼女はさっき自習室にやって来て、いつものとおり私の向かいに座り、少なくとも二時間、本を読みながらメモを取っていた。

何と言ったらいいか、頭のなかで何度も予行演習して、いままさに大きく息を吸って自己紹介をしようとしていたちょうどそのとき、部屋の奥にある大扉ががばっと騒々しく開き、男が一人入ってきた。三十五くらいの、ぽっちゃり小太りの体付きで、改まったダークスーツを着て、顔は艶々《つやつや》で、薄い、撫でつけた髪の向こうに頭皮が見えている。きっと教授にちがいない。男は私たちの机にやって来て、片手を私の向かいの女の子の肩に置いた。

「ディアドリー、遅くなって済まない」と男は言った。自習室にしては少々大きすぎる声だった。

彼女は男の方に顔を上げてニッコリ笑い、男の手に自分の手を触れた。

「すぐ片付けるわ」と彼女はほとんどささやくような小声で言った。

目は自分の本から離さなかったが、彼女が本やメモを集めて革鞄《かわかばん》に入れるのを私は聞いていた。彼女は立ち上がり、男に手伝ってもらってそばの椅子に掛けてあったコートを着た。

私は依然本から目を離さなかった。

「さようなら」と彼女が言うのが聞こえた。

顔を上げると、彼女がまっすぐ私を見ているのが見えた。私に話しかけているのだ。

「勉強頑張ってね《グッド・ラック・ウィズ・ユア・スタディーズ》」と彼女は言った。

ありがとう、と私はしどろもどろに言った。

彼女と小太りの男は手をつないで大扉へ行き、二人が出ていったあと、ドアは大きく回転して閉まった。

6

彼女が話しかけてくれたことですっかり有頂天になった私は、初め、彼女が言ったさよならが何を意味するのかにも思いあたらなかった。その後の何週間か、私はいつものとおり毎日自習室に通い、彼女を——いまや私は彼女のことを「ディアドリー」として考えていた——探したがどこにも見当たらなかった。やがて私は心配になってきた。

事実、数週間は数か月になり、数か月が一年、まる二年になっても彼女は現われなかった。最終学年に上がっても、もう二度と彼女には会えないのだという現実を私はまだ完全に受け容れられずにいた。

私は何度も、何か月も同じ机に座っていたのに声をかけなかった自分を呪った。

彼女の声を聞いたのはその一度だけだったし、その名を聞いたのも一度だけで、人となりはほとんど何も知らなかったけれど、自分は彼女に恋しているにちがいないという確信はあった。その恋を汚《けが》すまいと、彼女とあの小太りの男との関係をあまり考えぬよう努めた。長いあいだ、彼女が私の人生から出ていったことは、この世で起きうる最悪の出来事に思えた。

だが、最終年度の三月末に、もっとずっと悪いことが起きた。早春に時おり訪れる、雪がつかのま街に降る日だった。おかげでトールゲートの街並も少しのあいだ美しく見えたが、じきに雪は溶けて、ふたたび陰鬱《いんうつ》な現実があらわになった。

　雪が降ったその朝は金曜日で、父は一日休みを取っていた。バスに乗ろうと私が玄関から外に出ようとしたとき、父は窓辺に立って、朝の分の煙草を一本喫いながら降る雪を眺めていた。

「帽子をかぶっていった方がいい」と父は言った。「外は雪が降っていないのではないから」。この一言を、煙草の煙の向こうから、鼻を鳴らすようにして父は発した。二重否定はあれ以来、父のお気に入りのジョークになっていたのだ。「そうだろ、ノーラ？」。母は朝食の残りを片付けているところだった。「聞こえたかい？　雪が降っていないのではないって？」

　この言葉遊びに、母はいつものように顔をしかめた。わが家最新の、毛の長い猫ミリーが、仕事を進める母の首にしがみつき、やかましく喉を鳴らして愛情を表明していた。言葉というものにほとんどまったく信頼を置かない猫で、自分の名前を呼ばれてもめったに反応しなかった。

　母は私を見送りに出てきた。

「こんなひどい日に行かなきゃいけないの？」と母は言った。

　私はうなずいたが、実のところ行かずに済ませたい気持ちもあった。でも今日は今学期の講義最後の日で、最終試験に何が出るか、何かヒントが聞けるかもしれないのだ。

　二人を安心させようと、私はウールの帽子をかぶった。階段を降りて、冷えびえする風と雪のなかに出ていくと、また階段をのぼって家の暖かさ、心地よさに戻りたい誘惑に私は駆られた。でもそうはしなかった。

大学に行って、最後の一連の講義を聴いた。いつものとおり、一時ごろ――そのころにはもう雪は強い、冷たい雨に変わっていた――私は自習室に行き、午後の勉強の準備にかかった。

本を開いたのとほぼ同時に、建物全体がごくわずか、三、四秒のあいだ揺れた。学生たちは戸惑った顔であたりを見回した。揺れが止んで、外でゴロゴロという音が聞こえた。何しろこの季節外れの冬の気候だ、雷でも鳴っているのだろう。ふたたびすべてが静かになって、私たちは勉強を再開した。

四時になり、今日は学期最後の日だからと、いつもより早いバスで帰ることにした。雪の跡はすっかり洗い流され、雨ももう冷たい霧雨でしかなかった。道はそんなに混んでおらず、バスは順調に進んでいった。私はいつもの停留所で降りて、家までの一キロ足らずの道を歩きはじめた。じき始まる試験のことで頭が一杯だったから、最後の角を曲がって自分の住まいがある通りに入り、そこに野次馬が集まっているのを見たとき、まったく何の心の準備もできていなかった。

人々は私が住む長屋を見ていた。真ん中の、わが家をはじめ十あまりの世帯があるはずの部分はいまや、巨大なあごから歯が一本もぎ取られたみたいなギザギザのすきまでしかなかった。残っているのは深いクレーターと、いまだくすぶっている瓦礫《がれき》だけだった。消防車や兵士、警官があたりをうろうろしている。野次馬の群れは木の仕切り柵のうしろから見物していた。

ショックに呆然としたまま、私は人混みを押し分けて仕切り柵まで行き、そこに立っていた警官に、ここに住んでいる者ですと告げた。僕の両親は無事かどうかわかりますか?

警官にわかっているのは、市に派遣された土木技師の一団が今日の午前、戦争中からずっと長屋の裏手に埋もれていた不発爆弾を除去しに来たということだけだった。何かが間違って、爆弾が爆発してしまったのだ。警官は私の腕を取り、通りに駐車した緊急用トレーラーに導いていった。生存者についてはここで問い合わせられるという。

トレーラーを仕切っていた兵士から、私は無遠慮に事実を告げられた。土木技師の一団も、被害が及んだ世帯にいたすべての住人も、みな粉々に吹っ飛ばされたか、その後に生じた猛火で灰となったかのどちらかだ、と。君のご両親が家にいたとしたらお気の毒なことだ、と兵士は言った。目下兵士と警官とで、バラバラの遺体をできる限り集めているところだ。午後一時に爆発が起きて以来ずっとやっているんだ――何しろすごい音でね、街じゅうで聞こえたんだよ。

まさにその時刻、私は自習室に腰を落着けようとして震えを感じ、ゴロゴロという音を聞いたのだった。

その晩遅くまで、父か母が長い散歩に出かけていて奇跡的に無傷で帰ってくれればと念じつつ私は待った。もちろん本気でそんなことがあるとは思っていなかった。父も母も、長い散歩に出かけたりはしない。彼らは帰ってこなかった。

午前零時近く、クレーターでの作業がすべて終わった。私も含めて、爆発が起きたときたまたま出かけていた住人たちは慈善宿泊所に連れていかれ、部屋を割り当てられた。

私はそこで二日間、与えられたひどく狭い部屋にこもって過ごした。人生はいまや空っぽで無意味に思えた。時にはとめどない涙のせいで、ろくに息もできなかった。この二人の愛こそ自分の存在の基盤と決めていたのに、その二人が抹殺されてしまったのだ。けれど私は、彼らの死の絶対性がいまひとつ実感できずにいた。私はとりわけ、読んでいたあの本の終わりまで母がたどり着いたならいいが、と思った。本を最後まで読まずに終わってしまうことほど母にとって苛立《いらだ》たしいことはなかったから。

その二日のうち何度か、起きていようと努めていても、あまりの疲れに眠ってしまうことがあった。

眠りたくなかったのは、夢のなかでは両親がまだ生きていたからだ。目が覚めるたび、彼らの死をまた一から思い知らされる瞬間がひどく辛かった。いまや私も彼らと同じく孤児なのだ。

爆発の三日後、犠牲者全員の葬儀が、共同墓地の一画の、納骨堂《コランバリアム》と呼ばれる場所で行なわれた。壁に並ぶ壁龕《ニッチ》に、遺灰の入った壺が収まっている。爆発で死んだ人々のバラバラの遺体を焼いた灰を入れる壺はひとつあればよかった。どれが誰のものなのか、知りようはないのだから。葬儀には一張《いっちょう》羅《ら》を着たトールゲートの住民たちが二百人以上参列した。合計十七人の死者の名が、主として女と子供のすすり泣く声を伴奏に読み上げられた。

私は冷静さを保とうと努めたが、「ジョゼフ・スティーンとノーラ・スティーン」の名を聞いたとたん自制を失い、すすり泣く人たちのコーラスに有難い思いで加わった。父と母がこの共同の弔《とむら》いに入っていることが私はある意味で嬉しかった。私たちには親戚も親しい友人もいなかったからだ。もし犠牲者が私の両親だけだったら、弔ったのはきっと私一人だっただろう。

二人の死に方は、彼らの世界観の正しさを証していた。すべてが危なっかしく不安定だという母の無言の懸念に、揺るがぬ証拠が示されたのだ。父にしても、とにかく自分の見方の正しさが間違いなく立証されたことにそれなりに満足しただろう。いまだ火のくすぶるクレーターの底に父が座って、煙草の煙と爆弾の煙が混じりあうなか、上にいる私にこう呼びかける姿が思い浮かんだ——「なあハリー、父さんの『大いなるヘマ理論』、正しかっただろう?」。

7

宿泊所で二週間にわたって両親を悼み、くよくよふさぎ込んだ末に、二人が一番喜んでくれたにちがいないことをやろうと私は決心した。最終試験の勉強を始めるのだ。爆発の生存者に与えられた見舞金を使って若干の着替えを買い、試験までの一か月間こもっていられる部屋を大学のそばで探しにかかった。

そんなに短期間借りられる部屋はなかなか見つからなかった。やがて、三階建てのやたら大きな家の窓に、こんな貼り紙がしてあるのが目にとまった。

家具付き貸部屋　学生に限る

石畳の通路を行くと、小さな芝生を抜けて、ペンキが甚《はなは》だしく剝《は》げ落ちた玄関に着いた。真鍮《しんちゅう》の表札には**J&D・ネルソン**とあった。何回かノックしたが、反応はなかった。いまにも帰ろうとしたところで、中の閂《かんぬき》がカチッと鳴るのが聞こえてドアが開いた。

何週間ぶりかに、悲しみよりも大きな感情が私を捉えた。戸口に立っていたのはディアドリーだったのだ――ディアドリー、自習室で私が崇《あが》めていた女の子、二年前に私の人生から消えてしまった女の子。彼女はグレーのスカートをはいてグレーのセーターを着ていて、かすかなライラックの香りが嗅ぎとれた。緑の目はひどく冷静に私を見ていた。

「はい？」と彼女は言った。

彼女が私のことを思い出すのを私は待ったが、誰だかわかった様子はいっこうに現われなかった。

「部屋のことですか？」

あなたは自習室で僕の向かいに座っていたでしょう、というようなことを私は口走りかけた。が、代わりに、最終試験の勉強ができる場所を探しているんですと言った。貼り紙がしてあった部屋、今後一か月だけ借りることは可能でしょうか?

「ええ、可能です」と彼女は言った。「お入りください」。そしてドアを大きく開けてくれると、三方とも閉ざされた玄関広間が見えた。ブーツや靴が何足も転がっている。彼女自身は靴をはいていなかった。

「ひとつ知っておいていただかないと」と彼女は言った。「うちには猫が何匹かいて、家じゅう自由に走りまわってるんです――お貸しする部屋は別ですけど。もし猫が嫌いだったらよそを探した方がいいですよ」

大丈夫、猫は好きですと私は請けあった。最後の猫ミリーのことを私は懐かしく思い出していた。晩に彼女が私か母の膝に乗って、私たちが本を読み、ミリーは喉を鳴らす。

ディアドリーの緑の目が和《やわ》らいだように見えた。

「よかった」と彼女は言った。「靴を脱いでここに置いていってください。床のそこらじゅう尻尾や前足が飛び出してるんで」

私は靴を脱ぎ、玄関のほかの靴が並んでいるかたわらに置いた。

「こちらへ」

閉ざされた玄関広間のドアを彼女が開け、私たちは中へ入っていった。

ディアドリーの家をこうして初めて見たのは、記憶に残る経験だった。彼女にふたたび会えた快い衝撃は、彼女が私のことを覚えていないように見えるという事実によってもほとんど弱まらなかった。ライラックの香りに頭がくらくらした。

猫が「何匹か」いるというのが控え目な表現であることを、私はすぐに理解した。少なくとも二十匹、色も形も異なる猫たちがそこらじゅうにいて、入ってきた私たちを迎えた。私はそろそろと足を下ろし、ところどころ踏み石のある小川を渡るみたいに爪先立ちで歩いていった。

家のなかを進んでいきながら、彼女は猫について専門的に語った。この猫は「つぎはぎ虎猫《パッチト・タビー》」、そっちは「縞入りサバ猫《ストライピー・マッカレル》」、それは「まだらぶち《トービー》」等々、私が聞いたこともない用語を彼女は使った。「しみ入り《ブロッチト》」、「切れ込み入り《ティックト》」、「切り尾《ボブテールド》」、一番大きいのは「納屋《バーン》」。家じゅうすべての猫が雌だった。彼女は猫たちを自分の「娘たち《ガールズ》」と呼んだ。

そこらじゅうに猫はいるし、何と言ってもディアドリーに案内されているせいで、家自体に集中するのは一苦労だった。けれどひとつのことは確かだった。こんなに大きな家のなかに入ったのは初めてだ。台所だけでも、私が育った住居全体の広さがありそうだった。巨大なレンジの上、さまざまなカウンターの上は、日なたぼっこをする猫で飾られていた。

「もちろん台所は自由に使っていただいて結構です」とディアドリーは言った。

それから彼女は私を連れて、大学の階段並に広いと思える階段をのぼって行った。二階に上がると、彼女は主寝室を指さした。そのドアは閉まっていたが、ほかのいくつかは半開きで、猫たちが出入りしている。

私たちは三階までのぼって行った。一番手前のドアは開いていて、広い部屋が見えた。

「ここは音楽室です」と彼女は言った。「ここで夫が練習するんです」

部屋のなかには、本が詰まった古い本棚がいくつかと、肱掛け椅子が一脚、ぼろぼろの革のカウチが見えた。猫が何匹か寝そべり、グランドピアノの閉じた蓋の上に乗っているのもいた。近隣の家々の屋根が見える窓のそばに、背もたれがまっすぐな木の椅子が一脚と、譜面台が置いてある。

ディアドリーに導かれて音楽室の先へ廊下を進み、閉じたドアの前に来るあいだも、私はまだその「夫」のことを考えていた。

「ここがお貸しする部屋です」と彼女は言った。「ここは猫が入らないようにしています」

彼女はドアを開けて私を中に招き入れてから、ついて来た猫の集団が入ってこないよう急いでドアを閉めた。

部屋は音楽室に劣らず広そうに見えたが、こっちはもっと劇的な空間だった。南側の壁全体が不透明なガラスのブロックで出来ていて、日の光が流れ込んでいる。ベッド、洋服ダンス、ランプと革の椅子が置かれた大きなマホガニーの机、これらが主たる家具だった。ベッドの近く、三歩歩くと小さなトイレとシャワーがあった。

「前の持ち主の趣味が油絵で、ここはアトリエだったんです。だから陽当たりがこんなにいいんです」とディアドリーは言った。「どうですか？　これで目的に適《かな》いますか？」。声が少し不安げになった気がした。

もちろんです、とても気に入りました、と私は答えた。ふたたび彼女のそばにいられるなら、鼠の巣だって褒めそやしただろう。

「よかった！　じゃあ決まりですね」。彼女は嬉しそうだった。

部屋代が高すぎないか私は心配だったが、訊いてみると彼女は首を横に振った。

「ご心配なく。学生さんですから、出せるだけ出してくだされば結構です。もういまからでも使えますから、いつでもお好きなときに移っていただければ」

私は彼女の言葉を素直に受けとり、宿泊所に戻って荷物をまとめ、その晩さっそく越していった。

私は懸命に勉強に打ち込み、大学の図書館を大いに活用した。ディアドリーの家の自分の部屋で勉強するときは、いつも彼女の存在を意識していた。彼女と言葉を交わすことがあってもごく短かったし、たいていは私が大学か近所のカフェに出かける際にすれ違うだけだった。私はカフェのロールパンとコーヒーで生きのび、台所の猫たちはめったに私に邪魔されなかった。

自習室で共に過ごした日々のことを彼女に思い出させるべきだろうか、と私は何度も自問した。ひょっとして私は苛酷な体験を経たせいで見かけが変わってしまい、彼女が気づいていないだけなのかもしれない。それとも私は、長く残るような印象をまったく与えなかったのか。そうと思い知るより、訊かないままでいる方がよかった。

移ってきて最初の朝に、私は彼女の夫とつかのま話をした。たしかにあの、自習室で見た小太りの男だった。

「ジェイコブ・ネルソンです」と彼は言って片手を差し出した。顔はてかてかで、まるでたったいま艶出しを塗ったみたいだった。自信ありげに、いかにも大人の雰囲気を漂わせている。「お部屋、問題ないといいですが。見ておわかりでしょうけど、この家はいろいろ手をかけないといけないんですが、まだそこまでたどり着いていないんです。数年前に、絵が好きだった伯父から相続しまして。お部屋が以前はアトリエだったこと、たぶんディアドリーがお話ししたでしょうね」

こんな家を――長屋の六世帯分は優にある――相続するなんて、私にはまるでピンとこなかった。

「学生さんはたいてい、室内装飾とかいったことにうるさくありませんから。だから学生さん限定でお貸ししているんです」と彼は言った。「ディアドリーもしばらく大学に通ったんです。でも結婚したあと、家にいて私と娘たち《ガールズ》の世話をしている方がいいと決めまして」。彼は鷹揚《おうよう》に声を上げて笑った。「私はオーケストラでバイオリンを弾いていて、午後はたいてい週末の公演に向けてシンフォニーホールでリハーサルをしています。でもあいにく午前はここで練習するしかないんです。あまりお勉強の邪魔にならないといいですが」

午前中は大学にいますから練習していただいてまったく問題ありません、と私は請けあった。実際、邪魔などではなかった。日によっては、午前中一時間か、それ以上ぐずぐずとどまって、彼の練習をただ聴いていた。たったひとつの楽器からかくも複雑な音の組み合わせを引き出せるのが私には驚異だった。

実のところ、たまたま迷い込んだこの新しい世界の、たいていのことが驚異だった。トールゲートとあまりに違う。相続した屋敷、名人芸の音楽家、猫の大群に生活を捧げる自由のある美しい女性。ほとんど別の惑星だった。ディアドリーのような女性は、私みたいな人間には初めから高嶺《たかね》の花だったのだ。彼女は崇めるべき女神であり、人間の日常的欲求を抱えた普通の女ではないのだ。

新しい部屋に移った最初の一週間のあいだに、奇妙なことが起きた。土曜の午前零時ごろだった。

アングロ＝サクソン語の詩『さすらい人』を何時間か勉強した末に、私は寝床にもぐり込んだばかりだった。すべてを失った孤独な世捨て人による、千年前の瞑想である。ベッドに横たわった私の頭のなかには、何行かの言葉がまだ引っかかっていた。

今や此の世に生きる誰一人
我が胸の奥なる想い
打ち明けんと
欲する人は在らず。

その言葉を読んで、爆発が私の両親、私の家、家にあったものすべてを抹殺した日に私を襲った悲しみがふたたび喚《よ》び起こされたのだった。このはるか昔の世捨て人に劣らぬ悲しみに私は包まれていた。

と、そのとき、部屋の外から猫たちの大きな金切り声が聞こえてきて、私の感傷を蹴散らした。私は少しのあいだ横になっていたが、やがてベッドから出て、いったい何の騒ぎかと、部屋のドアをほんの少し開けてみた。

大きな納屋猫に率いられた二十匹ばかりの猫の群れが、音楽室の外に集まって、狂える合唱隊のように啼《な》いていた。尻尾はどれもぴんと立ち、旗のように毛が逆立っている。いつもは開いている音楽室のドアは珍しく閉まっていたが、ドアの下から一筋の光が見えた。

啼き声がつかのま止んだとき、部屋のなかから別の音が聞こえた気がした。ひょっとしてジェイコブが翌日に備えて練習の仕上げをしているのか。いや、それは違うだろう。もうすっかり目が覚めてしまったので、自分で確かめてみることにした。

忍び足で廊下に出て、そっと自分の部屋のドアを閉めた。猫たちの、電気で逆立ったような体のあいだを通っていき、やがて音楽室の前に達した。いまや猫の啼き声にもかき消されず、はっきり中から音が聞こえてきた。把手を極力静かに回し、ドアをごくわずか、猫が忍び込める広さにならぬよう気をつけながら押して開けた。

その狭いすきまに、私は片目を押しつけた。

革のカウチで、ジェイコブがディアドリーの上に横たわっていた。二人のパジャマや部屋着が床に散乱していた。服を脱いだジェイコブはいつも以上に太って見えた。一方ディアドリーは思ったよりずっと痩せていて、腕、脚、肋《あばら》の骨がはっきり浮き上がっていた。

　二人はリズミカルに愛しあっていた。ディアドリーはジェイコブの方を見上げ、キーキーと小さな音を立てていた。時おり目が大きく開き、キーキー音がもろに悲鳴となり、そうすると猫たちの啼き声もクレッシェンドに達するのだった。

　ドアはいまやわずかに開いているので、猫たちが啼く声は愛しあう二人にも前より大きく聞こえるにちがいない。それが不安だったが、彼らは気づいてもいないようだった。こうして何分ものあいだ私はドアのすきまに陣取り、二人の行為を見守った。その営みが鎮まってくると、極力慎重にドアを閉め、ふたたび猫たちのすきまを縫って自分の部屋に戻り、寝床に入った。

　その夜さらに遅い時間、猫たちの啼く声に私は起こされた。今回はベッドから出なかった。啼く声は延々続き、それから、ある瞬間、猫たちはいっせいに金切り声を上げた。そのあとはすべての音が止み、私はどうにか眠りに戻った。


夜の啼き声は、私がネルソン家に間借りしていたあいだ、時おり平日に、そして土曜日にはかならず生じた。白状すれば、たいていの場合、私はその原因を確かめたくて、音楽室のドアをわずかに開けて押さえ、愛しあう男女と猫たちが演技を遂行するなか、見守り、耳を澄ました。

　そんな夜のあとの朝、私はしばしば、大学に出かける前に二人に出くわした。すると彼らは、私をコーヒーに誘ってくれて、猫たちのいる台所に招き入れるのだった。いまや彼らは私をファーストネームで呼び、自分たちのこともディアドリー、ジェイコブと呼ぶようにと言いはった。

　私が音楽室での夜の営みの見物人となっていることを、この人たちは勘づいている。私はほぼそう確信した。けれどそのことは誰も口にしなかった。

おそらく何も言う必要はなかったのだろう。私たち三人みんなにとって、そして猫たちにとっても、そこには何かとても快いものがあったのだ。だがディアドリーはもはや私にとって女神ではなかった。むしろ、これまで思ってもみなかったほどの人間らしさを彼女は帯びていた——その痩せこけた体を私が目にし、愛欲の金切り声を聞いたゆえに。

ダンケアン。その名を私は、ジェイコブの口から初めて聞いた。例によって三人でコーヒーを飲んでいて、私が卒業したらどうするか、という話題になっていた。何も具体的な計画はないんです、と私はジェイコブとディアドリーに言ったが、実は、スコットランドをきっぱり出ようかと真剣に考えていた。かつて想像のなかでいつも訪れていた暖かい異国の地に行こうか、などと思っていたが、まだそれを人に打ちあける気にはなれずにいた。

「教師になろうと思ったことは?」とジェイコブが言った。「なぜそう訊くかというと、二、三週間前、何年も前に大学で一緒だった友人にばったり出くわしてね。アップランドの小さな炭鉱町の高校の校長をしていて、九月から一年間、臨時教員をやってくれる人物を探しているんだそうだ。ダンケアンという名前の町だ。どうやら辺鄙《へんぴ》な町に経験豊富な教師はなかなか来てくれないらしい。ましてや今回は短期間だしね」

どうやら彼はディアドリーと一緒に計画を立てたらしい。ジェイコブが喋っている横で、彼女はうなずいて是認の意を伝えていた。

「ねえ、どうだろう」とジェイコブは言った。「僕たち考えていたんだ、君を候補として推薦する手紙をその友人に送ろうかと——もちろん向こうがまだ人を探していればの話だがね。どう思う? まあたぶん、見込みは薄いと思うけど」

私はもちろん興味を持った。小さな田舎の学校で教師をやるというのは、ひどく魅力的に思えた。でも私のようにまったく何の資格もない者を雇いたがる学校があるとは思えなかった。だがジェイコブには、まあ損はないと思ったらやってみてくださいと言った。それっきりこの一件のことは考えなかった。

ネルソン家に間借りしていたその一か月の残りの日々、勉強は非常にはかどった。ひとつにはそれは、私の心がもはやディアドリーのことで一杯ではなかったからだ。彼女について抱いていたロマンチックなイメージはいまや著《いちじる》しく変わり、心置きなく試験勉強に専念できた。

やがて試験が始まって、終わった。結果が発表されて一週間後、物々しい見かけの封筒が私の許《もと》に届いた。開けてみると、タイプされた紙が一枚入っているだけだった。

ダンケアン高校

校長室

スティーン殿　ジェイコブ・ネルソン氏の強い推薦に基づき、貴殿にダンケアン高等学校臨時教員の職を、貴殿が予定通り学位を取得される事を条件に提供致します。新学期開始まで二か月しかありませんので、直ちに諾否の御返答を願います。

御引受け戴ける場合、直ぐ様ダンケアンに御出なさり、学期中の住居を手配なさるよう御勧めします。グラスゴーから御出になる際、最も便利なのは毎日二時にグラスゴーを発《た》つカーライル行きの列車です。車掌に要求すればダンケアン駅に停車してくれます。

到着されたらまっすぐ学校に御出下さい。交通費と給与の一部前払い金を御渡しします。実際の職務について小生から御説明します。
御快諾戴ける事を願っています――
敬具
校長　サミュエル・マッケイ拝

私は驚き、喜んだ。すぐに承諾の返事を送った。推薦してくれた礼をジェイコブにも言った。彼もディアドリーも知らせを聞いて喜んでくれたが、私がいなくなることを残念がってもいた。私としては、生まれて初めてグラスゴーの境界の外に出るのだ、田舎で暮らすのだと思うとわくわくした。ジェイコブとディアドリーからダンケアンの話をもっと聞きたかったが、二人とも私がすでに地図から知った以上のことは知らなかった。すなわち、そこが、サザン・アップランドの丘陵地帯に無数にある炭鉱町のひとつだということ。

私は校長の忠告に従ってすぐに発とうと決めた。住みかが見つかったら、そのままとどまって、学校が始まるまでの二か月のあいだに町とその周辺に親しんでおく。私はジェイコブにその意志を伝え、一か月分の家賃の支払いを済ませたいと言った。

ジェイコブは耳を貸さなかった。

「金は持っていれば役に立つよ」と彼は言った。「僕たちからの贈り物と考えてくれれば」

私はひどく心を打たれ、言うべき言葉が思いつかなかった。

その週の金曜日、二人はタクシーを呼んで私を中央駅まで送ってくれた。ここからカーライル行き二時発の汽車に乗る。持ち物はすべて、ひとつきりの鞄に入っていた。

　プラットホームで、ディアドリーが私の幸運を祈ってくれた。

「グラスゴーに戻ってきたらいつでも泊まりにきてね」と彼女は言った。「あなたがいなくなって私たち寂しくなるわ。娘たち《ガールズ》も」。目が少し潤《うる》んでいた。

　ジェイコブが片手を私の肩に載せてぎゅっと握った。

「君はいままでで最高の下宿人だよ」と彼は言った。「君は本当によく理解してくれたよ、僕たちのいろんな……習慣を」

　二人とも意味ありげな目付きで私を見て、ニッコリ笑った。

「どなたもご乗車願います！」とポーターが叫んだ。

　ジェイコブが私と温かく握手し、別れを告げた。ディアドリーは私をハグし、耳許《みみもと》でささやいた――「わかってたのよ、あなたが特別なお友だちになるって――自習室のときから」。

　少なくとも私にはそう聞こえた。でもそのささやきは機関車がますます大きく立てるシュウシュウという音と競いあっていた。

　ポーターが私を案内し、私が乗り込むとドアをばたんと閉めた。私は窓を下ろして開け、列車がゆっくりと駅から出ていくなか、ディアドリーとジェイコブに手を振った。彼らも私に向かって、線路が長いカーブに入って完全に見えなくなるまでずっと手を振っていた。

　私は誰もいない客室を見つけて腰を下ろし、ディアドリーの最後の言葉の意味合いを――本当にそう言ったのだとして――いまだに考えていた。私に見覚えがないふりをしたのも、何かスリリングなゲームの一環だったのだろうか？　私もそのゲームにひそかに加担していると彼女は考えて、それもまたスリルの一部だったのか？　ジェイコブもやっぱりそう考えていたのか？

何と不思議な夫婦だろう。でも彼らは、私がまさに優しさを必要としていたときに優しくしてくれたのだ。自分がディアドリーを崇拝する気持ちが衰えたことについては、私はさほど考えなかった。本当はもっと考えるべきだったのかもしれない。血の通った生身の女性としての現実に触れたことで、それまで彼女について熱く想像し、遠くから崇めていた気持ちは大幅に弱まったわけだが、べつにそれは彼女のせいではない。だが私はまだあまりに若く、この世のどこかに理想の愛が存在するはずだという信念を捨てていなかった。いつの日か私にもそれが見つかるはずだと信じていた。

そしていま、客室の窓の外を飛ぶように過ぎていく風景を眺めながら、私はほかのことを考えはじめた。私はもう、何でも好きな道を選んで、進んでいく完璧な自由がある。両親が死んだいま、誰の期待も勘定に入れる必要はない。

両親が死んだいま。

彼らの運命をしっかり受けとめるのはいまだに困難だった。何度もくり返し、どこからか不意に悲しみが襲ってきた――つかのま油断した鼠に、猫が襲いかかるように。

でも、いいのだ。こうして自分は、いくつかの偶然が重なって、ダンケアンなる小さなアップランドの町へ向かう汽車に乗っている。そう思うとわくわくした。本当は、いままでの経験から見て、もっと心配すべきだったのかもしれない。だがそのとき私は、これからダンケアンで自分の身に起きることによって、以後の全生涯に複雑な影がさすことになるなどとは夢にも思っていなかったのである。

ダンケアン

1

午後の四時半ごろ汽車は、連なる頂《いただき》が石板色の空に吸い込まれる丘陵に囲まれた、小高い谷間にある小さな炭鉱町の駅に入っていった。**ダンケアン**とプラットホームの表示に書いてある。列車を降りた私は、ポーターに学校への道を訊ね、ただちにそこへ向かった。

歩き出すと、高度が違えば涼しいことが実感されたし、空気もこんなに新鮮な空気を吸うのは初めてだった。

ここはどうやらこの町で唯一の大通りらしかった。両横は、平屋煉瓦《れんが》造りの長屋建てが主で、ところどころにもう少し大きな御影石《みかげいし》の建物が挟まっている。十分もすると、すべて灰色の御影石の校舎から成る学校に着いた。生徒たちの気配はどこにもない。いまは夏休みなのだ。私のノックに応えて表玄関に出てきた管理人は、マッケイ校長から託された私宛ての封筒を手に持っていた。あいにく校長本人は目下よその町に出かけているという。封筒には約束の前払いが入っていたので私は意を強くした。加えて、カーク薬局の上階で家具付きの部屋を貸していて貴君向きかもしれません、と書いた校長のメモ。

カーク薬局は歩いてすぐの町広場にあった。御影石の二階建ての一階が薬局で、相当古風な見かけだった。ウインドウに陳列された品はどれも埃《ほこり》をかぶっていて、品々の横に添えた、インクも色褪《いろあ》せた説明書きによれば、いずれも伝統的な医療用具だという。乳鉢と乳棒、試験管、形も大きさもさまざまな色付き壜。もっと物騒な品もある──穿孔《せんこう》用の鋸、鉗子《かんし》、検鏡《スペキュラ》、ソラマメ形の膿盆《のうぼん》、穿刺針《ランセット》。

私はドアを押し開けて中に入った。

店内に広がる薬品の香気も、外の空気と同じくらいすがすがしかった。白衣を着た陰気な年配の女性が、磨き込まれた木のカウンターの向こうから、あたかも私を待っていたかのように挨拶の言葉をよこした。ミセス・カークと彼女は名のり、あなたが新しい先生ですねと言った。上の部屋のことを問い合わせにいらっしゃるかもと校長先生から伺いました。ええ、空いています、よろしければいますぐにでも入っていただけます。そう言って、部屋を見に行けるようにと鍵を渡してくれた。

薬局入口の横に両開き扉があって、そこからギシギシ軋《きし》む階段を上がっていく。部屋は飾り気はないが清潔で、下の薬局から漏れてくる薬品臭がかすかに漂っていた。カーテンを閉じた窓は広場の方を向いている。家具はごく質素だったが、全体として悪くない部屋に思えた。

階下に戻って、グラスゴーに帰るつもりはないのでいますぐ住みはじめたいとミセス・カークに伝えた。

「結構ですとも」と彼女はにこりともせずに言った。「ダンケアンでほかに部屋を探すのは大変ですから。もちろんホテルはありますが、ものすごく高いですし」

その後の数日間で、私はダンケアンをよく知ることになった。特に、アップランドじゅうどこにでもありそうな町の広場は隅々まで見慣れるに至った。縦横五十メートル、真ん中に芝が生えていて、ほかに低木が何十本かと、もう少し高い痩せこけた木がちらほら。広場の目玉は戦争を記念する銅像で、三人の兵士が銃剣を抱え、うつろな目で丘陵を見上げていた。台座には、さまざまな戦争で死んだ者たちの名が彫られ、同じ名字がいくつも並んでいたりした。広場の向こう側には古臭い造りの警察署があって、外に青いランプが突き出ている。その隣には、低い尖塔のある教会。窓も扉も、長年使われていないかのように板が打ちつけてあった。ほかに注目すべきは、今後私が大半の食事を取ることになる〈マッケンジーズ・カフェ〉と、〈蕨　亭《ブラッケン・イン》〉なるパブ兼ホテルだった。そしてもちろんカーク薬局。

ミセス・カークが貸してくれた旅行案内書《ベデカー》を手に、私は町の周囲を探索した。一応広い舗装道路は本当に一本しかなくて、町なかを通っているあいだはまずまず平坦だったが、ひとたび外れに出ると東も西も荒れ野《ムーア》が何キロも下り坂で続き、たがいに向きあった二本の海岸線に至る。もう一本、もっとずっと狭い道路が南に出ていて、駅の横を抜け、炭鉱の入口で終わっていて、炭鉱のエレベータが薄汚れた観覧車のようにそびえていた。

この道路沿いで、毎日決まった時間、男たちの集団が炭鉱に出入りするのを私は目にした。彼らはみな、私が駅から町へ来たときに通りかかった煉瓦の家々に住んでいるらしかった。仕事に向かう坑夫と帰ってくる坑夫は服に関しては見分けがつかなかった。みんな同じ黒っぽい上着にズボン、くたびれたブーツ。だが仕事に向かう者たちは清潔な、ピンク色の顔をしていて、お喋りをしたり冗談を飛ばしたりしていた。帰ってくる者たちは背も丸まって言葉少なく、顔は石炭の粉で真っ黒だった。

どんな天候でも、私は丘陵地帯を散策しに、うねるように広がる丘に入っていった。ダンケアンは夏でも陽はめったに出ず、毎日かなりの時間、雨が降っている。どの丘も比較的なだらかだったが、ベデカーによれば大昔はごつごつした岩だらけの山脈だったのが、時の流れによってだんだん角が取れたのだという。丘はヘザーとワラビ、小さな青と黄の花に包まれている。どれも灰色の、さまざまな種類のキノコもあったが、これらは見るからにおぞましく、私は近寄らないようにしたが、危険はまったくないとベデカーには書いてあった。

だがそれとは別の、本物の危険がこれらの丘には潜んでいた。いかにも罪のなさそうなワラビが広がる場所は実のところ沼で、長年うかつな者たちを呑み込んできたことで知られているという。近年、町のすぐ南にある沼から、奇妙なぼろぼろの服を着た男の遺体が浮かび上がったとベデカーは記していた。科学者の鑑定によれば、男は沼に呑まれて三千年、ひょっとすると四千年くらいとどまっていたと考えられるという。私自身、間違った場所に入り込んでしまった不運な羊の死骸をいくつか見た。その皮はてかてかで黒かった。

散策中、トールゲートには絶対現われないような生き物にも私は驚かされた。大小あらゆる大きさの鹿、それに野兎。また、黒い翼に白が縞状に交じった小さな鳥も群れを成していた。鳥たちは怒ったようにキーキー声を上げて私の頭めがけて飛んできて、その欲深そうな目も見ていてあまり気持ちよくなかった。

この地域の征服をローマ人が企《くわだ》てたことにベデカーは数ページを割《さ》いていて、ダンケアン南東の端から丘陵にわたって、古い道路の痕跡がわずかに残っていることを指摘していた。陶器のかけら、古代《デナリ》銀貨《ウス》、種々の槌や釘《くぎ》が、近郊から考古学者たちによって発掘されているという。学者たちはさらに、釘で穴を開けた大昔の頭蓋骨もいくつか発掘していた。ローマ人が現地人に対して行なった忌まわしい処刑の名残りなのか、それともその逆なのか。専門家のあいだでもまだ定説はないとのことだった。
その古い道路の輪郭を私もどうにか見つけられたのは、道路を構成していた苔《こけ》むした丸石がところどころ突き出ていたおかげである。その痕跡をたどって三キロばかり行くと、一帯で一番高い丘であるケアン・テーブルのふもとに出る。石と土を混ぜて作った高さ三メートル余りの壁の遺跡まで来て、道路は行き止まりとなった。壁自体は何キロにもわたって切れぎれにのびているので、散策中あちこちで行きあたった。

道路と壁の目的について、私のベデカーは、これほど手の込んだ土木工事を必要とするほど強い敵意を持った民族はこの地域にそれほど多く存在していなかった、と述べるにとどめ、ローマ人は何か別のものを恐れていて壁はその何かに対する防御として建てられたのかもしれない、という漠たる推測が添えてあった。

たしかに、想像力逞《たくま》しい都会のハイカーが、雲に覆われた日にこのあたりの丘をさまよえば、時おり不安な気持ちでうしろをふり返ることは避けられまい。ここには何か、きわめて原始的で不快な、城壁にも数世紀の時間にも押しとどめられないものがあるかもしれない——そう信じるのはわけないことだった。

2

ダンケアンに着いて四日目の朝、階段を降りていくと、殴り書きのメモがドアの下から差し込んであった。

今朝九時以降いつでもいいですから学校においでください。
サム・マッケイ

というわけで、〈マッケンジーズ〉でロールパンとコーヒーの朝食を済ませると私は学校へ向かった。校内は陰気くさくて、むっとこもった臭《にお》いがした。集会場の反対側にある校長室への行き方を管理人に教わってそちらへ行った。板張りの床に靴音がやかましく響いた。私はドアをノックした。

どうぞ、と甲高い声がした。

私を迎えようと机のうしろから立ち上がった男は、いままでに見たなかで最高に横幅の広い人間だった。太っているのではなく、ただただ横に広いのだ。ほとんど二人分の幅があるように見え、すべてが――頭、腕、脚――それに釣りあっていた。大きな茶色い靴のそれぞれに、私の両足が入りそうだった。

「サム・マッケイです」と彼は言った。「ダンケアンへようこそ」。これほどの大男からこの高い声が出てくるのは驚きだった。

彼は巨大な片手を差し出し、私と温かく握手した。見たところ四十くらいで、赤い髪が後退しかけている。顔にはそばかすがあって、緑の目は大きく離れ、笑みも横に広がり親しげだった。

「越してこられたとミセス・カークから聞きました」二人とも腰かけたところで校長は言った。「お話しできる機会が出来てとても嬉しいです。下手をするとお会いできないんじゃないかと思いましたよ、ダンケアンには今回も二日しかいないもので。あとはまた、学期が始まる直前まで、あちこち回らないといけません。教育委員会の巡回委員をやっていましてね」。これから各地を訪ねるのがあまり嬉しくないのか、少し渋い顔になった。「このあいだグラスゴーに行ったときジェイコブにばったり会って本当によかったですよ。そのとき彼にも言いましたが、こういう田舎の学校に有能な人に来てもらうのはおそろしく大変なんです、特に短期間ですと。だから彼が推薦してくれて、あなたが来てくださることになって、実に嬉しかったです」

「有能な」という言葉が自分に当てはまるのか自信がありませんね、と私は言った。

「いや、教職の経験をお持ちでないことは存じています。ですが心配は要りません」と校長は言った。「べつに特別なことをやる必要はありません。問題のある子供たちに、補習の作文指導をしていただくだけですから。大体は一対一でやる授業です」

そう聞いて私はほっとした。

「ジェイコブには何年も会っていませんでした」と校長は言った。「手紙を読んで、あなたのことを非常に高く買っているのがすぐわかりました。彼とは大学のときに、音楽史の授業で一緒でしてね。もちろん向こうは本物の音楽家で——素晴らしいバイオリニストですよね——こっちは選択科目を取っただけですが。あのころジェイコブはなかなかのプレイボーイでしてね。で、いまは交響楽団に属していて……奥さんもいるんでしたよね？　面白いものですねえ、奴がまさか退屈な家庭生活なぞに落着くとは思いませんでしたよ。きっととびっきりの奥さんなんでしょうね？」

ディアドリーはたしかに並外れた人です、と私は請けあった。特に猫が大好きでして、と。

校長は次に、私自身についていくつか質問した。訊かれたことを私はすべて伝えた。両親の悲惨な死についても。

相手は大いに同情してくれた。どうやら彼も数年前、二人とも炭鉱夫だった父親と唯一の兄を、ダンケアン炭鉱の陥没事故で亡くしたらしい。二人が死んだわずか一年後、母親も傷心のあまり世を去った。彼自身はいまも、生まれ育った長屋住宅に住んでいて、何かにつけて家族のことを思い出してしまうという。

「ダンケアンで会う人で、炭鉱で家族を亡くしたことのない人はそういないでしょうよ」と彼は言った。「アップランドのこうした町の物語はそれに尽きます。私も普通なら炭鉱に行かされたところですが、何せちょっとばかり大きすぎてね」。そう言って両腕を広げ、自分の巨体を示す。「というわけで、勉強を続けて、まあこうして、かつて通った学校の校長をしているわけです」

そのあと私たちは、仕事の内容についてもうしばらく話した。私は校長から、生徒たちが使うことになる文法入門書と作文帳を渡された。

「これを持っていきなさい」と彼は言った。「中身を頭に入れる時間はたっぷりある。簡単ですよ」

立ち去り際、いろいろ励ましてくださってありがとうございます、と私は礼を述べた。

「ここでの仕事、楽しんでいただける気がするんですよ」と校長は言った。

彼は重い体を揺すって私と並んで歩き、校門まで送ってくれた。

「教育委員会の仕事から戻ってきたら、ぜひまたお会いしましょう」と彼は言った。「もしよかったら、私はよく晩に〈ブラッケン〉に行ってビールを一杯やるんです。十月に結婚するんでね、いまのうちに精一杯自由を謳歌しておこうと思いまして。一杯って言いましたかね？　まあたぶん一杯じゃ済まんでしょうね」。そして彼は笑った。甲高い、だが快い声だった。

これだけの巨体なら、何杯でも苦もなく片付けてしまうだろう。

3

その後たいていの日々、雨に備えて合羽《かっぱ》と、サムにもらった教科書と、〈マッケンジーズ〉で――そこでは全員、私が新しい教師だと知っているみたいだった――調達したサンドイッチを鞄に詰めて丘陵に出かけていった。何キロか歩いて、ハリエニシダの茂みに、腰を下ろせる見通しのいい場所を見つける。一、二時間教科書を読んだところで、サンドイッチを取り出す。すると決まって、翼に白い縞の入ったあの小さな黒い鳥たちが群れを成して現われ、金切り声を上げながら急降下してくるのだった。鳥たちがおそろしく大胆なものだから、パンをかすめ取られぬよう、教科書ではたいて追い払わねばならなかった。

そうした日々、私はしばしば、初めて散策に訪れたとき目にとめた大きな岩をめざしていった。高地のムーアでは異例の眺めである。高さ六メートルの丸石がぽつんと一個、周りには岩らしい岩もないところに転がっているのだ。北に面した側は滑らかで苔むしていたが、南を向いた面には、人がのぼれるよういくつか窪みが彫られていて、私もこれを利用した。のぼってみると、岩のてっぺんは凹《へこ》面になっていた。幅一メートル強、深さは一番深いところで一メートル近くある、苔むした凹みである。

そこに座ると、眼下の風景が一望できた。二、三キロ北の方にダンケアンの家並が固まっていて、あとはそこここに、ぽつんと建った羊飼い小屋と、広く散らばった羊たちの点々が見えるばかりで、それからまた更なる丘が、うねりを伴って下っていく。南側はひたすら丘また丘で、唯一、一キロちょっと離れたあたり、防風林の只中に家が一軒建っていた。

この岩のてっぺんは、私が本を読むときの一番好みの場所になった。日によっては、うめくように頭上を過ぎていく風が子守歌みたいに聞こえて、私は苔むした凹みのなかで大の字になって一眠りするのだった。

ある曇った午後の昼食のあと――ダンケアンに来てもう二週間目に入っていた――私は教科書を手に

岩へ向かった。てっぺんにのぼり、腰を据えて文法の問題に取りかかった。いつのまにかうとうと寝入ってしまったにちがいない。頭上から声が聞こえて私ははっと驚かされた。

「お邪魔かしら？」

見上げると、猫のような、冷たく醒めた目が私を見下ろしていた。

私は一気に目が覚めた。

猫の目は実のところ逆さになった女性の目で、本人は凹みの壁の向こうから身を乗り出している。私が上半身をまっすぐ起こすと、彼女の目が少しも冷たくないことがわかった。青い目で、見るからに感じがいい。実際、顔全体が感じよかった。私と同じ歳くらいと見え、髪は金髪、顔も色白で、ムーアの空気に当たって少し上気している。

「びっくりさせてごめんなさい」と彼女は言った。「ただその、外で眠るのは賢明とは限らないってことをお伝えしたくて。たとえ大岩のてっぺんでも」

その静かな声も感じがよかった。

「翼に白い羽根が交じった小さな黒い鳥たちのこと、気づいてます？」と彼女は言った。「地元の人たちは『目玉ほじくり《アイ＝ピッカーズ》』って呼んでるのよ。誰かが言ってあげるべきだったわね。時おり羊の目をつついてえぐり取ってしまうんだけど、眠っている人間の目を狙うこともあるのよ」

そう聞いて私は愕然とした。見かけはすごく愛らしい鳥だったからだ。

「愛らしいものが危険なこともあるのよ」と彼女は言った。

警告してくれてありがとう、と私は礼を言った。彼女は穴の外にいて、いまにも岩から降りようとしているみたいに見えた。そこで私は急いで自己紹介し、しばらく学校の臨時教員を務めますと言った。

「そう聞いたわ」と彼女は言った。「何度かここにのぼっていくところを見たわよ。だから挨拶しようと思って」

だったら少しお喋りしていきませんか、とあたかも岩のてっぺんの楕円が自宅の客間であるかのように私は誘った。私が手を差し出すと彼女はその手を握り、縁から降りてきて、私の向かいに座った。彼女はハイキングブーツをはいて、ジーンズの上には紺の毛糸のセーターを着ていた。活動的な人間のがっちりした体付きだ。

「あたし、ミリアム・ゴールト」と彼女は言った。

その姿が私はすっかり気に入った。楕円はバスタブとさして変わらぬ大きさだったから、私たちの両脚はしっかり触れざるをえなかった。

私がここへのぼってきたとき、彼女の姿はどこにも見えなかった。いったいどうやって上がってきたのだろう。さっき腰を下ろす前に、てっぺんからムーアを見回したときは、誓ってもいい、周囲何キロにもわたって人は一人もいなかった。羊が何十頭かいただけだ。そして私はほんの数分しか眠っていない。ただ、このあたりでは距離というものが歪《ゆが》んでしまうことに私はすでに気づいていた。散策していて、あたりにはまったく人けがないように見えるのに、いきなり羊飼いとお供の犬が目の前に出現して、目を疑ったりすることもよくあるのだ。

今回の謎はミリアム・ゴールトが解決してくれた。「あそこの雨裂《ガリー》、見える?」。岩から百メートルばかり離れたところにある、狭い溝のようなものを彼女は指さした。溝は南東の方角に、ムーアを貫いてのびている。「ここから見ると大したことないように見えるけど、たいていのところでは二メートル近い深さがあって、中を楽に歩けるのよ。あたしが住んでるところにも通っているの――あのへん」。私がすでに目にとめていた、一軒ぽつんと建った、防風林に囲まれた家を彼女は指さした。「今日ガリーを歩いていたら、あなたがここにのぼっていくところが見えたのよ。で、こうして来てみたわけ」。彼女はニッコリ笑った。

その笑顔が私は本当に気に入った。

4

それがミリアム・ゴールトとの出会いだった。別れる前に私は、万一話し相手が必要でしたら僕はだいたい毎日この岩に来てますから、と伝えた。彼女は次の日もやって来て、私たちはまたしばらくお喋りした。

その後、私たちはほぼ毎日、岩のふもとで落ちあい、そこからムーアを一緒に長いこと散歩するようになった。何も知らぬさまよい人《びと》を呑み込む沼の危険についてはベデカーの言うとおりだが、このへんにはほかにも危険がいろいろあるのだと彼女は言った。大岩からも遠くないあたり、私も一人で何度か通ったことのある場所に、大人が一人落ちてしまいそうなくらいの幅の穴があって、ワラビがびっしり茂っているせいで外からは見えなくなっていることを彼女は示してみせた。

「聞いて」と言って小石を一個落とす。彼女が二十まで数えてやっと、石が底に落ちるコチンという音が聞こえた。「昔の立坑《たてこう》よ。この地方の炭鉱はところによっては何世紀も前からやっていて、使われなくなった立坑がそこらじゅうにあるから、すごく気をつけないといけないのよ」。そこでいったん言葉を切る。「このへんにまともな木がほとんどないこと、気づいているでしょう。でも昔はこの一帯全部、常緑樹の巨大な森で、鹿の群れや狼の群れがそこらじゅうをうろついてた。採鉱が始まると、一番上等な木が何千本と伐《き》られて、坑内でトンネルの支柱に使われたのよ。だから森はいま、いわば地下にあるわけ」

自然界についてあまりに私が何も知らないので、彼女は呆れ返った。たとえば、ヘザーとワラビとハリエニシダの違いすら知らない。僕みたいなトールゲート出身の人間はもっと別のことの専門家なんだよ、と私は弁明した。たとえば、粉々に割れたビール壜の銘柄がわかるとか。冗談めかして言ったものの、真実からさして離れてはいなかったし、彼女も本気でぎょっとしていた。

というわけで彼女は、私をワイルドライフに親しませようと気を配ってくれた。鳥が来ればそのたびに名前を言う――鷹《タカ》、鷲《ワシ》、それに「変わり者婦人《レイディ・クウェイント》」「切れ込み雌鳥《スリット・ヘン》」、さらにはあの陰険な「目玉ほじくり」といった地元の名。彼女の指導の下、じきに私も狐、山猫、鼬《イタチ》などを見つけられるようになったし、ワラビの茂みをちらっと見ただけで中に沼鼠《ヌマネズミ》がいるのが見きわめられるようになった。あるとき彼女に連れられて深く狭い洞窟に入ってみたが、天井の鍾乳石に蝙蝠《コウモリ》が何羽もぶら下がって眠っていた。

こうしたすべてが、私には驚異だった。こんなに空っぽに見える、うねって広がる殺風景な丘と羊だけに見える場所に、ほとんど気づきもしなかった生き物がこんなにたくさんいたとは。

「みんなあんまり目立とうとしないのよ」とミリアム・ゴールトは言った。「大半はたがいに食べあっているから」

そういう言い方を耳にしたのは初めてだった。

「そう、ここの自然は見ようによってはとても美しい。だけどよく知るようになると悪夢にもなるのよ。たとえば、地面に棲《す》む動物が、巣を作る鳥とその卵を食べる。それと同じ鳥が、仔犬、仔猫、稚魚、その他何でも動物の子供を手当たり次第食べる。だから賢い生き物は、赤ん坊をカムフラージュするし、親がいなくて護ってもらえないときは大人しくしているように教え込むのよ。そんなわけで動物たちにとって、生きることはすごく楽しいとは限らない。それに、昆虫世界のおぞましい生命循環だってある。虫たちがすごく小さくて、そこで日々起きてる殺戮《さつりく》がほとんど目に入らなくてよかったわよ」

自然をめぐる、感傷とは無縁のこうした語り方に私は面喰らってしまった。

「聞かせてくれたトールゲートの話からして、あなたならよくわかるはずよ」と彼女は言った。

ミリアム・ゴールトに促されるまま、ダンケアンに来るまでの全生涯を私はじきに語ったが、向こうは自分の話をあまりしたがらなかった。言葉少なに語った話から、私の生い立ちとはまったく違っていることはよくわかった。

エジンバラの海港リースでミリアムは生まれ、母親は彼女を産んでまもなく亡くなった。父親は小さな商船会社の共同経営者の一人だった。彼女が十六のときに父は会社の持ち株を売却し、リースを去ってダンケアンに移り、ムーアの只中に建つ家に越してきた。家はダンケアン館《マナー》と呼ばれていた。

この話を彼女がしてくれたとき、私たちは高くのびたヘザーの茂みに座り、眼下に広がるムーアを見下ろしていて、遠くの方に彼女の家も見えていた。このあたりの風景は、私が以前見ていた、お城があって背景にはきらめく海があるエジンバラのロマンチックな写真などとはおよそ正反対だ。父親はなぜこんな辺鄙な場所に娘を連れてきたのだろう。

「父の健康のためだったのよ」と彼女は言った。「もしかしたら、海から精一杯遠ざかりたかったのかもしれない。ここは東西の海岸のちょうど中点だから」

それ以外は、こうしたかなり孤立した暮らしを彼女自身は好んでいるということくらいしか聞き出せなかった。彼女の主たる務めは父親の世話だったから、教育はおおむね通信講座で受けた。家事はパートで来てくれるメイド兼料理人がやってくれた。

父親が具体的にどう悪いのか、はっきり聞き出そうと私は試みた。

「そのうち自分の目で見るわよ！」と彼女は言うだけだった。


岩の凹みに二人で座っていた、また別の曇った午後、ベデカーによればアップランドに見られる大岩の多くは二百万年前に地球を覆った氷河時代にもたらされたという話を私は持ち出した。

「まあ地質学ではそういう説かもしれないけど」とミリアムは言った。「でも地元の伝説はもうちょっと華やかね。それによると、いまあたしたちが乗っているこの岩は、何千年か前に悪魔がダンケアンめがけて投げつけたのよ。幸い少し外れたわけだけど」。同じ伝説によれば、この岩の側面にある一連の窪みは、ここを見張り所として使ったローマ人たちがえぐって作ったのだという。どうやら彼らは、尋常でなく恐ろしいものが現われると思っていたらしい。

昔のローマ街道と、大いなる壁の遺跡に関し謎めいた説がベデカーに載っていたことを私は思い出した――壁を建てたのは、何か恐ろしいものを中に入れぬためだったのではという説。

それについてはミリアムも知っていた。

「アップランドには、そういう事実と空想の混じりあいがたくさんあるのよ」と彼女は言った。「都会ではそんなことないでしょうけど」

トールゲートでも時おり奇妙なことが起きるよと私は請けあった。たとえばキャメロン・ロスと、彼を内側から切り裂いたあの何ものか。それに、住んでいた一家が非業《ひごう》の死を遂げたのち幽霊に取り憑《つ》かれたアパート。

そうした話に、ミリアムはじっくり耳を傾けた。

「怖いわねえ」と彼女は言った。そういう話のなかの超自然的な要素に彼女は好奇心を示した。あなたはそれを本当に信じているのかしら、と彼女は訊いた。

これについては何度も考えてきたけれど、その問いに答えるのは難しいのだ、と私は説明を試みた。たぶん、信じるかどうかというより、そうした事柄に関して私が考えることは、一種の願望なのだ。トールゲートのような陰惨で残酷な場所で生まれ育つと、人間が存在していることに意味があると確信するのは時に困難である。でも私たちの大半は、理性から見てどう思えるにせよ、自分の人生が何かを意味していると考えたがっているのではないか。だから、キャメロン・ロスや幽霊長屋の件も、さらなる不可解な出来事一般も、内容は不快であれ、とにかくこの世界には見た目以上のものがあるのだという、歓迎すべき証しに思えるのではないか。

私がべらべら喋っているあいだ、彼女は同意するかのように何度もうなずいていた。

「アップランドで起きるいろいろ奇妙な出来事に、あたしが惹きつけられるのも同じことかもしれない」と彼女は言った。「超自然というのとは少し違うかもしれないけど、どうなってるんだろう、と考えてしまうくらい奇怪ではある。たとえばあなた、キャリックの一件は知ってるわよね？」

キャリックなんて聞いたこともないね、ぜひ話してくれよ、と私は促した。

「キャリックで起きたことに関して、科学的に説明できた人はまだ一人もいないのよ」

キャリックはダンケアンから北へ、丘陵を六十キロあまり行った、例によって例のごとき小さな町である。いまではもう誰も住んでいないが、町も町の建物もすべてそのまま残っている。観光は全面的に禁止されているし、その禁を破ろうと思う者もまずいない。

十年前、キャリックの全住民が避難を命じられ、町全体が封鎖された。原因は〈キャリック疫病〉と呼ばれた事態であり、疫病がいまだ空気中に残っているのではという恐怖は今日なお続いている。その症状はきわめて異様な形となって表われた。喋らずにはいられない、という欲求である。次々に侵された町民たちは、喋ることをやめようとしなかった。喋って喋って疲れはてるまで喋りまくり、多くの者たちが、息絶えるさなかにもなお、さらに数語を絞り出そうとあがいた。

その病理を解明しようと多くの人が調査に携わったが、まったく何の成果も上がらなかった。苦しむ人々のはてしない独白を、彼らはできる限り記録しようと努めた。おびただしい量の言葉の山のなかから、何かパターンが現われるのではないか、何らかの言葉か名前が頻出するのではないかと彼らは期待した。だが判断できる限り、尋常でないところは何もなかった。いかにも小さな炭鉱町にありそうな、どこまでも平凡で月並なお喋りばかりだった。

調査に携わった人たちの一部は、あくまでこの調査方法を放棄したがらなかった。彼ら言うところの〈キャリック・スピーチ〉と、よその地域の——特に都市部の——日常的発話との比較すら行なった。もう何年も経ったというのに調査はいまだ続けられているが、これまでのところ何ら決定的な発見はなされていない。

また一部の調査者は、疫病の蔓延は自然現象ではなく実は集団殺戮だった——それもおそらくは復讐行為だった——のではないかと疑うに至っている。合理的説明をめざしたこの見解を支持する人はだんだん増えてきているが、殺戮の方法や動機については何の証拠も見つかっていない。

「**あたしの言いたいこと**、わかる?」と、話し終えたミリアムは言った。「キャリックで起きたことは、あなたのキャメロン・ロスの話みたいに超自然というわけじゃない。ただ単に奇怪で、普通じゃないだけよ。でも、そういう例がひとつの地域でものすごくたくさん起きるとなったら、やっぱりどうなってるのかなって思いたくなるでしょう？」

　むろん私は同意し、その「普通じゃない」例をもっと聞かせてほしいなと頼んだ。

「ストローヴンのことはたぶん知ってるわよね？」と彼女は言った。


ストローヴンはダンケアンから二十キロちょっと南、丘陵をいくつか越えたあたりにある小さな町である。何世代にもわたって、近隣ではもっとも富裕な町だった。ところがいまは、町に至る道も閉ざされてしまっている。

　それは数年前、町の広場の真ん中に穴が出現したからだった。はじめは小さな、水がたまった窪みにすぎなかったが、何か月か経つうちにものすごく大きく、深くなって、ついには広場全体に広がってしまった。一年もしないうちに周りの主要な建物は、町役場も教会も、みんな倒れて穴に吸い込まれていった。それでも穴はさらに大きくなり、町の中心部を呑み込んだあとも、飽くことを知らぬ勢いでなおも進み、町外れまで広がっていった。そこまで来たところで、ようやくその怪物的な食欲も満たされたようだった。

　この時点ではむろん、ストローヴンの住民は全員、とっくに町を捨てて出ていってしまっていた。政府に雇われた地質の専門家たちから見て、原因は明らかだった。何世紀にもわたり石炭と錫《すず》を採掘してきたせいで、あたり一帯の地盤が弱くなってしまったのだ。この巨大な穴はその必然的結果なのです、と専門家たちは論じた。

　だが地元民たちはまったく違う説を唱えていた。町は何らかの罰として穴に呑み込まれたのだと彼らは信じていた。町の名の語源――「空しくあがいた《ストローヴ・イン・ヴェイン》」――すら一種の予言だったのだ、と。

ストローヴンの穴なんて聞いたことない、と私が言うと「ほんとに？」とミリアム・ゴールトは言った。「あなたそのトールゲートっていうところで、ずいぶん護られた暮らしをしてたのね」。そう言う彼女の表情は真面目そのものだった。

そういうふうに考えたことはなかったが、まあそのとおりなのかなとも思った。

「じゃあひょっとして、ミュアトンの惨事すら知らないかもしれないわね——最近はそのニュースで持ちきりだったけど」と彼女は言った。

このミュアトンとは、ダンケアンから三十五キロ東に行っただけの小さな町だとミリアムは言った。恐ろしい炭鉱事故が起きて、町の男性の住民の多くに影響を及ぼしたせいで、いまも観光客を引き寄せているという。

起きたのはこういうことだった。ある朝、大人も子供もいる早番の坑夫をぎっしり乗せた炭鉱のエレベータ・ケージが三百メートルの立坑を下降していた。半分まで降りたところでエレベータのケーブルが切れて、ケージはすさまじい速度で落下していった。坑夫たちはただちに、まさにこういう場合に備えて教わってきた昔ながらの護身法を実行した。一人ひとりが、この目的のためにケージの天井にいくつも付けられた革ベルトにつかまり、それから片脚を上げて、体重の大半がもう一方の脚にかかるようにした。大きく息を吸い込む間もなく、ケージは立坑の底に激突した。坑夫の多くはその衝撃を生き延びたが、体重を支えた方の脚は粉々に砕けてしまっていた。大半の男は左脚を犠牲に選んでいた。

その日以来、ミュアトンは「一本脚の町」として知られるようになった。かくも大きな不運に見舞われた町とはいったいどんなところなのかと、観光客がやって来るようになった。実のところ、見かけはそこらへんのどのアップランドの町とも変わりはしなかった。本通りを松葉杖か義足でひょこひょこ跳ねて進む成人男性や少年の数を別とすれば。

ミュアトンの話を聞いて私は愕然とし、心ない観光客たちに憤慨した。

「責めるわけにも行かないわよ」とミリアムは言った。「みんな新聞で読んだのよ。ちょっと怪奇っぽく、何となく魅力的な感じにさえ書いてあったし。坑夫たちとその家族には悲惨そのものだったけれど」

少なくともその点は私も同意した。

「よかったらここダンケアンで起きた似たような例、教えてあげるわよ」とミリアムは言った。「まるっきり本に書いてあるみたいな話なのよ。でも事実だし、恐ろしい話なんだけど」

もちろんぜひ聞きたい。

「じゃあ一緒に来て」と彼女は言った。

私たちは岩から降りて、一キロ半ばかり丘陵に入っていき、やがて小川が勢いよく流れる深い峡谷に着いた。古い石橋が峡谷の両側をつないでいた。

二人で石橋まで歩いていって、崩れかけた欄干《らんかん》から用心深く下を覗いてみた。十五メートルくらい下にあると思える小川からは岩がいくつも突き出ていた。この橋からタム・ハーフナイトという男が、生まれたばかりの赤ん坊の娘を死なせたあとに身を投げたのだとミリアムは言った。

そのとき以来、羊飼いたちはここを〈タムの橋《タムズ・ブリッグ》〉と呼んでいる。

「自殺が起きたのは、あたしがここへ移ってくるずっと前」とミリアムが言った。「本人を知っていた人たちが言うには、タムは善人で、娘を殺すつもりなんかなかったんですって。細かいことはよく知らないけど、右腕がどこか悪くてギプスをはめていたのよ。それで家にいて、両腕で赤ちゃんを抱いていたら、赤ちゃんがずるずる滑り落ちはじめた。落ちるのを食い止めようとしたんだけど、ギプスのせいで赤ちゃんを強く押さえつけすぎて、首の骨を折ってしまった。そのあとここへ来て自殺したのよ。彼のやったことは正しかったって誰もが思ったんですって」

その言い方から、彼女も賛同していることが私にはわかった。

「遺体が見つかったとき、あそこの岩の上に仰向けになっていたそうよ」とミリアム・ゴールトは言った。「背骨が折れていて、『目玉ほじくり』どもがもうすでに目をえぐり取っていた」

私はぞっとした。私たちは一緒に峡谷をじっと見下ろした。

「タムは奥さんと赤ちゃんを心から愛していたと言われている」と彼女は言った。「愛が元で、ずいぶん妙なことが起きるものだと思わない？」

私はどう答えていいかわからなかった。

私はミリアム・ゴールトを崇拝した。はじめは彼女と話し、彼女が話すのを聞くだけで十分だった。二週間以上、ほとんど毎日会っていたところで、そうしたいっさいが変わった。ある日私たちは、いつもの大岩の下で落ちあった。彼女は私の手を取り、私たちは一言も話さずに丘をずんずん、なかば走るように上がっていった。実際、息も切れぎれだったから話そうにも無理な相談だっただろう。じきに私たちは、草と背の高いヘザーとに護られた、それまでにも一緒に座ってお喋りしたことのある窪みにたどり着いた。けれど今日は、二人とも死に物狂いで相手に喰らいついた。たがいを貪り、たがいのなかに沈み込んでひとつの新しい生き物になろうとした。

とうとう、疲れはてて二人ともうしろに倒れ込み、深く息をしながら、計り知れぬ暗く深い淵を抱えた雲が通り過ぎるのを眺めた。時おり金色の縞が現われ、太陽が隠れた宝をちらつかせて私たちをじらした。やがてまた雲が厚くなって、周りの丘陵じゅうのすべての色の明度がまる一段階下がった。ヘザーも、ムーアの小さな花々までも、ほとんど黒く見えた。

それからまた数秒間、太陽が完全に姿を現わし、私は自分のかたわらに横たわるミリアム・ゴールトに目を向けた。顔が、体全体が溶けた金《きん》に包まれた彼女は、さながら古代の女司祭に見えた。

雲がふたたび太陽を隠すと、彼女は人間になった。その瞬間に勇気を得て、愛している、と私は彼女に告げた。あたしも愛しているわ、と彼女が言ってくれることを私は期待した。

しばらくして彼女は口を開いたが、それは私が聞きたくてたまらない言葉を発するためではなかった。ため息をつきながら彼女は、明日うちに来なさいな、と初めて私を誘ったのだった——常緑樹の防風林に囲まれた館に。

5

館を雨風から護るべく何列も並ぶ常緑樹は、そこにあるたった一本の落葉樹を保護する役割も果たしていた。それは横に広いが高さはあまりない楢《ナラ》の木で、館の相当広い前庭の真ん中に立っていた。館は伝統的な、二階建てで長方形の、御影石のブロックを積んで造った建物だった。玄関の両脇に左右対称の窓があって、いずれも黒っぽいカーテンが掛かっている。二階にはカーテンを閉じた窓が三つあり、うちひとつは玄関の真上にあった。窓の周りの壁に蔦《ツタ》が絡みついていた。玄関の上の横木には、この家の正式名称が彫ってあった。

ダンケアン館
1885年

大岩の下のいつもの場所から一緒にここまで歩いてくるあいだ、ミリアム・ゴールトはいつになく静かだった。そしていま彼女は重たい木の玄関扉を開け、二人で中に入ってからそっと扉を閉めた。玄関広間を抜けて、私を居間に通した。前世紀に貼られた高い壁板、がっしりと頑丈そうなマホガニーの家具の数々。いまは火を焚《た》いていない石造りの暖炉が、ひとつの壁をほぼ埋めていた。部屋はこの家が建って以来何も変えられていないように見えた。

「書斎にいるわ」とミリアムは言った。壁板にすっかり溶け込んでいるのでほとんど目につかない別のドアの方へ私たちは近づいていった。中へ入る直前に、彼女は小声で「忘れちゃ駄目よ、病気なんですからね」と言った。

彼女はドアを三回軽くノックして、開けた。

そこはひどく陰気な部屋だった。窓は南側の壁にひとつあるだけで、カーテンの代わりに緑のステンドグラスが入っているので、日の光はあまり入ってこない。どの壁にも本棚が並んでいて、部屋の真ん中にあるテーブルの上には真鍮の望遠鏡と思しきものが置いてあった。フロアランプがあって、ソファがあって、そのそばの暖炉では火が小さく焚かれていた。きっとムーアの湿気を遠ざけるためだろう。炉棚の上に掛かった薄暗い写真が、壁にある唯一の装飾品だった。お香のような匂いがあたりに広がっている。

はじめ、部屋にはほかに誰もいないように思えた。

やがてミリアムが口を開いた。

「父さん、友だちを連れてきたわ。ハリーよ」

私の目が少しずつ薄闇に慣れてきた。はじめ、暖炉近くのソファの上に積まれた衣服の山と見えたものが、だんだんと、黒いパジャマを着た華奢《きゃしゃ》な男の形を帯びていった。薄い灰色の髪、細い顔、悲しげな目。ソファの脇のフロアランプだと思ったものは、実のところキャスターが付いた金属の竿《さお》で、何か透明な液体を入れた壜がフックから下がっていた。壜から出ている管が男の左腕につながっている。男のかたわらに、縞のある猫がいることも見えるようになった。

私は握手しようと歩み出た。猫は背を弓形にそらしてフーッと私を威嚇《いかく》した。

ミリアムの父親はゆっくり立ち上がったが、私の手は握らなかった。それどころか、私の手に触れまいと自分の手を引っ込めさえした。私もそれで構わなかった。薄暗い光のなか、パジャマの袖から突き出ている指は萎《しな》びて黒っぽく見え、火で焦げたみたいだったのだ。あるいは、もっとおぞましい話、大きな蜘蛛《クモ》の脚だったとしてもおかしくなかった。

ミリアムから過去の話を聞いた限り、私は何となく、彼女の父親を活動的な人生と結びつけて考えていた。船隊を引き連れて七つの海を旅し、異国の地をさまよった日々。だがいま目にする父親は、なすすべもなく砂洲に流された難破船の残骸という感じだった。

「お休みを邪魔したりはしないわ」とミリアムは父親に言った。「ハリーに一目会ってもらおうと思っただけ」

父親は私の方を向いてうなずき、また身を縮めて猫のかたわらのソファに座り込んだ。

「行きましょ」とミリアムが言った。

二人で立ち去るなか、炉棚の上の写真がミリアム・ゴールト自身のものであることに私は気がついた。

「**ごめんなさいね**」とミリアムは、二人で部屋の外に出たと同時に言った。「もっと愛想がいいこともあるのよ。今日はその気分じゃなかったみたい」

私が父親をこの目で見て、その状態も知ったいま、彼女は父のことを話すのをそれほどためらわなくなった。どうやら彼女自身、何時間も一緒に座っているのに気づいてもらえないことがよくあるらしい。時には一日中あのソファでうとうとしていて、食事を持っていってもごくわずかつつくだけだったりする。たいていの夜は、上の階の寝室に行かずにソファで寝てしまう。そういう夜には、空に雲がないと、金属の竿から出ている管を外して庭に出ていくこともある。庭に出ると、かつて船で使っていた望遠鏡で何時間も空を観察するのだという。

このふるまいがミリアムには気がかりなようだった。私には、長年海で過ごしたのだし、天文航法にも通じているだろうから、それなりに理解できることではと思えた。

「ええ、それにあたしも、星の位置や運動について父さんから多くを教わった」とミリアムは言った。「でもいま父さんが星を見る一番の理由は、空にメッセージが、父さんに向けて特別に書かれた何かがあるんじゃないかと思ってるからなのよ。あたしにもよくそう言うの」

そう聞くと、たしかに体の病気に加えて——それがどういう病気かもよくわからないが——少し狂気も感じさせる。私はいちおう礼儀上、いずれよくなって万事上手く行くんじゃないかなと言ってみた。

「その望みはないわ」と彼女は言った。

その答えを聞いて、ミリアム・ゴールトは楽天家ではないのだなと私は思った。

「よかったら父さんの宝物を見せるわ」と彼女は言った。

私たちは階段を上がって、二階の大きな部屋に行った。天井の明かりはそれほど強くなかったので、ミリアムは窓のカーテンを開けた。床はむき出しの板床で、博物館で見かけそうなガラスの陳列箱がいくつかある以外、部屋には家具もなかった。向こう側の壁に面して本棚がひとつあった。飾り台もあって、船舶用時計みたいなものが置かれている。どうやらこの時計に付いた鐘が昼も夜も三十分ごとに鳴るらしく、さっき父親と一緒にいたときにも甲高い音が天井を通って聞こえてきた。

「けっこう値打ち物もあるのよ」とミリアムは言った。「旅のあいだ、航海士たちがいろいろ集めてくれたの」

実際、尋常ではない品がいくつもあった。ある箱には男女二人の縮んだ頭が入っていて、白髪は長く瞼と唇は縫いあわせてあった。窓のそばにある細長い箱には、錐刀《スティレット》、中南米の鉈《マチェーテ》、アジアの短刀《パラン》等々のコレクションが収められ、それらの刃についた茶色いしみは錆《さび》には見えなかった。またある箱には鯨骨《げいこつ》やイッカクの牙で作ったさまざまな彫刻が詰まっていた。船乗りたちが慰みに彫ったそうした品には、よくあるロマンチックな船旅のイメージが巧みに彫り込まれているのに加えて、船の桁端《ヤーダム》での絞首刑や、酒場での刃物を使った殺傷沙汰の情景も刻まれていた。

奥の壁にある本棚に入った本の大半は劣悪な状態で、表紙は反《そ》り返り、字もかろうじて読める程度だった。いかにも船にありそうな本がいくつかあった。『若い水夫の為の船旅入門』、『マラッカ海峡の潮流と海流』、『縄結びの手引』、『メラネシア諸島旅行記』。ほかはみな、陸のどこの図書館でもお目にかかるたぐいの、白黴《しろかび》の生えた本の寄せ集めだった。

「これ全部、沈没して一人の生存者も残らなかった船にあったのよ」とミリアム・ゴールトは言った。「父さんは読まない。ただ置いておきたいだけ。父さんにとって大事なのは、これを最後に読んだ人間が溺れ死んだっていうことなのよ」

何と気味悪い発想か、と私は思った。その本棚を見ていると、私の両親の遺灰を収めた納骨堂《コランバリアム》を何とはなしに思い出した。きちんと並べられた、時代遅れの本たちは、その死んだ読者たちを——さらには著者たちを——記憶にとどめる唯一のよすがなのだ。

私はそうミリアムに言ってみた。

「結局のところ、たいていの本棚の中身はそういう運命よね」とミリアム・ゴールトは私に言った。

6

六週間の至福が過ぎて、学校が始まるまであと何日もなかった。私が少し不安になっていることをミリアムも承知していた。

「今夜夕飯にいらっしゃい」とある日彼女が言った。「学校が始まる前のご馳走にするわ」

というわけでその夜、私は七時半ごろムーアに向かい、八時直前に館に着いた。夏も終わり近かったが、まだ明るかった。今夜ばかりは珍しく、アップランドに唯一出ている雲は、無数に飛びかうブヨの雲だけだった。ミリアムが玄関で私を出迎え、父親が一緒に食事しないことを告げた。書斎で一人で食べる方が父はいいのだ、と。

私も全然異存はなかった。

「あなたへの贈り物をひとつ選ぶよう言われたわ。難破船から救い出した本をどれかって」と彼女は言った。「一冊これだって思ってるのがあるの。帰る前に渡すわね」

彼女が自分で作った食事だった。匂いも味もいいローストビーフを、私たちは台所の、飾り気のない樅《モミ》のテーブルで食べ、それから赤ワインを一本持って居間に移った。隣の書斎に父親がいることを私は強く意識していたので、なるべく小声で話そうと努めた。壁は厚いし父さんは私たちの声なんか気にしないわ、とミリアムは請けあった。

居間の窓のカーテンはどこも開いていて、もう外は暗かった。私たちはしばし窓辺に行って外を眺めた。常緑樹の上に広がる夜空は晴れていて、星が一面に出ていた。

「星ってすごく明るく見えるけど」とミリアムは言った。「あの光がここに届くまでに何億年もかかって、あたしたちが見るころには実はもう死んでるのよね」

美しさに圧倒されてるとき人はそんな悲しいことを考えないものじゃないかな、と私は言ってみた。

「真実は真実よ。この地上だって、何を見るにせよ見たときにはもうそれは同じではないし、見てるあたしたちだって同じじゃない。科学者ならみんなそう言うわ」

この一言をどう捉えたらいいのか、私にはわからなかった。それで私は彼女の手を取り、二人で大きな暖炉の前のカウチに行って座った。夜の冷気を遠ざけるためにさっきから火が焚かれていた。私は片腕を彼女の体に回し、ワインが勇気を与えてくれた。私はもう一度、この二週間ばかり何度もそうしていたように、愛していると言った。あたしも愛してるわと彼女が言ってくれることを私はまたも期待し、彼女はまたもそう言わなかった。でも彼女は、私の目をまっすぐ見た。

「言葉ってほんとに簡単に、本物と間違えられてしまうものね」と彼女は言った。

私はそれを激しく否定した。僕は間違えてなんかいない。自分が君を愛していることが僕にはわかるし、それは言葉となんか関係ない。そもそも僕の愛は言葉を超えている。それは直観なんだ。僕と僕という存在の奥底から、君を愛していると僕にはわかるんだ。

知りあって何週間かして初めて、ミリアムはゲラゲラ笑い出した。

「あなたってどうしようもないわね、ハリー」と彼女は言った。「直観なんて、愛だろうが星だろうが何もわかりゃしないわよ。だって、あたしたちをご覧なさいよ。ここにこうして座って、この上なく安全な身でお喋りしてるつもりでいるけど、実は時速何千キロの速さで太陽の周りを回ってるのよ。直観なんて年じゅう人間を裏切ってるのよ。猫が隅に転がってると見えたのが実は靴下だったり、靴下だと思ったら猫だったり」

ワインが彼女にも回っているのだと私にはわかった。ある時点で、彼女ははっきり私に体を寄せてきた。

「あなたが愛だと思うものが、実は欲情じゃないってどうしてわかるの?」と彼女は言った。

彼女の体の感触だけで、そのとおりかもしれないという気にさせられたけれど、私は譲らなかった。それで彼女は真顔に戻った。

「あなたがあたしを愛しているのだとしたら、その愛は、本物のあたしについて知っていることに基づいていないといけない」と彼女は言った。「けれどあなたには、あたしについて知らないことがたくさんある。もしそれを知ったら話は変わって、あなたが愛と思っているものは押しつぶされてしまうでしょうよ。愛と思っているものが、それほど気高くないものに変わってしまうでしょうよ」

私にとって嬉しくないであろう秘密が自分にはある、と彼女がほのめかしたのはこれが初めてではなかった。けれど私は、あたかも呪文のように、愛しているよ、とくり返すばかりだった。そうやって何度も言うことで、彼女がその言葉を返してくれないことの埋め合わせになるとでも思っているみたいに。

私の目をなおもじっと見ながら、私という人間について決めかねているかのように、彼女の眉間《みけん》に皺が寄った。

「どうかしらねえ」と彼女はやがて言った。

もうほぼ午前零時で、二つのグラスにもう一杯ワインを注ごうとしたところで上の階の時鐘《じしょう》が鳴った。

「よく聞いて」と彼女は言った。鐘は八回鳴った。

「夜半直《ザ・ミドル・ウォッチ》がそろそろ始まるのよ」と彼女は言った。「午前零時から朝八時までの見張りのことを船乗りたちはそう呼ぶんだって父さんが言ってた。父さんを寝かしつけに行くわ。一緒に来てちょうだい――あなたに見てもらわないといけないものがあるのよ、どうせならいま見てもらう方が」

こうして私は彼女のあとについて、板壁に組み込まれたドアを抜けて書斎に入っていった。

彼女の父親は、前と同じように暖炉のそばのソファに横たわっていた。かすかな香の匂いがあたりに漂っていた。父親のかたわらの小さなテーブルには夕食の残りが置いてあった。縞猫は一枚の皿の横に座って自分の髭を整えていた。私を見てグルルとうなり、ずるずる下がって横のソファに降り立った。

「じゃあお薬にする?」とミリアムが父親に言った。

父親はニッコリ笑い、不揃いな黄ばんだ歯を見せた。目が興奮気味に熱っぽく見えた。

ミリアムが暖炉のそばにある低い棚に行って引出しのなかをかき回しているあいだ、私は父親に、お嬢さんから伺いましたがご本を一冊いただけるそうで、ありがとうございますと礼を述べた。彼は私にはまったく何の注意も払わず、ソファの方に戻ってくるミリアムをひたすら見つめていた。ミリアムは手に、宝石箱のようなものと、古風な煙管《キセル》みたいなものを持っていた。細い管が六十センチくらいのびていて、先端に小さな火皿が付いている。

そしてミリアムは箱を開け、煙草の葉が入った小袋を取り出して、慎重に葉を煙管に詰めた。煙管の軸に、東洋の文字と思しきものが彫ってある。彼女はマッチに火を点け、パイプを自分の唇に持っていき、葉が赤く燃えるまで何回か吹かした。父親はいつの間にかソファの上に横向きになって、頭をクッションに載せ、顔を上げ目を見開いて娘に見入っている。娘は父に煙管を渡し、父はそれを震える手で握って吹かした。

宝石箱からミリアムは次に、黒い液体が一杯に入った小さな薬瓶を出した。火皿の上に壜を傾け、どろっとゆっくり出てくる液体を一滴垂らす。煙が一気に濃くなり、さっきからあった香の匂いもずっと強くなった。

父親は一、二分着実に煙管を吸いつづけ、吹かす合い間に時おりふうっとため息をついた。私とミリアムは何も言わず見守った。

十分ぐらいのあいだに、煙管に葉を詰める手順がさらに二度くり返された。父親の目の熱っぽさがだんだん弱まってきて、ふとミリアムと私の方を見たその顔はまったく人間らしく見えた。横に丸まった猫まで、満足げに目をパチクリさせていた。

ようやくミリアムが、父の力の抜けた指から煙管を抜きとった。

「じゃあ行くわね」と彼女は父親に言った。「しっかり休んでね」

父親はため息をついて目を閉じた。彼女は煙管と箱を引出しに戻した。私たちは一緒に父親の使った食器を集めて台所へ持っていった。台所に着くや、私が口にしていない問いに彼女は答えた。

「阿片《あへん》」と彼女は言った。「極東で貿易に携わっていたときに習慣になったの。一生分の蓄えがあるのよ。煙管みたいに微妙なものはもう手が震えて扱えないから、あたしがやってあげないといけないの」

阿片の危険性については読んだことがあったので、私はショックを受けた。父親の習慣のことをもっと訊こう、どうにかして治るよう手を打ってあげるべきじゃないかと意見しようと思った。ところが、いまにも口を開こうとした私の腕にミリアムは手を当て、私の目をまっすぐ見た。

「もうムーアを越えて帰るには少し遅い時間だわ」とミリアムは言った。「今夜はここであたしと過ごしてくれると嬉しいんだけど」

私の心臓が跳び上がった。

そうしてミリアムは台所と居間の明かりを消して、私たちは腕を組んで彼女の寝室に上がっていった。

隣の部屋で船の鐘が周期的に鳴るのにもめげず、私たちはやがて眠りに落ちた。
ところが、三時の鐘が鳴ったところで、家の外から別の物音がしたせいで私は目を覚ました。ミリアムはぐっすり眠っていたので、そっと彼女から身を振りほどき、ベッドから出て、むき出しの木の床に降りた。忍び足で窓辺に行って、庭を見下ろした。月が出ている晩だったからとてもはっきり見えた。

毛布にくるまったミリアムの父親が、庭のベンチに腰かけて、真鍮の望遠鏡で夜空を見上げていた。私がほんの一瞬見た時点で、突然望遠鏡を目から離し、こっちがさっと隠れる間もなくまっすぐ私を見据えた。彼は痩せた手を振ってニヤッと笑った。月の光を浴びたその顔は見るからにおぞましかった。

私はすぐさまベッドに退散した。ミリアムが気づいて、私にすり寄ってきた。

「体、冷えてる」と彼女は言った。

「外で音がしたんだ」と私は言った。「君のお父さんが表で星を眺めていたよ。僕のことも見た。僕が君とここにいること、お父さんは知ってるよ」

「もちろん知ってるわよ。心配は要らないわ」と彼女は言った。「さ、あたしが暖めてあげる」


朝になり、私は台所に座ってコーヒーを飲んでいた。ミリアムは父親のところへ行っていた。どうやら父親は星座観察のあと書斎で眠ったらしい。少ししてから帰ってきた彼女の服には香の匂いが付いていた。

「薬をあげてきたの」と彼女は言った。「これであと何時間かは機嫌よくいてくれるわ。二階に行って、昨日言った本を取ってくるわね」

彼女は階段をのぼっていき、小さな本を一冊持ってすぐ戻ってきた。

「はい、これ」。彼女はその本を渡してくれた。

表紙は反っていて、ページの多くは皺が寄って潮のしみが付いている。海の匂いが嗅ぎとれた。

『アップランドの話』という題の本だった。

「アップランドには昔からいろんなおはなしが伝わっていて、これもそのひとつね」と彼女は言った。「何ページか脱落してるけど、本体部分はちゃんと残ってるし、この本がどんな目に遭ってきたかを想うと、いまも大半は読めるだけ立派よね。あなたが読んだらどう思うかしらね」

私は彼女に礼を述べ、次に会ったときに話すよと約束した。

彼女はコーヒーを少しずつ飲みながら、じっと私を見ていた。

「さあ、これであなたにも、私の父親のこと、父親が抱えてる問題のことみんな知ってもらったわ。世の中には次から次へと災難が起きる家族がいるみたいだけど、うちもどうやらそうみたい。あなたはあたしを愛していると言ってくれるけど、あとどれだけ多くに耐えられるかしら？　あなたの辛抱にも限界があるんじゃないかしら？」

私たちはキッチンテーブルに、たがいに向きあって座っていた。窓から入ってくる光の加減で、彼女の目のなかに、私自身のミニチュア鏡像が映っているのが見えた――あたかも私が、すでに彼女の一部であるかのように。それに勢いを得た私は、君のお父さんの中毒だろうが何だろうが、君の家族にどんなことがあっても構いはしない、と宣言した。僕は君を愛しているし、これからもずっと愛する。私は思った。今度こそ彼女も愛していると言ってくれるはずだ、と。

だが彼女はそうは言わなかった。

そこで私は、自分でも驚いたことに、さらに先まで進んだ。結婚してほしい、と頼んだのだ。その言葉の響きがひどく快くて、もう一度頼んだ。

私自身は驚いたものの、ミリアムは少しも驚いたようには見えなかった。彼女の目は、岩の上で初めてその目を逆さの向きで見たときと同じくらい謎めいて見えた。どうか答えてほしい、と私は訴えた。

「いまはもう、その話はよしましょう」と彼女は言った。「あたし、考えないといけないことがたくさんあるから」。それからまもなく、雨が窓に打ちつけはじめた。もう帰る時間だった。ミリアムは選んだ本をビニール袋に入れてくれた。

「水はもう十分すぎるくらい吸ってきたものね」と彼女は言った。

ダンケアンの町までずっと下っていく道すがら、ポケットのなかにある本の重みを私は意識していた。私は何度も、あの奇怪な老人のこと、ミリアムの父親のことを考えた。ミリアムがなぜ、アップランドで起きる「奇怪で」「普通じゃない」出来事に惹かれるのか、いまや私は理解した。彼女自身がそうした出来事の只中にいるのだ。
私はまた、歩きながら私たちの会話の最後の方を何度も再演してみた。私が愛していることを彼女はわかってくれていて、結婚の申込みにもゲラゲラ笑ったりはしなかった。それが一番大事なことだった。大いなる希望が私にはある。降る雨がどんどん強くなっていくさなかにも、私の心は軽かった。

7

その日はもう一日じゅう雨は止まず、風も強まった。私の部屋の窓から、戦争記念碑の上に立つ三人の兵士の顔が容赦なく雨に打たれるのが見えた。私の頭はサム・マッケイからもらった教科書の中身で一杯になっているべきだった。もう一度その内容をおさらいしないといけない。心配は要らないとサムは言ってくれたけれど、もうじき始まる学期について、私は不安にならずにいられなかった。

けれど同時に、思わず口走ったミリアムへのプロポーズのことも考えていた。いまや迷いが生じていたというのではない。私はただ、彼女との結婚というのが何を意味するのか、現実的に考えはじめていたのだ。彼女は素晴らしい人物だ。けれど結婚したら、私たちはあのぽつんと一軒建った家に、あのおぞましい、中毒を抱えた父親と一緒に住むことになるだろう。ダンケアンのような小さな町でのそんな暮らしに、たとえミリアムと一緒ではあれ、閉じ込められることに私がだんだんと恨みつのらせていく、ということはありえないだろうか――かつて夢見ていたエキゾチックな世界がいまや目の前に広がっているというのに？

けれど私はそういう思いを頭から追い払った。私は恋をしているのであり、大切なのはそのことだけなのだ！　ミリアム・ゴールトと出会ったことは、古い本に載っている大いなるロマンス物語のようなものだった。次の章で彼女は私を愛していることを認め、私と結婚してくれて、私たちはいつまでも幸せに暮らすのだ。

その晩私が取りかかった課題は、ミリアムが父親の書斎から選んでくれた本を読むことだった。

受けとったときに気づいたとおり、本はきわめて劣悪な状態だった。内表紙にはエンボス加工で「蒸気船デレヴォーン所有物」とある。そういう名のみじめな船が珊瑚礁《さんごしょう》の上で粉々に砕け、図書室にあった本たちが蝶のように渦のなかを漂っている情景を私は思い描いた。

扉のページははっきり読めた。古風な書体で大きくこう書いてあった――

アップランドの話

メグ・ミラー著

ソネット十点を付す

日付その他の情報はいっさいなかった。ページをぱらぱらめくってみると、一応まずまずの状態だったが、十点のソネットのうち水難を生きのびたものはひとつもなかった。それらが載っていたはずのページはどこも真っ白だった。言葉たちは船が最期《さいご》を迎えた海に溶けてしまったのだ。

私は読みはじめた。

親愛なる読者へ　これは古い物語でありこの物語には幾つも異形があります。此処《ここ》に綴《つづ》るのは私が小さいころから知ってきた形です。

荒屋《あばらや》が何軒か集まっただけの或るアップランドの村での真冬の事。ジョニィ・リードはそうした荒屋のひとつに妻と暮していた。夫婦は甚だ貧しく、あまり幸福ではなく、ケールのスープを主食に生きていた。子供は六人居た。

斯《こ》うした冬の或る朝、ジョニィは目を覚し、不思議な夢の事を妻に語った。

「自分が丘を歩いてるのが見えたんだよ、あの古いローマ橋に通じる小径を。雪が降っていて、俺は右手に何時《いつ》もの柄《え》の長いショベルを持っていた。橋に近付いて行くと、小径から五十米ばかり離れた湿地に、枯れた榛《ハンノキ》の藪《やぶ》が見えた。彼処《あそこ》へ行かなくちゃ、という気になって、俺は行って掘りはじめた。ショベルがガチン、と何か固い物に当った。それは鉄の大釜だった。俺はそいつを穴から持ち上げて、開けてみた。中には金貨がどっさり入っていた」

夢は実に真に迫っていて、自分がその場所を知っているとジョニィは確信した。今直ぐ行って見てみるよ、気になるからね、と彼は言った。

斯《か》くしてジョニィは、柄の長いショベルを手にムーアの中へと入って行った。

寒い日で、冬の霧も濃く、周囲五十米より先は見通せなかった。それでも、古いローマ橋に通じる小径に着くと、危険な湿地の真ん中に、夢と全く同じ榛の藪の輪郭が見えた。ジョニィは小径から出て、湿地の柔らかい、雪も積っていない土に足を踏み入れた。

一歩ずつ慎重に、試す様に進まないといけなかったので、榛の藪が生えている固い地面が小さな島になっている所へ着く迄暫《しばら》く時間が掛った。もう葉も殆ど残っておらず、萎《しお》れた生残りが何枚か、恰《あたか》も未《ま》だ夏であるかの様にしがみついているばかりであった。

ジョニィ・リードは仕事に掛った。掘って掘って掘りまくり、暫くするとショベルが何かにかちんと当った。尚も掘りつづけ、やがてその品が現れた。榛の根《の》に絡まっていたから、きっと長年其処に在ったに違いない。両手でその上部からもっと泥を払い除けると、それは蓋の付いた大釜であった。弓形の把手を掴んで蓋を持ち上げようとしてみたが、引っ掛ってしまっているらしく、確《しか》と掴むだけの隙間も無かった。そこで柄の長いショベルを梃子《てこ》に使い、大釜丸ごと、此奴《こいつ》は重いぞと思いつつ持ち上げた。

釜全体を見てみると、紅の鋳鉄で出来ており、天辺《てっぺん》の縁に込み入った模様が入っている。ジョニィは再び蓋を持ち上げようとしたが、甲斐は無かった。蓋が釜の天辺に螺旋止《ねじ》めしてあるのではと思い、ショベルの柄を、釜の把手の弓形の中に通して力一杯回してみた。到頭、蓋はいともゆっくり回りはじめ、やがてぽんと外れて、弾みでジョニィは後ろに倒れた。立ち上がって、大釜の中を覗いてみた。何もない。中は空っぽであった。

荒屋に戻るとジョニィは女房に言った。「ほら、金貨一枚無いんだ、金なんて全然無いよ」。女房が自分の目で見られる様、ムーアから釜を持ち帰って来たのである。女房に見えたのは、在り来《きた》りのケール鍋の大きさの紅の釜の、つるつるで紅の内側のみであった。

斯くしてジョニィと妻は普段の暮しに戻って行った。時は過ぎ、六人の子供は皆大人になって結婚し、近所の別の荒屋に移って行った。

二十年間の退屈な日々が過ぎ、それから再び普通でない出来事がジョニィ・リードの身に起きた。

冬の或る朝、荒屋の扉を騒々しく叩く音がした。ジョニィが開けてみると、熊革の乗馬服に三角帽子という出立《いでた》ちの男が立っており、馬は何米か離れた所に繋《つな》がれていた。御邪魔して申し訳ありません、と男は詫びた。私はイングランドから来た者でして、アップランド各地の慣習や伝統を研究している学者なのです、と男は語った。さっきから本道を探しておるのですが、悪天候で迷ってしまいまして。腹が減って体も冷えてしまったのです。

ジョニィの女房が男を招き入れ、暖炉の側《そば》の卓に据えた三本脚の丸椅子に座らせた。泥炭を焚いた火の上に載せた紅の大釜からケールのスープを碗に掬《すく》って出してやった。

スープで旅人の体も暖まり、直《じき》に又旅を続けられる態勢に戻った。だが立ち去る前に男は、スープの入っている大釜の中を見てもいいかと訊ねた。方々見て参りましたがこういう形の紅の釜は初めて見るもので、と。ジョニィの女房は襤褸《ぼろ》切れで釜を摑んで泥炭の火から降ろし、暖炉の縁の板石に置いてやった。女房もジョニィも、釜の発見に繋がった夢の事を旅人に話しはしなかった。

旅人は金縁の眼鏡を鼻に載せ、大釜を眺めた。取分け彼は、何十年も泥炭の煙を浴びて煤《すす》けた外縁《そとぶち》に見付けた模様に興味を示した。旅人は手巾《ハンカチ》で煤を拭い去った。

「おやおや」と旅人は言った。「羅甸《ラテン》語の銘文だ。この釜、羅馬《ローマ》人が此処に居た時代の物である可能性大ですぞ。ええと、sub hoc alia jacet――これはまた奇妙な。この下にもうひとつ在りという意味です」
貴方がた、実に珍しい釜をお持ちです、とイングランドからの旅人はジョニィ・リードとその女房を祝福した。金額的には然《さ》程《ほど》価値は無いかも知れんが、考古学的には貴重です、ぜひ大切に為さって下さい。そう言って彼は食事と暖を与えて貰った礼を述べ、馬に乗り、夫婦に教わった通りに本道へと向かって行った。

旅人が去るや否や、ジョニィはショベルを出して、二十年前に釜を見付けた場所へもう一度出掛けて行った。躍る胸を抱え、剣呑な沼地をそろそろと進み、骨の様に痩せた榛の藪が今も生えている場所に辿り着いた。ジョニィは掘りはじめ、深く深く、前回よりもずっと深く掘って行った。

カチン‼

果せるかな、もうひとつ紅の大釜が出て来て、ジョニィは梃子を使ってそれを地上に引き揚げた。ショベルの長い柄を、蓋の弓形の把手に差し込んだ。蓋はゆっくり回り、金属と金属が擦れてキィキィ音が立った。最後の一捻《ひね》りと共に、ジョニィは又も後ろに倒れた。立ち上がり、大釜の中を覗き込んだ。

親愛なる読者へ　物語のこの時点以降、幾つかの異形が存在する。真実に対する義務故、此処にそれ等を併記し、諸兄に鑑賞戴ければと思う。

筆者が子供の頃聞いた形では、二番目の大釜には古代の金貨が一財産入っていた。ところが、ジョニィが意気揚々それを乾いた地に持って行こうとすると、足が滑った。釜の把手に上着が引っ掛り、ジョニィは沼地に引き込まれ、じわじわ沈んで行って窒息死した。何年も後の春、沼地の水嵩《みずかさ》が増して、大釜を両腕に掻き抱いた儘《まま》のジョニィの遺体を浮び上がらせた。釜の中は今や全くの空っぽであった。

別の形では、ジョニィが二つ目の大釜を掘り出すと、中には前回同様何も入っていなかった。だが、読み書きの出来ぬジョニィではあったが、縁に刻まれたラテン語 sub hoc alia jacet は其れと判った。そこで再び掘ってみると、更にもうひとつ大釜が出て来て、これ又空っぽで、同じ銘文が刻まれていた。もう一度掘ってもう一度大釜が出て来て、矢張り空っぽで、同じ銘文があった。もうひとつ掘り出し、更にもうひとつ。彼は今でも掘りつづけており、今でも新たな大釜を発見し、そのどれもが空っぽで、全てに銘文が刻まれている。

別の形では、全く違う顛末《てんまつ》に至る。イングランド人の旅人が去った後、ジョニィは矢張り沼地に戻って行き、二つ目の大釜を見付けるが中には何も入っていなかった。ところが其の夜、がっかりして帰宅した後、もう一度大釜の夢を見た。然し今回釜は沼地の榛の藪に埋められているのではなかった。代りに、夫婦の住む荒屋の直ぐ外にあるケール畑の地中深くに埋められていたのである。

目を覚したジョニィは夢について長い間考え、女房とも話し合った。二人は何もせぬ事に決めた。所詮は只の夢なのだ。そんなものの為に、自分等の命を支えてくれる食糧が毎年の夏に繁るささやかな地面を駄目にする気は無かった。

けれど若しジョニィが、柄の長いショベルを出して来て、このケール畑を掘りさえしたなら、彼はきっと、あのカチンという音を聞いたであろう。ショベルは更にもう一度紅の大釜に当り、この釜には金がぎっしり詰っていたであろう。その大量の金で以て、ジョニィ・リードは自分と女房の為、子供達や子供達の子供達の為に御殿を建てたであろう。アップランド中に高い木々を植えて再び森を作り、極楽鳥やオランウータンを始め世界中から動物や鳥類がやって来て森に満ちたであろう。ジョニィは賢者の集団を雇い、万人の幸福の秘訣を探させたであろう。賢者達は彼を失望させなかったであろう。彼は賢者達に、人類全体が利する様、発見の公表を命じたであろう。世界中の誰もが何時までも幸せに暮し、愛し合ったであろう。

物語を読み終えた私は、ミリアムはなぜこの本を私のために選んだのだろう、と考えた。たしかによく出来た話ではあるが、複数ある結末はどれもずいぶん悲観的ではないか。人が夢を追うにせよ追わぬにせよ、結果はどのみちぱっとしないのだ。この小さな本を最後に開いたのが、いまでは海の底に骨が散らばったどこかの哀れな船乗りだと思うと、私の気持ちはいっそう暗くなった。

全体的に言って、娯楽的価値は別として、『アップランドの話』も、恐怖の要素こそないにせよ、トールゲートのキャメロン・ロスの物語と同じくらい気が滅入る話に思えた。明日ミリアムに会ったら、そのあたりをじっくり話しあおうと思った。

もう午前零時を過ぎていて、雨はまだ激しく降っていた。広場で三人の兵士が、街灯の光を浴びてキラキラ光る姿で、丘陵の闇を見やっていた。ベッドに入ってランプのスイッチを切ったときにも、私の頭には彼らの姿が残っていた。私はしばらく眠れずに何度も寝返りを打ち、ミリアムのこと、私たちの将来の幸福のことを考えようとした。けれど時おり、確信が持てぬゆえの不安の波が、さらには恐怖の小さな波が押し寄せてきて、なかなか寝つけなかった。

8

私は寝坊し、いつものとおり、両親がまだ元気に生きているトールゲートの夢を見ていた。彼らのいない現実に目覚めて悲しみに打たれたが、じきにミリアムのことを思い出し、ふたたびいい気分になった。ベッドから出て、着替えを済ませるあたりで、ドアをノックする音がした。

「どなたです?」と私はシャツのボタンをはめながら声を上げた。

「私です。お邪魔でないといいですが」。キンキンと甲高い声は聞き間違えようがない。ドアを開けると巨体のサム・マッケイが、階段をのぼってきたせいで少し息を切らせて立っていた。余計な前置き抜きに彼は言った。

「昨日ダンケアンに帰ってきたところです。お話ししたいことがあります。〈マッケンジーズ〉にコーヒーを飲みに行きましょう」

私たちは〈マッケンジーズ・カフェ〉めざして広場を越えていった。三人の兵士はもう一応濡れていなかったが、今日もまた陰気な日で、空には黒雲がどっしりと控え、いまにも中身をぶちまけようと待ち構えていた。風はこの季節にしては肌寒かった。

〈マッケンジーズ〉の店内にある一ダースのテーブルはほとんどが空いていた。私はふだんは広場が見えるようにと窓際の小さなテーブルに座るが、サムの巨体がそこに収まるはずもないので、店の奥近くのもっと広いテーブルを私たちは取った。

ここへ歩いてくるまでサムが妙に静かだったので、私はどうにも落着かず、逆にやたらと喋ってしまった。コーヒーをちびちび飲みながら、二か月があっという間に過ぎてしまって本当に信じられませんよ、と私はサムに言った。文法書も作文帳も何度か読みとおしました、もうほぼ頭に入っています、と請けあった。そういうたぐいの話を向こうはしたいのだろうと思ったのだ。

サムはうなずいて、私が喋るままに任せていた。巨大な手のなかでコーヒーカップがミニチュアみたいに見えた。

「それは結構」と彼は言った。

ほかに話す相手もいないことだし、私は彼に打ちあけようと決めた。あなたが教育委員会の仕事でよそへ行ってらっしゃるあいだに、ダンケアンで僕の身に素晴らしいことが起きたんです、と。一人の女の子と出会って恋に落ちたんです。実は、もう結婚を申し込みました。まだイエスと言ってもらっていませんが、いずれきっと言ってくれますよ。

サムが反応しないので、私は喋りつづけた。名前はミリアム・ゴールトと言います。たぶんあなたもご存じですよね。ダンケアン館に父親と住んでいる人です、不思議な老人ですよねあの父親。

大きな緑の目で私を見ているサムの目付きの何かが、すでに私を不安にさせはじめていた。だが私は恋について、恋がいかに自分を変えたかについてペチャクチャ喋りつづけた。そうはっきり言ったわけではないが、ミリアムと自分との愛情はこの世でごく稀なものであって、私たちのような愛情を――永遠に続くであろう、特別な、魔法のような愛情を――持たないほかの人たちは実に気の毒だといったようなことを私はほのめかした。

こうした言葉があふれ出ているさなかに、サムが玩具のカップを玩具のソーサーにそっと下ろした。

「君はミリアム・ゴールトと結婚できません」と彼は言った。「なぜなら彼女は私の婚約者だからです。昨日私は帰ってきて、館へ彼女に会いに行って、二人で結婚式の日取りも確定しました。私がここにいるのも実はそのためです。今朝君のところに行って話をするよう、彼女に約束させられたんです」

9

私はサムを残して〈マッケンジーズ・カフェ〉を去り、館へ直行した。ミリアムと話さねば、彼女がこの馬鹿げた話を否定してくれるのを聞かねばと思ったのだ。

ムーアをなかば走って進むなか、土砂降りの雨が降ってきて、館へ着いたころにはもう私はびしょ濡れになっていた。ドアをノックして、待った。返事なし。もう一度、もっと強くノックした。返事なし。私は力一杯ドアを叩いて、「ミリアム！　ミリアム！」と何度も叫んだ。返事なし。私はうしろに下がって、家そのものに向かって彼女の名をどなった。

ドアのすぐ上の窓のカーテンが、ゆっくりと、ミリアム・ゴールトによって開けられた。カーテンを開けた両腕をのばしたまま、彼女はしばし私の方をじっと見下ろした。その顔には何の表情も浮かんでいなかった。それから彼女はふたたびカーテンを、あたかも上演が終わったかのように閉じた。

呆然とショック状態で、私はしばらく立ちつくしていた。本で読んだことのある、槍に刺されたものの槍を抜いたら死んでしまうとわかっている古代の戦士のような気分だった。やがて私は、降りしきる雨のなかをダンケアンに向かって歩き出した。いまやダンケアンはこの世でもっとも住みがたい場所に思えた。ほんの数時間前、私は自分がこの世の誰より幸福な人間だとほぼ信じていた。それがいまは、もう二度と幸福にならないと確信していた。

翌朝の明け方、惨憺《さんたん》たる一夜を過ごした末に、私はこっそり階段を下りて外に出た。世界から実体を抜いてしまうかのような濃い霧が出ていて、私の気分にぴったりだった。カンバス地の鞄に詰めた乏しい荷物を手にダンケアン駅へと急いだ。一番最初に来る汽車の切符を買い、来た汽車に乗り込み、空いている客室を見つけて中に入った。列車が煙を吐きながら駅を出て南へ向かうなか、渦巻く霧のせいで、窓の外のダンケアンの町はほとんど何も見えなかった。

こうして、傷ついた心を抱えた私は、ミリアム・ゴールトとスコットランドを永久に後にしたのだった。

第二部

時こそがすべての出来事が一度に起きるのを妨げる。
――ジョン・アーチボルド・ウィーラー

学芸員からの手紙

というわけで、何十年もあとに、ラベルダの薄汚いブックストア・デ・メヒコで、『黒曜石雲』の扉ページにダンケアンの名前を見つけたときの私の驚愕を想像してみてほしい。どうしてその本を購入せずにいられよう？　グラスゴーの国立スコットランド文化センターに本を送ってからまる一月が過ぎていたが、稀覯本《きこうぼん》担当の学芸員からは何の連絡も来ていなかった。私はしびれを切らしはじめた。向こうはきっともう本を読み終えて、いいと思ったか、思わなかったかのどちらかだ。あの本が私には非常に興味深いと思えるのは、名前が及ぼした呪縛にすぎないのか？　魔法などというものを本気で信じるわけではないが、もしも黒魔術と白魔術なるものがあるならば、あの小さな町の名は、私にとってその両方を体現していた。あそこで私は完璧に恋に落ち、破滅的にうち捨てられたのだ。

やがてある朝、朝食前に郵便配達人が、スコットランド文化センターのレターヘッドをエンボス加工した封筒を届けてくれた。中に入った、タイプされた短い手紙を私は食い入るように読んだ。

スティーン殿

『黒曜石雲』につきまして

この件に関しまして予想より時間が掛かってしまい申し訳ありません。しかしながら、当該書物に関し私どもが幾つか興味深い発見をしたことはお喜び戴けるものと存じます。勿論調査が終わり次第、結果をご報告いたします。

既にこれだけは申し上げられます。私ども稀観本課は、『黒曜石雲』がスコットランドの珍しい文芸書として相当な価値を有するものと考えます。私個人と致しましても、この書の由来の調査を私どもにご依頼戴いたことを嬉しく思っております。いずれはこの唯一無二の書物を当課のコレクションにご寄贈戴ければ望外の喜びです。

また、数か月前に当センターに賜りました寄付金に関しましても、センター理事会に代わりまして心より御礼申し上げます。

敬具

国立スコットランド文化センター
稀観本課学芸員
ニール・スーリス　博士（書誌学）

むろん私は、本の値打ちに関する自分の判断があながち主観だけではなかったと知って大いに気をよくした。だがこのドクター・スーリスなる学芸員は、手紙のなかではあまり多くを明かしていない。それで私は興味を抑えきれず、直接電話してみることにした。時差はあったが、幸いまだ机にいた彼を捕まえることができた。

「ミスター・スティーン」私が誰だかわかると彼は言った。「わざわざお電話ありがとうございます」

非常に声の大きい人物で、しかも以前電話で話したときよりずっと熱心な口調だった。お手紙を拝見して非常に喜んでいます、と私は言った。

「いやもう、私どもも喜んでおります」と彼は言った。「あらためて申し上げますが、私どもにご本を送ってくださったこと、本当に嬉しく思います。実のところ、本を見てほしいという依頼は毎月何十件と受けるのですが、見てみるとどれもまったく、少なくとも稀覯本という観点からは無価値でして。現時点ではこれ以上受け入れる余裕はありません、とあっさり断わってしまうこともしばしばになってきております。もしあなたにそう申し上げていたりしたら、とんでもないヘマをやらかすところでしたよ」

そう聞いて私は喜び、ぜひ情報を聞かせてください、と相手をせっついた。「興味深い発見」とおっしゃるのは何なのですか？　たとえば、あの不気味な鏡雲の到来は本当に起きたんでしょうか？

だがスーリス学芸員の優先順位は、私のそれとは明らかに違っていた。

「いえ、そういうたぐいの調査はまだ取りかかってもおりませんで」と彼は言った。「私どもの方法にご辛抱いただかねばなりません。目下私どもの注意を何より惹いているのは、あの本の判型でして」

判型？　電話越しでも私の失望が伝わったのだろう、相手は声を上げて笑った。

「もちろん、印刷の歴史の専門家でもなければ、この判型がいかに珍しく興味深いか理解せよと言っても無理な相談です」と彼は言った。「ですが『黒曜石雲』の判型上のいくつかの特徴は、それだけでこの本を、この時期の書物として注目すべきものにしているのです。この本の印刷所は私どもにも馴染《なじ》みがないので、まずはこの会社の所在を突きとめ、印刷記録が残っていないか調べようとしている段階です」

じゃああの事件が本当にあったかどうかについては、まだ何もわかっていないのでしょうか？

「いまのところまだです」と学芸員は言った。「でもいずれはそれも調べますよ、ミスター・スティーン。どうかご心配なく。目下のところは、本の中身自体に取り組む前に、まだいくつかルートを経《へ》ないといけないのです」

その瞬間、聞くに堪《た》えない雑音が受話器から飛び出し、回線が何かおかしくなったのではと思った。相手が何を言っているのかまったく聞こえないので、いったん切って再ダイヤルしようか、と思ったところで雑音が止《や》んだ。スーリスの声がふたたびくっきり聞こえてきたが、あまりに大声でどなっているせいで、受話器を耳から離さねばならなかった。

「とにかくいずれは判明したことをすべてお知らせします。いまはそれだけ確約いたします」と彼は叫んだ。「ところで、先日お電話いただいたとき、何年も前にダンケアンにいらしたことがあるとおっしゃっていましたね。単なる好奇心から伺うのですが、ダンケアンで何をなさっていたか、お訊ねしてもよろしいでしょうか?」

そこには二か月ばかりいただけだったこと、一応学校で教える準備をしていたことを私は手短に伝え、結局話がまとまらず町を出たのです、と締めくくった。当然ながらミリアム・ゴールトの名は出さなかった。

「なるほど、そしていまはカナダにいらっしゃるわけですね」。彼の声は普通の状態に戻っていた。

「キャンバルーについてはあいにくほとんど何も存じ上げません、大学の評判が高いことは承知しておりますが。ダンケアンのあとではずいぶん大きな変化だったでしょうね」

その後、私たちはしばし雑談に興じた。彼は私の寄付にあつく礼を言い、かならずや有効に活用させていただきますと請けあった。私たちは別れの挨拶を交わし、それで終わりだった。

だがダンケアンとキャンバルーの隔たりについてはそのとおりだった。私はいつしか、ここにたどり着くまでにどれだけ遠回りしてきたかに思いをめぐらせていた。私も人並に驚異や神秘に出遭ってはきた。人生、それなりに長く生きていれば、たぶん誰だってそうだろう。だが宿命だの運命だの、何か隠れた曖昧な力を信じる人間であれば、すべては不可避的に『黒曜石雲』の発見へと通じていたのだ、そしてついにはわが人生におけるもっとも執拗な謎の解明へとつながっていくのだ、などと唱えても不思議はあるまい。

デュポン

ダンケアンから逃げ出したその霧深い朝、たまたま乗った汽車はロンドン行きだった。濃い霧のなかで夕方近くにユーストン駅に着いたが、ロンドンの霧はトールゲートでも最悪の部類に属す汚さだった。汽車に八時間乗っているあいだに、ロンドンに行ったらどんな仕事でもいいから船に乗る仕事を探そう、船に乗って私が知らない、向こうも私を知らない世界に行く仕事を探そうと心に決めていた。とにかく旅をすることが、ミリアム・ゴールトに拒絶された絶望を打ち消してくれるかもしれないと思ったのだ。

1

かくして汽車から降りた私は、ウォッピングに船着場があることを聞き出し、バスに乗って直行した。港湾事務所に行くと、普通なら私のように船乗り経験皆無の者は職に応募する資格さえないのだと言われた。ところが、いましがた問題が生じたという。明日の朝、西アフリカのラッカの港に向かって出発する蒸気貨物船オターゴが、甲板員——船上でもっとも低い地位である——の人数が足りず法律上の要件を満たしていないと報告してきたというのだ。乗組員の数が揃わなければ出航は許されない。

港湾事務所としては、私がいますぐ往復の船旅の契約書にサインするなら余計なことは訊かずすぐに証明書を発行してくれるという。

私はためらわなかった。

翌朝の明け方、オターゴ号が港を出港してテムズ川を下っていったとき、私はすでにバケツとモップを持って甲板に出て、貨物室の周りの泥や油の汚れをごしごしこすっていた。

その後三週間のあいだに、船乗り暮らしをめぐって私が書物から得ていたロマンチックなイメージはすべて払拭された。オターゴ号は現実だった。それは錆びた年代物の、騒々しい石炭燃料で動く貨物船であり、甲板の下の食堂で出される食べ物は脂っぽくて味はなく、ねぐらは狭苦しいし臭《くさ》いし蚤《ノミ》だらけだった。これでは乗組員を確保するのに苦労するのも無理はないし、私のようなまったくの素人を港湾事務所が拾ってくれるはずだ。船乗り仲間にも事情は一目瞭然であり、彼らは私といっさい関わろうとしなかった。

はじめは海そのものが、ダンケアンで我が身に起きたことの悲しみを、鏡のごとく映し出しているように思えた。広大な灰色の空虚をたたえた大西洋は、傷ついた心にはうってつけの環境だった。一時間また一時間、甲板に出て一人で仕事をしていると、ミリアムに裏切られた自分を憐れむ贅沢《ぜいたく》に浸れた。時おり私は、彼女は初めからずっと私をもてあそんでいたのだと信じ込みさえした。彼女のふるまいの細部一つひとつが、そう考えると腑に落ちるように思えた。彼女がくれた、大釜一杯の金貨を空しく探す男をめぐるあの本も、きっと私のお目出度さをからかうのが狙いだったのだ。

だがやがて、灰色の大洋が自分に同情してくれるという感慨もやはり幻想だと思い知った。二日後に激しい嵐が船を襲い、一週間ずっと続いた。大風に泡立てられた波高い海に船はまっすぐ落ちていき、風強いアップランドの丘の頂で私が経験した風など物の数ではなかった。甲板を転がっていくように思える、目も見えなくなるほどのスコールと稲妻のさなかでも船員は仕事を休ませてはもらえない。私は三等航海士から、手近な柱に命綱を縛りつけるやり方を教わり、甲板にしみ込んだ油汚れをごしごしこすりつづけた。いまにも命綱が切れてしまいそうで気が気ではなく、おかげで自分の傷心を長時間忘れていられた。

腹のむかつきが本格的な船酔いに変わると、事態はますます悪くなった。しばらくすると、またもう一度吐く辛さに較べれば、溺れる方がまだマシじゃないかと思えてきた。にもかかわらず毎日働かねばならなかったが、やがてやっと嵐も過ぎていった。

だが私の船酔いは過ぎていかなかった。それゆえ私は、カナダ人の医師チャールズ・デュポンと出会うことになったのだ。

蒸気船オターゴは、多くの貨物船と同じく、航海の費用削減のためつねに乗客を何人か乗せるようにしていた。ドクター・デュポンはこの船に乗ったわずか四人の乗客の一人で、ほかの三人は実業家だった。オターゴ号には船医がいなかったので、私の長期にわたる船酔いを給仕長《パーサー》がデュポンに伝えたところ、ある朝彼が、私の様子を見てみようと甲板まで出てきてくれたのである。

このドクター・デュポンなる人物、私が思い描く医師というものの姿にはかならずしも似ていなかった。まだ三十代なかばだろうか、ずいぶん若いし、緑色の目にはつねに、あたかも世界のすべてのことを面白がっているかのような悪戯《いたずら》っぽい光が見えた。長い、細い茶色の毛が肩まで垂れている。さらに目立つのはそのあご鬚《ひげ》である。ごく短い鬚が、きっちり櫛《くし》で左右対称二つに分けられ、それがダンケアンの蝙蝠《コウモリ》洞窟で見た鍾乳石のようにあごから垂れている。さらに奇妙なことに、鬚の二つの先端には、目と同じ緑色のビーズが飾ってある。ふさふさの鬚には小さな銀の鈴が織り込まれていて、話すとチリンと鳴り、特にあごを振る必要のある言葉を使うときなどなかなか賑やかだった。

彼との初めての会話は記憶に残るものだった。

船酔いの症状についてデュポンはいくつか質問をした。それから、持参した小さな茶色の壜をくれた。中に半ダースの錠剤が入っていて、これを毎晩一錠飲めという。

「仕事を休めないのが残念だな」と彼は言った。「横になっている方が薬が効くんだが」

彼の話し方に少し訛《なま》りがあることに私は気がついた。さっさと帰ろうという様子もなく、どうしてオターゴの乗組員になったかをめぐって、私に社交的な、医療とは関係ない質問を彼は口にしはじめた。私は細かい話には立ち入らず、スコットランドから来たこと、大学を卒業したばかりであることだけ伝え、もっと世界を見たいと思ったのだと言った。

「ふむ」とデュポンは言った。「過去から逃れようとする男がここにもまた一人か」。その口調はユーモラスで、自分もその範疇《はんちゅう》に入れているように聞こえた。彼自身はアフリカに戻る途中で、アフリカではジャングルと砂漠が出会う奥地の病院に勤務していて、いまは二度目の二年契約を履行中だという。どう見ても陽にさらされるのに向いた人間には見えなかった。色白で、顔には永遠の錆《さび》のようにそばかすが広がっている。

甲板に出てきたとき、デュポンはペーパーバックを一冊持っていて、それを雨よけの上に置いていた。二人で話しながら、私はその表紙をちらちらと見た。ひどく短いスカートをはいた女が、仮面の男に刺されている姿がショッキングな色で描かれている。

「探偵小説だよ」私がその表紙を見ているのに気づいてデュポンは言った。「こういうのを読んでいるところを見つかると、前は気まずかったものさ。でも実のところ、こうした本を読むのは楽しい。ふだんは医学文献ばかり読まないといけないからね、いい気張らしなんだ。それに実は医学文献の半分の生々しさもない。そもそも、僕のよき友クララの言を借りるなら、人類という名の大いなる謎《ミステリー》に光を当てる上で、ミステリー以上に相応《ふさわ》しいジャンルがあるだろうか？」。彼は笑い、鬚がチリンと鳴った。

もらった薬はまだ一錠も飲んでいないが、とにかく船の上に話し相手がいるというだけで、早くも私の気分はずっとよくなっていた。私は彼の訛りについて訊いてみた。映画に出てくる北アメリカの人間とはどうも喋り方が違うのだ。

「それは僕がケベックの出だからさ」と彼は言った。「母語はフランス語だし、若いころはほぼいつもフランス語を喋っていた。前は英語を使うたび、歩道を歩くよう強いられたリスみたいな気分がしたね」

カナダのことを私はろくに知らなかったし、当然ケベックも知らない。トールゲートよりはずっと快適そうな場所だと常々思えたというだけだ。どうしてわざわざそこを出て、アフリカの奥地などという危険そうな場所で働こうと思うのか?

そう訊くとデュポンは妙な目付きになった。

「うん、それは長い話なんだ」と彼は言った。

ちょうどそのとき、乗客用エリアから昼食を告げる銅鑼《どら》の音が聞こえた。

「僕の話は次回までお預けだね」と彼は言った。「まずはその錠剤が効くといいが。話せてよかったよ。明日また様子を見に来る」。そう言ってデュポンは、甲板昇降口階段の扉に向かい、そのなかに消えた。

2

デュポンは翌日も私に会いに戻ってきたし、結局その後、航海の終わりまで毎日欠かさずやって来た。はっきりそう言ったことは一度もなかったが、どうやら乗客仲間はあまり興味深い話し相手ではないらしく、私が船乗り仲間と共通点を持たないのと同じに、彼も残り三人の乗客とはほとんど共通点がないようだった。時には二人で一時間くらい喋ったりもしたが、甲板長はいっこうに気にしない様子だった。船の不文律として、船賃を払った乗客には好きなだけの自由が許されたのだ。

夜の仕事が終わったあと、二人で彼のキャビンに行って一杯やることもあった。小さなキャビンだったが、私のいる船乗りの居住空間に較べれば贅沢と言ってよかった。ベッドと机以外にも、椅子が二脚と、小さな本棚まであって、ペーパーバックの小説何冊かと並んで、もっと厳めしい見かけの医学雑誌もあった。私たちは机をはさんで両側の椅子に座り、彼が両方のグラスにたっぷりスコッチを注ぐのだった。

私はスコッチに慣れていなかったので、初めてこの機会が訪れたとき、酒に心を開かれて、自分の身の上を事細かに打ちあけた。両親の死、ジェイコブとディアドリーと彼らの猫たち、そこからダンケアンに行きついた経緯。ダンケアンでミリアム・ゴールトに心を打ち砕かれたこと。たぶんその話は相当長々やったと思うが、デュポンは辛抱強く聞いてくれた。

「その場所とその女の子は、明らかに君の心に跡を残している」と、しばらくしてから彼は言った。「残念ながら傷心を癒す薬は医者にもない。僕は立派な忠告すらしてやれない。僕に言えるのは、君の気持ちはわかる、ということだけだ」

当然、私はその言葉を信じなかった。私が味わったような苦しみを知る人間など一人もいない。だが今度はデュポンが話す番だった。そして彼はえんえん話しつづけた。

「このあいだ君は、僕がどうしてアフリカで働くことにしたのかと訊いたね」と彼は言った。「いままで会ったなかにも、快適なカナダを捨ててどこかの危険な奥地へ仕事に行くなんて、聖者のような人格にちがいないなどと思ってくれた人たちがいる。でも違う、僕には聖者らしいところなんてこれっぽちもない。実のところ、危険な場所で働くのが僕は楽しいのさ。そのひとつの理由は、そうやっていると、十二年前に僕の身に起きたことを忘れていられるからだと思う。君の場合と同じく、やっぱり恋愛の話だ」

両方のグラスにスコッチをもう一杯注いでから、それがどういう意味かをデュポンは説明した。

外科医兼人類学者になろうと、デュポンはモントリオールの医学校に通った。そこで彼は愛する女性と出会い、結婚した。彼女は長身で華奢《きゃしゃ》な体付きで長い黒髪の、美術を専攻する学生で、夏は毎年装身具を売る小さなブティックで働いていた。二人は金もろくになかったが、彼女のアルバイトのおかげで何とかやっていけた。
ある日仕事から帰ってきた彼女は、国じゅうあちこちに店を持っているブティックのオーナーから、大学なんか辞めてフルタイムで働かないかと誘われたと言った。オーナーが言うには、金持ちの常連客何人かが、彼女には自分たちの好みにぴったりの品を見つける目があると言っているという。だから彼女に、ニューヨーク、ボストン、ロサンゼルスにある仕入れ先の装身具マーケットへ、チェーンを代表して行ってほしいとオーナーに言われたというのだ。給料も一気に増えて、デュポンが医学校を卒業するまで二人で十分楽に暮らしていけるくらいになる。

この誘いをめぐって彼女とデュポンはじっくり話しあい、結局、受けるべきだという結論に達した。デュポンが学位を取って職を得たら、彼女が大学に戻って学業を終える。そういう取決めだった。

というわけで、秋の新学期が始まると、毎朝一緒に大学へ行く代わりに、彼女の方は新しい仕事に出かけていった。飛行機に乗ったり、ホテルに泊まったりがずいぶん多い仕事だった。時にはまる一週間出張していることもあったが、帰っているあいだは二人ともずっと一緒にいたくてたまらず、共に過ごせる時間は一分たりとも無駄にしなかった。車も買ったし、窓から山が見える新築の建物の五階に広いアパートメントも借り、町で最高級のレストランで食事するようになった。彼女の新しい地位に相応しい高価な服も買う余裕ができた。二人で外出するときには、一種の広告として、店で売っている一番高価なネックレス、指輪、ブローチを身につけていった。これらのアクセサリを仕舞うために、アパートメントに小さな金庫を据えつけないといけなかった。

新しい職に就いた最初の年の十二月初旬、彼女はボストンにある卸売業者用マーケットに行くことになった。もう飛行機はさんざん乗ったから、たまには新車を運転するのも悪くないと彼女は言い出した。モントリオールからはそんなに遠くない――ハイウェイで行けば四、五時間。

デュポンはやや不安だった。まだ雪の兆しはなかったけれど、この時期の天候は突然悪くなることがよくあるのだ。気をつけて運転するから大丈夫、と彼女は請けあった。

出かける朝の七時ごろ、デュポンは彼女をエレベータまで送っていき、彼女にキスして、君のことを本当に愛しているよと言った。

「私もできることならここにいたい」と彼女はデュポンをぎゅっとハグしながら言った。「絶対忘れないでよ、私がこんなことしてるのは、あなたのことを世界じゅうの何よりも愛してるからよ」。エレベータが閉まる直前、夜にボストンのホテルから電話すると彼女は言った。

その夜九時、たしかにアパートメントの電話は鳴った。だがそれは妻からではなかった。マサチューセッツの警察が、ボストンから一時間の距離の高速道路で突然の吹雪《ふぶき》の最中に車がトラックと衝突してデュポンの妻が死んだと伝えてきたのである。財布に住所が入っていたので連絡ができたという。電話してきた警官によれば、助手席に座っていた人物もやはり死んだ。その人物の名を警官はデュポンに伝えた――チェーン店のオーナーだった。二人とも即死だった。

雇い主も一緒に行くということをなぜ妻は言わなかったのだろう、とデュポンは不思議に思った。でもあまりの悲しさに、それについてじっくり考える余裕もなかった。

悲しみをこらえて、やはり悲嘆に暮れている彼女の家族とともに、どうにか葬儀をやり抜いた。それから、保険関係の辛い作業があった。保険会社から来た人間に、葬儀の費用はすべて保険からお出ししますが、奥様の宝石類の保険はこのまま継続なさいますか、と訊かれた。

そう言われてデュポンは驚いた。彼女が身につけていた高価な宝石はすべて雇用主の持ち物であって、自分で保険をかけていたはずはない。

いえいえ、どれも奥様の資産でございます、と保険会社の人間は請けあった。つい一か月前に専門家の鑑定をお受けになりまして、五十万ドルとの評価を得られたのです。その額で保険をおかけになりまして、受取人はいまやお客様お一人ですから、この保険もお客様のものです。

デュポンはその後の数週間、すべてを知ろうと、事実を一つひとつ、厳然と確定していった。記録の示すところ、妻はそれらの宝石類を、たしかにオーナーから、無条件の贈り物として与えられていた。さらに、オーナーがこれまで彼女の出張に何度か同行していたことをデュポンは発見した。長い黒髪の、人目を惹く女性を、ホテルの従業員たちはとりわけよく覚えていた。飛行機も一緒で食事も一緒――そしてホテルの部屋も。

疑いもしなかった自分の馬鹿さ加減が信じられなかった。彼女の地位が突如上がったのもこれで説明がつく。とっさに彼は、宝石類を持っていってセントローレンス川の一番深い所に投げ込んでやろうかと思った。

それは思い直して、代わりにそこらの宝石商に行き、半値ですべて売り払った。けれどもうそれ以上モントリオールにいることに耐えられず、オンタリオ州にあるキャンバルー大学の医学部に転入学した。宝石を売った金で安楽に暮らせた。

医師となって卒業し、外科医としてインターン期間も終えたが、自分を治すすべは見つからなかった。妻の裏切りによって生じた傷は、そこから生じた利益で食べてきたことへの自己嫌悪によってさらに深まった。心の傷ゆえにモントリオールを去ったが、自己嫌悪ゆえにキャンバルーもはや我慢できない。どうにかして自分を浄化できればと、捨て鉢の手段として、世界じゅうどこの奥地でもいい、使ってくれるところがあれば総合診療医として働くと申し出たのだった。


デュポンはウィスキーをごくんとたっぷり飲み込んだ。

「というわけで、ふたたびアフリカへ向かっているわけさ」と彼は言った。「まあもちろん、そんな場所でいくら滅私《めっし》奉公《ほうこう》したところで、自分の問題が解消するなんてもう思っちゃいないがね。人はどこへ行こうとつねに自分を連れていく、というのは残念ながら本当らしい。

でも時間が経ったおかげで、事態はだいぶよくなってきた。何年ものあいだ、起こったことをめぐって自分を苛《さいな》んだよ。彼女は本当にあの男を愛していたのか？　愛していたのは宝石なのか？　それとも本当に僕を愛していたのか？　あるいは僕が医者の勉強を終えるまで安楽に暮らす方がいい、知らない限り僕が傷つきはしないと思ったのか？　何と言っても、彼女が僕に言った最後の言葉は、『私がこんなことしてるのは、あなたのことを世界じゅうの何よりも愛してるからよ』だったんだからね。その言葉が頭から離れなかった」

デュポンは肩をすくめた。

「結局僕は、彼女は本当に僕を愛していたんだ、彼女がやったことはすべて――時おりボスに体を与えることすらも――本当は僕のためだったんだと信じるようになった」。彼は同情の目で私を見た。「もちろん、君みたいな目に遭ったら、すぐには理解しづらいと思う。若いころは僕も同じ気持ちだった。でもいまは、彼女がやったことが、そんなにひどいこととは思えないんだ」

私にはどう考えても、私たち二人の事情に共通性があるとは思えなかった。彼の妻の不貞は、もしそれを愛ゆえにやったのであれば、それほどの裏切りではない。彼女を許すにもさほどの寛大さは要らない。でもミリアムが私を捨てたのは話がまったく別だ。私が彼女に恋するよう仕向けておいて、自分は愛を返さなかったのであり、初めからずっと別の男と結婚するつもりだったのだ。いまでも彼女を愛していることが私の不幸だった。許すなんて考えても、頭のなかがあまりにこんがらがって、どこから手を付けたらいいかわからなかった。

そういったことに私が思いをめぐらせているあいだ、デュポンは鬚の先っぽに付けた緑のビーズ二つを指でもてあそんでいた。

「宝石を全部売りはしなかった」と彼は言った。「これは彼女の指輪のひとつに付いていたサファイアだ。サファイアというのは記憶を表わす石だと人から聞いた。これに触《さわ》るたび、僕は彼女のことを考えるんだ」

3

夜に船乗りたちの何人かは寝台に寝そべり、「キーフ」と呼んでいるものを喫《す》った。小さな凝った作りのパイプに茶色っぽい物質を詰めて、何秒か吸って、ゆっくり吐き出す。ねぐらじゅうに甘い匂いが満ちた。このキーフとは、薔薇《バラ》の花びらとマリファナを混ぜたものだったのだ。当然ながら、ビールとウィスキーが君臨するトールゲートではそんなもの聞いたこともない。何人かの船乗りは、これを喫っていると私にも少し友好的になった。一人は私に一服勧《すす》めてくれさえした。

だがその情景から私が思い起こしたのは、ダンケアンのソファに横たわっていたあのおぞましい老人だった。

「いえ、結構です」と私は言った。

わが船乗り仲間は、気を悪くするにはあまりに上機嫌だった。

ある夜デュポンのキャビンでスコッチを飲みながら、私はキーフのことを訊いてみた。

「僕もときどき喫うよ」とデュポンは言った。「僕はね、そういう地元の習わしに加わるのは、世界じゅうの知らない地域を理解する上で重要だと信じるたぐいの旅行者でね」

私がそういう話を聞きたがっていることを彼は見てとった。

「いい例を教えよう」とデュポンは言った。

以前彼は、太平洋のある諸島に配属されたことがあった。某慈善団体に派遣されて、島民の病気を治療する診療所を造る任を与えられたのである。ところが、診療所を開いても、島民たちは近寄ってこない。その理由を、デュポンは紆余曲折《うよきょくせつ》を経た末に発見した。

どうやら彼らの歴史の、ある遠い時点において、特定の渓流で獲れる小さな魚の皮に、ある種の麻薬が含まれていることに島民たちは気がついた。この魚はたちまち、さまざまな儀式に欠かせぬ要素となった。部族の男たちがどこか聖なる場所に集い、女たちが魚を供する。男たちは魚の皮を舐《な》めて、宗教的法悦に入っていく。女が魚を舐めるのはタブーで、彼女たちは傍から見ているしかなかった。「魚舐め」の話を聞いたデュポンは、自分も試してみたいと思った。彼にとってそれは、人類学者としても医師としても職業的義務である。魚舐めは島の文化と密接につながっているように思える。調査する者がこれを試さないのは、コチコチの禁酒主義を保ったまま西洋における種々の祝宴の本質を把握せんとするに等しい愚である。

知りあった島民の一人が、麻薬そのものは手ほどきしてやると言ってくれた。だがデュポンはよそ者なので、魚舐めと結びついた秘密の宗教儀礼に関する事柄――太鼓、詠唱、衣裳、儀式に使う道具等々――を教えるわけには行かない。かくして、麻薬については体験させてくれるということで、島民はデュポンを自分の家へ連れていき、日が沈んだあと、バルコニーに彼を連れ出した。

ごく家庭的な情景だった。男の妻がすでに生きた魚を一匹捕まえていて――デュポンは麻薬の経験がないのでごく小さな魚が選ばれていた――それをいま皿に載せて、舐めたあとに口のなかをすすぐための水と一緒に持ってきてくれた。

魚は十五センチくらいの長さで、色は薄緑、長さの割にはぽっちゃり太っていた。

島民のお手本を真似て、デュポンは舌を、魚の頭から尻尾まで、ゆっくり二度這わせていった。それから二人とも椅子に深々と座り、薬が効いてくるのを待った。

デュポンはほとんど即座に、泳ぐ生き物に変容した。高地の渓流のひんやりした冷たさを感じながら、小石の並ぶ川床を探索して食べ物を探していた。化け物のような鼠《ネズミ》、鰻《ウナギ》、蛙《カエル》、さらには切れ長の目をした鰐《ワニ》までが周りの水中をうろついている情景を目にして、心臓が激しく鳴った。一度など、巨大な鳥が頭上から急降下してきて、鉤爪《かぎづめ》で彼を捕まえようとした。その後まもなく、彼は苔《こけ》むした浜辺を腹這いで進む生物になり、掘っては食べ、土を堆肥《たいひ》に変え、世界を味わっていた。いまや言語は離れて消え、頭のなかがあまりに忌まわしい情景に満ちたものだから発狂してしまうのではと恐れたほどだった。

　幸い、薬の効き目はすでに薄れかけていた。デュポンはほっとしたが、と同時に、認識が人間のそれにふたたび縮んでいくのが残念でもあった。

　目の焦点がふたたび定まると、島民の方はもうとっくに、彼にしては穏やかな体験から戻っていることが見てとれた。自分が見たもの、自分がなったもののことをデュポンは語ろうとしたが、言葉がうまく見つからなかった。たとえ君が言葉の名手だったとしても、魚舐めの体験を言葉で組み立て直すことはできないと島民は言った。私たちがいまこうしてくつろいでいるバンガローを、その材料であるメルバウの木に戻そうとするようなものだ、と。

　その手ほどき的経験のあと、デュポンは島で二年間過ごし、魚舐めにも何度か参加した。恍惚状態から出てくるたび、やはり同じく言葉を失っているのだった。けれどもだんだん、島民たちと強い連帯を感じるようになり、彼らの世界観をある程度、直感的に掴めるようになった。

　たとえば、島民たちが彼の診療所に来ない理由は、彼らがある種の輪廻《りんね》転生《てんせい》を信じていて、そこでは西洋的な医学の観点が全面的に否定されているからだった。彼らは魚舐めを通して、人間の生というものはそれぞれの霊が棲《す》む無数の生の形のひとつにすぎないのであって、何ものもその連なりを邪魔してはならないと学んだのである。同様に、肉体的なたぐいの苦痛はすべて耐えねばならない。それどころか、苦痛を和《やわ》らげようとしようものなら、その後の一連の生において、同じ痛みをもっと悪い形で味わうことになるのだ。

したがって明らかに、分別ある島民であれば、デュポンの助けにはまったく何の用もない。もし診療所を造るよう彼を送り出した国際機関がまず少しは下調べをして、島の文化のこうした基本的理念を把握していたなら、時間も金も無駄にせず済んだのだ。

そしていま、蒸気船オターゴのキャビンで、デュポンは自分の話を締めくくった。

「もし僕があの島にもう少し長くとどまっていたら、彼らの見方に完全に鞍替《くらが》えしたかもしれない」と彼は言った。「あと何回か魚舐めの会に参加すれば、考えも固まったと思う」

彼は笑い、私も笑った。この男をどう捉えたらいいのか、よくわからないことが時おりあった。彼は前にも、世界じゅうのあちこちエキゾチックな場所で働くことで人道的な欲求も満たされはするけれど、それに劣らず、危険や冒険に魅かれる気持ちも満たされるのだと打ちあけたことがあった。そういう考え方は、医者とはいかなるたぐいの人間であるべきかをめぐる、私の理想主義的な発想とはどう見ても両立しなかった。

「なあ、ハリー」とデュポンは言った。「古きよき日々の話なんかしたものだから、一服したくなってきたよ」。そうして、芝居がかったささやき声で――「たまたま少し、キーフが手許《てもと》にあるのさ」。

机に行って、船乗りたちが使うのを私も見ていたたぐいのパイプを手に戻ってくる。キーフを詰めて、火を点《つ》け、吸った。それから、息を止めながら、私にも差し出した。

断わるのも失礼かと思って、私はパイプを受け取り、吸い込んだ。煙の匂いは悪くないのに、味はおそろしく不味《まず》かった。私は息を詰まらせ、咳き込み、肺から煙がすっかり出るまでずっと咳き込んでいた。

笑ったせいで、デュポンの鬚がチリンチリンと鳴った。

「キーフは人生に似ている」と彼は言った。「時にそれは人を不意討ちし、息もつけぬようにするのさ」

4

オターゴ号が海へ出てもう二週間以上が過ぎていた。大半の時間、空は依然曇っていたが、水面はずっと穏やかになったし、空気はひどく蒸し暑くなってきて、船乗りたちは甲板上でシャツなしで働いた。私の船酔いは、それが船酔いだったとして、デュポンにもらった薬をもってしても和らいではいなかった。ある日甲板の上で、船酔いが引かないことについて話している最中、デュポンがこう提案した。

「なあ君、ラッカで船を下りたらどうだ。僕と一緒に病院まで旅すれば、ついでにこの地域もあちこち見られる。君が患っているのがただの船酔いだったら、陸にしばらくいれば治る。もし何か別のものだったら、病院に着いてから僕がちゃんと診てやる」

病院はラッカの港から、内陸に一五〇キロ入ったところにある。デュポンはこの二年ばかりここに勤務して、施設の近代化を進めてきた。元は砂漠の周縁に散らばって住む部族民の、主として出産後の合併症を抱えた女性たちの必要に応えるために建てられた病院だった。

「クララは看護師長だ。一緒に来れば彼女にも会うことになる」とデュポンは言った。彼女の名前を言うときは表情が緩んだ。しばしば言うので、きっと非常に好いているのだろうと思った。「どう思う？　面白いかもしれんぜ」

乗組員たちのあいだで私は依然のけ者だったので、船を離れると思うと胸がときめいた。だが契約の問題がある。帰りの航海にもサインしてしまったのだ。

「それは心配ない」とデュポンは言った。「僕がいますぐ船長に話をつけるよ」


彼はそのとおりにしてくれた。この男は健康に問題があるから契約から解放してやるのが賢明だ、と船長に忠告してくれたのである。

船長としても全然異論はなかった。

「代わりはすぐ見つかるさ」とデュポンは私に言った。「どうやらラッカでは船を探している船乗りに事欠かないらしい。ここに取り残されたくないから、出港する船ならどんな船でもサインするのさ」

もう船などうんざりだったから、私には信じがたい話だった。陸地の方が悪いなんてありえないと思った。

息苦しい夜明けの空気のなか、蒸気船オターゴは港町ラッカに着いた――少なくとも、町の北の外れにある港のそばには。オターゴのような大きな船は、海岸線から一キロ近く沖に出た、白波のすぐ向こうの、ある程度深いところに錨を下ろさないといけない。沿岸では浅すぎるのだ。

オターゴ号は停止し、エンジンが切られた。無数の蚊と、蚊同様に刺す蠅《ハエ》たちの歓迎部隊が船上へ突進してきた。

荷を降ろす危険な作業がじきに始まった。港から小さな手漕ぎの引き船がわんさと出てきて、落着かぬ母猫の乳を吸おうとする子猫のようにオターゴ号を囲む。荷はすべてこれらの小舟に移さないといけない。わが船乗り仲間たちは荷移しの仕事を嫌っていた。この作業で生じた手足切断や溺死の陰惨な歴史があるのだ。

乗組員としての私の最後の仕事は、それよりずっと安全なものだった。物言わぬ非協力的な船荷を降ろす代わりに、デュポンとほか三人の乗客が船のボートから上陸するのに手を貸す役を与えられたのだ。

とはいえ、この仕事も案外神経をすり減らされた。滑車を使って、ボートを十メートル下の海に降ろす。熟練の船乗りが一人、ふらふら揺れる縄梯子《なわばしご》を使って船体伝いに降りていき、ボートの舳先《へさき》に飛び降りた。そして彼が、ボートが船体にぶつからぬよう距離を保ち、大波にもできるだけ揺れぬよう努めるなか、私が手を貸して乗客三人とその荷物を降ろす。最後に私自身もどうにかボートに降りた。

乗客がみな無事に乗って、荷物も積み込まれると、その古参の船乗りがオールを引き受け、鮫《サメ》が群れをなして巡回する大きな白波を漕いでいった。波の弾《はず》みで鮫たちのあごのなかに落ちてしまうのではとみんな心配そうだったが、このやり方で何度も渡してもらってきたデュポンだけは平気な顔をしていた。誰もが安堵したことにボートはやがて岸に着いた。乗組員としての最後の命令に従って、私は浅瀬に飛び込み、最後の一、二メートルを引っぱってボートを浜辺に揚げた。

とうとう大地に立つ感触は、思っていたのとは少し違っていた。砂浜も海と同じくらい予測不能にうねるように思えて、バランスを保つのに苦労した。少しのあいだ自分が、陸でも海でもくつろげない、異世界から来た生物になった気がした。

ラッカは臭《にお》いもひどいし人も多すぎると船乗りたちからは聞かされていたが、私としては少しのあいだ町を探索するのも悪くないと思っていた。けれどデュポンはもう町をよく知っていたので、ぐずぐずとどまる気はなかった。屋根なしの、側面も後面も木製のトラックに、私たち二人の席をさっさと確保した。トラックはいまにも出発しようとしていて、私たちを沿岸から鬱蒼《うっそう》たる奥地へ連れていく。「どのみちほかに手立てもないが、とにかくこの土地の感覚を摑もうと思ったらトラックに限る。ずいぶん学べるはずだよ」とデュポンは、私と並んでトラックの運転台のうしろにうずくまりながら言った。「このトラックは病院の玄関まで連れていってくれる」。要するにこれらのトラックがバスの役割を果たし、途中の村々で乗客を拾っては落としていくのだ。うまくすれば日没前には病院に着くという。

ほかにも何人か乗ってきて、エンジンが轟音を立て、ギヤががちゃがちゃ鳴って、トラックはガタゴト進んでいった。初めのうち、港を囲んでむさ苦しく広がった郊外を通り抜けるあいだは、しじゅう止まってはまた動き出す、そのくり返しだった。やがて現代の生活は姿を消し、町を草原と砂漠から隔てて帯状に広がる原始のジャングルにトラックは入っていった。

5

道路はいまや、修理もしておらず穴ぼこだらけで深いひびが入った山道になっていた。暴風雨でも急に襲ってこようものなら、道は切り立った泥の土手に両側から挟まれた激流と化す。そうなったらトラックはそこから這い出て、雨が止むまで停まっているしかないが、たいていは数分で止む。止んだら水位も一気に下がって、また移動できるようになる。

ジャングルのさらに奥へ入っていきながら、私は時おり、いくぶん熱っぽい気分に陥ることがあった。すると山道の上に枝を伸ばしている巨大な木々は、同じぼろぼろの書物がぎっしり詰まった本棚がいくつも並ぶはてしない図書館になった——あるいは、妙に暑苦しいトールゲートの、スラムが並ぶ単調な谷間に。

だがいささか朦朧《もうろう》としてはいても、あるいはしていたからこそ、心は概して気楽だった。ジャングルはすべてを暗く抱擁し、地平線はどの方向でも数メートルに限定される。この時点の私にとっては、その抱擁の方が、海のはてしない見通しより心が和《なご》んだ。

途中の村々で乗り降りする人々に私は魅了された。彼らの滑らかな黒い顔には、スラム居住者たちに付き物のにきび、おでき、あばたなどが際立って少なかった。鮮やかな花柄のドレスを着た女たちはとりわけ美しかった。彼女たちが話し、笑うと、その言葉は不思議な詩のように聞こえた。

大半の村の配置は、巨大な森の真ん中に拓《ひら》かれた土地に作られているという点を除けば、アップランドの一連の小さな町のそれとさして変わらなかった。それぞれの村の中心に市場があって、槍職人、パン屋、焼物師、肉屋が売り物を並べている。中心部には一応目抜き通りのようなものもあり、村長や、村議会の構成員たちの住居が並んでいる。庶民たちはもっと小さな、村はずれのジャングルとの境目にある小屋に住んでいるので、デュポンによると、ライオン、イノシシ、ブラックマンバ（大型の毒ヘビ）、その他アップランドに住む生物よりはるかに致死的なものたちの餌食になる危険も高いという。

　建物のお粗末さに初めは驚かされた。壁は竹で出来ていて、すきまから中が見えてしまう。だがデュポンから、ここの気候では風通しを最大限よくしないといけないんだ、と説明された。とはいえ、あんなすきまだらけの壁では、西洋で言うような意味でのプライバシーはあまり望めない。

「もしかするとここの連中は、煉瓦《れんが》の住居で育った我々ほど秘密が多くないのかもしれないぜ」とデュポンは言った。「あるいは、我々とは違う種類の秘密を持っているとか。どういう秘密か、知ることができたら興味深いと思わないか？」

　正午ごろ、私がうとうと居眠りしていると、トラックがしばし停まって、乗客たちが昼食を作れるよう火が熾《おこ》された。肉を焼いた匂いが漂ってくると、私は空腹を感じはじめ、トラックの側面から下を見てみた。乗客や運転手がそれぞれ自分の竹串を手に、火を囲んで座っていた。

　それぞれの串に刺さっているのは、ごく小さな赤ん坊の焼けた体で、手も足も揃っていた。

　私が仰天しているのをデュポンは見てとった。

「いやいや、そうじゃない」と彼は言った。「あれはね、木に棲む小さな猿だよ。人間によく似ているだろう？　味は実にいいらしいぜ」

　この連中がその小さな体から鶏みたいに肉をむしり取っているのを見て、小指の骨をもぐもぐ嚙む音を聞くと、私はもう我慢できなかった。トラックから這い出し、そばの藪《やぶ》に入って吐いた。戻ってきた私にデュポンは、賢明な旅人のしかるべき態度をめぐって若干《じゃっかん》の講釈を垂れた。

「いいかいハリー、この人たちは我々と違うものを食べているからといって、べつに何か普遍的な倫理の掟を破っているわけじゃないんだ。そのことは理解しなくちゃいけない。好むと好まざるとにかかわらず、我々はみな生きのびるために、自分たち以外の生物体を食べなくちゃならない。食をめぐるその根本的な事実を受け容れない旅行者もいる。君はスコットランドでケールと粥《かゆ》を食べて育ったと思うが、そうではなく豚を食べる場所に生まれつくのも、猿を好む場所に生まれつくのも、すべてまったくの偶然なんだ」

自分が心の狭い旅行者と一緒くたにされるのは嬉しくない。だから、小さな猿を食べると思うとやはり胸が悪かったが、私はあえて反論しなかった。

6

トラックはいまや濃密なジャングルを抜けて赤い土の道に出て、風景もずっと開けていった。人の頭の高さのサンザシの藪と、葉の細いゴムノキの木立が、はてしなく広がる草原に点在している。

「もう砂漠も近い」とデュポンは言った。

だがこうした、だいぶ広々とした空間に来ても、やはり物事は見かけどおりとは限らなかった。たとえば、何度かあったことだが、眼前の路上で、落葉が絨毯《じゅうたん》のように積もっていると見えたものが、トラックが近付いてくると急に生命を帯びてぱっと舞い上がる――落葉は実は蟬《セミ》たちの巨大な群れで、あたりを荒らし回ったあとに陽を浴びて一休みしていたのだ。

一番驚かされたのは、道路が――道路といっても前にその赤い土の上を走った乗り物が残していった朧《おぼろ》な跡でしかないが――ゴムノキの黒ずんだ切り株がやたらたくさんある地域を通っていたときだった。何か過去の業火《ごうか》の残骸に見えるそれらの切り株のいくつかに、丸石のようなものが危なっかしく載っているのをデュポンは指さした。

どの丸石も周囲にあまりに溶け込んでいるため、私はそれまで目にもとめていなかった。でもそう言われて見てみると、これはきっと地元の部族が何か儀式上の目的で置いていった石にちがいないと思えた。

デュポンは首を横に振った。

「見てろよ」と彼は言って、ちょっと停めてくれと運転手に頼んだ。

そしてトラックから降りて、道端の石ころを拾い、切り株のひとつめがけて投げた。するとたちまち上に載っていた丸石は鳥に変容し、重たい茶色の翼を生やして、ギャアギャア騒々しくわめきながら空へ飛んでいった。

デュポンはほかのいくつかの丸石にも石ころを投げつけ、丸石はすべてとまっていた鳥であることが判明した。彼らは上空をぐるぐる回り、怒った声で抗議した。

デュポンがトラックに戻ってきた。

「ヨタカだ」と彼は私に言った。

ふたたび走り出したトラックがまだスピードを上げもしないうちから、鳥たちは切り株に戻って身を落着け、ふたたび目立たなくなった。

「昼間は背景に溶け込んでとにかくじっとしているから、知らないとまさか生き物だとはわからない」とデュポンは言った。

そのときなぜか、そういう変容を目《ま》のあたりにして、私の胸に嫌な予感が訪れた。私はデュポンにそう言った。

「たぶん同じ能力を持つ人間もいるんじゃないかな」と彼は言った。

その言葉がずっと先の日、遠く地球の裏側で不吉な意味を持つようになるとは、二人とも知る由《よし》もなかった。


それまでの旅でも訪れていたので、デュポンはあちこちの村でよく知られていた。ピジンや土着の言語を操って意思も交わすことができた。時には、彼が通りかかっていることを太鼓信号によって聞きつけた族長やシャーマンが挨拶に出てきた。みんな彼に媚《こ》びへつらい、我らのために異国の魔法を使ってくだされと乞うのだった。

そういう草原の村のひとつに、つかのま診療を行なうため私たちは立ち寄った。デュポンからはあらかじめ、ここで興味深い人間に出会うだろうが、それ以上は言わないでおく、と聞かされていた。

「見てのお楽しみだ」とデュポンは言った。

トラックが停まったそばの小屋から、男が一人と女が数人、挨拶に出てきた。男は背が高く痩せていて、大きな悲しげな目をしていた。だがこの男について私が仰天したのはこの点である――まだらな白髪の鬚を二つに分け、両の先っぽに緑のビーズを飾り、小さな銀の鈴を付けていたのだ。

「僕がどこでアイデアをもらったか、君に見てほしかったんだ」とデュポンは言ってニッコリ笑い、自分の鬚をもてあそんだ。「この男は部族のシャーマンで、呪医《じゅい》だ。そして僕は僕の集団の呪医――筋は通るだろう?」

彼は背の高い男のところへ行って、握手した。二人はしばし奇妙な言語でお喋りし、話すとともに両者の鈴が鳴った。デュポンが私の方を向いた。

「どうやら目下ほぼ全員収穫に出ているようだから、今回は診療の必要もない」と彼は言った。「だがこの小屋に、初めての赤ん坊を産んだばかりの女性がいて――ここは出産小屋なんだ――この男はこれからイニシエーションの儀式を行なおうとしている。僕は中に入って見学する。君も一緒に来るか？　保証する、学ぶところはきわめて多い」

もうデュポンという人間がだいぶわかってきていたので、彼がこういう言い方をしたとき私は用心するようになっていた。彼は私の考えていることを見てとった。

「心配は要らない。べつに僕らに妙なものを食わせたりはしない」

少し頭がくらくらしたが、私は一緒に行くことに同意した。シャーマン、女たち、デュポン、私、みんなでぞろぞろ小屋に入っていった。

お産小屋は広くて風通しもよかった。村の女たちが何人かすでに中にいて、床に敷いた籐《とう》の敷物を囲んで立っていた。シャーマンが来ると女たちは道を空けた。女たちの一人が、手の込んだ色とりどりのマントを彼の体に巻きつけて縛《しば》った。

籐の敷物の上には、乳房の張った裸の女が横になっていた。生まれたばかりの赤ん坊は傍観者の女の一人が抱いていて、女は両腕でそっと赤ん坊を揺すり、甘い声でささやきかけていた。小さな体は血とぬるぬるに包まれていた。

デュポンと私が見学の位置につくと、悲しげな目のシャーマンが膝をつき、子を産んだ女の上にかがみ込んだ。それから両腕を物々しく広げ、色とりどりのマントを揺すった。マントからすぐさまキーキー、チュンチュンとすさまじい喧噪が生じた。見ればそれはマントなどではなく、一枚の網であり、そこに色とりどりの小鳥たちが何十羽と、何か巧みなやり方で脚を縛りつけてあるのだった。鳥たちが立てる音に私は、トールゲートにまばらに生えた骸骨みたいな木々に巣を作るムクドリの騒々しい群れを思い出した。

じきに鳥が静かになった。シャーマンは両手で女の乳房を摑み、吸いはじめた。それぞれを数分かけて吸った。吸い終えると背筋をのばし、悲しげな目で、そこに集まった私たち全員を見回した。口は大きく開いていて、乳があごの先からぽたぽた垂れていた。彼に歯がないことが私にも見えた。むき出しの、ピンク色の歯茎があるだけ。

鳥たちはふたたび金切り声を上げはじめ、赤ん坊はお乳に気づいたのか、鳥たちよりもっと大きな声で泣き出した。子供は母親に手渡された。母が子を自分の乳房に持っていくと、子は夢中で吸いはじめた。


トラックに戻る道すがら、僕が望んだとおり学ぶところ多き体験だったかね、とデュポンは私に訊ねた。

実のところ、赤ん坊を一目見たときからすでに、私はむかむか吐き気がしていた。特にあのぞっとするぬるぬるぬると血がいけなかった。

「人間はみなぬるぬると血に包まれてこの世界に入ってくる。たとえ宮殿で生まれても」とデュポンは言った。それから彼はいまの儀式の意味を説明した。「この部族において、小鳥たちのマントは赤ん坊の魂が肉体から離れていってしまうのを防ぐと考えられている。だがとりわけ興味深いのは、シャーマンには母乳以外いっさいの食べ物が許されていないことだ。したがって、シャーマンにとっては女たちこそ部族でもっとも重要な構成員だ。生きのびるために全面的に彼女たちに依存しているんだからね。これは女たちにとっても非常に好都合であり、彼女たちの地位向上にもつながる。それに新しい母親にとっては現実的な利点もある。赤ん坊のために乳が出るよう、シャーマンがきちんと取り計らってくれるんだからね。たいていの男はわかっていないが、これは時にけっこう厄介な問題なんだ」

少なくとも私には初耳である。そのことを聞き、おぞましくぬるぬるに包まれた赤ん坊を見てしまったいま、まともな頭を持った女がそもそも赤ん坊など産みたがること自体が不思議に思えてきた。

「しかるべき男が口説《くど》くだけでいいのさ」とデュポンは言って笑い、鬚が陽気にチリンと鳴った。

私はあまりのむかつきに笑うどころではなかった。いずれにせよ、考えずにはいられなかった。男がしかるべき女を見つけることだって、同じくらい大事じゃないのか？　でも私はすでにそういう女を見つけて、その女に心を裂かれたのではなかったか？

7

ある時点から、トラックは私たち専用のタクシーとなった。乗客はほかに一人もおらず、もうどこの村にも停まらなかった。うねるようにどこまでも広がる草原を何時間も走りつづけるなか、木々はどんな種類であれいまや稀となった。風は間断なく吹きつづけ、前にある高い草をなびかせている。やがてトラックが丘の頂に達し、草原がいきなり終わった。私たちの眼前には砂漠が、奇跡によって砂に変容させられた海のように広がっていた。巨大な波が、動きの途中で静止している。

機械に対して強い敵意を持つ場所へ入っていく前に、エンジンの最終点検をしないといけない。この空き時間を活用しようとデュポンが言った。

「少し散歩に出よう。砂漠を初めて歩く、忘れがたい体験だよ」

トラックの荷台からしばしば降りることには私も異存はなかったが、空気は火を点けたオーブンから出てくる熱風みたいだった。私たちは一キロ近く、砂丘に足を取られながら進んでいった。一歩ごとにズブッと足が沈む。デュポンに手伝ってもらって、一番高い部類に属す砂丘のてっぺんまでどうにか這い上がることができた。

「座って一休みしよう」とデュポンは言った。

周りが何キロも見渡せた。

「病院まではあと一時間程度だ」と彼は言って北東の方角を指したが、砂漠が無限に広がっているように見えるだけだった。細かい砂が上から、この世ならぬ音を立てている風に運ばれて私たちの頭に降ってきた。

「ハルマッタンというんだ」とデュポンは言った。「ここへ来るまで僕は、風が音を立てるのは木々や電線や建物のなかを通り抜けるときだけだと思っていた。でもこの砂漠にそんなものはない。だから聞こえてるのは、ほとんど風そのものの声なんだっていう気がしてくる」

私たちは黙って風の音を聴いていた。何とも心乱される、悲しげな音なので、聴いていると首筋の毛が逆立ってきた。ダンケアン周辺のムーアをミリアムとさまよっていたときに二人でよく聴いたアップランドの風を私は思い返した。あれはぴりっとした、しばしば冷たい風だったが、私はその声を愛した、なぜなら私自身が恋をしていたからだ。この砂丘の頂にいると、風の嘆きがふたたび私の心のありようを反映しているように思えた。

依然熱っぽい状態の私は、これだけ考えただけで疲れてしまった。しばらくして、そろそろトラックに戻った方がいい、とデュポンに言われたときも、立ち上がるのさえ一苦労だった。

8

道路のごくわずかな痕跡のようなものに沿って、私たちは砂漠へ入っていった。いまは午後四時。砂を吸い込んでしまわぬようシャツで頭をくるまないといけなかったので、私はますます気分が悪くなった。

やがてデュポンが私の腕をつついた。

「ほら、もう着くよ」

トラックの縁の向こうに、囲い込まれた土地が見えた。白いペンキを塗った、近代的な見かけの建物が三軒、抜けるように青い湖の向こうにほのめき、浮かんでいる。私は何度か目をパチクリさせた。砂漠に湖があるなんて思ってもみなかった。

「ただの蜃気楼《しんきろう》だよ」とデュポンは言った。「じきに慣れるさ。でも建物は本物だ。病院が建てられたときはここ一帯が草原だった。もう何年も前から、砂漠がじわじわ浸食してきている。それがこの土地の大問題のひとつだが、最大の問題というわけじゃない。この地帯にいる人間たちのなかには、断固自然による破壊の上を行こうとしてる連中がいるからね」

ひどく気分は悪いし、ガタゴト揺れる移動式オーブンの上で、とにかく極力苦痛の少ない姿勢を取ることに私は気持ちを集中していた。だからデュポンの最後の一言を聞いても、それがどういう意味なのか訊ねはしなかった。

じきにトラックは、いままでよりずっと滑らかな表面を——時おり小さな飛行機の離着陸にも使われる地面だ——滑るように走っていって、すでに見た三軒の建物の真ん中にある庭に入って停まった。中央の一軒は東西にのびていて、ほかの二軒の、フォークの先のように北にのびた建物より大きかった。三軒とも、中央の中庭の方を向いた長い、日蔭になったベランダが付いている。ベッドがいくつかベランダに引き出されていて、体を起こしてもらった患者たちが私たちの到着を見守っていた。日よけのあるエリアには、野菜や花がたくさん育っている菜園がいくつかあり、この不毛の地にあっては悦《よろこ》ばしい眺めだった。

デュポンに手を貸してもらってトラックから降りると、日蔭のあちこちに寝転がっていた家猫たちが出てきて、尻尾を立てた姿で私たちを出迎えた。一瞬、私は熱のある頭で、グラスゴーのあの家にいたディアドリーの猫の群れを思い起こし、ここで彼女にも会えるのではとなかば考えてしまった。だがこれら砂漠の猫たちにつき添っていたのは、白衣の看護師の女性数人だった。猫と看護師の歓迎団はデュポンを見て嬉しそうだったし、デュポンも彼女たちを見て嬉しそうだった。彼は看護師一人ひとりの名を呼んで挨拶し、身をかがめて猫を一匹ずつ撫でた。

最後の看護師は唯一ヨーロッパ人で、痩せた背の高い女性であり、白髪の交じりかけた黒髪を短く刈り込んでいた。顔は陽焼けして皺が刻まれている。分厚い金縁眼鏡をかけているせいで、フクロウのように大きい目がじっと前を見ている印象を与えた。

彼女とデュポンがかなり長いことハグしあっているのを、ほかの人たちはニコニコ笑って眺めていた。

デュポンは彼女の手を引っぱって、私たちを引きあわせた。

「クララ、こちらはハリーだ」と彼は言った。「熱がずっと続いているんで、よくなるまでしばらくここにいてもらう」

「初めまして」とクララは私に言った。「ここの暮らし、気に入っていただけるといいですけど」。イギリス人女性のような話し方だった。

デュポンはすぐさま、本館の、スタッフが住むエリアの奥にある小さなゲストルームを私に割り当ててくれた。窓にガラスはなく、網戸があるだけで、ベッドは吊った蚊帳《かや》に護られていた。デュポンはただちに何かを私に注射し、休むよう命じた。

その後四十八時間、私はベッドに横になって、寝たり起きたりをくり返しては、果物とパンをつまんだ。時おり、静かに作動している機械のような心和む音で目が覚めた。見れば小さな黒と茶の猫が蚊帳のなかにもぐり込んできて私のそばに横たわり、嬉しそうに喉を鳴らしているのだった。うとうと眠りから出たり入ったりしている私は、この猫がいることに慰められた。

三日目の朝早く、目覚めてから数分後にデュポンが部屋に入ってきた。蚊帳を持ち上げ、私のおでこに触れた。

「熱がずいぶん高いな。本来ならそろそろ下がるはずなんだが」

小さな猫はベッドの下にいて、見守りながらゴロゴロ喉を鳴らしている。デュポンがその毛を撫でた。

「君、セイディに面倒見てもらっているようだな」と彼は言った。「病院で猫を飼うのはクララの思いつきなんだ。最初はただ鼠や虫を減らせればと思ったんだが、そのうちに、猫がいると治りが早い患者がいることがわかってね」

セイディは仲間として最高だと私は請けあった。

「仲間で思い出したが、君をディナーに招待する任を僕は帯びている」とデュポンは言った。「あくまで今夜少し具合がよくなったらの話だが、六時に一緒に夕食をどうか、とクララが言っている。普通なら僕も同席するんだが、あいにくこれから出かけて、早くともあさってにならないと帰れない。一五〇キロ東にある村で、黄熱病《おうねつびょう》の発生が報告されているんだ。とにかく行って、何ができるか見てみないといけない。君については僕が戻るまでクララが気をつけてくれる」

9

その日は大半うとうと眠り、五時ごろに起きた。腹は全然空《す》いていなかったが、元気はだいぶ戻ってきていたので、髭を剃り、洗い立ての服を着た。

六時直前に、いつものとおり、闇が石のように降ると、その後まもなく看護師が一人、私を夕食の場へ連れに来てくれた。彼女のあとについて薄暗い明かりの灯った廊下を歩いていくと、左右に連なる部屋の、それぞれ開いたドアの向こうに、晩の支度をしている患者たちの姿がぼんやり見えた。

通りかかったドアのひとつには、分娩室と書かれた札が掛かっていた。ドアが少し開いていて、あわただしく動く音と、うめき声が中から聞こえた。

「患者さんが一人、ちょっと苦労なさっていて」と看護師は言った。

ダイニングテーブルが二人用にセットされた、明るい照明の灯った部屋に看護師は案内してくれた。

彼女が廊下を戻っていくなか、天井のファンが音もなく回った。私が腰を下ろすや、クララが入ってきた。

「来ていただけるくらい元気になられてよかったです」と彼女は言った。「私、お腹空いているの。食べましょう」

食事は野生の鹿の肉を使った、スパイスの利いたシチューで、これにイチジクその他の果物が続いた。それぞれを少しずつ試してみるようクララに勧められ、私は言われたとおりにした。

食事中、食べ物のこと、私の健康状態のこと、そして私の回復の見込みについて言葉少なに話した以外、私たちはあまり喋らなかった。食事が済むと、もっと楽な椅子があるという隣の部屋に移って、熱いお茶を飲んだ。

お茶を少しずつ飲んでいるうちにクララも打ちとけてきて、ずっと口も軽くなった。いろいろ発見はあったが、まず、そもそもデュポンがオターゴ号に乗っていたわけを私は知った。英国の内閣に呼ばれてロンドンを短期間訪問し、この砂漠の政治状況を解説してきたところだという。どうやら状況は日に日に悪化しているらしい。

「夜になるとときどき、遠くから大砲の音が聞こえたりするの」とクララは言った。「恐ろしい状況よ、私たちにとっても。もし病院が危ないとなったらすぐに避難できるよう、患者も職員も準備しておかないといけないの」

病院が近付いてきたときにデュポンが何をほのめかしていたか、これで私にもわかった。

「本当に避難することにはならないと思いたいけど」とクララは言った。「でも現実をちゃんと見て、病院が襲撃される可能性がゼロとは言えないことは認めなくちゃいけないのよ」。そして彼女は手短に歴史の講釈をしてくれた。

この地域では部族間抗争がもう何世紀も前から続いている。やがて列強がここを植民地にすると、一連の宗主国は部族間に人工的な和平を押しつけ、同じく人工的な国のなかに彼らを一緒に押し込めた。新しい国々の国境は、ひとえに外国人が管理しやすいように作られ、ジャングルの民、草原の民、砂漠の民、と、言語も世界観も異なる昔からの敵同士が一緒くたにされてしまうこともしばしばだった。当然ながら、列強が去ると、あるいは駆逐されると、押しつけられた和平と秩序はたちまち本能と伝統に根ざした敵意に取って代わられた。激しい暴力が何度もふるわれ、たいていそれは、いまひとつ正当性を欠く政府に向けられていた。

「だから夜に大砲がぶっ放されるわけ」とクララは言った。「私たちはとにかく何とかやって行こうとしてるけど、すべてがどう決着がつくのか、誰にもわからないわ」

そしていま、話題を変える合図のように、彼女は眼鏡を外した。巨大なフクロウの目が普通の大きさに戻り、生きいきとした緑色の瞳が現われた。

「あなたのこと、あなたの不幸な恋愛のこと、みんなチャールズから聞いたわ。悪く思わないでね」と彼女は言った。「私、思うんだけど、そしてこれはチャールズも同意見なんだけど、あなたがそうやって深く傷ついたのは、あなたという人間の立派さのしるしじゃないかしら。でもあなたはまだ若いし、全世界が目の前に開けている。大丈夫よ、いずれきっと、幸福が見つかるわ」

また始まった、と私は思った。あいつにちょっと忠告してやってくれよ、とデュポンに言われたのだ。

「大事なのは引っ込まないこと、今後人と関わりあうのを恐れないことよ」と彼女は言った。「いったん傷ついてしまうと、もう二度と誰とも関わらないと言い切る人もいる。でもそういうのは美徳とは言えない。それは一種の臆病よ、また傷つくのが怖いだけよ」

この一言はいささか痛かった。

「もちろんあなたに、いますぐ何かしろと言ってるんじゃないのよ」と彼女は私の気持ちをほぐそうとして言った。「あなたはまだ喪に服している時期。でも絶対に、愛に悲観して愛を嘲笑《あざわら》うようになっては駄目よ。そうなってしまったら、まさしく愛するに値する女性たちが、あなたのなかにある空虚さを感じとって、離れていってしまう。彼女たちの心にあなたが根を下ろせないこと、彼女たちもあなたの心に根を下ろせないことを悟られてしまうのよ」

どうやら持説を新しい聞き手に語ることをすごく楽しんでいる様子だ。私のような初心者に忠告するということは、そのクライマックスとして、彼女自身の人生と愛の経験をめぐる打ちあけ話に行きつくのではなかろうか——そう私は思った。

この予測は百パーセント正しかった。

「実はね、あなたの味わったこと、私もよくわかるのよ」と彼女は言った。「ええ、私もね、二十年前にある男と結婚した。イングランドで結婚式を挙げた一週間後に、新しい夫と私はアフリカへやって来た。二人とも二十一歳で、どっちもまるで無邪気だった。私は看護師になる訓練を終えたばかりだったし、夫は冒険心に富んで理想に燃える学校教師だった。だからこそ夫は、世界で一番困っている地域で働きたいと思ったのよ」

私は頭のなかで足し算した。二十年前に二十一歳、ということは現在四十一。陽に焼けた肌の皺がおそろしく深いので、もっとずっと上かと思っていた。でもほかの面では、いまだに二十一であってもおかしくなかった。緑の瞳はとても若々しく活きいきとしていたし、くたびれた顔には何となく似つかわしくない活気がこの人には漂っている。

「私の夫は四年前に突然亡くなった」と彼女は言った。「元々丈夫な人じゃなかったから、気候や、熱帯特有のいろんな病気のせいで、まだずいぶん若かったのに死んでしまった。この大陸に来て早々、夫はここから八百キロ南の、バシオ族の住む地域で、初代の地区教育長に選ばれた。私は地元の病院での看護を任されていた。この土地に来たとき、私は夫に心底恋をしていたわ。でなければ英国を去ったりはしなかった。でも私が恋していた人は、私が結婚した人と同じでないことがわかったのよ。それってたぶんそんなに珍しくないんでしょうね」

クララは紅茶を一口飲み、私は話の続きを待った。

「つまりね」と彼女はカップを下ろしながら言った。「ほぼ二十年のあいだに、夫は教育関係の仕事で何度も旅に出て、時にはそれが何週間、何か月と続いた。そのあいだに夫はバシオ族のいろんな女たちと親密になったのよ。亡くなる半年前に夫が自分で告白していなかったら、私にはわからないままだったと思う。お目出度くも何ひとつ知らないまま、夫を失って悲しみに暮れていたでしょうよ」

いまや私の興味を惹いた彼女は、状況をはっきりさせようと言葉を足した。

「夫がそういうふうにふるまったのは、全面的に本人の責任とは言えない。仕事を引き受けた時点では、文化のいろんな違いを夫も私もわかっていなくて、これもそのひとつだった。バシオ族の住む地域の大半では、結婚生活に貞節なんていう概念は存在しないのよ。何もかもが共有されているから。財産は部族全体のもので、子供たちもみな共同で育てられる。はっきり子を作る目的で夫と妻が二人きりになる場合は別として、セックスも共有されている——夫も妻もいろんな相手を欲するのが当然だとみんな思っているのよ。

私の夫はハンサムな男性で、人種も違うよそ者であって、客人として彼らのなかに入っていったから、夫を求める女性はとても多かった。もしそうやって言い寄ってきた女たちを拒んでいたら、バシオの文化に対する大きな侮辱だっただろうし、教育長としての仕事もまったく不可能になっていたと思う。だから夫は拒まなかった。

やがて告白されたとき、知的な次元では夫の苦境は理解できたし、本気であの人を責めたりはしなかった。いまも私のことを愛しているしいままでもずっと愛していたしバシオの女たちとやったことは愛とは何の関係もないと夫は主張した。でも私は心の内で、夫にひどく失望したのよ」

部屋のなかはいまやひっそり静まり返り、外の花壇にいる蟬の声が聞こえた。クララは紅茶を一口飲み、丹念に言葉を選んでいた。

「実際、告白のあと、私はもう夫を愛する気持ちが胸の内に見つからなくなってしまった。それでも私たちは、夫の婚外行動のことは二度と話題にしないと決めたのよ。最後の六か月のあいだ——もちろん最後とは二人とも知らなかったわけだけど——そういう旅から夫が帰ってくるたび、出かけているあいだ何も疑わしいことは起きなかったんだというふりを二人ともしていた」

そういう演技を続けるのはすごく大変だったでしょうね、と私は言った。

「そのとおり。そのうちに私はもうどうにも耐えられなくなって、夫を捨ててイングランドに戻ろうと決心した。でもその決意を伝える前に、訪問中の村で夫が心臓発作で死んだという知らせが届いた。夫が死んだあと、私は一刻も早くバシオの地域から離れたくて、ここの職に応募したのよ」

同情の思いで私はうなずき、彼女はふたたび紅茶を一口飲んだ。

「もう男はたくさんだ、と私は確信していた。けれどそこへチャールズが現われた。妙なことに、チャーリーはいろんな面で夫を思い起こさせたわ——冒険好きなところは間違いなく。たぶんいつの世でも、こういう危険な、文明から遠く離れた場所に来ることを厭《いと》わない男たちがいるのね。女はそういう男に恋をしたりするけれど、私が経験から学んだとおり、そういう男を全面的に信用することはできない。チャールズだって絶対に忠節じゃないと思う。けれどもう、なぜかそういうことが私にはそんなに重要とは思えないのよ。これって私に関して、自分でもよくわかっていなかったことを明かしてくれているわね」

私が怪訝《けげん》な顔をしているのを彼女は見てとった。

「つまりね、大事なのは私があの人を愛しているということ、あの人も私を愛してくれているっていうことなのよ。それについてあの人は決して私に嘘をつかない。それが男と女のあいだで一番大切なことなの」。自分の考えに満足したように彼女は首を縦に振った。

私はまた気分が悪くなってきていたが、どうしてそんなに自分の結論に確信が持てるのか彼女に訊いてみたかった。けれどこっちが問う間もなく、彼女は私の恋愛問題に戻っていった。

「私が理解したところでは」と彼女は言った。「なぜその女の子があなたを見捨てたのか、ちゃんと調べる機会もないうちにあなたはスコットランドから逃げたのよね」

今回もまた、たとえいかに正確であろうと、自分の行動を言い表わすのに「逃げた《フレッド》」という言葉を他人が使うのを聞くのは嬉しくなかった。それに気分も本当に悪くなってきていた。

クララは気づきもせず喋りつづけた。

「その子の胸の内で何が起きていたのか、あなたは本当には知らないわけでしょう。もしかしたら、彼女がやったことにはごくまっとうな理由があったのかもしれない。でももちろん、あなたはまだ、世界が自分のような善人を裏切るんだったら世界なんて二度と信用できない、そう思ってしまう年ごろよね。もっと歳を取ってくると、そういうことじゃないんだってことがだんだん見えてくるのよ」

この時点では頭もすっかり混乱していて、最後の一言がどういう意味なのかもよくわからなかった。

ちょうどそのときドアがノックされ、私を食事室へ案内してくれた看護師が入ってきた。小さなショールにくるまれた、生まれたばかりの赤ん坊を抱いている。看護師は何も言わなかったけれど、顔は心配そうだった。クララはふたたび眼鏡をかけ、立ち上がり、赤ん坊を看護師から受けとった。ショールの上を開《ひら》いて、中をしばし覗いた。

「母親の具合は？」とクララは訊いた。

「まだちゃんと目覚めていません」と相手は言った。

「赤ちゃんを見たの？」

「いいえ、見せないようにしました」

「よかった」とクララは言った。そして私の方を見た。

「こういうことが起きるのよ、栄養不足、遺伝、その他いろんな理由で」と彼女は言った。

私はもう最悪の気分だったが、クララにはわかりようもない。彼女は赤ん坊を連れてきて、私にもはっきり見えるようショールをもう少し開いた。

赤ん坊は、赤ん坊と言えるなら、頭がなかった。あるのは両肩と首だけだった。首のてっぺんの平面上に、小さなピンクの舌が狭いすきまから突き出ていて、小さな茶色い目が二つ、しっかり覚醒した目で私を見上げていた。

私はいまやびっしょり汗をかいて、むかつきがしていまにも吐いてしまいそうだった。

「僕、失礼します」と私は言って、そそくさと部屋に戻った。

ベッドに入って五分と経たないうちに、ドアを短くノックする音がして誰かが入ってきた。ベッドライトは点けておいたので、蚊帳の向こうにクララの姿が見えた。

彼女は枕許《まくらもと》にやって来て、私を見下ろした。

「赤ん坊を見せたこと、ごめんなさい。あなたがあんなに気分が悪くなっていること、気がつかなかったの」

さっさといなくなって眠らせてほしかった。

彼女は蚊帳の下から手を入れてきて、冷んやりした手を額の上に載せた。

「もうじき熱も下がるわ」と彼女は言った。そして私が床に脱ぎ散らした服を拾い上げて、椅子の上に置いた。「服や靴を床に置いては駄目よ。サソリがいるし、ほかにも這い回る生き物がいろいろいて、夜中にもぐり込んでくるから」

蚊帳のベールを通して、彼女が服を脱ぎはじめるのが見えた。服を一点一点、それから靴を、椅子に置いた私の服の上に載せていった。

熱のせいもあり、蚊帳ごしに見える彼女の姿のせいもあって、私の心臓はものすごく速く鳴っていた。茶色い、萎《しお》れた顔はその体に属しているとは思えなかった。驚くほど白い滑らかさに私は息を呑んだ。

彼女は眼鏡をベッド際のキャビネットに置いて、ランプのスイッチを切り、蚊帳を持ち上げて私の隣にするっと入ってきた。そしてひどく慎重に、私に体をくっつけてきて、両腕を巻きつけた。その冷んやりした体が私の熱い体に触れるのは素晴らしい感触だった。熱があるにもかかわらず、私は欲情した。

彼女はそっと私の手をどけた。

「私がここにいるのは、あくまで医学上の目的のためよ。これは熱を下げるためのこの土地の習慣なの。たいていはすごくよく効くわ」と彼女はもう一度体を私に押しつけながら言った。「さあ、もう眠りなさい」

私はぐっすり眠ったにちがいない。目を開けたら朝だったのだ。クララはいなかったし、彼女の服もなくなっていた。気分はずっとよくなっていて、腹もぺこぺこだったので、身支度をして、朝食を食べようと看護師たちの食事室に行った。行く途中、昨夜頭のない赤ん坊を連れてきた看護師とすれ違った。

私はふと、何もかもが、クララがベッドに入ってきたことも含めて、熱にうなされた私の妄想ではなかったかという気になった。だから試しに赤ん坊のことを訊いてみた。

看護師は悲しげに首を振った。

「女の子だったのよ」と彼女は言った。「夜のあいだに死んだわ。まあ誰にとってもそれが一番だったわね」

私も同意せざるをえなかった。

私が食事室に入っていったとき、クララはちょうど出ていくところだった。私の姿を見てフクロウの目がパチクリし、彼女は片手を私の手に向けて差し出した。

「大丈夫、脈を測るだけよ」と彼女はそっけなく言った。そして指で私の手首を囲み、少ししてから満足げにうなずいた。「ほぼ正常ね」と彼女は言った。

ずっとよくなりました、と私は言った。

「そうでしょう」と彼女は言った。「ああいう伝統的なやり方、時にはけっこう効くみたいなのよ」

デュポンはその日のうちに帰ってきた。病棟を一通り回ってから、私の部屋に寄ってくれた。

「熱が下がってよかった」と彼は言った。「心配してたんだ、僕が服を脱いでしばらく君の隣に横たわらなくちゃいけないかと思って」。私のバツの悪そうな顔を見て彼は笑った。「クララから聞いたけど、君は昨晩いささか興奮したそうだね。もしかしたらそれは、失恋から回復しかけている証拠かもしれない」

私は何も言うことが思いつかなかった。

「私たちはみな、願望としては、愛が永遠で唯一無二だと思いたがっている」と彼は言った。「でもそういうことは現実にはめったにないように思える。人はひとつの愛を失い、別の愛を見つけ、今度こそ永久に続くと信じて疑わず——云々《うんぬん》かんぬん。恋する人間はみな最高の楽天家さ」

でも私は楽天など持てなかった。熱ははっきり下がったけれど、失恋の痛みを治すすべは依然はるか遠いとしか思えなかった。

10

何週間かが過ぎて、熱の痕跡はすっかり消えた。時間はたっぷりあるので、私は病院で看護師たちの手伝いを始めた。シーツを替え、床を磨き、小さな花壇を世話し、何かと役に立つよう努めた。デュポンとクララは昼のあいだは忙しかったが、夜はたいてい三人一緒に食事した。私たちは仲よくやっていた。時おりトールゲートやダンケアンの話もした。ミリアムの話さえ私は嫌がらなかったし、二人とも私の心の傷を広げないよう気を遣ってくれた。

ある朝、花壇に水をやっていると、軍用ジープが二台、砂の雲をうしろに従え、囲い地に飛び込んできた。兵士が六人、将校が一人乗っていた。何事かと見に出てきたデュポンに将校が、この近くで政府軍の兵士が反乱軍に襲われたのでパトロールに行く、ついては一緒に来てもらえまいかと頼むのが聞こえた。どうやらデュポンは、医師の助けが必要な場合に備えて、よくこういうパトロールに同行するらしい。

医療品を取りに戻ってきたデュポンは、私の姿を見て、君、一緒に来る気はあるかなと誘った。「きっと興味深いと思う」と彼は言った。「こういう反乱軍の連中は、自分たちの犠牲者に対して妙な行為をすることで評判だから」

そう聞いただけで私としてはためらうべきだった。でも熱が引いたいま、活力はあり余っていた。ぜひ行きたい、と私は言った。

デュポンの隣に私の席を空けてもらい、ジープは勢いよく出発し、砂嵐を巻き上げながら疾走していった。十キロばかり走ったところで、ジープが二台ともしばし速度を落とした。運転席の隣に座っていた将校が前方を指さした。

北の方二、三百メートル先に、濃い黒煙の柱が地面から上がっていた。

私が何か言う間もなく、デュポンが首を振った。

「煙じゃない、蠅だ」と彼は言った。

そんな、と私は思った。

直径五十メートルくらいの、火山のクレーターと見えるものの縁で私たちはジープから降りた。ここが戦闘が起きた場なのだった。ジープのエンジンが停まってみると、蠅たちが作る逆巻く黒い柱から出てくる音は、疾走していく急行列車のようにやかましかった。それらの柱は、地面の上の、何かの山の上にそびえている。何の山なのかまだ判然としなかったが、想像は容易だった。兵士たちが石を投げつけると、蝿たちは怒ったようにブンブンうなりながら散らばった。それから兵士たち、デュポン、私がクレーターに這い下りていった。

蝿たちが離れたことで、恐ろしい光景があらわになった。死体また死体が連なっているだけでなく、どの死体も腹を切り裂かれ、内臓がカーニバルの飾り物みたいに体に巻きつけられていた。手足を切断された者たちもいて、体のさまざまな部分がグロテスクに組み直されていた。ある者は四本の脚を、ある者は四本の腕を与えられていた。ひとつの死体では、割かれた腹から血まみれの頭が、あたかも苦痛に満ちた分娩を経たかのように突き出ていた。あちこちの口や眼窩《がんか》に砂漠の草木が突き刺してあった。

それら体の諸部分は、すべて人間のものとは限らなかった。山羊《ヤギ》の群れも切り刻まれていた。山羊の頭や脚が人間の胴に付けられていた。人間の頭や手足が山羊の体につながれていた。これら混種のいくつかは、遠くからだと生きて見えるよう、棒で支えて立たせてあった。

デュポンの診察にさして時間はかからなかった。全員で二十名の犠牲者は完全に死んでいた。蝿たちがご馳走を囲んで喧嘩腰に再集合しはじめていた。

将校は全員にジープへ戻るよう命じた。反乱軍がそばで隠れて我々の動きを見守っているかもしれず、ぐずぐずしていたら襲われかねないと懸念したのだ。我々はそのおぞましい場所から大急ぎで立ち去った。

一キロちょっと行くと、ジープは丘の上でしばし停まり、私たちはうしろを見た。何の動きも見えず、ふたたび蝿たちの作る柱のかすかな輪郭が見えるだけだった。

「生き残りがいなくてよかったようなものだ」とデュポンが私に言った。「生存者がいても、時にはあまりに恐ろしい有様で、銃で撃つことが唯一人間的な治療ということもある」。そして彼は私の顔を見た。「そう言うと倫理に背《そむ》いているように聞こえるかもしれない。でも僕に言わせれば生かしておく方が犯罪だね」

病院に戻ると、私たちは一緒に座ってコーヒーを飲んだ。

「前は不思議だったよ、なぜあんなふうに死体を切り刻むのか」とデュポンは言った。「だが去年、反乱軍の首謀者の一人と話す機会があった。そいつは襲撃の最中に腹を撃たれて政府軍に捕まったのさ。軍は奴を首都に連れていって見せしめ裁判を開くつもりだったから、途中で死んだら困ると思った。それでわざわざ病院に来て、死なないようモルヒネを打ってくれと僕に頼んだんだ。

そのときそいつに、どうして君の部下たちは兵士の死体にあんな真似をするのかと訊いてみた。方言を聞きとるのが大変だったが、要するに、太古の昔からこの地域の人間は敵にこういう仕打ちをしてきたし、敵も彼らにこうしてきた、ということだと理解した。もちろんそこには、相手を恐れおののかせるという狙いもある。だがそれだけじゃない。動物、人間、植物のいろんな部分を組み合わせることで、自分たちのすぐれた創造性を見せびらかし、神々でさえ思いつかなかった形を自分たちが思いつけることを誇示しているんだ」。デュポンはそこでためらった。「まあ僕が、そいつの言葉を正しく理解したとしての話だが。そいつはひどい苦痛に見舞われていたし、こっちは言語にそこまで通じていない。何にせよ僕は奴にモルヒネを打って、それで何とか首都まで持ちこたえさせて、その数日後、首都の広場で大勢の見物人の前で奴は絞首刑にされた」

人間がどれだけ残酷にふるまいうるものか、私は愕然とさせられた。デュポンにそう言うと、彼はしばし考え込んだ。

「たしかに我々人間は、たがいに大きな痛みを与えあう。でもそれは、この世にあまねく広がる、我々の責任ではない苦しみに較べれば何ほどでもない。医師として僕は、まっとうで優しい人たちが癌で、ヘビに咬まれたせいで、いろんな病気を患《わずら》って、マラリア熱にかかって、さんざん苦しみ悶える姿を見てきた。統合失調症をはじめ、本人の生活ばかりか家族の生活まで耐えがたいものになってしまう精神的苦痛は言うまでもない。何も悪いことをする時間なんかまだない子供たちでさえ免れはしない。頭なしで生まれてきた赤ん坊はどうだ？　誰を責めればいい？　君はその赤ん坊に少し動揺していたとクララが言っていたな」。デュポンは眉間に皺を寄せた。「もし本当に創造主なるものがいるとしたら、創造主は拷問司令官か、あるいは非常にサディスティックなユーモアのセンスの持ち主だと考える人がいることも容易に納得できる」

その言葉を聞いて、知的意図理論を嘲笑している私の父親と、自然の残酷さを語るミリアム・ゴールトとを私は思い浮かべた。この件に関し、デュポンは二人のどちらとも意見が合ったことだろう。


虐殺の現場に行った翌朝早くに、デュポンが私の部屋のドアをノックし、動揺した顔で入ってきた。「外国籍の人間はただちに国外へ去るよう命令が出た」と彼は言った。「政府はもはや我々の安全を保障できないと言っている」

この公的決定は、病院から遠くないあたりで反乱軍の襲撃が立て続けに起きたことを受けて下されたものらしかった。病院から即座に全員避難せねばならない。デュポンとクララは、残りのスタッフとともに、業務を整理し患者がみな自分の村に帰るよう手配するため一週間とどまることを許される。私もとどまって避難作業を手伝えるようデュポンは当局の説得を試みたが、医療関係者ではないということで聞き入れてもらえなかった。

「だから沿岸地帯に無線で連絡を取って、飛行機が君を迎えに来てくれるよう頼んだ」とデュポンは言った。「君一人トラックで行かせるのは危険すぎる。正午ごろに飛行機がここに来て、君をまっすぐラッカに連れていく。そのあとは申し訳ないが自力で切り抜けてもらうしかない。上手《うま》く行けばどこか安全な場所に行く船が見つかるはずだ。こんなひどい事態に引っぱり込んでしまって、本当に申し訳ない」

いいえ、自分の意思で来たんですから、と私は答えた。それに私がふたたび元気になったのもデュポンのおかげなのだ。第一、私なんかをお荷物にせずとも問題はどっさりあるはずだ。それよりデュポンの、クララの身の上の方がずっと心配ではないか。お二人とも大丈夫ですか？　と私は訊いた。

「僕らは平気」と彼は答えた。「こういう場所では付き物の危険だよ」

私は猫のセイディを見た。いつものように私のベッドの足下に横たわっている。毛を撫でてやると喉をゴロゴロ鳴らした。デュポンが私の考えていることを読んだ。

「心配要らない、猫たちは僕らが立ち去る直前にモルヒネを打つから。置き去りにされて飢え死にするよりその方がいい。あるいはもっとひどいことになるかもしれないし」

正午ごろ、四人乗りの飛行機が上空に現われ、滑走路に降り立った。操縦士はエンジンをかけたまま私が乗り込むのを待った。午前中ずっとデュポンとクララを手伝って全体の避難準備を進めていたので、話す機会はあまりなかった。二人は仕事を中断して飛行機まで見送りに来てくれた。

デュポンは私と握手し、私の無事を祈ってくれた。

「本当に申し訳ない」と彼は言った。「またどこかで会えるといいが」

クララは私の頬に軽くキスし、巨大な目で私を見た。

「忘れちゃ駄目よ、愛から逃げることはできないのよ。どこへ旅するにせよ、それは人がつねに抱えている荷物なのよ」

デュポンが笑った。

「最後の最後まで忠告だな」と彼は言った。

デュポンに手を貸してもらって翼に這い上がり、小さなキャビンの操縦席のうしろに乗り込むと、操縦士が扉を閉めた。エンジンの回転が速まると、機体がものすごく揺れて、バラバラに壊れてしまうのではと怖くなった。何秒もしないうちに飛行機は一気に走り出し、滑走路を百メートルばかり突進して、それから唐突に舞い上がった。機体を傾け、海岸に向かって西へ飛んでいくなか、私は下を見た。病院はもうはるか下にあって、デュポンもクララもごく小さな点でしかなかった。

飛行機に乗るのは初めてだったが、恐怖が薄らぐと、空中を疾走することに掛け値なしの高揚感を私は感じた。が、その気持ちも、たったいま自分はこの巨大な大陸で――というより世界じゅうで――唯一私のことを気にかけてくれる人たちを後にしてきたのだと思いあたったとたんに消えてしまった。彼らにはもう二度と会えないのだと私は思った。私は突然、両親が死んで以来感じたことのなかった空しさと寂しさを感じた。

一時間と経たぬうちに私はラッカに戻っていた。操縦士は痩せこけたドイツ国籍の男で、飛行機の上ではろくに口を利かなかったし、利いたときも騒音のせいで聞きとるのに苦労したが、着陸してからもやはり口数は少なかった。彼に指示されて空港のトラックに乗り、埠頭の船員組合ホテルに連れていってもらった。

二晩だけそこに滞在してから、出港する貨物船の甲板員として寝台を確保した。雇ってもらうのは意外に簡単で、それは船員としてすでに「経験者」だということもあったが、それ以上に、内乱が広がる前に一刻も早くここを去ろうとどの船も大急ぎで乗組員を補充しているからだった。

「あんたは運がいい」と、南米へ向かうわが新しい船、蒸気船カリブディス号の甲板長が言った。「この船はもう、海事法なんか無視して、乗組員不足のままさっさと出るところだったんだ」

それが、縄梯子を伝ってぐらぐら揺れる甲板によじのぼった私に向かって彼が口にした挨拶だった。デュポンと上陸したときも剣呑《けんのん》だと思ったが、今回、小さなボートで大波のなかを鮫たちに見守られながら沖へ出ていくのはこの前以上に危険に思えた。

「うん、あんた、運命の女神が味方してくれたんだな」と甲板長はさらに言った。

何か大きな力が人間のあらゆる動きを見張っているのではないか、公式要件を満たすべく甲板員がギリギリに現われるなどというところまで――そう私は疑いはじめていた。だが運命の女神がいるにせよいないにせよ、とにかく私は大洋に出る船舶に、ふたたび一番下っ端の船員として乗っているのだった。船は南米に直行するのではなく途中あちこち寄っていく、ジグザグに進んで大西洋のいろんな遠隔地で荷を積み降ろししていく、と甲板長から聞かされても全然気にならなかった。むしろ、ジグザグであればあるほど好ましい。私のことを心待ちにしている人間など一人もいない。どこかに早く着きたくてたまらないなんていう気持ちはなかった。

その日のずっとあと、カリブディスの錨が錨鎖管《びょうさかん》を通ってしっかり格納されたとき、その朝デュポンに起こされて以来わが傷心の源ミリアム・ゴールトのことをほとんど考えていなかったことに私は思いあたった。

航海

1

船旅の初めの方で私はまた具合が悪くなったが、これは例によって船酔いにすぎぬようで、じきに治った。甲板の仕事は忙しく、ペンキを塗ったり、錆を落としたり、雨風にさらされた表面から塩を拭き取ったりに明け暮れたが、自由な時間もずいぶんそこで過ごし、刻々代わる大洋のさまざまな気分を楽しんでいた。強い風が吹いて白波が立ち、嵐が来るとわかっても、もはや余計な心配はしなかった。私はいまや船というものへの、船が沈まず水上にとどまる力への信頼を深めていたのである。

人づき合いの上でも、今回の航海の方が好ましかった。乗組員たちは私のことを、もはやまったくの新米とは見なかった。日が暮れるとしばしば、ごく当然のように、船首楼《フォクスル》の船員部屋で行なわれる甲板員同士のポーカーに誘ってくれた。

だが非番の時間の大半、私は本を読み漁《あさ》っていた。カリブディス号の後甲板の下にはちゃんとした図書室があったのである。大きなキャビン二部屋から成り、そこに並ぶぎっしり本の詰まった書棚は私の目にはこの上なく嬉しい眺めだった。本の大半は水気でかなり傷《いた》んでいたが、それでもまだ十分読めた。表紙の内側に貼ったステッカーによれば、それらは航海中の船乗りたちに基礎的教育を提供する目的で海員組合が寄付したものだった。

一番上の棚には、百科事典や辞書に交じって、小説や詩の基本的コレクションもあった。うち何冊かは、私が大学で読む時間が作れぬまま終わった古典だった。『戦争と平和』、『死せる魂』、『魔の山』、『憂鬱の解剖』、『パルムの僧院』、『医師の宗教』、『失われた時を求めて』、『闘士サムソン』、『リヴァイアサン』、『教会政体論』。

真ん中の棚に並んだ本は海員組合のステッカーが貼られておらず、水気による傷みも一番激しかった。驚いたことに、乗組員は男っぽいタイプの者ばかりなのに、これらの本は主としてペーパーバックのロマンス小説なのだった。表紙はドラマチック、タイトルも記憶に残る本ばかり――『大草原の甘い情熱』、『ベラドンナの花嫁たち』、『粋な博奕《ばくち》打ちとじゃじゃ馬娘』、『キッス歓迎』、『星で飾られた愛人』、『誘惑女の舌』、『慈《いつく》しまれた敵』、『ブルームーン・ブロンドレディ』、『アマゾン・エイミー』、『心寂しき我が愛しの人』、『アパッチ・ウーマン』、『真の愛とムース・ジョーから来た牧師』、『妻貸します』、『神経外科医とニンフ』、『野蛮な抱擁』、『熱い耳に愛を囁いて』、『キューピッドのもつれた心』、『愛の炎の島』、『レディを誘惑せよ』、『太古の愛』。

下の棚には、一度も読まれたことがないように見える、何だかよくわからない小説が並んでいた。航海が始まって間もないころ何冊かパラパラめくってみたが、どうやら最悪のものに当たったにちがいない。タイトルでさえ、いまだに頭にこびりついてしまっている――『断層の査察』、『パラディン・ホテル』、『ウィステリウム』、『コルネットの最後の轟き』、『ダッチ・ライフ』。どの本も夢と同じくらい一貫性を欠いていた。

図書室を発見した日、周りに誰もいないようなので、どんな本があるかとゆっくり眺めてみた。あれこれ拾い読みしていると、女性の声がして私はぎょっとした。「何か借り出したいの?」

声の源は、図書室のもうひとつのキャビンの方にいた。彼女はこっちへやって来て私と握手した。

小柄で年配の、花柄のワンピースを着た人で、髪は短くて白く、顔は生真面目そうだった。「この船の図書室係のミセス・プラドハンです」と彼女は言った。「じっくり見ていらしたんですね」

これがその後、何度も顔を合わせることになるカリブディス号図書室係との最初の出会いだった。彼女はロンドンの出で、一等航海士の妻だった。夫とはロンドンの商事法務局で調査助手をしていたときに出会ったという。夫は何か差し迫った調査に携わっていて、彼女に助けを求めたのである。「一目惚れでした」と彼女は私に言った。

結婚したあと、彼女は夫のすべての航海に同行し、自発的に船の図書室の世話をした。だいたいどの図書室も、まったく顧みられていない状態だったのである。「愛の労働です」と彼女は自分の仕事について言った。

その後私が何度も図書室に足を運ぶなかで、彼女は私の人生について根掘り葉掘り訊ねた。親身になって聞いてくれる人だったので、むろんじきに私はすべてを打ちあけた。ミリアム・ゴールト相手の一件を、彼女は「悲劇的恋愛」と呼んでとりわけ深い興味を示し、細部を何度もくり返して話すよう私に求めるのだった。

「話せば気も晴れますよ」と彼女は言った。

私から見れば、失恋について話して気が晴れるくらいなら、明らかにそれは初めから大した打撃ではなかったのだ。でもミセス・プラドハンにはそう言わなかった。彼女を喜ばせようと、求められるたびにダンケアンでの日々を語った。

「悲しい話ねえ」と彼女は言った。「でも何て素敵な話かしら！」

そのころにはもう、ロマンス小説のコレクションを二年前カリブディスのために購入したのが彼女であることを私は聞き出していた。見るからに水気の傷みがひどいのは、プリマス沖の危険な砂洲に乗り上げた船の所有物だったからである。その船の主たる積荷は、海外の書店に送られるはずの本だった。その後、引揚げ業者が、回収できるだけのものを回収し、競売にかけて二束三文で売り払ったのである。

「ラブストーリーの箱が一番安かったの」とミセス・プラドハンは言った。「それにこういう本は、海にいる寂しい男の人たちには特にいいんじゃないか、愛をめぐる理想を保つ助けになるんじゃないかと思ったのよ。あなたもそう思わない？」

礼儀上、そうですね、と私は答えた。けれども、船乗りたちが語る多彩な売春宿談義を聞く限りでは、わが船乗り仲間たちは愛に関しおよそ理想などなさそうだった。彼らの一人でもミセス・プラドハンのロマンス小説を読んでいるところを見たことはなかったし、そもそも何かを読んでいるところを見たこともほとんどなかった——彼らが自分で船内に持ち込んできた漫画とエロ雑誌を別とすれば。

彼女の夫である一等航海士スリニヴァス・プラドハンは、妻とだいたい同年齢に見えた。小柄でお洒落なカルカッタ出の男で、銀髪をきっちり撫でつけている。いつも寸分の隙もない格好をしていて、ジーンズでいる方が気楽そうに見えるほかの航海士たちとは大違いだった。

彼の妻のお気に入りの図書室利用者となったおかげで、私は何度か夫妻のキャビンに夕食やハイティーに招かれた。食事はミセス・プラドハンが船の調理室を使って自分で料理し、テーブルクロス、ナプキン、ワイングラス、銀器をきちんとセットしたテーブルに運んできた。

食事の味付けは、一等航海士の胃を配慮していつもおそろしく淡泊だった。胃潰瘍との診断を受けていて、本人はそれをひとえに仕事のストレスのせいだと言っていた。若いころに食べたスパイスの利いたご馳走をよく懐かしがったが、もはや胃が受けつけなくなっていた。いまでは炊いた米、牛乳で煮たレバー、カスタードプディングという献立を余儀なくされていた。ワイングラスももっぱら水に使っていた。

　だからハイティーに招いてもらう方が、私としてはずっと有難かった。ジャムサンドイッチ、ミセス・プラドハン手作りのアップルタルトなど、こっちの方が味がよかった。

　食事の席ではかならず、ミセス・プラドハンは花柄のワンピースを着たし、一等航海士も一番上等の制服を着ていた。私も洗ったシャツに着替えて、髭もちゃんと剃っていった。暑苦しいキャビンで、私たちはこの上なくお行儀良くあれこれお喋りをした。あたかも三人でイングランド南部のどこかの郡の牧師館にいて、南洋に浮かぶ薄汚い貨物船で暑さに耐えているのではないかのように。

プラドハン夫妻をよく知るようになると、夫の潰瘍が夫婦二人の生活においてどれだけ重要な位置を占めているかが見えてきた。

「今日はどんな感じ、スリニヴァス？」とミセス・プラドハンは、夕食かハイティーの最中に夫が目に見えて静かなときに訊ねるのだった。それだけ促されれば十分で、夫はその日一日の潰瘍が刻々経た変動をえんえん説明しはじめるのだった。私たちは恭《うやうや》しく耳を傾けた。

　私は愚かにも、時々軽い頭痛がするんです、マラリアだか何だかとにかく最初に熱が出たときの後遺症かもしれませんと言ってしまった。それ以降、一等航海士は、潰瘍の話を終えるたびに、で、君の頭痛はどうかねと訊ねるようになった。私にも病気の話をさせれば、自分の気病みが少しは目立たなくなると思ったのかもしれない。だとすれば、私は彼をがっかりさせたにちがいない。私は頭痛についてろくに喋らなかったからだ。その理由はまったく利己的なものだった。頭痛の話をすると、そのせいで頭痛が始まったり、もう始まっている場合はもっとひどくなったりしたのだ。

全般的に、プラドハン夫妻は十分幸福な夫婦に見えた。とはいえ、この二人を結びつけているのは愛というより**潰瘍**ではないかという気もした。

愛、真《まこと》の愛。私はよく、自分がかつて持っていると確信し、やがて失った、あの生涯一度のたぐい稀なるものについて考えた。船の旅が続くなかで、ミセス・プラドハンの図書室にあったロマンス小説も何ダースと読む破目になった。心の傷を癒すセラピーとして彼女に勧められたのだ。だがそれらの小説のヒロインたちはみなおよそ迫真性を欠いていて、結局は、本物を――ミリアム・ゴールトを――失ったことをいっそう痛感させられるばかりだった。

2

沿岸の小さな島にいくつか立ち寄って荷を積み降ろしたのち、蒸気船カリブディスはアフリカの蒸し暑さを後にして大西洋に向かった。三日後、雲の高い柱が遠くの水平線に見えてきた。じきに柱の下に小さなしみが見えてきて、やがてそれが山の輪郭になった。さらに接近すると、ついにはその山の下に広がる島の岸や森が見えてきた。呪われた島《イスラ・ペルディーダ》。

これまで訪れた島で、図書室にある百科事典のひとつにでも記述があるのはここが初めてだった。イスラ・ペルディーダには時おり活動する火山があり、標高は一二〇〇メートル。過去数世紀ポルトガル、スペイン、フランスに所有されたのち、大英帝国の一部となった。中心の町は過去には英語以外の名前がいくつか入れ替わりつけられていたが、いまではストップオーヴァーの名で通っている。かつて町は漁業船団の拠点、奴隷売買中継所、軍の前哨地点、流刑地として機能していた。実際、町の刑務所が閉鎖されたのはごく最近のことだった。島のわずかな人口の現在の構成は、歴史を反映してアフリカ、ポルトガル、スペイン、フランス、英国の血筋が混じりあい、囚人たちの子孫が以前の看守の子供たちと結婚し……ひとつの社会として、イスラ・ペルディーダの暮らしは大いなる調和に浸されているようだった。今日《こんにち》何か大きな混乱が生じるとすれば、それは火山の時おりの噴火によるものだった。

私たちはストップオーヴァーの埠頭に船を寄せた。埠頭は絶壁の深い裂け目の端にあって、大西洋の暴風雨から護られているが、この日はどのみち風もまったくなかった。カリブディスが高い防波堤にぴったり寄り添うと、地元の仲仕の、髪を刈り込んだ逞しい男たちの一団が船を巨大な繋船柱《けいせんちゅう》につないだ。これら仲仕たちを別とすれば、地元民は一人も船を迎えに出てこなかった。

プラドハン一等航海士は私と並んで上甲板に立ち、船を着ける作業を監督していた。

「二十四時間したらまた出港する」と彼は言った。「何週間か前にここに降ろされた南米行きの船荷を回収していくんだ。ついでに船のエンジンもひととおり手入れする」。そして彼は、たったいま何かを思いついたような顔で私を見た。「君、いい機会だから、この島の診療所で頭痛を診てもらったらどうかね」

私は気が進まなかったが、相手はしつこかった。

「船をつなぎ終えたら、私としても少し脚をのばしたい」と彼は言った。「一緒に来たまえ、診療所に案内してやろう。私も去年ここへ来たとき診てもらったよ。こういう辺鄙な場所では時々、独特な治し方が編み出されたりするから、まあ試してみようと思ったのさ。もちろん成果はなかった。どうやらこの潰瘍を和らげてくれるものは何ひとつないらしい」。その言い方にはいくぶん誇りが混じっていた。

というわけで、プラドハンと私はまもなく、埠頭から五百メートルばかり離れたストップオーヴァーの町に入っていった。途中、無風状態を享受している蚊やら嚙む蠅やらの軍団に襲われた。叩いて追い払おうとしても無駄だった。

町自体は、奇妙な場所だった。黒い岩が作る巨大な壁と壁のあいだの狭いすきまに作られていて、一本しかない通りには、ペンキも塗られておらず雨風にさらされた板張りの建物が並んでいた。郵便局、よろず屋、酒場。年代物に見える乗用車やトラックが何台か、穴だらけの道路に駐車している。歩いていると、何人かの町民とすれ違った。男たちはみな、さっき船をつないでいたような逞しく髪の短い連中だった。女たちは黒いスカーフにだぶだぶの花柄のワンピースを着ていた。私たちはどう見てもよそ者として目立っているはずなのに、ここの島民たちが、船が到着したとき同様に私たちを無視していることをプラドハンは指摘した。

「ここに来ると『島国根性』の文字どおりの意味がわかる」と彼は言った。

なおも歩いていると、通りに木らしい木がまったくないことに私は気がついた。板張りの家々のうち何軒かの外に灌木が少々と、墓程度の小さな草地がちらほらあるだけ。

「火山岩が地面のすぐ下にあるから、木が根を下ろせないんだ」とプラドハンが言った。「ここにある土の大半はよそから持ち込まれたもので、それも時おり嵐に吹き飛ばされてしまう」

私たちはやがて、町で唯一目を惹く建物の前に出た。石造りの立方体で、通りの上方西側の角全体を占めている。

「ここだ」とプラドハンは言った。「昔の監獄はもうこの建物しか残っていない。あそこのところ、閉鎖されたときに独房が解体された跡が見えるかね？」。建物の後方に瓦礫《がれき》の山が広がっている。撤去しようという努力は為されていないらしかった。

重たい木の玄関扉には真鍮《しんちゅう》のプレートが貼られていた——

> **監獄診療所員**
>
> **マチュラ・チャファク医師**

「ドアを叩けばいい」とプラドハンは言った。「私は散歩を続ける。船で会おう」

彼が立ち去って私がドアをノックすると、小柄な年配の女性が出てきた。目は鋭く機敏そうだったが、相当大きな鼻の左右に位置しているせいかひどく小さく見えた。診療所員の方にお会いしたいんですが、と私は告げた。

「私が診療所員です」と彼女は言った。「私がドクター・チャファクです」

診療所員が女性だということをプラドハンはいっさいほのめかしていなかった。その風采から、この女性はメイドだろうと私は思ったのだ――通りで見た町民女性たちと同じだぶだぶのワンピースを着ている。けれど肩まで垂れた白髪をスカーフで覆ってはいなかった。

「お入りください」と彼女は言った。

あとについて、明るい照明の灯った広い部屋に入っていった。鉄格子を入れた大きな窓が、さっき後方に見えた廃墟に面している。部屋には机と、診療台と、種々のゴムチューブ、流し台、そして薬棚がいくつか、と診療室につきものの品が並んでいた。ひとつだけつきものと言いがたいのは、隅の敷物の上に横たわっている老いたジャーマンシェパードだった。私が入っていくと、犬はのろのろと立ち上がり、グルルとうなって牙を剝《む》き出した。

「ポンゴ！　馬鹿な真似はやめなさい！」とドクター・チャファクは犬に言った。「私にお客さんが来たっていいでしょう?」。彼女の英語の訛りは、私がいままで何人か会った東欧系船乗りのそれに似ていた。

犬はしぶしぶまた敷物の上にしゃがみ込み、ドクターは私が座るようにと診察台のそばの椅子を指さした。そして壁のフックに掛かっている白衣を羽織り、首に聴診器を掛けて、向かいの椅子に腰を下ろした。これでだいぶ医者らしくなった彼女は、私が何者であり、どこが悪いのかを訊ねた。

自分がスコットランドの出で現在はカリブディス号の甲板員であること、西アフリカで――もしくはそこへ行く途中で——何らかの熱病に罹《かか》ったこと、いまはずいぶんよくなったけれどまだ時おり頭痛がすることを私は伝えた。

彼女は私の脈を測り、聴診器で背中と胸を調べた。別の器具を使って目のなかも覗き込んだ。「マラリアを患った形跡はたしかに残っています」と彼女は言った。「だとすれば現在の症状は珍しくありません」。そして一番大きな薬棚に行った。丸薬や水薬が何列も並んでいる。彼女は紙の丸薬箱に黄色い丸薬をいくつか流し入れて、私にくれた。「今後一週間、毎朝一錠ずつ飲みなさい。それで頭痛は引くはずです。もし続くようだったら、次の寄港地で医者に診てもらいなさい」

私は薬代を払おうと財布を取り出した。

「お金は要りません」と彼女は言い、私が礼を言う間もなくさらに言った。「ところで、こう言っては何ですが、あなたは実に興味深い鼻をしていますね」

これにはどう答えていいかわからなかった。診察中も彼女はずっと私の鼻を見ていたのだ。見たところ何の理由もないのに、そっと指先で触れてみさえした。

「鼻は医学の研究において不当に無視されています。私は幸い、エジンバラで著名な内科医の下で学ぶことができました。ドクター・コーネリアス・マクヴィティー？」。あなたはスコットランドの人なのだから当然知っているでしょうという口ぶりだった。

むろん私は聞いたこともない。

「ドクター・マクヴィティーは骨相学《フレノロジー》の先駆的な仕事で知られていました。頭蓋骨の形と大きさを研究する学問です。人間の頭蓋を調べればその人の精神がわかるとドクターは考えました。高度の訓練を受けた骨相学者は、目利きの美術評論家のように、外見の諸特徴が中の人物について伝えていることを正確に把握できると考えたのです」

彼女は一瞬言葉を切って、私がその考え方を吸収しているあいだニッコリ笑った。

「ドクター・マクヴィティーに勧められて、私も解剖学の全般的研究をやめて骨相学に転向し、そこからさらに、下位専門分野に移ったのです——鼻相学《ライノロジー》に。もっぱら鼻のみを扱う分野を指す専門用語です。自分が開発したさまざまな方法を用いれば、鼻の研究はかならずや心理学に取って代わるとドクター・マクヴィティーは信じていました。心理学はドクターから見て、非科学的で危険な分野だったのです」

彼女が喋っているあいだ、本人の鼻がいかに際立っているかを私はあらためて意識せずにいられなかった。鼻相学者が自己分析を行なうことは可能なのだろうか。訊いてみたかったけれど、笑い出してしまいそうで訊けなかった。

「で、あなたの鼻ですが」と彼女は言った。「詳しく調べてみたいので、何回か検査日を組ませてもらえないでしょうか?」

それは無理です、明日の朝船が出るので、と私は答えた。

「残念ですねえ。でももしよかったら、大まかな印象はいますぐお伝えできます。ただしあまり重視されても困ります。鼻は指紋と同じくらい個々人で違っていて、細かい差異が非常に重要だからです。濾胞《ろほう》のサンプルもしっかり科学的に分析して、何度か検査したら、まったく違う結論に達するかもしれません」

これはちょっと愉快な経験かもしれないと思ったし、急いで船に戻りたい気はさらさらない。なので、ぜひ伺いたいですねと私は答えた。

「結構」と彼女は言った。「ではゆったり座ってください」

私はゆったり座り、ドクター・チャファクは両手の人差し指の先を、私の鼻の輪郭に沿って滑らせた。彼女の爪は清潔で丸みを帯びていて、その触れ方も繊細だった。作業を進めながら、ほとんど独り言のように喋っている。「鼻翼、幅は中程度、適切な吸入に有効。鼻柱、頬骨と額に比してやや大きめ。鼻中隔、直線から著しく逸脱。皮膚、乾燥傾向」

　そこまで言って、彼女は考えながら一歩下がった。そして鉛筆のように細い懐中電灯を白衣のポケットから出した。彼女は私の頭をそっとうしろに押し、光を左右の鼻孔に順々に当てた。

「ふむ、ふむ」と彼女は同じ瞑想的な口調で言った。「なんと魅力的な内部構造でしょう。鼻腔、並外れて広い。鼻孔、狭く完璧に左右対称。嗅茎、これ以上は望めないくらい完全に球形で繊細。奇妙なことに、鼻中隔の直線からの逸脱は内的な調和に何ら影響を及ぼしていない」。そう言って懐中電灯をポケットに戻し、私の鼻をほれぼれと眺めながら笑みを浮かべた。「全般的に、きわめて収穫多き初検査です」

　この時点ではもう、彼女がどういう発見をしたのか私は興味津々だった。

「いいですか、断言はできませんよ、ですが一応専門知識に基づいた意見を述べることはできます。肉体的には、あなたはご自分の鼻に関しまったく何の心配も要りません。どの部分も非常によい状態で、生涯立派に働いてくれるはずです。もし、私たちが信じるとおり、健全な鼻が長寿を予言する一級の指針であるなら、あなたは最低七十まで生きることでしょう。もちろん、事故に遭わなければということですが」

　まあこれは朗報なのだろう。だが話には続きがあった。

「ですが心理的にはまた別の話です、あなたの鼻が私に語っているところによれば」――彼女は慎重に言葉を選んでいた――「内側と外側が、驚くほど対立しているのです。さっき私が、外側の皮膚の過度の乾燥を指摘したのは覚えていますよね？　ですが内側の表面は、完全に湿っていて滑らかなのです。これは一般的に、その人が、精神のなかの相対立する要素を調和させるのにひどく苦労していることの表われなのです」

何だか新聞の星占い欄みたいに漠然とした話に思える。だが相手は明らかに真剣であり、次の一言が私の注意を捉えた。

「過去一年のあいだに、あなたはどうやら、強い感情的ショックを受けたようですね」と彼女は優しい声で言った。「まず一方で、もっとも愛する人たちのうち少なくとも一人の死に対処しなければならなかった。でも何かほかのことによって事態は悪化しました――まず間違いなく、恋愛問題によって」

これを聞いて私は、控え目に言っても、びっくりした。ドクター・チャファクには両親の死のことも、もちろんミリアム・ゴールトのこともいっさい話していないのだ。

「いいですか、まず目についたのは」と彼女はさらに言った。「鼻中膜の血管に、元々かなり華奢だったところへ、わずかな亀裂が生じていることでした。私の経験では、誰かの死と悲劇的な恋愛という二重のトラウマがない限り、こういう傷は発生しません」。彼女は大いに同情のこもった目で私を見た。「生まれ育った土地からこんなに遠くまで来たのも、そのせいだったんでしょうね」

彼女は私に確認を求めもせず、私の方も何も言わなかった。

「でもとてもいい知らせもあります」と彼女は言った。「内側の前室は、すでに相当癒えています。言いかえれば、あなたは心の痛みを徐々に克服しつつある。頭ではまだ十分気づいていないかもしれませんが、鼻は知っているんです」

この慰めの言葉とともに、診察は終わった。ドクター・チャファクに見送られて私が玄関に向かうと、犬のポンゴが敷物から起き上がり、足を引きひき彼女のかたわらに寄っていった。

「ポンゴは以前、私が監獄で暴力的な在監者を治療するときの護衛犬だったんです」と彼女は言った。「いまではただのペットですけど」。そう言って犬の耳を撫でた。

　それからポンゴが私に寄ってきて、私の手の甲を、匂いを嗅いでから舐めた。犬の鼻は絶対間違わないですよね、といったようなことを私は言った。

「そうです」と彼女は言った。「でも犬が何を考えているかはわかりません。監獄がまだ使われていたころ、この子はときどき、恐ろしい人非人の手も舐めたんです」

　私は診察の礼を彼女に述べて、外に出た。カリブディスに戻る帰り道、ずっと早足で歩いたが、刺す蝿や蚊を振り切るには速さが足りなかった。


プラドハン一等航海士は舷門の上に立って私を待っていた。

「で、どう思ったかね、彼女のこと？　きっと君の鼻をぜひ分析したいと言っただろうな？　何か学ぶところはあったかね？」

　私は曖昧に答えた。すると彼は、ドクター・チャファク相手の自分の経験を語り出し、彼の鼻をドクターが分析した結果を語った。

「私の鼻が示唆《しさ》するところによれば、私が本気で治りたいと思わない限り、どんな薬も潰瘍を治す役には立たないんだそうだ」と彼は言った。「聞いたことあるかね、そんなたわごと？」

　そうですよね、と、同情するように私はうなずいた。

翌朝十時にカリブディス号はイスラ・ペルディーダを発《た》った。縄を解いてくれた仲仕連中を除けば、島民たちは到着時同様、私たちの出発に何ら関心を示さなかった。私の主な義務たる、甲板をブラシでこする作業を再開したいま、島で積み込まれ前方甲板に縛りつけられた大きな木箱二つの横で私は仕事をすることになった。一方の箱にかぶせたカンバス地の覆いがぱたぱた舞い上がるので、大きな活字体で書かれたステンシル文字が時おり見えた。

スミス社
水圧揚水機　換気装置
カナダ
キャンバルー

キャンバルー？　その名前の大学で、デュポンは医学の学位を取ったのではなかったか？　妙なものだ、デュポンの口から聞いたカナダの町の名前が、南洋の只中を走る錆びた貨物船の甲板に載った木箱にステンシル文字で書かれているのを見るとは。世界は何と小さく、奇怪な場か。

その後の数週間、カリブディスがゆっくり着実にカラカスの海港ラグアイラへと近づいていくとともに、私もゆっくり着実に、自分の将来に関する決断に近づいていった。すなわち、港に着いたら、海の暮らしから足を洗う。ある面では楽しいところもあるが、いろんなしきたりがあまりに窮屈だ。それに船乗りとはそもそも、現実世界の周縁にしか触れない。私はいまや、奥地でやって行ける気分だったのだ。

というわけで、ラグアイラで船を降りますと甲板長に伝えると、相手は感謝してくれた。乗組員がよく、予告なしにあっさり辞めてしまって、代わりを見つけるのに苦労するからだ。

「でも残念だな」と甲板長は言った。「あんたには本物の船乗りになれる素質があると思うんだ」

プラドハン一等航海士とその妻も、私が去るのを残念がってくれたし、それについては私も寂しい気持ちだった。二人ともとても親切にしてくれたからだ。一等航海士が表わした悲しみの一部は、明らかに**潰瘍**の気持ちを代弁したものだった。彼こそは私たちのすべての食事の席における、物言わぬ第四の参加者だったのだ。

いよいよラグアイラに入港という前の晩、私たちは別れのディナーを共にし、私が陸で何をしたらいいかを話しあった。

「君の金はそんなに長く持たないよ、わかるだろう」と一等航海士は言った。

「だから早く何か有益な仕事を見つけないと」とミセス・プラドハンも言った。「何か没頭できることを見つけないと、きっとよくよく考えはじめるわよ。海の暮らしもそれが問題だもの。考える時間がありすぎるのよ」

もちろん私の悲劇的恋愛のことを言っているのだ。実はいままでは、ミリアムの顔を思い出そうとしてもまったく何も浮かんでこないときもあった。でもそんなことをミセス・プラドハンには言えなかった。

「英語教師の需要ならいくらでもあるはずだよ」と一等航海士が言った。

「スリニヴァスの言うとおりよ」とミセス・プラドハンが言った。

まあそれもいいかもしれない。結局のところ、私はかつて一度、別の世界、ほとんど別の世紀と思える場所で、もう少しで教師になるところだったのだ。試してみるのも悪くない。

3

そして事実、カラカスの安ホテルの部屋で落着かぬ、寂しい時を数日過ごしたのち、私は意を決し外に出て、大きな複合採鉱企業〈インテルミナス〉の専属英語教師として三年契約で雇われた。仕事は、あちこちの鉱山に赴いて、スペイン語が母語である鉱山支配人や現場監督に上級英語を教えること。彼らは基礎的な英語はすでに知っているが、主としてアメリカ人の経営者や、時おり北から飛行機で視察にやって来る大物投資家とよりよく意思を交わすために語学力の向上を必要としていた。ダンケアンでさんざん時間をかけて授業の予習に励み、結局実践しなかったわけだが、それがここで役に立ってくれた。

鉱山自体はその多くが南西部の、ジャングルが山に入っていく、住むのにもっとも不適な地域に位置していた。灼《や》けるように熱い太陽、何もかも水浸しにしてしまう雨、敵意に満ちた虫たち、それらが合わさって、鉱山労働者たちの暮らしはひどく苛酷だった。

私はおそろしく移動の多い教師となって、割り当てられた場所から場所へ、主として小型飛行機かディーゼルトラックで移動し、サトウキビ畑で使っていたのを鉱石運搬用に切り換えた狭軌《きょうき》鉄道に乗ることもたまにあった。だが一番心和むのは、丸木舟による移動だった。泥で濁ったジャングルの川を、誰かに漕いでもらって進みながら、私はただ仰向けに寝転がって休んでいる。アフリカであの一連の道を移動したときと同じに、左右に過ぎていく原生林を、そっくり同じ書物が詰まった無限の図書館の書棚として私は思い描いた。

鉱山の種類に関しては、大半は、鉱物が地表近くにあって坑道も必要ない露天掘りだった。何百人もの坑夫が昼も夜も這い回り、焼けつく暑さのなか、巨大な傷口に群がる蠅のように赤い土を引っかいていた。

だが一部の鉱床は地下にあった。そこで働く坑夫たちは、私がダンケアンで仕事の行き帰りを見ていた、あのいかにも炭鉱夫らしい姿の人々だった。小柄で筋張った男たちが、危険な仕事に携《たずさ》わることを通して緊密なグループを形成している。だが経営者にとって労働者たちの安全はおよそどうでもいいことのようで、死も障害の残る怪我も、ここでは日常茶飯事だった。

どういう形式の鉱山でも、営業所や監督居住用バンガローは、みな同じブロック壁とトタン屋根で出来ていた。一時滞在の教師として、私はたいていそういうバンガローに一部屋を与えられた。

どこの鉱山の近辺にも、バラック街のようなものが出来ていく。主に竹で造られた長屋で、それを妻帯者用の住居と独身者用の寮に分割する。病院や教会も、同じ竹の建物を適当に変えただけであり、映画館、売春宿、酒屋、闘鶏場、メスカリン窟といった娯楽施設も同様だった。

私は時おり、それらの施設の提供するものを試してみた。

最初の契約期間はのろのろと過ぎていき、じきに、自分はこういう仕事に向いているんだろうか、という疑問が湧いてきた。教えるのは嫌ではないのだが、何か異国の病気に罹って死んでしまうのではと心配せずにいられなかった。実際、この地域ではそうやって大勢が死んでいる。そうなったらたぶん、私の遺体はジャングルの浅い墓に埋められて、悪夢の生き物たちによって掘り出され、ずたずたに裂かれるだろう。やがて、むき出しにされさんざん噛まれた胸郭のすきまから雑草が突き出るだろう。

ジャングルでの晩、無数の虫たちの声を伴奏に、そうした最期を思い描いているうち、生まれて初めて日記をつけた。日記のなかで、私は自分の身の上を綴《つづ》った。トールゲートで育った日々、両親の非業《ひごう》の死、ダンケアンでのミリアム・ゴールトとの恋愛とその破局、その後アフリカで患った正体不明の病、カリブディス号での治癒の旅、そして現在の英語教師としての仕事。人知れず死んでいっても、誰かがこの日記に行きあたって、私という人間が存在したことを発見してくれるかもしれない。そう思うとかなり慰められたし、あのまま行けばその境遇を甘んじて受け容れていたかもしれない。

だがそこで、ゴードン・スミスが現われたのだった。

ゴードン・スミス

1

ラマンチャ金鉱で私が英会話指導を始めて何週間か経ったある日の夕方近く、何キロか離れたジャングルを切り刻んで造った小さな飛行場からの乗客を運ぶ会社のジープに乗って、彼は到着した。私が授業をやっている壁のない小屋から、鉱山の総支配人がジープから降りるのがまず見えて、次にこのもう一人の男が降りたのだ。

歳は五十くらいに見え、背丈は普通、薄い銀髪をうしろに撫でつけている。顔はどこか鷹《タカ》を思わせるところがあった。曲がった鼻、目立つ眉毛、歩きながらすべてを見ていく目。小さな教室も、彼の方を見ている私も目は見逃さなかった。小ざっぱりした雰囲気は、しみひとつない白い熱帯服のみならず、立居振舞い全体から生じている。すべてが汗にまみれ、だらしなく、何かあればすぐ混沌と化してしまいがちなこの地域にあって、この人物は完璧に自分を制御しているように見えた。

その日の授業の生徒たちのなかに、鉱山事務所に勤務している男がいた。その男が、いま通りかかったのはカナダ人技師のゴードン・スミスですと教えてくれた。この地域の別の鉱山を訪問中、ここで問題が生じたので見にきてほしいとインテルミナスから依頼されたのだという。ラマンチャにある特注ポンプはスミスの会社が作っているので、ここの事情には格別通じているとのことだった。

カリブディス号がイスラ・ペルディーダで積み込んだ、側面にステンシル文字で名前が記された大きな木箱を私は思い出した。この男があのスミスなのだろうか？

「そうですよ」と生徒は言った。「スミス・ポンプ社のセニョール・スミスです」

スミスが相談を受けている問題について、私はすでに聞いていた。実際、この一週間、生徒たちのあいだでもその話で持ちきりだった。それはラマンチャ金鉱の現場を舞台とする話だった。金鉱の坑道入口は標高わずか三百メートルの低い山のふもとにある。平べったい沼地や鬱蒼《うっそう》としたジャングルから成る地帯にあって、その山は何だか場違いに見えた。伝統的な森の住民たちは、そこを聖なる場所と定めていたほどである。だがこれら元来の住民はもはや一人も残っていない。とうの昔に結核、梅毒など彼らが抗体を持たない外来のさまざまな病気によって、さらに彼らにとっては等しく致死的なアルコールによって滅びてしまったのである。

この山はラマンチャ金鉱の真上に位置している。粗雑な造りの坑道が三つ、地下三十メートルの深さに掘られている。初めの二つの坑道はもはや産出していない。金脈が掘り尽くされてしまったのだ。三番目の、一番新しい坑道はまだ相当の利益を上げていた。その坑道で問題が発生したのである。

何かがおかしいという最初の兆候は、こういうジャングルの鉱山では坑道に棲みつくのが常の、蝙蝠や洞窟イグアナが揃って出ていってしまったことだった。動物たちが消えたとき、坑道の長さは八百メートルあった。それがある日、朝番の坑夫たちが新しい区画を爆破しはじめて間もなく、今度は坑夫たち自身がパニック状態で坑道から飛び出してきたのである。「悪霊」に襲われたのだ、昔この場所で礼拝を実践していた森の住民たちが呪いをかけたにちがいない、と彼らは言いはった。解雇すると脅されても、坑夫たちは坑道に戻ることを拒んだ。

現場監督の一人で、フアレスという名の、頑健なアルゼンチンの老人が、パニック発生時にたまたま事務所にいて、一人で坑道に降りていく役を買って出た。これが迷信を全然信じない人間で、何も心配はないことを部下たちに示してみせる気でいた。ファアレスが坑道に入っていくのを、坑夫たちは離れたところから見守った。長く見守る必要はなかった。数分後、悲鳴が聞こえて、ファアレスが坑道の入口からあたふたと這い出てくるのが見えた。目は血走り、何か恐ろしいものに追われているかのように何度もうしろをふり返った。

総支配人はすべての作業を中断せざるをえなかった。そしてインテルミナス本社と連絡を取った結果、カナダ人技師ゴードン・スミスが問題を診断しに鉱山に来ると知らされたのである。

スミスが到着した夜、私は総支配人から、大きなバンガローのゲストルームに滞在することになったこの訪問者との晩餐に招かれた。招待されたことには驚いたが、ご馳走が食べられると思うと嬉しかった。

七時ごろにそのバンガローに行き、ゴードン・スミスと引き合わされた。鋭敏そうな目の男で、握手もがっちり力強かった。ディナーの前、食前酒を飲みながらお喋りしている最中、着いたときに教室に君がいるのを見たんで、あれは誰ですと総支配人に訊いたのさ、と彼は言った。「あの人を夕食に呼んでほしい、と私から頼んだんだ」と彼は言った。「晩のあいだずっとビジネスの話ではやってられないからね」。近くで見ると、その顔は無数の小さな皺から成る網だった。距離を置いて見ると何のひびも見えない絵画みたいだ。そしてその明るく光る青い目も、輝きの背後にある種の疲れを隠しているように思えた。

夕食に誘ってくれた礼を私は述べて、二千キロ離れた大西洋の真ん中の島で彼の名を目にしたという奇妙な偶然のことを告げた。箱で見る前にもキャンバルーの町の名は聞いていました、以前知りあった医者がそこの大学で学んだ人だったので、とも伝えた。まるで何か特別な引力の法則があって、地球の反対側から、およそありえないようなやり方で人と人とを引き合わせているみたいですね、と私は言った。

「そこまでは思わないな」と彼は軽く微笑みながら言った。「単に世界は我々が時に思うほど巨大ではないというだけさ」

もしかして知っているかと思って、デュポンの名を出してみた。だが相手は首を横に振った。

「聞いたことはないね」と彼は言った。「まあひょっとして、町なかで何度もすれ違っているかもしれんが」

非常に落着いた声で話す男で、見かけも小綺麗《こぎれい》なので、一緒にいて新鮮な気分だった。何しろジャングルでは、ごく些細《ささい》な事柄をめぐって、誰もが激情を爆発させたり大げさに感情を出したりする。私はそのことに慣れてしまっていたのだ。ゴードン・スミスの沈着ぶりに波を立てるのは一仕事だろう。

私たちはしばらくスコットランドの話をした。グラスゴーでの私の暮らしについて彼があれこれ訊ねてから、自分の先祖も何世代か前にハイランドから追放されたのだ、ずっと昔カナダに来た人間にはそういうのが大勢いるのだと彼は言った。が、これまで世界を広く回ってきたけれど祖先の地に行ったことはまだないとのことだった。

次の質問は私の不意を突いた。

「スコットランド人は信用できるかね?」

信用できるスコットランド人もいるはずですよ、と私はおどけたつもりで言った。

相手はニコリともせず、鷹の目でただ私を見るばかりだったので、どうにも気まずくなってきた。別の部屋で電話に出ていた総支配人が戻ってきたので私はほっとした。ラマンチャでのこの問題に関し何かあらかじめお考えはお持ちですか、と彼はスミスに訊ねた。

「坑夫たちの何人かが報告した内容は聞きました」とスミスは言った。「まずは自分で坑道に降りていって、起きたことに科学的説明があるのかどうか、見てみるしかありませんね」

総支配人は驚いた顔をした。

「セニョール・スミス、あなたは科学者ですよね」と彼は言った。「非科学的な説明なんてものがありうるんですか？」

「たしかに科学者としての教育は受けてきましたが、だからといって、科学以外はすべて否定してかかるというわけじゃありません」とゴードン・スミスは言った。「そもそも量子力学が発見されたいま、科学者ももっといろんな考えに心を開かないといけません」。そして彼は私を見た。「あちこち旅して実にたくさん奇怪なものを見てきたから、私はもう迷信を信じない姿勢を信じなくなったのさ」

一瞬考えないといけなかった。私の父がこの二重否定を聞いたら、きっと面白がっただろう。

パイナップル・チキンのディナーは実に美味しく、ワインの味もよかった。総支配人はほかに用事があるからと言って、ココナツクリームのデザートを食べ終わると早々に退席した。

ゴードン・スミスと私はもうしばらく食卓にとどまったが、スミスはあまり飲まなかった。その分私が飲んで、ワインの勢いで私は誘われずとも話す気分になっていった。じきにダンケアン、ミリアム・ゴールト、わが悲恋の物語を私は洗いざらいぶちまけていた。何度も彼女の夢を見て、目覚めると彼女はいなくて、また一から心が破れるんです、と。

「そういう心の問題は時としてひどく複雑だ、特に若いときは」とゴードン・スミスは言った。「いずれ克服できるといいが」

私たちはしばらく黙って座っていたが、やがて彼がまたも予想外のことを言った。

「私は昔からあまり夢を見ない性質《たち》だ」と彼は言った。「前はそれがいいことだと思っていた。夢を見るとき、人は狂人の見方で世界を見ると思えたのさ。だから夢は見ないに越したことはない、夢だか悪夢だか何だかが昼の生活に影響を及ぼすといけないから、そう考えていたんだ」

そんな話は聞いたことがない。自分の経験から言って夢なんてただのでたらめですよ、と私は請けあった。

「まあそうなんだろうな」と彼は言った。「実際、最近どこかで、夢というのは精神のオーバーフローを処分する自然なやり方だという説を読んだよ。まあ一種、心のスミス揚水機システムみたいなものだね。夢を見なければ、心に溜まった不快な事柄は外に出ようがない」

こういう人は心にどういう不快な事柄を抱えているのだろう。だが彼はそれ以上は言わず、ふたたび話題を変えた。

「教える仕事は楽しいかね?」と彼は言った。

成行きでこの職に就いたこと、それにほかには手に何の職もないことを私は説明した。でもいままで見たところ、こういう山奥での採鉱企業のやり方は、ところによってはひどいと思いますね。土地や空気を汚染して、権利もない場所に居座って、地元の文化まで破壊して。そういう不快な行為を、彼らがよい英語を使って進める手助けを自分がしているのも嫌です。

鷹の目が私の目にしっかり据えられた。

「別の仕事を探した方がいいかもしれないな」とゴードン・スミスは言った。

何をやってもそんなに変わりはしないと思います、と私は答えた。あんな目に遭ったあとでは——もちろん失恋のことだ——どんな職に就いたところで満ち足りる気はしませんから、と。

そう語る私の声はワインで濁っていて、自分の言葉がメロドラマチックに聞こえることは自覚していた。

彼は同情するようにうなずいたが、目は依然私を値踏みしていた。

2

私たちは網戸で囲んだベランダに出て、ブランデーをちびちび飲んだ。空では無数の星の只中で、月が息を呑むほど美しかった。虫の歌、アオガエルの声が、突然何か痛がっている動物の悲鳴によっていっぺんにかき消された。だが数秒後には、またすべて平常に戻っていた。

こういう熱帯地方には動物だけじゃなく人間にとっての危険もある、とゴードン・スミスは言った。たとえば彼自身、近代的な薬やワクチンが手に入らない時代には、ずいぶんいろんな病気にやられたという。

「そう、私も人並に苦しんだ」と彼は言った。「マラリアも何度かやった。黄熱病――あの時代にはこれも蚊が媒介することを誰も知らなかった。いや本当に、あれは嫌な体験だったよ。それに地域によっては、いくら気をつけたところで、スナバエ、ブヨ、ノミ、ダニ、シラミをすべて避けるのは不可能だ。そういう連中のおかげで、聞いたこともない病気にいろいろ罹ったよ。ギリシャ語みたいな医学用語をたっぷり聞かされたね、オンコセルカイアシスとかリーシュマナイアシス（オンコセルカ症、リーシュマニア症、どちらも寄生虫症の一種）とか。

それにもちろん、コレラだ。浄化していない水を飲むしかないとしたら、これは避けられない。たとえ飲まずに体を洗うのに使うだけでも、寄生虫が皮膚から入って住血吸虫症《シストソマイアシス》を喰らう。体を洗うのを完全にやめれば逃れられるし、そうする人間もいるが、それはそれでもっとひどい問題が生じるし、だいいち臭いが耐えがたい。それにまた、大方の旅人同様、肝炎にもやられた。こいつは日焼けみたいにありふれていて、原因もとにかくゴマンとあるから、旅なんかやめて家から一歩も出ない以外打つ手はない」。彼はふっとため息をついて、ブランデーを一口飲んだ。「こうやって名前を並べるだけだと、自慢でもしているみたいだろうが、いや本当に、ずいぶん体にはこたえたよ。まあ腺ペストを避けられたのがせめてもの救いだね、知ってのとおりあれはなかなか厄介だから。あと出血熱も——あれに罹ると体じゅうから血が出てきて、まあ罹ってたら今日ここで君と話しちゃいないね」

このカタログを聞いたあとでは、自分がこれまでの短い旅で、マラリア（かどうかもよくわからないわけだが）だけで済んでいることを有難く思うべきなのだろうと思えた。これからはもっと注意します、と私はゴードン・スミスに言った。

「それがいい」と彼は言った。「いまでは水に注意して予防接種を欠かさなければ、前よりだいぶ安全になった。以前はもっとずっと危険だった。私も昔は雄牛みたいに丈夫だったが、相当痛めつけられたよ」

次に彼は、自分の故郷でありスミス揚水機の拠点である町の話を始めた。南オンタリオのキャンバルー、カナダのほぼ中央。彼はそこで一人娘と暮らしている。妻は何年も前に亡くなった。

「何の名所もないし、目を惹く建築とか、とにかく何もない町だよ」とスミスは言った。

キャンバルーのことはデュポンからすでに聞いている。およそ無味乾燥な町だと彼も言っていました、と私は伝えた。

ゴードン・スミスはその言葉について考えた。

「うん、これ以上はないというくらい無味乾燥な場所に見えるだろうね」と彼は言った。「つまり、表面的にはということだが」。そう言ってベランダの向こうを手振りで指した。「ここ熱帯では、何もかもがエキゾチックで、金槌《かなづち》でガツンと殴るみたいに、さあこれを見ろと迫ってくる。キャンバルーでは、物事はもっと微妙なんだ。町にもそれなりのドラマはあるんだが、鋭い目で根気よく見なければ見えてこない」。夜の虫がすごくうるさくて、彼の声もかき消されそうだった。「こういう熱帯の国は、青年期の未形成な精神には瞬時に訴えてくる。一方、キャンバルーみたいなところは……大人の、成熟した嗜好《しこう》に向いている。白状すると、私自身どっちを好むか、いまだによくわからない」

もう一杯飲んだところで、そろそろ寝ないと、明日は忙しくなるからとスミスは言った。その一言を合図に私も席を立った。出ていこうとする私に、明日の朝七時に一緒に朝食を食べようと彼は誘ってくれた。私は礼を言い、よたよたと敷地を横切って自分のねぐらへ向かった。

オウムやその他もろもろの騒々しい朝の鳥の金切り声で、日が出てまもなく目が覚めた。騒がしくても寝ようと思えばまだまだ寝ていられたが、朝食の約束のことを思い出し、ベッドから出て、シャワーを浴び、大きなバンガローに歩いていった。総支配人はすでに食べ終えて執務室に行っていた。ゴードン・スミスは私を待っていた。オレンジのスライスとバナナを、トウモロコシパンとあわせてもぐもぐ嚙みながら、私たちはあまり喋らなかった。私はコーヒーを四、五杯飲んだ。

「少しは元気が出たかね?」と彼は言った。

ええ、おかげさまで、と私は答えた。

「これから鉱山に行って、何が問題を引き起こしているのか探ってみる」と彼は言った。「空気の質を測るのに機械を使わないといけない。中にガスか何かが溜まっていないか調べたいから」

鷹の目が私に据えられ、次はどう来るか私にも見当がついた。

「で、思ったんだが、もしやれそうだったら、鉱山に物を運び込むのを手伝ってもらえないかな？　地元の連中には、いまの彼らの精神状態では任せられない。まあそもそも頼んだって来てくれないだろうし。それに誰かが目撃者として、二組目の目となってくれるのはとても有難い」

私はためらった。全然勇ましい気分ではなかった。

「やっぱりまだ本調子ではないかね？」とゴードン・スミスは私の顔を見つめながら言った。「気が進まないということなら、もちろんそれで構わないよ」

いいえ、もう一杯コーヒーを飲みたいだけですと私は答えた。幸い、コーヒーを注いだ手は少しも震えなかった。

3

作業服を着て坑内用ヘルメットをかぶり、ゴードン・スミスと私はラマンチャ鉱山に降りていった。スミスはカチカチ騒々しく音を立てる小さなバックパックを背負い、加えて岩石のサンプルを入れるためのショルダーバッグを肩にかけ、手にはこてを持っていた。私はつるはしと、柄の長いシャベルを運んでいった。

坑道の入口に見物人が何人かいて、私の勇姿を見てくれれば、と期待していたが、先日の騒ぎ以来、労働者たちは鉱山には近づかぬのが最善と決めていて、この日もそれは変わらなかった。

坑道の薄闇に入るとともに、蒸し暑い朝の太陽は遮断された。三十歩くらい進んだところで、坑道が鋭く折れ曲がり、自然光の残りもすべて抹殺され、頭上にぽつぽつつながれた電球が主たる光源となった。沈黙を破るものは、私たちのブーツが砂利の多い地面を踏む音と、ゴードン・スミスのバックパックから出てくるカチカチという金属的な音だけだった。

じきに坑道が狭くなってきて、尖った岩があちこちから突き出ているものだから、もはや横に並んで歩くのは無理になった。ゴードンが先を行き、いままでより慎重になって、何秒かごとに立ちどまってはじっと前方を見た。私は二歩ばかりうしろを歩いた。

縦に並んで前進し、百メートルばかり山に入っていった。やがて坑道がふたたび広がって、作業が中断された場所の岩肌が見えた。一ダースばかりの、いくつかは砂利と鉱石を積んだままの手押し車が、逃げた鉱夫たちが放り出した状態のまま残っていた。電球の光を浴びて、採鉱中の壁で金の鉱脈がキラキラ光った。パワードリルや捨てられたシャベルがそこらに転がっている。

ゴードン・スミスは手押し車のひとつのかたわらで立ちどまった。手押し車の方にかがみ込み、こてで掬《すく》って小さめの鉱石をいくつかショルダーバッグに入れた。と、突然その体がこわばり、それから背筋が伸びて、何かに耳を澄ますかのように彼は首を傾けた。

私の首の毛がチクチク疼《うず》いた。

私から三メートルくらい離れたところに彼はいて、ついさっきから奇妙なうなるような音を立てはじめていた。そしてひどくゆっくり、私の方に向き直った。

私を見たその顔は、もはやゴードン・スミスの顔ではなく、いくつもの顔の部分部分が重ねあわされたように見えた。鼻、口、耳、何もかもが間違った場所に置かれ、歪《ゆが》められていた。その見るに堪えない顔の真ん中に巨大な目が一対居座り、肉食獣の目のように冷たく飛び出していた。

この変容が非合理であり、ありえないとはわかっても、私の心臓は早鐘のように鳴っていた。私は何か言おうとしたが、そのときゴードン・スミスに取って代わったものが、鉤爪を突き出し私の方にのそのそ歩いてきた。

もう限界だった。私はそいつめがけてシャベルとつるはしを投げつけてから回れ右し、懸命に駆け出した。そいつもうしろからひたひた迫ってきて、ゼイゼイという息の音はぞっとするおぞましさだった。坑道の狭い部分まで来ると、岩があちこち飛び出しているので速度を落とさねばならなかった。追いつかれたら、と思うと怖くて仕方なかったが、向こうも岩を避けるのに手間どっていた。やっとのことで昼の光が前方に垣間《かいま》見えた。私は坑道の最後の角を全速力で曲がり、野外に出た。

そいつは私のすぐうしろについていた。私はもうそれ以上走れないので、拳骨《げんこつ》を振り上げ、命がけで身を護る気で向き直った。

私の目の前で力なく背を丸め、ハアハア喘《あえ》いでいる怪物はゴードン・スミスだった。周りにいる生き物は私以外彼しかいない。彼はニッコリ笑おうとしていた。

大きなバンガローに戻って、私はコーヒーを飲み、徐々に落着きを取り戻した。総支配人は私同様、いったい何が起きたのかと訝《いぶか》しんでいた。ゴードンが私を見た。

「鉱石のサンプルを取っていて、シャベルを渡してくれと言おうと君の方を見たんだ」と彼は言った。「控え目に言っても、君は全然君らしく見えなかった。実際、君の顔はものすごく醜くて、私はぞっとして震え上がった。そして君は私を殺そうとするみたいに道具を私に投げつけて、それから回れ右して走っていった。それで私もサンプルのバッグだけ掴んで追いかけたのさ。ほら、ここが君のシャベルが当たったところだよ」

彼がゆっくりシャツのボタンを外すと、胸の左側に、赤と紫のみみず腫《ば》れが現われた。彼は左の肩を軽く動かし、顔をしかめた。「これはとにかく現実だ」と彼は言った。

そんなひどいことを自分がしたとわかって、私はショックを受けた。あなたが何か恐ろしいものに変身したように見えたので、身を護ろうとしていただけなんです、と私は彼に言った。

ゴードンは今度は総支配人に向かって言った。

「明らかに我々は二人とも、何らかの幻覚を体験したんです」。そしてバックパックに入っていたカチカチ音を立てる器具を取り出した。一方のダイヤルの矢は赤いゾーンを指していた。「ご覧なさい、これはメタンとか一酸化炭素とか、坑内で普通に見つかる以外のガスが多量にあったことを示しています。私の推測では、岩の内部にある植物成分から出ているんじゃないか。鉱夫たちが山の奥へ掘り進んでいる最中に、これを解き放ってしまったのかもしれません。だとすれば、ここに持ってきた鉱石のサンプルにも入っているはずです。

私の考えが正しければ、ここには何の奇跡もありません。鉱夫たちを納得させられるか否かは別問題ですが」

「確かに《クラーロ》」と総支配人は言った。

この間ずっとゴードン・スミスは、こうした成行きを何より面白がっているように見えた。僕は本当にあなたが怪物に変身したと思ったんです、と私は言った。

「私もしばし、君について同じことを思ったよ」と彼は言った。「でもそんなはずはないと私にはわかっていた。科学者であることの利点のひとつは、ありえないことを何かの原因とは考えたがらない、という点だ」

私としても、こうして彼が出来事を合理的に説明してくれたのだから、気を取り直してもよかったはずだ。私はもうバンガローの落着いた秩序のなかにいて、手にはコーヒーを持ち、網戸越しに鳥の声を聞いているのだ。だがどうもいまひとつ気が休まらなかった。この一件全体からどうしても、いままであちこちで——トールゲート、ダンケアン、アフリカで——行きあたった、常識では割りきれないように思えるあまりに多くの奇怪な出来事を思い出してしまうのだ。

その日のうちに鉱石を炭鉱の試験所で分析してみて、あちこちにさまざまな濃度で幻覚を引き起こす成分があることをゴードンは突きとめた。

「いろんな種類のペヨーテキノコと同じ組成です」と彼は、私と支配人に言った。「おそらく昔この地域で地殻変動があったときに石化されたんですね。元の住民たちもあの場所にたまたま行きあたって、幻覚を見て、ここは聖なる山だと決めたんでしょうね」

ここからは商売に取りかかった。ゴードンは支配人に、換気システムに投資するよう経営陣に促すことを勧めた。もちろんスミス揚水機が特製のシステムを喜んでお作りします。ひとまずは鉱夫たちに酸素マスクを着けさせれば保護としては十分でしょう。

彼がビジネスを論じているさなかにも、私は依然その顔に、坑内で見たあのおぞましい顔を垣間見てしまうのだった。そして彼がこっちを横目でちらちら見る様子から、向こうも依然、私の顔に同じものを見ていることがわかった。

私たちはそれについて冗談を飛ばしさえした。

だが私は、あのとき私たちは、相手をめぐるひとつの真実を、誰も自分に関して信じたがらないたぐいの真実を見たのではないかと思った。それを見てしまったいま、二人の人間は、以前同様、ひとまず無邪気な目でたがいを見ることができるだろうか?

ともかく彼は、翌朝ジープに乗って小さな飛行場へ向かった。そこから飛行機で首都に行き、カナダに帰る。最後に彼が言った一言は、またどこかで会えるといいね、だった。

ゴードン・スミスの科学的分析は、炭鉱の運命には何ら違いをもたらさなかった。彼が去ったあとの数週間で、この件についての非科学的な見方が広まり、強まっていった。ラマンチャ金鉱に降りていった者はみな、そしてそこから採掘された金もすべて、呪われるのだと信じられた。経営陣は地元のシャーマンを雇って、霊を鎮めるだか祓《はら》うだかする儀式まで行なわせたが、それでも鉱夫たちの気は休まらなかった。というわけで結局、三つの坑道すべての入口を爆破して塞《ふさ》ぎ、労働者たちはよその鉱山に配置されることになった。

ほぼ一夜にして、ラマンチャの周りに出来ていたバラック街は無人と化した。町の人々も、シャーマンの介入によって山の霊が鉱山から逃げ出して町に移り住みかねないと信じていた。いずれにせよ、「ゴーストタウン」がじきにその掘っ立て小屋の集まりに相応しい呼び名となった。

英会話教師稼業は、私をあちこちの鉱山に引き回した。だがラマンチャの坑道内でのあのしばしの恐怖は、長い、ほとんど恒久的に持続する影響を私に及ぼした。間違いなく、人生のその時点以降、出会う人間について私は前ほど素朴でなくなり、第一印象にも頼らなくなった。

それは明らかによいことだった。

4

インテルミナスに派遣されて私は、鬱蒼たるジャングルの、山のふもとに近い一角にあるセグラ露天鉱に勤務する事務員の一団に英語を教えに行った。あそこはおそろしく湿気が高い気候だから英米人にはとりわけきついですよと私は警告されていた。何週間かして、私もなかなか逞しいじゃないかと得意になりかけていたところで、突然高熱が出て、腹も壊した。一日か二日のうちに体じゅうの筋肉がものすごく痛み出し、ひどい発疹も出た。

インテルミナスに手配してもらって、ジープで地元の病院に運ばれた。会社が従業員専用に造った病院だった。

ジャングルを切り拓いた土地に建つ大きな竹の小屋に、「病院」という名はいささか大仰《おおぎょう》だった。屋根はトタン、ガラス窓の代わりに網戸、二十のベッドの上にはそれぞれ蚊帳が吊ってある。網戸はあっても、中と外の区別を把握していないように見える虫たちが、建物内をブンブン飛び交っていた。この病院で唯一空気を冷やす仕掛けは、三つの天井ファンだった。これは電気の供給が頼りだが、電気は毎日、一番蒸し暑い時間に限って、すうっと途切れるみたいだった。

三人の看護師が交代で昼夜患者たちを世話し、医師が一人、毎朝回診に来た。医者は私の病気をデング熱と診断した。昼に活動する蚊が媒介する、激しい痛みを伴う種類の感染症である。まあたしかに痛むだろうが——何しろ別名「骨折れ熱《ブレイク゠ボーン・フィーヴァー》」と言うのだ——再発の恐れはないよ、と医者は私に請けあった。

単にデング熱だとわかって、正直ほっとした。この病気のことなら前にも聞いたことがある。私は恐ろしいギニア虫ではないかと心配していたのだ。この虫は浄化していない水を飲むことで内臓に入り込む。針金のように細い虫が、二メートルくらいの長さに成長し、時おり人間の腹を突き破ってひょいと顔を出す。あちこちの鉱山で、寄生された人間が小枝で虫を巻きとって体内から引き出している姿を何度も見たことがあった。

私以外、患者は五人しかいなかったが、五人とも仕事中に頭や脚や腕を怪我して派手に包帯を巻かれていた。人が見ても、これらの患者の誰かが痛みを覚えているとはわからなかっただろう。これまで出会った坑夫はみんなそうだったが、どんなにひどい容体であっても、黙って耐えるのが唯一許されるふるまいなのだ。私も自分のうめき声を精一杯抑えた。


一週間くらいして、具合はずっとよくなってきた。ある日の午後、肉の詰まった小さなブリートの昼食と、マンゴーその他の果物のデザートを私は美味しく食べた。食後、いつの間にかうとうとしたにちがいない。

自分が夢を見ていることを自覚している奇妙な夢があるが、このときもそうだった。私は人込みに交じって、どこかの長屋の玄関に立っていた。人々の顔は、目覚めた世界の現実の街なかで見る人の顔に劣らず仔細で生々しかった。一人の男が玄関から出てきて、人込みを見渡した。それはゴードン・スミスだった。やがて彼は私を目にとめ、右腕を上げて私を指さした。目は飛び出して冷たく、あの日ラマンチャの坑道のなかで見た目と同じだった。そんなことはありえないと私にはわかった。これには科学的な説明がある。つまりこれは夢だ。

だが万全を期して、私は逃げようとした。手足が動かないので何か言おうとし、自分の声で目が覚めた。

するとベッドのかたわらに、友好的な、心配そうな顔でゴードン・スミス本人が私を見下ろして立っていた。まだ夢の続きではないことを確かめようと、私は目をパチクリさせた。

「驚かせてすまない」とゴードン・スミスは言った。「座ってもいいかな？」。そして彼は籐椅子をベッドの方に引き寄せて座った。「セグラ炭鉱の揚水システムを点検しにたまたまこっちへ来たら、若いスコットランド人の英語教師が病気になって病院へ連れていかれたと支配人から聞いた。君のことだとわかったんで、運転手とジープを借りてここまで来たのさ。あいにくあと十五分で空港に向けて出発しないといけない。今夜飛行機で発つんだ。気分はどうだい？」

私はたったいま夢で彼を見た話はせず、デング熱のことを話した。

「よく知っているよ」と彼は言った。「最高に快適とは言いがたい病気だよな」

看護師がコーヒーを二つ持ってきてくれた。また夢を見ているのかと思った――こんなことはめったにない。どうやら我々は特別な扱いを受けているらしい。

二人でコーヒーを少しずつ飲みながら、ゴードンが私の仕事について訊ね、ほぼ半年前に別れて以来私が英語を教えたあちこちの鉱山の話を二人でした。ゴードンが知っている支配人何人かを話題にしばらく雑談した。ゴードンは何度も腕時計を見て、やがて、最高に厳しい鷹のまなざしを私に向けた。

「時間がないから本題に入る」と彼は言った。「移動できるようになったらカナダに来て、しばらくキャンバルーの私の家で過ごさないか？　カナダにいれば療養にもいい」

あまりに驚いて、何と言ったらいいかわからなかった。

「いいかい、これはとっさの思いつきじゃないんだ」と彼は言った。「ラマンチャで君と会って以来ずっと考えていたのさ。そして私の動機は全面的に善意ってわけじゃない。つまりだ、私ももうさすがに、こうやってあちこち一人で旅して回るには歳をとりすぎてきた。信用できる助手がぜひとも必要なんだ。誰か相応しい人間はいないかと、だいぶ前から気をつけて見ていたんだが、どうやら君が適任じゃないかと思うんだ。もし世界じゅうを見て回るのが望みなんだったら、これからもたっぷり見られるし、収入も十分になるし、戻ってくる拠点も出来る」

私がどれだけ啞然としているかは彼にも伝わった。

「キャンバルーに来てもらえば、スミス揚水機のビジネス側はどういうふうになっているのか、自分で見られる」と彼は言った。「君が科学者でも技術者でもないことは承知しているし、揚水機や換気システムに馴染んでいないこともわかっている。でも機械を作ることが君の仕事にはならない。それはもうやってある。君はただ、顧客候補の人たちに、わが社の製品を検討してくれるよう口説けるようになってくれればいい。そしてそれは私が教えてやれる」。彼はもう一度時計を見た。「いきなりこんなことを言われても困るのはわかる。少し考えてみてくれ。どう決めるにせよ、とにかく二、三か月の休暇にはなる」

こんなに気前のいい話を、どうして断われよう？　休暇、裏の条件もなし、そう考えるとひどく魅力的だった。仕事のお誘いについてもしっかり考えます、と私は言った。

それを聞いて彼は喜んだようで、熱を込めて私と握手した。それから、上着の内ポケットに手を入れて、札がぎっしり入った封筒を私に手渡した。「これを移動の費用に」

旅費は自分で出します、と私は訴えた。

「いやいや、これはビジネスの話だ。帰ったらすぐ旅行代理店に、君の名前でパナマからケベックシティまでの、どの船でも乗れる一等のオープンチケットを用意させる。二、三週間また船で旅して新鮮な空気を吸えば気分もリラックスする。今回はもう甲板員じゃないし。ケベックからは鉄道でキャンバルーまで行ける。さほど遠くない未来に、キャンバルーで君に会うのを楽しみにしているよ」

私たちはふたたび握手し、彼はジープに飛んでいった。彼がいなくなったのと入れ替わりに、医者がひどく上機嫌な様子でやって来た。きっとセニョール・スミスが、退院できるようになるまで私をことのほか丁寧に世話するようにと、二、三千ペソ握らせていったのだ。

そして実際、医者は丁寧に世話してくれた。二週間後、私は旅行できる体になっていた。

アリシア

1

造られてまもない蒸気貨物船ガーディルー号に乗って、パナマからケベックシティに向かう三週間の船旅のあいだ、私はほかの乗客を極力避けた。それは簡単なことだった。全部で十人あまりしかいなかったし、彼らは歩く骸骨との社交にさして興味がなさそうだった。私は個室のキャビンにこもって本を読み、飲み食いした。キャビンはカリブディス号の甲板員全員の居住空間をすべて合わせたくらい広かった。

デング熱がまだ少し後を引いていて、時おり眩暈《めまい》がし、途中まで我々に同行していた蚊を恐れる気持ちも残った。それでも、相変わらず傍目《はため》には痩せ衰えて見えただろうが体重はだんだん増えてきた。船がセントローレンス湾をのぼっていくころには、気持ちもしっかり張っていた。何世紀ものあいだ移民たちの胸を揺さぶってきたにちがいない、大いなる獣の喉にゆっくり入っていくかのような感覚に私も心を動かされた。

とうとうガーディルーがケベックシティの埠頭に停泊した。暑く風の強い七月の日、乗客も貨物も港の突端に降ろされた。そこから私は駅へ行き、西へ十時間走る汽車に乗った。

キャンバルーへ到着する最後の百キロは、湖も山脈もない、丘らしい丘すらない風景を抜けていった。ほとんど空っぽの列車が、囲いが設けられた野や畑のかたわらを過ぎていく。いくつかの囲い地には、スコットランドの牧歌的なローランドからそっくり移植したような石造りの農家があった。整然とした小さな町を過ぎるたび、静かな街路や教会の尖塔がつかのま見えた。時おり森の切れ端が現われ、大昔からあるように見える木々もあった。かつてこの地を覆っていた原初の森の名残りだろうか。

とうとう列車は、穏やかな見かけの川に架かった鉄橋を渡って——橋に付けた、ペンキも剝《は》げかけた表示によれば川の名はグランド川——これまで通ってきた一連の町の拡大バージョンという観のあるキャンバルーの郊外に入っていった。あと二キロばかり、渋々という感じにスピードを落としていった末に、列車はキィッと軋《きし》みを立ててキャンバルーの駅に停まった。

時刻は午後三時だった。


陽のあたる、人けのないプラットホームに降り立った乗客は私一人だった。圧倒的な暑さに私は驚いた。長いあいだ熱帯にいたのだから、ここの夏の陽気など何でもあるまいと思っていたのだ。空調の効いた列車の車内に慣れてしまったせいで、この乾いた息苦しい暑さに軽い眩暈を覚えるのだろうか。私は酸素を吸い込むにも苦労し、カナダの極寒に備えて買ったセーターが肌をちくちく刺した。

私の背後で列車がゆっくり駅から離れはじめた。その轟音、シューッという音、叩くような音を背景に、狂った声が絶叫していた。だが周りには誰もいない。列車が行ってしまうと、その絶叫が、列車とはまた違った機械が立てる甲高い騒音だと私は気づいた。線路のすぐ向かいに、煤《すす》けた窓ガラスが何百と並ぶ古い工場があって、黄色い煙を青空に向けて吐き出していた。

ひどい暑さのなかに立ちながら、どうしてこんな魅力のない場所に来ることに同意してしまったんだろう、と私は首をひねった。だがもう来てしまったのだし、考え直そうにも手遅れだ。

それにまた、陽なたでつっ立って全身焙《あぶ》られていても仕方ない。誰も迎えに来はしないのだ。ガーディル一号がケベックシティに着く前日にゴードン・スミスから電報が届いて、ウォルナー・ホテルなるところに部屋が取ってあると知らされた。そこに着き次第、彼が連絡をくれるという。というわけで私はズックの鞄を手にとり、駅の待合室に入っていった。

いっぺんに気分がよくなった。この待合室に空調は入っていないが、プラットホームの熱気と陽ざしのあとでは実に爽やかだった。中には切符売りが一人いるだけで、私が入っていくと格子窓から顔を上げた。中年の、細くて薄い髪の男で、その髪が丹念に頭蓋に撫でつけてあるものだから、かえってなかば禿《は》げていることを目立たせてしまっている。

私は彼に、ウォルナー・ホテルへの行き方を訊ねた。

「歩いて十分くらいだね」と相手は私を疑わしげな目で見ながら言った。「だいぶ値の張るところだよ」

場違いのウールのセーターに、ズックの鞄《かばん》から見て、そのホテルに相応しい人間には思えなかったにちがいない。そこに部屋を取ってもらってあるんです、と私は言った。

男の眉が吊り上がった。

「あ、そうですか」と男は言った。「キング・ストリート沿いですよ。よかったらタクシーをお呼びしますが」

ずっと列車に座っていたので、歩くのもいいかもしれないと思った。そこで私は彼から道順を教わり、ふたたび外に出て、鞄を手に――中身は着替えと、ペーパーバック何冊かと、ゴードン・スミス登場までは私の墓碑銘になりそうだった、ジャングルのしみがついたノートだけだ――私は歩き出した。

キング・ストリートに出るために、切符売りに教わった横道を通っていった。両側に木々と、ゴシックと私には思える様式の、偽の櫓《やぐら》や小閣《キューポラ》がある大きな屋敷が並んでいた。どれもたがいにそっくりで、全部同じ建築家が設計したんじゃないかと思えた。が、場所によっては道路の上に葉の繁るアーチを作っている古い楢《ナラ》や楓《カエデ》の木が、それぞれ自前のプランに従って生長していた。汽車から見た木の多くと同じく、これらもキャンバルーの町が存在しはじめるずっと前から巨大だったにちがいない。

やがてキング・ストリートに出ると、ここには木がなかった。建築も違うタイプだったが、画一性という点では同じだった。大半は店舗用の赤煉瓦の建物である。大きくて四角いのもあれば小さくて四角いのもあるが、それ以外は、「仕立屋グリム」「金物店」「パブ　豚の目」といった看板が区別の主たる手立てだった。

建物はみな同じ時代に建てられたように見えた。たとえば八十年前のある日、キング・ストリートごとここにどさっと降ろされたみたいに。ひょっとしたらもっと新しい建物もあったのかもしれないが、だとしてもこの上なくひっそり溶け込まされていて見分けがつかなかった。

キング・ストリートに出たとたん、蠅たちに出会った。キャンバルーの蠅は大きくて動きも予測しがたく、ぶつかるのを避けるのは至難の業だった。私と衝突すると、蠅はブンブンという羽音をいくぶん高めるだけで、また先へ進んでいった。その意味でこの連中は、あの憎たらしい、しつこいジャングルの蠅とは——すさまじい音を立て、嚙んだり刺したりする機会を決して逃さないあの蠅たちとは——違っていた。

キング・ストリートをこうして初めて歩いているあいだ、歩行者の姿はあまり見かけなかった。すれ違った人間の大半はごく普通の、何の変哲もない見かけで、みな目が合うのを避けた。

ただし一組の夫婦は例外だった。陽を浴びて顔を赤く輝かせた男は杖を握っていて、その杖で歩道を憎々しげに突いていた。女は小柄で黒いスカーフを頭に巻き分厚い眼鏡をかけていて、男の一、二メートルうしろをよたよた歩いている。彼らが近づいてくると、二人とも腰に、鋲《びょう》をちりばめた革紐を巻いていて、その紐でたがいにつながれていることがはっきり見えた。これによって夫が妻を引っぱっているのか、妻が夫を止めようとしているのかはわからなかった。

当然ながら、私は二人にぶつからぬよう大きく横にそれた。

歩いているあいだに見かけた唯一の子供たちは歩行者ではなかった。十歳くらいの男の子二人が、建物と建物のあいだの通路で、黒い布切れを緩く束ねて作った毬《まり》で遊んでいた。私が通りかかると、一方の子が親しげなしぐさで毬を私の方に蹴った。私は蹴り返そうとしたが、そのとき、実はそれが紐で縛ったカラスの死骸であることを見てとった。私はあわててあとずさり、男の子二人はひどく感じの悪い笑い方で笑った。

やっとキング・ストリートとプリンセス・ストリートの合流点まで来ると、駅員が言っていたとおりウォルナー・ホテルが建っていた。通りじゅうで明らかに一番高い、一番堂々とした建築で、交差点にくっきり突き出ていて、何だかまるで、赤煉瓦で造られた船の舳先が、陸に囲まれたこの場所にどうやってだか乗り上げたみたいに見えた。

真鍮で縁どった自在ドアを私は押して開け、ロビーに入った。まぶしい太陽から離れたいま、すべての色がいっぺんに地味になった。ロビーは細長く、床は緑のタイルだった。新聞や雑誌がありきたりに散らばっているカウチや読書机がスペースの大半を占めている。フロントデスクの横の壁に大きな壁画が見えた。十九世紀の田園風景だろうか、黒い帽子をかぶってズボンをサスペンダーで吊った男たちが干し草を取り込むか何か野良仕事をしているように見え、背景には馬や荷車が点在していた。のどかな場面だ、と私は思った。たぶん開拓の日々の情景、キャンバルーの歴史の一コマなのだろう。

　だが、デスクに近づいていくと、その絵の衝撃的な要素が私の目を捉えた。皆が農作業をしている畑の向こうの隅に、裸の男が一人、両腕を上げて立っているのだ。体全体が一本の杭に串刺しにされ、杭の先が口から飛び出ている。こんな恐ろしい情景がホテルのロビーに飾られているなんて信じがたかった。

　言うまでもなく、絵をもっとよく見てみると、串刺しにされた男だと私が思ったものは、ひっくり返して柱に立てかけた赤い手押し車にすぎず、その二本の把手が宙に突き出ているのだった。

フロントデスク自体は細長い、磨き込んだマホガニーのカウンターで、うしろには額に入った鏡と、ホテルに付き物の、鍵と郵便を入れる仕切り棚があった。誰もいないので、少ししてから私は「ご用の方は鳴らしてください」と書いてあるベルを手の平で鳴らした。

　すぐさま、仕切り棚の横にある部屋から、制服を着た小柄な、銀髪を撫でつけた男が出てきた。非常にハンサムな人物だったが、ただし鼻があるべきところに円錐形の黒い革を着けていて、レースを使って頭のうしろで結わえていた。ずいぶん目を惹く姿だったが、円錐に見とれてはいけないと、私は自分の名を告げるあいだ相手の目に集中するよう努めた。

「お待ちしておりました」と男は言った。感じのいい笑顔で、やや鼻にかかった声も快活だった。とにかくその禍々《まがまが》しい円錐以外は何もかも感じがよかった。「ミスター・スミスからの御依頼で二階にお部屋を用意してございます。御伝言もお預かりしております」

　仕切りのひとつから、畳んだ紙切れを男は取り出し、私に手渡した。ゴードンからの簡単なメモで、歓迎の言葉と、六時に車が迎えに行くとのメッセージが書いてあった。

小男は次に、部屋の鍵を私に渡した。

「エレベータは玄関脇の廊下にございます。壁画を過ぎたところです」と彼は言った。そしてニッコリ笑った。「私どもの壁画をどう思われますか？　たいていのお客さまには感心していただけるんですよ」

私は壁画の方をちらっと見て、円錐の方を見ずに済むのを有難く思いながら、いい加減な褒め言葉を口にした。そして鞄を手にとり、廊下の方に歩き出した。

「エレベータは角を曲がって右です」と男は陽気に声を上げた。

礼を言おうと反射的にふり返ると、円錐を着けた男がまず見え、次に私自身の像が、男の背後の鏡に遠く映っているのが見えた。エレベータはすぐに見つかり、私は2と書かれた、がっしりした真鍮のボタンを押した。

部屋は涼しくて豪華で、ベッドは大きく、調度品もずっしりとして高価そうだった。バスルームにはタオルが一ダースあり、石鹸やシャンプーもあった。私はベッドの上に横たわった。旅の絶え間ない騒音とはうって変わった静寂が心地よかった。私はじき眠りに落ちた。

2

枕許の電話が鳴って目が覚めた。円錐を鼻に着けた小男の声が、もう六時です、車が迎えに来ましたと告げた。急いで支度をして玄関に降りていくと、窓を暗くした黒塗りのリムジンが待っていた。ぴかぴかのまびさしが付いた帽子をかぶった運転手に促されて、私は後部席に座った。車は何キロか西に走り、古い木々や、ゴルフコースの短く刈り込んだ芝が垣間見える地域に入っていった。家はどれも近代的な造りで、町の家々よりもっと大きく見えた。そういう邸宅のひとつの前まで来て、リムジンは長い車寄せに入っていき、白い柱が立った玄関柱廊《ポルチコ》のかたわらで停まった。

大理石の階段を半分くらいのぼったあたりで、両開きの玄関扉がゴードン・スミスその人によって開けられた。ゴードンといえば熱帯用の白服と私は決めてしまっていたが、今日は改まったダークスーツを着ている。南のジャングルにはしっくり溶け込んで見えた鷹の目が、この洗練された場ではいささか浮いて見えた。

「ハリー！　ようこそ！」と彼は言った。その握手は逞しく、ひんやり涼しかった。

彼のあとについて大きな、白く塗られた廊下に入ると、高い天窓があり、両側に並ぶ開いたドアの向こうにはどこも広々とした部屋が見えた。右側には上の階に通じる広い階段があった。何枚か壁に飾られた大人しい感じの絵画は、何やら抽象的、幾何学的な様式で描かれた風景画らしかった。

「こっちだ」とゴードン・スミスは言った。

私たちはドアのひとつを抜けて、床まである大きな窓がいくつも並び、外には控え目な見かけの木や茂みのある小綺麗な芝生が見える部屋に入っていった。部屋の主な調度品は革張りの肱掛け椅子と白い敷物だった。壁に掛かった絵は椰子《ヤシ》の木の茂る熱帯の島々を描いた水彩画だった。草木も海も、抑え気味の大人しい描き方だった。

ゴードンはキャビネットからワインを出して二つのグラスに注ぎ、私たちはそれぞれ肱掛け椅子に向きあって座った。体調はどうか、と訊かれたので、元気です、もうほぼ治ったと思いますと答えた。そして豪華な船旅を手配してもらった礼を述べた。

「快適でよかった」と彼は言った。「私自身、海の旅というのは気を休めるのに最適だとつねづね思っているんだ」

その言葉の意味はわかった。乗客として船に乗るのは、船員として甲板をブラシで洗い、真鍮を磨き、どんな天候であれ仕事があったら何でもやらされるのとは大違いなのだ。

「で、ケベックシティからの鉄道は？」とゴードンは言った。「そっちも快適だったかね？」

とても清潔だったし、客室も広々としていて気持ちがよかったです、と私は答えた。ジャングルの混みあった狭い列車とは大違いです、みんな赤ん坊を抱えていたり、市場に連れていく鶏や下手をすれば豚が一緒だったり、線路の両側はジャングルに覆われて息苦しいし、ガラスのない窓からは虫や機関車の煙が入ってくるし、と私は言った。

そうした状況をよく知っているゴードン・スミスは同意してニッコリ笑った。

「では、キャンバルーは？　第一印象はどうかね？」

私は正直に答えた。通りで出会った、たがいにつながれているように見えた男女のこと、鳥の死骸で遊んでいた少年たちのことを私は話した。次に、ホテルの壁画の手押し車を自分が見間違えたことも話した。ひょっとするとまだ熱病が後を引いていて、物事を把握する力が歪んでいるのかもしれませんと私は言った。いまではもう、鼻に円錐を着けた小男が本当に存在したかどうかも自信が持てないんです。

「いや、ちゃんと存在しているよ」とゴードンは言った。「噂では梅毒で鼻を失くしたという話だ。でも君がいろいろ混乱するのはごく自然なことだ。ずいぶんいろんな目に遭ってきたから、完全に心が休まるには時間がかかる。君はそのためにここへ来たんだよ」

この会話のあいだ彼は、右側にあるドアの方を何度かちらちら見た。と、磨いた木の床にハイヒールの音が響くとともに彼の目がぱっと輝き、青い絹のワンピースを着た若い女性が入ってきた。

ゴードン・スミスが立ち上がり、私も立ち上がった。

「紹介する、娘のアリシアだ」とゴードンは言った。

若い女性は片手を差し出し、私と軽く握手した。

「初めまして」と彼女は静かな声で言った。目は濃い茶色で、父親の青とは違う。だが父の目同様にまったくひるまず、一枚の写真を値踏みするみたいに少しの遠慮もなく私を見回した。

私の方ももちろん相手を値踏みしてはいたが、そこまであからさまにはならぬよう努めていた。背丈は中くらいで、顔は卵形。化粧は入念で、黒いマスカラが茶色い目を囲んでいる。髪も濃い茶で、顔の左側にベールのように垂れているさまが目を惹いた。見れば見るほど、目付き以外に彼女のなかに父親を見てとるのは難しくなっていった。二人一緒に見ても親と似ているところが容易にわからない子供が世の中にはいるが、この女性もそうだった。

何かそういうようなことをゴードンに言おうとしたところで、ゴードンが私の顔をじっと、あたかも自分の娘を私がどう見るかを不安に思っているような目で見ていることに私は気がついた。

私は突然理解した。

おそらくはラマンチャ鉱山で初めて会った瞬間から、ゴードン・スミスは私を、被雇用者候補としてのみならず、一人娘の婿《むこ》候補として見ていたのだ。

したがって私は、このアリシア・スミスなる人物を、まったく違った目で見はじめた。彼女はキャビネットで自分のワインを注いでから、向かいのカウチに来て腰かけ、礼儀正しい会話を始めた。

向こうは私のことをすでにあれこれ聞いているのだろう。だがこっちは彼女についてほとんど何も知らない。たとえば彼女は、生まれてからずっとキャンバルーに暮らしてきたのだろうか？

「ええ、この町は大好きです」と彼女は言った。

「生まれてからずっとこの家に住んでいるのさ」とゴードン・スミスが言った。「この家はこの子が生まれる前に建てたんだ。この子の母親への贈り物のつもりだったんだが、あいにくこの家を見る前に亡くなってしまった」

この家族史への言及に、二人とも悲しげに微笑んだ。

「とはいえ」とゴードンは言った。「アリシアがキャンバルーにずっとこもりきりだったってことじゃない。そうだろう、アリシア？」

こう促されて、彼女は自分のことをもっと詳しく語り出した。それを聞きながら、彼女が私とはまるで違う生活を送ってきたことを痛感させられた。トロントの私立女子校に通い、ソルボンヌに一年留学して美術を学んだ。そしてむろん、毎年季節になれば、北にある別荘で「山暮らし」をやり、ヨットで五大湖を巡り、ヴァーモントでスキーに興じ、キー・ビスケーンにあるもう一軒の別荘で太陽を浴びる。

生活すべてが遊びというわけではない。キャンバルー美術館の運営に携わり、毎週午前中何度かはボランティアとして勤務する。聞けばゴードンは美術館の主要な支援者だという。私たちの周りに掛かっているもろもろの大人しい絵画も実は美術館の所蔵品であり、支援者として借りることを許されているのだった。

父親と一緒にビジネスの旅をしたことはあるのかと私は訊いてみた。

彼女は首を横に振り、その振り方から私は、顔の左側を髪のベールで覆っているのは、ひとつには頬にある何らかの変色を隠すためだと気づいた。

「ここにいて家の世話をしている方がずっといいんです」と彼女は言った。

「そして私はいつも、この子のいる家に帰るのを楽しみにしている」とゴードン・スミスが言った。

二人は深い愛情のこもった目でたがいを見た。

むろん私は、彼女の人生の物語に、夫も恋人も出てこないことに気づかぬわけには行かなかった。


ダイニングルームで、アジア人のメイドがディナーの給仕をしてくれた。この女性が料理人、掃除人も兼ねているらしい。父と娘は彼女が作ったメインディッシュを褒めた。ゴードンが東方から持ち帰ったお気に入りのレシピだとのことで、豆腐、卵、海老、米をいろいろな異国風のスパイスで味付けしてある。

私も美味しがっているふりをしようと努めた。

皿が次々出てきて、ディナーだけで一時間以上かかった。スミス親子はどれも少しつつくだけで、生命維持の手段というより日々の儀式の一環という感じだった。

はじめのうち私はどうも落着かなかったが、ワインのおかげで舌が緩んできて、ずいぶんいろんなことを喋った。主に船乗りとしての日々、アフリカと南米の体験を。私としては二人を楽しませたかったのであり、二人は楽しんでくれているように見えた。食事の残りが下げられたあともしばし三人で食卓にとどまり、コーヒーを飲みながらお喋りしていた。

やがてゴードン・スミスがアリシアの方をちらっと見て、二人はうなずきあい、アリシアが立ち上がった。私とゴードンも立った。

「ではあとはお二人でビジネスのお話を」とアリシアが言った。彼女はゴードンの頬に軽くキスをした。そして私とふたたび、たぶん紹介されたときよりもう少し温かく握手した。

「お会いできてよかったです」と彼女は言った。「またぜひいらしてくださいね」

自分と同じ歳くらいに見えるのに、その落着き払った態度に、私はますます感心した。キャンバルーにいつまでいるかわかりませんがまたお招きいただければ嬉しいです、といったようなことを私はもごもごと言った。

「きっとそうさせていただきますわ」と彼女は言った。そしてダイニングルームから出ていった。

3

それを受けてゴードン・スミスが、「ブランデーと葉巻の時間だ」と言った。

彼に連れられて本棚の並んだ隣の部屋に行き、私は勧められるまま本を眺め回した。彼はこの部屋を「図書室《ザ・ライブラリー》」と呼んでいて、事実本はたくさんあり、その大半は見たところ古典文学の全集らしく――プラトン、シェークスピア、ディケンズ、トルストイ等々――一度も開かれていない様子で、ただ単に飾りに置いてあるみたいだった。暖炉のそばにもう少し小さな本棚がひとつあり、読書灯も付いた心地よさそうな肱掛け椅子が二つかたわらに置いてあって、こちらの本は実際に読まれているらしかった。『科学技術全史』、『水圧式深地下揚水機』、『複雑化する世界での明晰な思考』、『ビジネス――戦術的アプローチ』。小説は見当たらなかった。美術展のカタログ、大型美術本とおぼしき本が何冊か、一番下の棚に寝かせてあった。

メイドがボトルとグラスと葉巻箱を持って入ってくると、私たちは肱掛け椅子に腰を下ろした。メイドはゴードンのそばにある小さなテーブルにトレーを置き、黙って立ち去った。ゴードンはブランデーをたっぷり二杯注ぎ、葉巻を二本取り出した。両方の先端を切って、一本を私に渡した。

「キューバ製だ」と彼は言った。

彼が二本に火を点け、私たちは吹かし、それからブランデーを一口飲んだ。実に快適だった。

「ハリー、君がここに来てくれて本当によかったよ」とゴードンは言った。

私たちはグラスをかちんと鳴らし、また葉巻を吹かしてブランデーを飲み、それからゴードンがグラスを置いた。

「私が病院に会いに行ったときのことを覚えているかね？　あのとき言ったとおり、これは単に親切心でやったんじゃない。私はかねがね、会社の海外業務を任せられる、全面的に信頼できる人物を探していた。会社の業績は大変いいが、私はもう世界じゅうをほっつき回ったりせず、大半はここキャンバルーにとどまって、会社の拡張計画に携わっているべきなんだ。それに医者からも、もう心臓が昔とは違うんだから長距離の旅の負担は減らすべきだと言われている」。鷹の目が私の方を向いてぴたっと止まった。「君に出会って私は、君が優秀な若者であって、あんな鉱山で才能を無駄にしていると見た。君なら立派に会社に貢献してくれると思うんだ」

この瞬間について何週間も前から考えていた私は、慎重に言葉を選んで答えた。僕に興味を持っていただいたことは大変光栄に思います、ですが反面、あなたが間違った人物に期待を寄せたということになってほしくないんです、と私は言った。どうして僕みたいに無知な、基礎科学すら知らない人間が、スミス揚水機のような高度に技術的で専門的な会社の代表としてお役に立てるでしょう？

「その言葉がどれほど新鮮に響くか、たぶん君は自覚していないだろうな」とゴードンは言った。

「そういう美質は、ビジネスの世界ではなかなかお目にかからない。人によっては、炭鉱がある町に

――何と言ったっけ、ダンケアンか？――何か月か住んでいたことがあるという理由で揚水機も換気システムも熟知していますなどと言うだろうよ」

　私たちは二人とも笑った。

「いいかい、前にも言ったとおり、わが社に必要なのはもう一人の技術者じゃない。賢明で、臨機応変で、旅を厭わない人物なんだ。我々の顧客はどこも自前の技術者を抱えていて、わが社の製品の設計や仕様が彼らの目的に合うかどうかはその技術者が判断する。だが向こうだって、信頼できる人間相手に取引する方がずっといい。わが社の機械を購入したら、保証期間中に何か起きたときちんと責任を取ってくれて、その後もフェアで協力的に対応してくれる、そう信じられることが肝腎なんだ。そういう姿勢を顧客は評価する」

　それでもなお私は専門知識がないことが心配で、あの日あなたがラマンチャ鉱山に来たのも空気を検査する機材を扱えたからじゃありませんか、と言ってみた。あの妙な機械を楽々使いこなしてらっしゃるのを見て、大したものだなあと思いましたよ。

　彼は首を横に振った。

「正直な話、二十年間この商売をやっていて、あんなことをやる破目になったのはあれが初めてだ。坑道に入ってあの調査をやったのは、私が技術者だからじゃなくて、あそこの技術者たちが迷信深くて自分で調べに行こうとしなかったからにすぎない。実のところ私は、そのうちの一人から、あの機械のスイッチの入れ方、切り方を教わったんだぜ。それさえ知ってりゃ子供でもできたさ」

　私がまだためらっているのを見て、彼はふたたび私の不安を和らげようと試みた。

「もしこの仕事を試してくれるなら、最初から君だけ一人で送り出したりはしない。当然初めの何回かは私も一緒に行って、こつを伝授し、具体的にどういう仕事なのかを見てもらう。君がすっかり自信を持てるまで一緒に行く」

それでもまだ私が決心できずにいるので、彼は違う方向から攻めてきた。

「出会ってまもないころ、君は私に、鉱山業界の問題点についてちょっとした講釈をしてくれたね。自然を汚染している、文化を破壊している、と。この仕事に就けば、そういう点でも何かできる機会が生まれるんじゃないかな――少なくとも、最小限の破壊にとどめる機械を提供することにはなるんだよ」


その言葉について私が考えていると、ゴードンは肱掛け椅子から立ち上がり、窓辺に行って葉巻を吹かし、芝生を見た。私も見てみた。外は暗くなってきていた。蝙蝠たちが、あるいは小さな鳥だろうか、窓が投げかける光から出たり入ったりをくり返し、そのたびに存在したり、消滅したりしている。

少ししてから、ゴードンは私の方に向き直った。切り札と思えるものを彼が出してくることを私は予感した。

「アリシアは素晴らしい子だ」とゴードンは言った。「あの子の母親は、あの子と双子の弟を産んですぐ死んだ。弟が死産だったので、アリシアはひどく難産だった。このことはまだ誰にも話していないが、君はあの子の頰のあざに気がついたかね？　あれは子宮から引っぱり出すときに出来て、いつまでも消えなかったのさ。あの子はあれをひどく意識していて、隠れるように髪を整えている」

思わぬ打ちあけ話をされて、少々気まずかった。もちろん私は、あざなど気づきませんでしたよと答えた。だが話にはまだ続きがあった。

「私は再婚せずに、アリシアにとって父と母の両方であろうと努めてきた。あの子がああいう大人に育ったことを私は誇りに思う。想像はつくと思うが、過去数年で、何人もの男があの子と結婚したいと言ってきた」。そこで彼はしばし言葉を切った。「私たちはその誰一人是認しなかった」

「私たち」という言葉に気づかないわけには行かなかった。

そして彼は私の向かいに腰かけた。話しながらその目は、いまにも獲物に襲いかかろうとしているジャングルの鷹の目のように光った。実際、私から見て、彼はまさにそういう存在に思えた。見かけは痩せこけているが、ひとたび標的に狙いを定めると驚くほどの活力を見せる。これに対抗するために、私はどれだけ敏捷で意志堅固でなければならないだろう。そもそも私は対抗したいのか？　愛する娘の夫になってほしいとはっきり言われたわけではないが、彼がそう望んでいることは間違いなかった。

トールゲートのスラムの重苦しさに、夢のなかでいまも取り憑《つ》かれている者にとって、この遠回しの誘いはどれだけ大きな魅惑だったことか。仕事は理想的とは言いがたいが、引き受ければ世界を回れるし、生涯まずまず安楽に暮らせる。そしてアリシアは私のものになる。さほど遠くない過去、そんな不実は、そんな金ずくの計算ゆえにミリアムに対する私の愛の記憶を裏切るのは、およそ論外に思えただろう。だが、結局のところ、私の心を引き裂いたのはミリアムではなかったか？　彼女を失ったことを私は永久に悼むべきなのか？　アリシアはたしかに美しい。いずれ私は、彼女と恋に落ちるのではないか？

「で、どうかね？」とゴードン・スミスが言った。「この提案、どう思うかね？」

私は思いきって答えた。イエス、やってみたいと思います。

喜びからか、勝利感からか、彼の目が一瞬大きくなった。彼は細い手を差し出した。

「よかった！」と彼は言った。「嬉しいよ。本当に嬉しい」

本心から言っていることが私にはわかった。

4

その会話のあとの二か月間、ゴードン・スミスは私の人生をあらかた取り仕切った。労働ビザを取ってくれて、家具付きのアパートメントも確保してくれた。そこは彼が所有している建物の最上階で、窓からはキャンバルー公園の立派な古い木々や手の込んだ花壇が見えた。

平日はたいてい、買ったばかりのビジネススーツ数着のうちどれかを着て、アパートメントから、町の広場にあるゴードンの会社まで一キロほどの道を歩いていった。そしてゴードンから、あるいは共同経営者でゴードンの右腕のルー・ジョンソンから、社が作っているさまざまなタイプや大きさの揚水機と換気システム一つひとつの特徴について講釈を受けた。

日によっては、キャンバルーから西へ何キロか行ったところにある工場へ行った。あちこちの製鋼所で作らせた部品をここに集め、機械を組み立てるのだ。ずいぶん小さい工場で、わずか十人余りの熟練の職人をジョンソンが統率している。ジョンソンはぽっちゃりした体の、頭の禿げかけた技術者で、ゴードンとともに揚水機の共同設計者だった。いろんな機械を私に見せてくれながら、まるで犬を撫でるみたいに彼はそれらを愛おしげにぽんぽん叩いた。落着いた物静かな性格で、明らかにセールスマンとしてのゴードンの役割を受け継ぐには不向きだっただろう。

私の頭はじきに、慣れない専門用語で破裂しそうになった。遠心揚水機と容積式揚水機、半径流に混流に軸流、単一ロータに複数ロータ、円周ピストン、隔板に一軸ねじ、軸流換気扇に遠心換気扇。社の製品に関する言語に通じているのを見せることが将来の顧客を摑むパスポートだ、とゴードン・

スミスは力説した。驚いたことに、それらの言葉が何を意味し、それらが指し示すのが機械のどの部分なのか、私が理解するまでにさして時間はかからなかった。

仕事が終わるとたいていの晩は、キャンバルー広場にある小さなステーキハウスで夕食を摂って、アパートまでの一キロちょっとの道を歩いて帰り、腰を落着けて本を読んだ。だが週に一度か二度は、ゴードン・スミスに連れられて彼の家に行き、夕食をご馳走になった。

アリシアはいつも私が来ると嬉しそうだった。彼女があまり喋らない性格であることはじきにわかった。何だかまるで、初めて会った日に言うべきことはほとんど言ってしまったような感じだった。でも私としては、私が喋るのを彼女が楽しんでいるように見えるのが嬉しかった。彼女はじっくり耳を傾けて聞いてくれて、髪のカーテンが左の頬のあざをなるべく覆ったままでいるよう気をつけてうなずいた。

といっても、二人きりでいる時間がしじゅうあったわけではない。たいていは三人揃って夕食を食べてから、ゴードンと私とで図書室に移ってブランデーと葉巻を嗜《たしな》みながら、ゴードンが私にビジネスを講釈する。スミス揚水機の損益に話が及ぶと、その目はガラスでも割れそうに見えた。だが売込みの技について話すときは、人間らしい面が前に出て、目も和らぐのだった。

時おり、話が長引いて時間も遅くなると、階段を上がったところにあるゲストルームに泊まっていけとゴードンに勧められた。実際、しじゅう泊まるようになったものだから、私は着替えを一揃い置いておくようになった。ゲストルームでしばしば、ドア二つ三つしか離れていないアリシアのことを考えながら眠りに落ちた。

朝になると、彼女の父親と朝食を摂り、彼女が起き出す前に会社に出かけた。

ある夜、スミス家での夕食に向かうべくゴードンとリムジンに座っていると、食事が済んだらすぐトロントに発つと彼が言った。

「モントリオール行きの夜行に乗る」とゴードンは言った。「主要な納入業者の一社が問題を起こしているんで、対応しに行かないといけない。たぶん帰りは早くて明日の夜だ。君は工場でジョンソンから教わるので忙しいはずだ。見せたい最新の部品がいろいろあるそうだ」

夕食は快適だった。ゴードンは当然ながら頭がややよそへ行っていた。私はずいぶんよく喋り、アリシアは例によって完璧な聞き手だった。食事が済むと、ゴードンを見送りに私たちはリムジンまで行った。彼は背を曲げて車に乗り込み、それから、ドアを閉める前にまっすぐ私の方を向いて言った。

「ハリー、今夜は泊まってアリシアの相手をしてくれたらどうかね。私の邪魔なしに二人でゆっくり話すいい機会だよ」。そうして、では行ってくるよと私たちに言い、ドアを閉めた。リムジンは通りを下っていった。

かくしてアリシアと私は、初めて二人きりで図書室に入っていった。私たちはブランデーをちびちび飲み、私がキューバ葉巻を吹かした。出発間際のゴードンの言葉が何とも曖昧だったせいで、私はどうにも落着かず戸惑っていたので、会話はぎこちなく、話題もありきたりだった。少しすると、メイドがひょいと首をつっ込んできて、片付けも終わりましたので今夜はこれで失礼しますと告げた。
屋敷のなかで完全にアリシアと二人きりになったいま、私はますます落着かなくなった。有難いことに彼女がレコードをかけた。美術館のＢＧＭとして検討中だという、クラシックのピアノ曲である。私たちは座って聴き、いい曲だね、と言っているような顔で微笑んだ。十時ごろ、音楽が終わると、アリシアは初めから少しずつ飲んでいたブランデーを飲み干し、小さなグラスを置いた。

「さ、寝る時間だわ。お休みなさい」と彼女は言って、落着いた顔でまっすぐ私の目を見た。そして彼女は図書室を出ていき、階段をのぼっていく足音が聞こえた。

彼女がいなくなると、私はひどく気が滅入った。ブランデーを注ぎ足し、さして興味もなく『水圧式深地下揚水機』の挿絵をパラパラ眺めた。十時半になり、私ももう寝ないと思った。図書室の明かりを消して、階段をのぼってゲストルームに行った。


短い廊下のつきあたりにあるアリシアの部屋のドアはわずかに開いていて、ベッドランプの抑えた光が見えていた。自分の部屋のドアを通って半分中に入りかけたところで、思いきって彼女に声をかけてお休みを言おうと決めた。

「少し入ってこない？」と彼女は呼び返した。

私の心臓がドキドキ鳴り出した。廊下の鏡に自分の姿がちらっと見えた。不安げで落着かなそうなよそ者がそこにいる。私は深く息を吸い、彼女の部屋まで行って、ドアを押して開けた。

彼女は寝間着を着てベッドの上に横たわっていた。私が入っていくと、読んでいた本を閉じ、ナイトスタンドの上に置いた。化粧は落としておらず、マスカラもついていたし唇も赤かった。髪はブラシをかけてうしろに撫でつけていたから、顔の左側の、問題ある面が見えた——肌に一種打ち傷のようなものがある。

「ずいぶん時間がかかったわね」と彼女は言った。そして片手を差し出した。

彼女の許へ行きながら、私はほとんど息もできなかった。私は彼女の名前をささやいた。

「喋らないで」と彼女はこの上なく静かな声で言った。

喋る営みはのちに、午前零時を回ったずっとあと、たがいの腕のなかで横たわりながら行なった。ベッドランプはまだ点いていて、私は彼女の姿をほれぼれと眺めていた。

「私、思いはじめていたのよ、あなたは私のこと好きじゃないのかなって」と彼女は言った。

そんなこと全然ないよ、と私は訴えた。今夜はずっと緊張していたんだ、君が欲しくてたまらないことを打ちあけようとずっと考えていたんだ、言えなかったのはただ、こういう成行きに僕がつけ込もうとしたら君が怒るんじゃないかと思ったからだよと私は言った。

彼女は私にすり寄ってきた。

「男の人はなんにも知らないのね」と彼女は言った。「たいていの女は、求められたら嬉しいものよ。結局のところ、最悪の結果といってもノーと言われるだけでしょう。求めてみなかったらどうやってわかるの?」。彼女の茶色い、ランプのほの暗い光のせいで黒っぽく見える目が私に向けられていた。「あなたがいままで旅してきたいろんな土地でも、あなたが求めてくれたら、と思った女はきっと大勢いたはずよ」と彼女は言って軽く笑った。「それ自体楽しいことだし、そもそも男と女がベッドでしばらく一緒に過ごさなかったら、相性がいいかどうかもわからないでしょう?」

これまで自分がずっと、なかば神秘的に考えてきたことを、彼女がとことん実際的に捉えているものだから、私は仰天してしまった。

彼女は少しのあいだ私をぎゅっとハグし、それから放した。

「あと何時間かで仕事に行かないといけないのよね」と彼女は言った。「私もあなたも少しは眠ろうと思ったら、あなた、自分の部屋に行った方がいいわ」

もちろんそのとおりだった。辛いことだったが、私は自分のベッドに戻り、しばらくそこに横たわって、ああいう女性と結婚生活を送るというのはどんなものだろうと思案した。すごくいいことかもしれない、と決めたところで首尾よく眠りが訪れた。

5

翌日の午後、私がジョンソンと一緒に工場にいて、いろんな予備部品の仕様を学んでいると、ゴードン・スミスが電話をかけてきて、私が出るよう求めた。モントリオールから思ったより早く戻ってこられて、まっすぐ家に帰ってきたのだという。出張は成果上々だった、少し話したいことがある、と彼は言った。

「今夜も夕食に来られるかね?」

大丈夫です、と私は言った。

「ところで、アリシアから聞いたよ。昨夜は二人とも楽しく話し込んだそうだね」。何だか面白がっているような口調だったが、確信は持てなかった。だいぶ夜更かししてしまいまして、と私は当たり障りのない答えを口にした。

「とにかく私もアリシアも、今夜君が来るのを楽しみにしているよ」とゴードンは言った。

七時ごろタクシーでスミス家に着いた。夕食の席での会話はごく普通だった。私はアリシアに対して、昨夜何事もなかったかのようにふるまおうと努めたが、ゴードンがじっと見ているのでそれも容易ではなかった。彼の目をごまかすのは、いつにも増して不可能に思えた。

だがゴードンはこの上なく上機嫌で、モントリオールの街についてあれこれ語り、行くたびによく使う一流ホテルやレストランの話をした。今回の出張の理由についてはあまり話さなかったが、元々食事の席ではめったにビジネスの話はしないのだ。モントリオールにあるひとつの工場で弁の内張り《ライニング》生産に問題が生じたがそれも解決した、ということのようだった。

食後ゴードンと二人で図書室に行き、ブランデーを飲んでキューバ葉巻を吹かした。少ししてから、今夜夕食に私を呼んだ理由を彼は打ちあけた。

「君がわが社に勤めて三か月になる。大して長い期間ではないし、無闇《むやみ》に急かすつもりはない。だが、私がここで日々のビジネスを管理する仕事がどれだけたくさんあるか、君にもすでにわかってもらえたと思う。それに今回のモントリオール出張などは、社が拡張するにつれてだんだん増えてきた事態だと言っていい。実のところ、これからはもう、私は大半の時間ビジネス側に集中して、とりわけ部品の品質管理に力を注ごうと思う。つまり私はここに、カナダにいる必要があるんだ。世界を回る仕事はもう別の誰かに任せる時期だと、私もジョンソンも思っている」

次の言葉は見当がついた。

「君がその適任者だということで我々の意見は一致している。君は真剣に学んでくれたし、ジョンソンも君があっというまに機械の隅々までしっかり把握したことに非常に感心している。で、どう思うね？　自分が海外で顧客と交渉している姿を君は思い描けるかね？　約束したとおり、はじめは円滑に進むよう私も同行する。もし君の答えがノーであれば、我々は振出しに戻ることになる」

その声には不安が聞きとれたので、私はすぐに彼を安心させることにした。僕にできると思ってくださるのであればやってみたいです、と私は言った。

これほど喜びに満ちたゴードンの顔を見たのは初めてだった。

「本当に嬉しいよ」と彼は言った。そして熱っぽく私と握手した。「アリシアもきっと喜ぶ。上がっていって知らせてやってくれ」

昨夜とは正反対に、今回は階段を駆け上がってまっすぐアリシアの部屋に飛んでいった。半分開いているドアを私はノックした。

「どうぞ」とアリシアが応えた。

彼女はベッドの縁に腰かけて、期待しているような目で私を見た。海外の仕事を引き継ぐようゴードンに頼まれたので承諾した、と私は伝えた。アリシアが私の許に来て、私たちはハグしあった。

「素晴らしいニュースだわ」と彼女はささやいた。「ほんとに素晴らしい、素晴らしい」

私は腕を伸ばしてアリシアの体を支え、決然とその目を覗き込んだ。今日という日をこれ以上よくできることはひとつしかない、それは君が僕の妻になると言ってくれることだ、と私は言った。前もって練習しておいたささやかな演説だったが、自分の口がその言葉を発するのを聞くのは軽いショックだった。

アリシアは少しもショックを受けなかった。

「もちろんなるわ」と彼女は言った。

アリシアの体が私の体に寄りかかり、濃い色の目がキラキラ光った。昨夜のこと、来《きた》るべきすべての夜のことを考えると私の心臓が高鳴った。

君のお父さんは賛成してくれるだろうか？　と私は言ってみた。

「絶対してくれるわよ」と彼女は言った。「あなたと初めて南米で会って帰ってきたとき、あなたの話で止まらなかったもの。あなたの生涯の話は私も聞いたわ、悲劇的な恋愛のことも。本当にロマンチックだと私たち思ったわ。私はあなたに会いたくてたまらなかったし、会ったら一目で好きになった。そうして、昨日の夜……」。彼女はもうそれ以上言わず、私にぴったりくっついた。

ミリアムへの愛のことをゴードンが彼女に話したと聞いて、私は少し驚いた。私としては、そのことは黙っていた方がいいと思っていたのだ。この親子はすごく不思議な二人組だな、たがいに秘密を持つことがあるんだろうか、と思った。幸い今回は、私が別の女性に変わらぬ愛を宣言したことをアリシアは悪く取らず、明らかに私の美点と見てくれたわけだが。

しばらく抱擁して愛を伝えあってから、彼女は一歩下がって、髪を整え、私の目をまっすぐ見た。

「あなた絶対確かなの、それが自分の望みだと?」と彼女は言った。

確かだよ、と私は請けあった。

「じゃあ降りていって、パパに言いましょう」

私たち二人とも、愛している、というたぐいのことは一度も言っていないことに私は気がついていた。この欠落についていくらか危惧がなくはなかったが、私はそれを追いやった。なぜだか私は、ごく短いあいだに、変わらぬ愛情なるものについて自分がかつて抱いていた考えは、たぶん全部未熟な精神の惑いでしかなかったと思うようになっていたのだ。とうとう私もリアリストとなる道を歩みはじめていた。

私たちは手をつないで一階に降りていった。

第三部

単に普通であるためにすさまじいエネルギーを費やす人々がいることを誰もわかっていない。

――アルベール・カミュ

学芸員ふたたび

学芸員から手紙が届いて以来、何週間かが過ぎていた。やがてある日の午後、驚いたことに本人から会社に電話がかかってきた。いまではもう、この男のイメージが頭のなかで出来上がっていた——あご鬚をのばした、栄養の足りなそうな、相当大きい声以外はいかにも学者っぽい人物。

「『黒曜石雲』に出会った場所や経緯について、もう少し詳しくお話し願えませんか」と学芸員は言った。「このマクベーンという著者が、メキシコと直接つながりがあるのか、調べてみたいんです。昔誰かがこの本を旅行に携帯していって、出先で手放したのかもしれません。今日《こんにち》の旅行者が、あんなにかさばるものを地球の裏側まで持ち歩くとは思えませんよね。まあメキシカン・コネクションを探っても何も出てこない可能性大ですが、万一ということもあります。何か有用な事実が見つかるかもしれません」

私としては、また電話がかかってきたからには、『黒曜石雲』の調査に関し何か劇的な進展があったと知らされるものと期待していた。だが相手は、前回の電話ですでに、この手の探求には時間がかかることを警告済みだ。だから私も失望を声に出さぬよう努めた。

「どこかの古本屋で見つけたとおっしゃいませんでしたっけ?」と学芸員は言った。「そのあたりをもう少し聞かせてください」

そこで私は、本を見つけたときの状況を話した。ラベルダ滞在の三日目、アベニーダ・デル・ソルを歩いていたら空が暗くなり、大雨が降ってきて、なかば英語の名前の、頼りなげな店のひさしの下に私は逃れたのだった。

ブックストア・デ・メヒコ

普通ならそんなところにわざわざ入りはしなかっただろう。長年にわたって奇妙なものを探してきたので、掘り出し物がある本屋には鼻が利くようになったと私は自負していたのだ。

ブックストア・デ・メヒコは断じてそういう本屋ではなかった。

だがこの日は、土砂降りが過ぎるまで数分をしのごうと、そのぱっとしない店に私は入っていった。

そして『黒曜石雲』に出会ったのである。

「ふむ、残念ながら本屋は有望な手掛かりではなさそうですね」と学芸員は言った。「昔からやっている老舗《しにせ》だと有難いと思っていたんですが。そういう店なら、買い入れた品も記録していることが多いですからね。まあでもそのブックストア・デ・メヒコがまだ存在しているなら、もちろん当たってみます。で、都市自体はどうですか。ラベルダでしたっけ？　どういう場所ですか？　そもそもそこで何をなさっていたんですか？」

ラベルダに行ったのは単に、毎年行くことにしている南北アメリカ採鉱業年次大会《AMCA》の開催地だったからだと私は説明した。まあたいていは行っても大した収穫はなく、この年も同じだった。長年のあいだに知りあった採鉱業界の何人かと顔を合わせ、あちこちの工学部教授が採鉱技術の進歩について行なう講演を聴きに行ってはおおむね居眠りしていた。

今年は私自身、顧客候補たちを聴き手に、スミス揚水機が新製品に最先端の技術を取り込んだことを示す簡単なプレゼンテーションを行なった。少人数の聴衆はひとまず礼儀正しく聞いていたが、質問は彼らの主たる興味がどこにあるかを示していた――値段。

ラベルダの街自体はどうか？　メキシコの冴えない一州都で、訪問者の気を惹くものもあまりない。建物の大半は安っぽい現代建築であり、失業率と犯罪発生率は全国平均より高い。新しめのホテルが二軒、ＡＭＣＡのような大会をいつも合同で請け負っているらしく、私もそのうちの一軒に泊まった。大会に関わっていない旅行客は、もっと小さくてエアコンもない古いホテルか、かつては大邸宅だったくたびれた下宿屋で我慢するしかない。

これらの元邸宅は主として、旧市街《シウダ・ビエハ》と呼ばれる二十世紀以前に出来た、観光名所という触れ込みの界隈《かいわい》にあったが、行ってみると全然名所には見えなかった。大半はごちゃごちゃ狭苦しい通りで、住民たちにも観光客に手を貸そうという気がまるでなかった。等しく非友好的なのが、年代物の排水口の覆いから突如湧き上がって、不用心な訪問者の鼻を襲う胸糞悪い臭《にお》いである。旧市街の邸宅のうち何軒かはたしかに堂々たるものだったが、これまた愛想はなく、屋敷によっては蔦《つた》の絡まる高い塀と鉄の門とで侵入を拒んでいた。豹の頭をかたどった彫刻が門柱から通行人を睨みつけていた。

旧市街の真ん中に、文字どおり中央広場《エル・セントロ・プラサ》があった。よくあるアーケード《ポルタレス》が四方から広場を囲んで歩行者を一応陽ざしから守り、その日蔭に小さなカフェが何軒かあった。午前なかばのコーヒーを楽しむ場を求めて私も一、二度行ってみたが、広場の崩れかけた建築を見ても、（鳥がとまってお土産を置いていくのを防ぐため）金網で囲ってある一連の銅像を見ても、そこのカフェに長居する気にはならなかった。それにまた、銅像の多くが、切り落としたマヤ人ゲリラの首を掲げている十六世紀のスペイン人征服者《コンキスタドーレス》のおぞましい姿であることも、コーヒーの香りの改善には役立たなかった。

旧市街の自慢は大聖堂だった。スペイン人が一五八〇年代、打ち負かしたマヤ人たちに、今後ここはヨーロッパの神が仕切るのだと知らしめるべく造った建物である。そればかりか、観光パンフレットによれば、この聖堂は、何世紀も前にマヤ人が、アステカ人を虐殺したことを祝って建てた寺院の廃墟の上に建っているという。古い寺院の建材の一部が、聖堂を建てるのに使われさえした。そのことを読んだあとに見てみると、大きな石のあいだから、閉じ込められた異教の神々の顔が覗いている気がした。

昔の寺院はまた、聖堂に巨大な木の扉を提供していた。かたわらの銘板によれば、これは奇跡の扉と見なされているという。どうやら稀な材質の木のようで、密度がきわめて高く、燃やしてしまおうとコンキスタドーレスが企《くわだ》てたことでかえって頑丈になったらしかった。

といったようなとりとめのない印象を、私は学芸員相手に並べ立てた。

向こうは時おり質問をして細部を確認した。メモをこりこり書く音が聞こえた。やがて、情報のご提供ありがとうございます、と彼は礼を述べた。

「万一ということもあります」と学芸員は言った。「ひょっとしてラベルダとダンケアンのあいだに、何かつながりがないとも限りません。とにかく市当局に連絡してみます。どこかの地下貯蔵室に、興味深い資料が眠っているかもしれませんから」

まあこれが我々の会話の骨子《こっし》だったが、私の寄付のことを彼はふたたび口にした。

「理事会に代わって心からお礼申し上げます。ご想像がつくかと思いますが、私ども、乏しい予算でやりくりしておりまして。もし各地を回られるなかでいつかグラスゴーにいらっしゃることがありましたら、ぜひお立ち寄りください。稀覯本室でどういうことをやっているかご覧に入れますし、『黒曜石雲』調査の最新状況も直接お伝えします」

現段階でスコットランド行きはなさそうです、と私は相手に伝えた。目下スミス揚水機は忙しいシーズンの真っ最中ですから、と。むろんそれは真実とは言いがたかった。だがどうしてこの男に言えるだろう、何よりもまず二つの記憶ゆえに、スコットランドに帰ると考えただけで私がつねにぞっと震えてしまうことを？　爆発の記憶、失恋の記憶。

結婚

1

こうして私は、二十五歳でアリシア・スミスと結婚した。ゴードンが「仰々しい見せびらかし」を嫌ったのを幸いに、結婚式はキャンバルー登記所で済ませ、出席者兼立会人はゴードン本人とジョンソンのみだった。

祝宴も同じく小規模だった——私たち四人だけ。キャンバルーのすぐ北のセントハーバート村にある〈吊り庭亭《ハンギング・ガーデンズ・タヴァーン》〉二階の小さな個室をアリシアが予約してくれた。二人で何度かそこへ昼食に行ったことがあって、二人ともその古風な雰囲気が気に入っていたのである。内装は木の壁板がめぐらされ、天井の梁《はり》はむき出しで、調度品はどっしり重い楢《ナラ》だった。

だがアリシアを何より喜ばせたのはその外観だった。三階建ての前面の壁は蔦に覆われ、夏の数か月、蔓《つる》のあいだに設けられた小さな壁龕《アルコーヴ》から、花を咲かせた草木や、一杯に開いた花が突き出ていた。満開のときには、壁全体が垂直の庭、華々しい絵画という趣だった。たぶん吊り庭亭という名前もそこから来たのだろう。

だが地元の言い伝えには異説があった。それによると、十九世紀にこの居酒屋を建てた大工の一人が、失恋ゆえに屋根の梁から首を吊ったのだという。

私はその説が気に入ったが、アリシアはアリシアであるからそんな話は少しも信じなかった。愛のせいで自殺するほど人の心がやわであるはずがないと、彼女は本気で信じていたと思う。

私たちは新婚旅行に出かけ、キャンバルーから三百キロ北のマスコーカ湖群の、人里離れた贅沢《ぜいたく》な宿屋で一週間を過ごした。九月後半のことで、あたりの落葉樹はもうすでに紅葉しかけていた。

キャンバルーに帰ってくると、私はスミス家の恒久的な一員となった。ゴードンはアリシアと私に主寝室――二部屋の続き部屋《スィート》で、専用の巨大なバスルームも付いている――を譲ってくれて、自分はアリシアの寝室だった部屋に移った。

それ以外、私が加わったことでスミス家の生活のリズムが大きく乱れたことはなさそうだった。自分たちの生活パターンに私を取り込むために、彼らがいろいろ変えねばならない必要もなかった。円滑に溶け込もうと、私の方も極力気を遣ったのである。平日の朝はアリシアがまだ眠っているうちにキッチンでゴードンと合流して朝食を摂った。二人でトーストを食べコーヒーを飲み、さして喋らずに新聞に目を通した。リムジンが八時半に私たちを迎えに来た。

結婚前と同様、会社でゴードンから売込みの術についてさらに講釈を受ける、というのが典型的な一日だった。時おり工場にも出かけた。ルー・ジョンソンが揚水機《ポンプ》と換気装置《ヴェンティレーター》（pとv、と私は呼ぶようになった）の微細な点について根気よく説明してくれた。

仕事が終わったあとも、私たちの日課は決まっていた。六時半に、ゴードン、アリシア、私が（時たまジョンソンも）ダイニングルームに集まり、夕食が出てくるのを待つ。生まれて初めて、私は食べ物を、トールゲートのころのように単に飢えを遠ざける手段ではなく、それ自体ひとつの肉体的快楽として味わうようになった。涎《よだれ》が出てくるような匂いや香りに私は驚嘆したが、それがあまりに洗練されているせいで、いま食べているのが魚か仔羊か家禽《かきん》か牛か、それすらわからないことがよくあった。

食事が終わると、三人で図書室に行ってコーヒーとブランデーを飲み、男二人は葉巻を喫《す》う。あれこれ雑談することもあれば、静かに本を読むこともあった。三人とも一緒にいてゆったりくつろげた。十時になるとゴードンがお休みを言って自分の部屋に上がっていく（もしジョンソンが夕食に来ていたとしてももうすでに帰っている）。まもなくアリシアと私も二階に上がっていく。アリシアが毎夜の風呂に入り——昼下がりにも入るのでその日の二度目である——私はベッドで本を読みながら彼女を待つ。

やがて彼女は、その柔らかな身を薔薇《バラ》香水の香りに包んでやって来る。午前零時にはもう、私たちはたがいの腕のなかで眠っていた。朝目覚めると、私はときどき、夜のうちに見たとりわけ面白い夢を彼女に話して聞かせた。彼女はそこに横たわり、なかば眠ったまま聞いていた。彼女の方は夢なんてめったに覚えていないし、覚えていればいたで、あまりに不快なので話す気にならないと言った。私も無理に話させようとはしなかった。

日中ゴードンと私が出かけているあいだ、アリシアも彼女なりに忙しかった。料理や家事はやらなくとも、それらを担当するメイドに、夕食のメニューや掃除の内容などを指示しないといけない。それに庭師にも対応しないといけないし……。

週に何日かは午前中、美術館の購入委員会の一員として、展示品候補を探して地元の芸術家たちのアトリエを訪ねた。キャンバルーの有力市民の娘として、セントポリカープ病院やキャンバルー交響楽団の理事会にも加わっていた。資金集めの活動などもあって、それなりに時間を取られた。

彼女が交響楽団の理事会に加わっていると聞いて、私はいささか驚いた。私の両親と違って、彼女やゴードンがハミングしたり口笛を吹いたりしているのを聞いたことがなかったのだ。ゴードンがモントリオールに発《た》った晩にアリシアがレコードをかけたときを別とすれば、家ではめったに音楽が聞こえなかった。二人ともラジオでニュースは聴くが、音楽がかかるとどちらかが、何かを片付けるみたいにスイッチを切った。

実際二人は、私のことも、片付けるべきものの範疇《はんちゅう》にしばしば加えたのではないかと思う。二人ともずいぶん細かく、態度はあくまでにこやかではあるけれど、私の本を棚のぴったりしかるべき場所に戻し、私が座っていた椅子のクッションの位置を直し、私が脱ぎ捨てた靴をドアマットの上、彼らの靴の隣に綺麗《きれい》に並べた。

やがて私もだんだんコツが呑み込めてきた。けれど時おり、何かをわざとずれた場所に置いて、それを元に戻すチャンスを彼らに与えるのだった。

ゴードンと私が会社にいるあいだ、アリシアの加わった理事会の会合がたまに私たちの家で開かれることがあった。ゴードンと私が帰ってくるころには、理事たちはいつもいなくなったあとだった。その人たちのことを訊くと、アリシアは鼻に皺を寄せた。知らなくてもあまり損はないという意味だ。とはいえ彼女が歓待者として完璧であることは疑いなかった。

ジョンソン以外、純粋に社交を目的に彼女やゴードンが人を招くことはめったになかった。実際、ジョンソンを別とすれば、二人ともたがいに相手以外――いまは私もそこに加わったわけだが――親しい友を求める気はないようだった。

その意味で、私の生活もトールゲートのころとさして変わらなかった。私はふたたび、およそ拡大志向のない家族の一員となったのである。

2

その最初の一年、ゴードンは約束どおり、販売の仕事を始めたばかりの私につき合って海外まで一緒に来てくれた。ということはつまり、二人とも、時には丸一月キャンバルーを離れたりする。アリシアは文句を言わなかった。その間会社を維持できるよう、業務もひととおり教わっていた。

旅自体についてては、船、飛行機、列車、一等があれば我々はかならず一等で旅行したし、ホテルも上等なところを取った。もちろん例外はあった。時にはおそろしく原始的な道しかなくて、ランドローバーでないと進めなかった。また時にはいかなる道も存在せず、川船か、カヌーなどのもっと小さな舟に頼るしかなく、ゴードンにはこれがとりわけ堪《こた》えた。

「こんなのにあと一時間乗らされたら、もう二度と立ち上がれないぞ」と彼はよく愚痴《ぐち》った。

まともなホテルもつねに見つかるとは限らなかった。奥地の町や辺鄙《へんぴ》な島ではホテルもひどく原始的で、電気すらないことがあった。トイレといっても、棒で支えただけの高床式の小屋が、川の上や、潮が証拠物件を洗い流してくれるところに据えてあるだけだったり。唯一のシャワーは椰子《ヤシ》の木や花咲く茂みの上に置いた水槽、ということもあった。サソリやクモを避けるために、用心深く忍び足で進まないといけなかった。そうしたホテルは、私が英会話教師だったときに泊まらされた虫だらけの掘っ立て小屋とさして変わらなかった。

こうした旅でも、ビジネスの席上では、ゴードンはつねに、ラマンチャ金鉱で初めて見たときとまったく変わらず鋭敏で有能だった。だが夜になり、宿に戻ると、並外れた光を放つ目から時には生気もあらかた失せ、顔は青白く、やつれて見えた。こうした旅が彼にとってどれだけきついか、どうしてあんなに私に任せたがったかがよくわかった。

そしてこうした旅のなかで、私は初めて、この仕事に付随する倫理的問題とまともに向きあうことになった。


その二月、私たちはアンデス北西の田舎州の州都ラコルーナにいた。その日ゴードンは、この地の大きな露天鉱会社のひとつを相手に見事なプレゼンテーションを行ない、揚水機を二基、換気装置を一基売っていた。

突然、別件が発生した。二人でホテルに戻ってカナダに帰る支度をしている最中、ゴードンが電話を受け、長い話になった。相手はここから一三〇キロ離れた町サンタクルス近郊の古い金鉱の支配人で、ゴードンに助けを求めていた。

どうやらその金鉱では、少なくとも百年にわたって、サンタクルスを流れる川リオ・デル・ソルに廃水を流出させていたらしい。町の生活を考慮して、廃水はつねに、排水管を通して町を迂回《うかい》させ、町より二キロばかり下流で川に注ぐようにしていた。

百年のあいだ、町民たちは金鉱から経済的恩恵を被《こうむ》っていたし、廃水に関し何ら不満の声も出ていなかった。

ところが三日前、厄介な事態が持ち上がった。まず、排水管を制御している揚水機の動きが鈍くなった。これ自体は長年のあいだに何度も起きたことであり、吸入バルブの上の金属グリルに屑がたまったことが原因だった。この屑を安全に取り払うために揚水機を止めるとすると、ふたたび始動させるまでに、場合によっては丸一日かかる。

そんなわけでたいていは、揚水機は動かしたまま労働者たちがグリルを外す、というのが通常の手段だった。こうすれば、操業を中断する必要もなく、グリルを綺麗にして元に戻せばいい。

今回も労働者が二人、この作業を遂行すべく送り出された。揚水機を作動させたまま、グリルを固定している錆《さ》びついたボルトを二人は何とか外した。ところが、グリルを持ち上げようとしている最中に彼らは足を滑らせ、覆いの外れた吸入バルブのなかに呑み込まれてしまった。こうして巨大な回転翼の羽根が、きわめて能率的な肉挽き器と化した。

どうやらこのようなおぞましい事態は、過去数十年のあいだに何度かグリル清掃時に起きていて、大したもめ事にもならなかったらしい。ところが今回は危機となったのは、労働者たちが使っていた特大のスパナや鉄梃《かなてこ》も一緒に呑み込まれてしまったからだった。その結果、回転翼、その歯車、巨大な鋳鉄のバルブ、全体のカバー等すべてが粉々に壊れ、逃がし管への接続部も同様だった。廃水の貯水池はただちに逆流しはじめ、町のすぐ川上でリオ・デル・ソルになだれ込んでいった。町を流れる川の水はオレンジ色に変わり、魚たちはみな腹を上にして浮かび上がった。だがこれだけだったら、そこそこの反発が生じただけで済んだだろう。

だが、その臭い！　金鉱のイメージには大打撃だった。化学物質に満ちた水から発する腐った卵の臭いが、昼も夜もサンタクルスじゅうに充満して、赤ん坊たちは泣き出し、赤ん坊の親のみならず市民全員がパニックに陥った。とりわけ動揺したのが、市長と司教だった。市庁舎も司教公邸も川べりに建っていたのである。

さすがの市民たちも怒りを爆発させた。その長い、利益に満ちた歴史のなかで金鉱は初めて閉鎖された。

「で、**要するに**どうしろとおっしゃるんです?」とゴードンが、電話の向こう側の支配人に訊ねるのが聞こえた。

ゴードンは採鉱業界ではよく知られた人間である。あなただったらここへ来て壊れた揚水機の状態を迅速に判断してくださるかと、とサンタクルス金鉱の支配人はゴードンに言った。

「移動手段を手配してくださったら明日の朝伺います」とゴードンは答えた。「同僚を一人連れていきます」


朝になり、金鉱の車がホテルまで迎えに来て、二時間の距離にある鉱山に私たちを連れていった。そこは金鉱としては典型的な、砕かれた岩があちこち高く突き出ているなかにトタン屋根の建物がべったり広がっている場所だった。川がそばを流れている。私たちを出迎えた支配人は小柄で胸の薄い男で、口から煙草を垂らしてしじゅう咳をしているあたりはちょっと私の父親を思わせた。

壊れた揚水機は、支配人がきわめて流暢《りゅうちょう》な英語で言うには、「貯水池《ザ・ラグーン》」のなかにあるという。金《きん》をさまざまな化学薬品の混合物で洗浄した結果生じた廃水の池を、採鉱業界ではこのロマンチックな響きの言葉で呼んでいるのだ。洗浄作業は毎月二週間続いた。それが終わると、汚染された水が、百年前に作られた巨大な鋳鉄製の揚水機によって、長さ三キロの排水管に押し込まれる。今度はこの管がその中身をリオ・デル・ソルの、町から十分下流にぶちまける。これによって影響を被るのは、ずっと川下の川沿いにある村の住民だけだった。これら村人たちは、リオ・デル・ソルがオレンジ色に変わるのを毎度目にした。廃水には金鉱の坑道から削れた粘土が入っていて、そこに青酸カリなど金の洗浄に使われた化学物質が混じっていたのである。

そうした放出のたびに、二週間にわたって川に棲《す》む魚はみな死んだ。やがて水が澄み、魚が戻ってきて、見た目はすべて平常に戻る。いや、一応平常にと言うべきか。青酸カリ中毒で死んだと見られる村人たちをめぐる、未確証の伝聞が聞かれたりもしたのだ。

金鉱の支配人は私たちに、そうした許容範囲内の状態への復帰を経営陣は望んでいると告げた。

「揚水機は即刻《プロント》修理するか交換するかして、操業を再開せねばならないと経営陣は言っています」と支配人は言った。

そして彼は問題の現場へ私たちを連れていった。

「貯水池」は事務所から数百メートル離れた、細い道沿いにあった。蒸し蒸しする暑さ、周りのジャングルで鳥がガーガー鳴く声が破るのみの静寂が広がるなか、私はだらだら汗をかいていた。ゴードンはいつもと変わらず冷静そのもので、蚊のエスコートにも動じなかった。

貯水池に近づいてくると、臭いは涙が出るほど強くなった。細い道の両側では赤と黄のインドソケイの茂みが満開の花を咲かせていたが、それがどれだけの芳香を発しているにせよ、人間が作り出した悪臭に消されて感知不能だった。

まもなく貯水池のほとりに出た。池はサッカー場くらいの大きさで、高さ三メートルほどの壁に囲まれている。溜まっていた水の大半はすでに川に漏れ出てしまっていた。年代物の揚水機は泥のなかになかば、何か原始の水生生物みたいに埋もれていた。池のほとりから技術者が、エンジンの外枠に生じたギザギザの裂け目と、回転翼の羽根やカバーが粉々に壊れた箇所を指さした。支配人が通訳を務め、それから、希望を込めた声でゴードンに訊ねた――

「修理できますよね、セニョール？」

ゴードンは首を横に振った。

「残念ながらもう寿命です」と彼は言った。「こんなに長い年月持ちこたえたことが奇跡です」

私たちは事務所に戻り、支配人と技術者を相手に、新しい揚水機の仕様について商談を開始した。もっぱらゴードンが喋った。私たちはパンフレットや図面を入れた書類鞄《かばん》を持参してきていた。ゴードンは技術者に、古い揚水機の鋳鉄よりはるかに丈夫で柔軟な合金で出来たスミス社の最強モデルについて説明した。こちらの金鉱に合わせて細かい修正は必要ですが、これについてはわが社の技術者ジョンソンが迅速に対応します、と請けあった。

値段と設置時期に関する質問がなされた。一か月以内でできると思います、とゴードンは答えた。では経営陣と相談して、今夜ホテルにお電話しますと支配人は言った。

ラコルーナへの帰り道、ゴードンは非常に上機嫌だった。道路の舗装は新しく、金鉱の車にはエアコンが付いていた。

だが私はそれほど明るい気持ちになれなかった。英会話教師をしていたときにも、採鉱業界の強欲ぶりはしばしば目にしていた。経営者たちの頭にあるのは、鉱山を操業しつづけること、利益を最大化することだけのように思えた。サンタクルス金鉱にしても、新型で高性能の揚水機を導入したところで、従来どおりの操業がより確実になるだけのことであり、労働者たちはこれまで以上に酷使されかねない。川の汚染、川下の住民たちの生活への毒の混入については、今後はなおいっそう効率的に処理されるのだろう。

私は自分が考えていることをゴードンに伝えた。

「ある程度は私も同感だ」と彼は言った。「だが私たちが新しい揚水機を売らなければ、誰か私たちのライバルが売る。ビジネスはそういうふうに動いているんだ」。これで私の気が晴れていないことを彼は見てとった。「いいかい、ハリー。経営者がきちんとやってくれれば、わが社の揚水機は本当に鉱夫たちの状況を改善するんだよ。いままでの機械よりずっと信頼できるし、あんな危険な清掃も必要ないんだから」

彼としてはこれで私が喜ぶべきだと思っているようだったが、私が何も言わずにいるので、喜んでいないことは伝わった。

「君だってわかるだろう、顧客のふるまいについて、何が正しいとか間違っているとか、意見するのが私たちの仕事じゃないことは。そんなことやってみたまえ、賭けてもいい、あっという間に我々は破産する。私だって、我々には何の道義的責任もないとは言っていないし、その責任にできる限り従うべきだとも思っている。たとえば我々は最良の材料を使って、機械を極力安全で信頼性の高いものにしている。機械に依存せざるをえない鉱夫たちにとって、そのことは朗報ではないかな？

もうひとつ、我々は絶対に顧客をだまさない。公正な利潤の上がる値段で製品を売り、製品の質についてはしっかり保証する。それが我々の倫理的責任であり、我々はそれをきちんと果たす。ビジネスの世界だって、世界全体とまったく同じに複雑なんだ。君もいずれわかるはずだ。単純な解決策はない。だから、私たちが正しいと思うことを誰もがやるよう求めるわけには行かない。そもそも本当に正しいかどうかも、よくわからないしね」

この弁明に私は説得されなかった。もしかしたら支配人が父を思い起こさせたからか、いまここに父がいてくれたら、あの鋭い寸評を発してくれたらと私は思った。だがもちろん父はとっくにこの世を去ったし、私には何の鋭い言葉も思いつかなかった。

その夜、支配人がホテルに電話してきて、新しい揚水機導入の話を進めるようにとゴードンに指示した。そのあと私たちはバーに降りていって取引成立を祝った。売れた揚水機はわが社で最高級の、価格も一番高い機種だったのだ。棚からぼた餅もいいところである。

部屋に戻った私はアリシアに電話をかけ、君がいなくて寂しいと彼女に伝えた。

「私もよ」と彼女は言った。「早く会いたくてたまらないわ。ゴードンが二時間前に電話してきたわ。セールス、すごく上手《うま》く行ってるんですってね」

すでに彼女と話したことを、ゴードンは言わなかった。私抜きで二人が意思を交わしあっていることに、私は前ほど驚かなくなっていた。機械が売れたことに関する私自身の複雑な感情についてもアリシアには黙っていた。私の神経質ぶりに理解を示すには、彼女はゴードンに似すぎている。たぶん二人が正しいのであって、実のところ商取引でしかないものを、私が感情的に受けとめすぎているのだろう。

電話の向こうから届く彼女の声は誘惑的だった。「あなたが帰ってきたら、特別な祝い方を二人で見つけるのよ」

その夜私はホテルのベッドにしばらく横たわり、眠れないまま、今日起きたことについて考えた。やがて私は、スミス親子の常識的な世界の見方の方がきっとずっと合理的なんだ、私がいまだ理想主義のかけらを捨てていないのはまだ大人になりきっていないしるしなんだ、と自分を納得させた。

それから私は落着かぬ眠りを眠った。

3

もう冬が来たキャンバルーに帰ってくると、アリシアはたしかに私の帰還がいつも以上に楽しくなるよう手を尽くしてくれた。ゴードンと私が空港から家に帰りついたときにはもう夕方だった。我々は軽い食事を摂り、アリシアも一杯のワインで旅の成功に乾杯した。じきに、長旅で疲れたゴードンが私たちにお休みを言ってベッドに向かった。

まもなくアリシアと私も二階に上がった。バスルームにはすでに細工がしてあって、バスタブを蠟《ろう》燭《そく》が囲んでいて、タブに湯がたまるとアリシアは蠟燭に火を点《つ》けた。私たちは温かい湯のなかでしばらく一緒に横たわっていた。やがてたがいの体を拭き、ジャグに入った芳香性のオイルをたっぷり塗ってから、この上なく甘美な作業に入っていった。

だがこの一夜をとりわけ記憶に残るものにしたのは、その後アリシアが、二人で抱きあって横たわっているときに明かしたことだった。

「ねえ覚えてる、私たちが初めて愛しあったときのこと？」

どうして忘れられよう、ゴードンがモントリオールに出かけて、私たちを二人きりにしていったあの夜のことを？

「ゴードンが帰ってきたとき、みんな話したのよ」と彼女は言った。

まさか、本当にみんな話したわけでは？

「いいえ、みんなよ」と彼女は言って私の肩に鼻をすり寄せた。「私、前からはっきりゴードンに言ってたのよ、ベッドで一緒にくつろげない人とは結婚できないって。だからゴードンはあの夜あなたに泊まっていくよう言ったの。私があなたを試してみるチャンスを作ってくれたの。帰ってきて、どうだったって訊いたから、大成功だったたって答えたわ」

これを聞いて私がどれだけ驚いているかを彼女は見てとった。私たちを二人きりにしようと、ゴードンが彼女とぐるになっていたのではと疑わなかったわけではない――ベッドに入るところまでは。だが、そのあと彼女が父親に、我々の交わした愛の評価を報告していたとは！　それは私にはひどくロマンチックならざることに思えた。かつてゴードンが言っていた以前の求婚者たちも「試してみ」たのか、彼女に訊いてみようかと思った。私が本気で望むなら、彼女はきっと真実を言うだろうと私にはわかった。根っから真実を語る人間なのだ、アリシアは。でも私は知りたくなかった。

「私、間違ったこと言ったかしら？」と彼女は私の反応に笑いながら言った。「黙っている方があなたには好ましいとわかっていたら、きっとそうしたんだけど」

いま彼女は私を見ていた。茶色い目は温かく、情がこもっている。彼女が私を好いている大きな理由は、私がとことん無邪気であることだ――私が彼女を好いている大きな理由も、彼女がとことん正直であることなのと同じに。まあこれで、結婚生活の土台としては十分なのだろう。

だが愛とは？　真の愛とは？　それについては私にも比較の対象がある。私がアリシアを愛しているとしても、それはミリアムと体験した、すべてを焼き尽くす愛と較べれば劣った種類の愛だ。あの愛を思い出すだけで、私は悲しく、かつ嬉しくなる。それが破綻したことが悲しく、だがそういう愛の可能性が存在していること、かつて自分がそれを知っていたことが嬉しい。あるいは少なくとも、それは存在しているし自分はそれを知っていたと私は信じていた。よかれ悪しかれ世界に意味を与えてくれる大きな力への信仰に人がしがみつくように、私もその信念にしがみついていた。

そこで私は、自分を擁護する弁論を組み立ててみた。一人の男が、たとえば私が、実際的な、自分を利するやり方でふるまうとする。出世のために結婚するとか、自分がやらなければきっと誰か他人がやるという口実のもとに何か実入りのいい、だが倫理的に問題のある仕事をするとか。だがその男は――ここでも、私自身は――それでもなお心の底で、実際の行動とは根本的に相容れない原理にしがみついているかもしれない。実際、おそらくたいていの人間はそういうふうに生きているのではないか。高尚な理想に従って生きることはできなくても、そういう理想が存在すると信じることで、それなりに幸福な気分でいられるのだ。

この弁明はどうも論理に欠陥があるように思えた。それでも私は、ここでもまた、そういうことにしてほぼ自分を納得させたのだった。

このそれなりに幸福な気分で、正直なアリシアの隣に横たわった私は深い眠りに落ちていった。

夢のなかのある時点で、私は若者に戻って、トールゲートの――あるいはダンケアンだったかもしれない――灰色の通りを、頰に傷のある知らない人間に追われて走っていた。恐怖に包まれ、息も切れて、私はもはや走れずにうずくまり、身を守ろうと両手を挙げた。それから、夢特有の唐突さで、突然、自分が鏡を見ているのであって知らない人間は知らない人間ではないことに私は気がついた。それは大人になった私自身だった。

翌朝目が覚めると、その夢が頭にこびりついていた。それは自分が何者なのか、何者になったのかをめぐってずっと続いている私の不安を象徴する夢に思えた。だがしょせん夢は夢、あまり真剣に考えても仕方ない、と考えることにした。

4

その春は私にとって重要な時期だった。ゴードンと私は北オンタリオの大きなウラニウム鉱山へ一週間出張した。ここでは新しい揚水機二基と古い機材の交換部品を売り込む上で、中心となって取引条件を提示する役を私が引き受けた。また私は、あらかじめゴードンに、換気装置の購入も勧めるつもりだと言っておいた。こういう古い鉱山ではたいてい、坑道を貫く弱々しい通風に労働者たちは依存している。自然換気というやつだ。鉱夫たちはほとんどつねに、埃《ほこり》やガスを吸い込んだせいで生じる肺の病に苦しみ、しじゅう仕事を休むことを余儀なくされ、概して若死にする。

というわけで、プレゼンテーションの場で私は、鉱山の交渉担当者たちに向かって、効率的な換気システムは長期的には有効な（「倫理的な」という言葉は使わなかった）投資ですと説き、相手も同意してくれた。ゴードンは喜び、驚いていた。今回の旅の大半の時間、見るからに消耗した様子で、セールスを私に任せることに何の不満もないようだった。

キャンバルーに戻ってまだ一週間というあたりのある朝、ゴードンがニコニコ笑って私を執務室に呼び入れた。

「よくやった、ハリー！」と彼は言った。「これがたったいま郵便で届いた」。手にはウラニウム鉱山のサイン済み契約書を持っていた。「私から見て、これで君の見習い期間は公式に終わった。君をいま、スミス揚水機・換気装置のセールス部長に昇進させる。おめでとう！」。彼は勢いよく私と握手し、「今日は私たちにとって、実に意義深い日だ」と言い足した。

私としては当然、まだ昇進のことを言っているのだと思った。

ところが、その夜仕事から帰宅すると、アリシアが玄関で私たちを出迎えた。

「赤ちゃんが生まれるのよ！」と彼女は私に言い、その茶色い目はいつにも増して温かく輝いていた。

「けさお医者さまから言われたの。素敵じゃない？　ゴードンも聞いてものすごく喜んだのよ」

「いや、ほんとにそうだったよ」とゴードンがニコニコ笑って言った。

つまり私に言う前に、父親に言ったわけだ。病院を出て、まず彼に電話したのであり、だからゴードンも今日は実に意義深い云々《うんぬん》と言ったのだ。私たちが帰宅したとき、アリシアがその知らせで私を驚かすというのもゴードンの思いつきだったのである。それから三人で出かけて、妊娠と私の昇進をあわせて祝う。だが二人にとって、どちらが重要かは明らかだった。

アリシアの気持ちを考えて、嬉しそうに見えるよう私は努めたが、気分はひどく落ち込んでいた。三人でレストランへ夕食に出かけ、ゴードンがお祝いに高価なワインを注文した。初めから終わりまで、彼とアリシアは生まれてくる赤ん坊について熱っぽく想像をめぐらせた。私もときどき口をはさみ、二人は優しい笑顔で私を見た。私の昇進の話はほとんど出なかった。


一月のひどく寒い朝の六時半、赤ん坊はキャンバルー総合病院で生まれた。ゴードンがぜひ出産に立ち会いたいと言うので私も一緒に行ったが、あまり居心地よいものではないだろうと覚悟していた。いざその時になると、立ち会うのは非常に辛かった。それは痛みに満ちた、はてしなく続く難産だった。アリシアにはさぞ苦痛だったにちがいないが、彼女は文句ひとつ言わなかった。赤ん坊は向きが正常でなかったので、鉗子《かんし》をかなり使う必要があった。とうとう男の子が出てきたが、そのころにはもうアリシアはそういうことに関心を示すどころではなかった。産着にくるまれる前の赤ん坊の顔をちらっと見ると、右の頰に大きなあざがあった。世話をしてくれている看護師が、これは鉗子で生じたあざです、ごく表面的なものですからじきに消えます、とゴードンと私に請けあった。

その後二十四時間、アリシアは強い鎮静剤を与えられて回復室に横たわっていた。ゴードンと私は交代で枕許《まくらもと》に付き添ったが、やがてたまたま二人とも居合わせたときに彼女が目を覚ました。目覚めてすぐ、赤ん坊が見たいと彼女は言った。ベッドに横たわるアリシアのかたわらに赤ん坊を下ろすときも、彼女に訊かれて看護師は、頰の印は単に一時的なものだと請けあった。それからアリシアは赤ん坊にじっと目を注ぎ、いままで見たこともない表情が彼女の目に浮かんだ。赤ん坊に向かって優しく言葉をささやきはじめたが、舌は少しもつれていた。「かあいいフランシシュちゃん。かあいいフランシシュちゃん」。これを何度もくり返した。

ゴードンがその意味を私に説明した。

「男の子だったらフランシスと名付けようと二人で決めたんだ、私の父親を偲《しの》んで」と彼は言った。「君にも異存はないだろう？　みんな私の父のことをフランクと呼んでいたんだ」

たしかに異存はなかったが、できれば私にも相談してほしかった、と思った。まあ事実ぴったりの名ではある。そのベッドに横たわっている、頰にあざのある小さな男の子の青い目は、実際率直《フランク》な感じではあった。見開いた目で、傷ついた母親を見上げ、今度は祖父を、次は父親たる私を見ているが、何だか私たちを値踏みしているような目付きだった。息子の命名に何の発言権も与えられなかった父親をこの子はどう思うのだろう。そう私は考えずにいられなかった。

やがてアリシアは自宅で療養を続けるべく退院した。何人もの乳母《うば》が幼いフランシスの——私たちはみんなフランクと呼ぶのを好んだが――世話を手伝った。アリシアはもちろんフランクを深く愛していたけれど、すぐに疲れてしまうので、早い時間に寝床に入らねばならないことも多かった。

夜に仕事から帰ってくると、ゴードンと私は以前からの儀式をなるべく守るよう努めた。依然として二人で図書室に行ってウイスキーをちびちび飲みながら本を読んだ。その当時ゴードンは『図解スコットランド史』を読んでいて、時おりスコットランドの古い習慣について私に質問した。九時ごろに乳母が、私とアリシアの寝室の隣にある子供部屋でフランクが眠っているのを確かめて家に帰った。十時になるとゴードンが寝室に上がり、私はフランクの部屋を覗いて様子を確かめてから、ベッドで寝ているアリシアのかたわらに、彼女の眠りを邪魔しないようそっともぐり込む。夜のあいだにフランクが目を覚ましたら私が面倒を見た。

何週間ものあいだ、この新しい日課に従って、アリシアが元気を取り戻すのを私たちは待った。

5

その時期のある夜、ゴードンと私が食後に儀式どおり図書室に移ったときのこと、ゴードンがブランデーを一口飲み、エヘンと咳払いして、話を始めた。それが父親的な講釈であることを私はじきに理解した。テーマは、夫と妻の成熟した関係。

「初めて会ったとき君から聞いた話を、私はよく考えるんだ――スコットランドでの大恋愛のことを」と彼は言った。「あのときは君の理想主義も、私が君のことを気に入った一因だった。もうきっと君にもわかったと思うが、私という人間のなかには理想主義はない。私はいつも現実的な性格だった。たとえば、アリシアの母親との結婚だ。私は彼女のことを大いに好いていたし、彼女があんなに早く亡くなったときはとても悲しかった。とはいえ、私たちは二人とも、ひたすら愛のために結婚したわけじゃない。そう、もっとずっと実際的な理由があったんだ。私は彼女の父親に雇われていて、父親は機械の部品を作る小さな製造会社を経営していた。娘と結婚したら、私が共同経営者になるという了解が私たち二人のあいだで出来ていた。そしてまさにそうなったわけだ。やがて父親は引退して、私は会社の方向性をもっと専門的に特化させていった。それがスミス揚水機・換気装置になったわけだ。

つまり、ビジネス的な意味において、結婚は明らかに大成功だった。そしてもちろん、そこからアリシアが生まれた。これ以上何が望めるだろうか？　再婚なんかして何の意味がある？」

演説の前口上がこれで終わった。要点に入ろうとするゴードンの目は、いつにも増して輝いて見えた。

「いろいろ本で読んだ限り、ごく近年まで、野心ある男は単に愛だけのために結婚しようなどとは考えなかったように思える。つまり、物質的利益が何も得られない結婚など考えもしなかった。結婚とはもっぱら財産、相続、ビジネスをめぐる営みだったんだ。

私の言ってることがわかるかね？　愛が結婚の礎《いしずえ》だという考え方は、どうやら庶民を喜ばせておくための作り話ではないかな。そう考えさせておけば、自分たちの結婚も他人の、とりわけ自分たちの雇い主の結婚に劣らず大切なんだと信じていられるからね。

醒《さ》めた、冷たい物言いに聞こえるかもしれないが、そういうつもりはない。私個人としては、実際的、ビジネス的計算に基づく結婚であっても、夫が妻を愛しているに越したことはないと思っている。だがとにかく、私が言わんとしているのはこうだ。かりに何らかの理由で、男が肉体的に必要としているものを妻が与えられないと仮定しよう。そう、肉体的にだ。わかるね？　その場合はむろん、夫がよそで満足を見出すことに何ら害はない。そりゃあもちろん、慎みをもってやらないといけない。だがとにかくこの場合、夫の愛が足りないとか妻の愛が足りないとかいうことにはならない。あくまで、ある種のものをなしで済ませるよう男に強いるわけには行かないということさ。それにともかく、たいていの男はそれなりの……バラエティを楽しむものだろう？　したがって我々の見方からして、そういうのは全然悪いことではない」

この最後の方の発言の口調にはひどく驚かされた。何だかまるで、修道院にこもった憎みたいな言い方なのだ。そもそもゴードンという人は、私から見て、スミス揚水機の仕事においてはつねに修道士めいたところがあった。

「まっとうな妻ならこの点も理解できるはずだ」と彼はなおも言った。「慎みをもってやりさえすれば、結婚の土台はもっとずっと実質的な要素であることを、妻は理解している。すなわち両者間のビジネスと、家系の利害だということを。

さてハリー、君の場合、スコットランドに住んでいたときは、愛を台座の上に奉《たてまつ》るのは十分筋が通ることだった。君はそのころ若く、貧しく、失うものもなかった。だがいま君は繁栄している会社の共同経営者だ。君とアリシアは息子を、後継ぎをもうけた。結婚というのはそういうことなんだよ。ほかのことはどうでもいいんだ」

ゴードンは深々と座ってブランデーを一口飲んだ。結婚という問題に関し、自らくり広げた論にひどく満足している様子だった。何か質問が出るなどとはまるで思っていない。

たしかに私も、質問する気はなかった。まあ訊こうと思えば、そもそもなぜこんな話を持ち出したのか訊いてもよかったが――たぶんアリシアと二人で考えたのだろう――私は何も言わなかった。実際、私たちはこの話題を二度と口にしなかった。

6

夏のなかばごろには、アリシアは難産のダメージからほぼ完全に回復していた。フランクは生後六か月だった。

私はオーストラリア北部のダイヤモンドとボーキサイトの鉱山をいくつか回る五週間の出張から帰ってきたばかりだった。ひどく疲れる移動だったので、ゴードンから、一週間仕事を休みたまえ、アリシアとフランクに「なじみ直す」といい、と言ってもらったときは嬉しかった。そこで私は家にとどまり、ゴードンは毎日一人で出社していった。

そんなある朝、アリシアと私が裏庭でフランクと遊んでいると、電話が鳴った。時刻は十時半だった。私はキッチンに飛んでいって受話器を取った。

ジョンソンがセントポリカープ病院からかけてきていた。どうやらゴードンが、一時間前に出勤してまもなく机の上に倒れ込んだらしい。ジョンソンはすぐさま救急車を呼んだ。病院に着くまで、ゴードンに付き添って後部席に乗っていた。そしていまやっと電話する余裕ができたのだ。

アリシアと私はフランクを乳母に預け、車で病院に直行した。

その日はキャンバルーでも指折りの素晴らしい夏の日だった。青空には雲ひとつなく、木々は葉を茂らせ、町の人々は明るい夏服を着ていた。赤煉瓦《れんが》の病院も緊急受付の花壇に青と黄の花が咲き乱れ、いつにも増して美しく見えた。

ジョンソンが玄関で私たちを出迎えた。

「かかりつけの医者と連絡が取れました」と彼はアリシアに言った。「往診に出ていたんですが、もういまにも来るはずです」。それからジョンソンに連れられて、三人でメインフロアの個室へ行き、中へ入った。

ゴードンはベッドに横たわっていて、頭が枕の上に載っていた。アリシアが入ってくると目がぱっと明るくなり、弱々しい笑みが浮かんだ。片手がアリシアの方にのびて、彼女はそれを握った。

「気分はどう？」と彼女は訊いた。

「お前が来てくれて元気になった」とゴードンは静かな声で彼女に言った。ほかにも何か言おうとしたが、目がすっとすぼまって、まごついたような表情が顔に浮かんだ。やがてまごつきが消え、目から光が失せた。そしてゴードンは死んだ。

心臓はずいぶん前から悪かったことを、ゴードンが息を引きとってから数分後に到着した、水玉模様の蝶ネクタイをした小太りの医者が私たちに明かした。この数年、父親が何人もの専門医に診てもらっていたことをアリシアが知らなかったものだから医者は驚いていた。専門医たちはみな、もう仕事は辞めるべきだと口を揃えて進言していた。そして彼らは、いくつもの薬を欠かさず飲むようゴードンに厳しく言い渡していた。
その夜アリシアは、ゴードンの整理箪笥の奥の、下着や靴下の下に薬の壜がいくつも隠してあるのを見つけた。

ゴードンが亡くなって二日後、アリシアとジョンソンと私は、〈最後の出口《ファイナルゲートウェイ》〉火葬場の葬儀室にみじめな気持ちで三人一緒に座っていた。無地の木の棺が棺台の上に載っていた。私は静かに泣いているアリシアの体に片腕を回していた。仰々しい見せびらかしを嫌ったゴードンらしく、遺体は火葬にすること、立ち会うのは我々三人だけにすること、いかなる葬式儀礼も行なわないこと、と以前から言いわたしていた。空調のせいで葬儀室のなかは寒かった。外は朝から湿度が高く、いまにも嵐が来そうな空模様だった。

葬儀屋が現われて、故人をもう一度最後にご覧になるならいまですとささやいた。それで私たちは棺のところに行った。蓋は持ち上げられ、かつてゴードンだったものがそこに横たわっているのが見えた。目は閉じられて、顔は萎《しな》びたリンゴみたいだった。葬儀屋は唇と頬を赤く塗り、生きているように見せかけようとしていたが、試みは成功していなかった。

アリシアはその姿を見てしくしく泣いた。ジョンソンと私は彼女の腕を摑んで支えた。三人でそこに立っていると、葬儀室の扉が勢いよく開いて、足音が棺台に近づいてきた。ゴードンの主治医だった。このあいだ見たときと同じ水玉模様の蝶ネクタイをしている。今回はワニ革の診察鞄を持っていた。

当然私たちは、いったい何しに来たのだろうと訝《いぶか》った。

葬儀屋が私たちに知らせていなかったものだから、医者はいささか気まずそうだった。実はゴードンは一年以上前に、火葬にしてもらうつもりだという意向を医者に伝えていた。そして彼に、火葬の直前に火葬場に来て、本当に死んでいることを確認してくれるよう依頼していたのである。

「単なる形式です」と医師は私たちに言った。「つまり、皆さんに異存がなければ」

私たちに異存はなかった。

ゴードンへの最後の別れの言葉を私たちは口にし、葬儀屋は棺を控えの間へ運ぶよう指示を出した。そこが火葬炉に入れられる前の最後の立寄り場所なのだ。鞄を手にした医者が棺に同行していった。そして数分後にはまた戻ってきた。

「何も問題ありませんでした」と医師は私たちに言った。

その後まもなく、葬儀室のなかで青い光が点滅しはじめた。これが、私たちに見えないところで最後の作業がいまから行なわれるという合図だった。噴出するガスにボッと火が点く音が私たちにも聞こえて、それからまもなく、棺が炉に入れられる際のベルトコンベヤーのローラーが軋む音がした。

葬儀屋が現われて、いったん帰宅するよう私たちに勧めた。遺骸を焼いて遺灰を整えるのに数時間かかる。よかったら今晩引きとりにおいでくださいと言われた。

葬儀室を去る前に私は主治医のところに行き、ゴードンの最後の望みに従ってくれた礼を述べた。具体的にどういう望みだったかわかりませんが、と言い足した。

「いえ、単に遺体に簡単な外科処置を施してくれと言われただけです」と相手は言った。「頸動脈を切断してくれと言われましてね。葬儀屋に立会人になってもらって、そのとおりに処置しました。我々二人とも証言できます、ゴードンの血液が完全に凝固していたと」

そう聞いて私が驚いていることを相手は見てとった。

「まあきっと、念には念を入れたかったんでしょうね」と医師は言った。

翌朝、私たちは裏庭の、遺灰を埋めたところに薔薇の苗を一まとまり植えた。これは私の発案だった。英会話教師をしていたころ、鉱山のそばに住んでいた現地民の一人が、最高の蘭は腐りかけた死体から生えてくると言っていたのだ。もしその主張にいくらかでも真実があるなら、遺灰にも一応当てはまるのではと思ったのである。それで、アリシアも同意してくれたので、ゴードンの遺灰に鉢植え用の土を混ぜて、その真ん中に薔薇の苗を植えた。

7

ゴードンの死は私にとって大きなショックだった。私は彼に大きな愛着を抱くようになっていた。私にとって二番目の父親だったのであり、私の両親とは全然違う人間だったけれど、彼らと同じく無条件に私のことを大切に思ってくれているようだった。なぜそこまで私を気に入ってくれて、アリシアの夫に選んでくれたのか、最後までよくわからずじまいだった。

彼自身にも、わかっていたかどうか。いろいろ理屈はあったとしても、ある種の気分、直観といった、彼のように実際的な人間が普通なら無視するものに導かれていた気がする。自分とは違う人間がアリシアには相応《ふさわ》しい、そう本能的に感じたのではないか。

もうひとつの謎は、頸動脈切断という最後の奇怪な要請だった。一方では、単なる論理の問題だったのかもしれない。有能で効率を重んじる人間が、分解の瞬間まで自分の身体を制御したいと願う。だがもう一方では、ゴードンがふだんは外に見せなかった心の側面が、ここには表われていないか。誤って死を宣告されてしまうことをめぐる、古代まで遡《さかのぼ》る恐怖心。

彼を火葬にしたことで、トールゲートで生じたあの灼熱地獄での両親の死を、私はいままた思い起こした。燃えさかる長屋の炎に呑み込まれていくなか、わが身に何が起きているか二人が自覚していたという可能性を、私は決して考えぬよう努めてきた。そんな考えはいまだに耐えがたかった。

アリシアは父の死に打ちのめされていた。何週間もずっと、涙を抑えるのにも苦労していた。あれでもし幼いフランクがいなかったら、完全な神経衰弱に陥っていただろう。

私も慰めようとはしたが、彼女とゴードンの絆の強さは承知していた。二人はただの父と娘ではなかった。すべてについて秘密を打ちあけあう仲だったのだ。いや、まったくすべてではない。心臓の問題をゴードンは隠していたのだから。明らかに、彼女が過度に心配しないように。

親がそういうふうに娘を護ろうとするのはごく自然なことじゃないかな、と私は言ってみた。だが彼女はそれを、たとえ深く愛しあっていたとはいえ、一種の裏切りと見ているようだった。そのことで父を完全に許すようになるには、まだしばらく時間がかかるだろう。当然ながら私は、頸動脈切断の件を彼女には黙っていた。

火葬の二、三週間あとに、彼女をめぐってても新たな発見があった。ある晩、彼女が真夜中に毛布をゴソゴソいじくり、ぐずるような声を立てたので私は目を覚ました。常夜灯の光で、彼女が実はまだ眠っているのが見えた。私が肩をそっと揺すると彼女は目を覚ました。恐怖に目が見開いていた。

何か声を出していたよ、と私は伝えた。

「赤ちゃん起こしちゃった?」と彼女は、フランクが眠っている隣の部屋のドアの方を見ながら言った。

大丈夫、ぐっすり眠ってるよ、と私は請けあい、夢を見ていたのかい、と訊いてみた。手を握ると、ひどく冷たかった。夢のことを話したら楽になるかもしれないよ、と私は言ってみた。

「わかったわ」と彼女は言った。そして夢に見たことを、ゆっくり言語に翻訳しはじめた。

「凍るように冷たい水のなかにいたの」と彼女は言った。「きっと冬だったんだと思う。私はどうやってだかボートから海か湖に落ちたのよ。夜のことで、陸はどこにも見えなかった。でも遠くに光が見えたんでそっちへ向かって泳ごうとしたの。だけど両腕とも麻痺したみたいに動かないのよ。助けを求めて叫んだけど言葉が出なくて、変な音が立っただけだった。そうしてあなたに起こされたのよ」

私は彼女をハグし、安心させようと努めた。きっとゴードンが亡くなったショックから来た悪夢だよ。じきまたいい夢を見るようになるさ。

「いいえ、それは違うわ。私はいままでずっと、こういうたぐいの夢しか見たことがないのよ。夢のことはなるべく考えないようにしているの」

私はそれ以上訊かなかった。ただ単にその体を抱いて、慰めていると、しばらくして彼女は眠りに戻っていった。だが私の方は、こうして彼女を苛《さいな》む夢の生活について明かされたことで心を乱され、ずっと眠れなかった。間違いなく、何か大きな意味で、隣にいるこの女性、私の息子の母親は、実のところ私の知らない人間なのだ。

翌日の朝食を済ませ、庭に出てフランクと遊んでいると、アリシアがいきなり私の方を向いた。「昨日の夜あの夢のこと話したけど、全然楽にならなかったわ」と彼女は言った。「逆に、言葉にしたせいでますます悪くなったみたい」。彼女はまっすぐ私を見ていた。「そればかりか、あなたの目を見るとわかるわ、あなたにまで心配させてしまったのね」

そんなことないよ、と私は打ち消したが、自分が彼女から見てそこまで透明なのだと思い知らされて心穏やかではなかった。

死があろうとなかろうと、ビジネスは再開せねばならない。私はじきにゴードンの机のゴードンの椅子に座るようになり、二人の中年秘書からいろいろ教わった。二人とも長年ゴードンに仕えてきた女性だが、今度は私に慣れてもらうしかない。工場はジョンソンが手配してくれてフル操業に戻った。私もセールスで海外出張に出ねばならなくても極力短期間にとどめ、いつも早くキャンバルーに帰りたくて仕方なかった。

だが私の帰宅はもはや同じではなかった。かつて二人で行なったベッドタイムの官能的な儀式はもう生じなかった。折りを見て、そのことをそれとなく口にしてみると、アリシアは（彼女は私にとって依然ひどく魅惑的だった）はっきりと、嫌な言い方ではなかったけれど、もうそういうのは終わったと宣言した。

フランクの出産で肉体的に、そしてゴードンの死で精神的に、彼女がどれだけ痛手を負ったかは私も承知している。少し事を急ぎすぎたのだろうと私は考え、思慮が浅かったことを詫びた。「あら、違うわ」と彼女は言った。「あなたのせいじゃないのよ。私にはできないというだけ。もう何の欲望もないのよ」。そして私が何か言う間もなく、こう言い足した――「それについては誰かほかに満足させてくれる人を探したら？　男の人ってそれなりの……バラエティを楽しむものでしょう？」。

「それなりの……バラエティを楽しむ」。亡くなる少し前にゴードンが講釈のなかで使った言い方だ。とたんに、あのときぼんやり思ったことが確信に変わった。ほかのさまざまなことを話しあったのと同様に、二人は私の「必要」についても話しあったのだ。だからこそゴードンも、彼にとって結婚生活の現実と思えるものをめぐって、ああした率直な会話を試みたのだ。

「私は気にしないわよ」とアリシアが言っていた。「正直に言ってるのよ、本当にしないわ」

正直は事実、彼女の専売特許である。時おり、こっちの気分によっては、この正直さなるものは、人間としての美徳というより、通りのいい嘘を思いつくだけの想像力が欠けているしるしじゃないかと思うこともあった。ゴードンにとって、正直さのような特質は、おそらく真の愛に代わる十分な代替物だっただろう。それが正しいかどうか、まだ私にはわからなかった。

フランク

1

スミス揚水機におけるゴードンの後継者として、私はその後の数年、かなりの時間を旅に費やした。旅程は異国風な響きの名前に満ちていた。東はカムチャッカ、ウランバートル、慶陽《チンヤン》、タナガ、ツヴァル、バンジャルマシン、ポートモレスビー、トゥアモトゥ諸島、バンガロール、ジャバルプール、オアマル。アフリカもティンバクトゥにアディスアベバからノバリスボアまで何度も横断した。南米大陸もコチャバンバ、サンフェルナンド・デ・アタバポ、パイサンチからパタゴニアのリオ・ガジェゴスまでが私の領分だった。実際、世界が私の領分だった。

こうした地名の響きだけでも、私には詩のような作用を及ぼした。小学生だったころ、世界地図に見入って、どこでもいいからトールゲート以外の場所にいたいと願ったときと同じだった。けれども、旅をすればするほど、幻滅が募《つの》っていった。叙情的に響く名を持つこれらの場所は、いまではもう、現代の麻薬産業とそれに伴う暴力、といったおよそロマンチックでない現実の巣窟《そうくつ》なのだった。昔から続く伝統のなかで、今日の悪漢たちがいまも尊んでいるのは、敵の両手を切り落とすといった残虐行為だけだ。

そういう非道を想うと、私自身の「合法的」ビジネスをめぐる罪悪感もいくぶん薄らいだ。

私が頻繁に留守にしているあいだ、アリシアはフランクにとって母と父両方の役を演じねばならなかった。二人とも私の帰りを楽しみに待ってくれた。特にフランクにとって、私はお土産を持ってくる存在なのだった。フランクがまだひどく幼いうちはいろんな動物を連れて帰ったので、予備寝室はじきに私設動物園のようになった。オーストラリアから来たオウムは、食べ物を持ってきてくれるフランクにだけ「よう、こんちわ《グッダイ、マイト》」とオーストラリア英語でわめく。獰猛《どうもう》そうなサンショウウオの番《つが》いとアフリカのバシリスクも大好評で、彼らがいつもはぴくりとも動かないのに、食事となる昆虫に飛びかかるときはすさまじいエネルギーを爆発させる、その瞬時の変わりようにフランクは魅了されていた。だが彼が一番愛した贈り物は、ピグミーラットの集団が棲みついた、高さ一メートルくらいのオアハカサボテンだった。フランクはラットたちに毎日何度か鳥用の粒餌《つぶえ》を与え、彼らと仲よくなろうと何時間も努力した。だがラットたちから見て彼はあまりに巨大であり、生き物同士と考えるのは無理なようだった。

九歳になるころには、エキゾチックな動物にフランクがそれほど興味を持たなくなったので、彼の想像力を刺激するようなほかの土産を私は探しはじめた。インドのマラバル海岸のバザールで、ある商人が並べている、高さ一センチ程度の、絵具で色を付けた、十六世紀まで遡る大理石製の小像をいくつか見かけた。相当高価だったし、そもそもこの種の像をなぜこんなに小さく作るのかピンと来なかった。だがふっと、フランクが以前ピグミーラットに夢中になっていたことを思い出して、土産に買った。

家に持ち帰ると、フランクは一目で気に入り、いつも遊んでいるどの玩具よりも好きになった。拡大鏡を使うと、石で出来た小さなかけらは、それぞれ完全に個性を与えられた、別の時代の男女に変容した。

「ねえ見て、魔法みたいだよ」とフランクは言った。

そして実際、虫眼鏡を通すと、それらちっぽけな人々は、カラフルな東洋のガウンやターバンを身にまとった姿で生の世界へ飛び出してきた。何人かは弓形の偃月刀《えんげつとう》を振り回し、目は観察する者の目をまっすぐ見据えている。あたかも五百年前に縮められて、フランクのようなシャーマンが本当の大きさに戻してくれるのを待っていたかのようだった。

小像に対するフランクの反応を念頭に、私はどこへ行っても目を光らせた。採鉱業の会合があってパリに行ったとき、マッチ箱のように見えるけれど中のマッチはみなイヌイットが作った細い象牙の棒という品を買った。棒の先には熊、狐、鮫《サメ》、鯨、イワナ、カレイ、タラなどが彫られ、どれも驚くほど精緻《せいち》な造りだった。それらを見たフランクは心底魅せられ、計り知れぬほどの時間、拡大鏡を使って小さな生き物たちに見入って過ごした。

最大の成功は列車の模型だった。極東からの帰り道に一泊したチューリッヒの古典的な玩具店で見つけた品である。ゼンマイ仕掛けの機関車と一連の客車は、世紀の変わり目に作られたもので、実に精巧な出来だった。駅舎、鉄橋、風景、乗組員や乗客の顔、すべて細部まで再現され真に迫っていた。
十歳になったばかりのフランクはすっかり夢中になった。何週間ものあいだ、何時間も何時間も、ひたすらこの鉄道セットで遊んだ。その世界に住む小さな人々に名前をつけ、彼らの経歴を作り上げ、彼らに話しかけた。彼らを小像たちや象牙の棒の先っぽにいる生き物たちにも紹介した。アリシアはしばしば、食事をさせるため、寝床に入らせるためにフランクを彼らの許から引き離すのに苦労していた。

私がどうやってそういう土産を手に入れたのか、フランクはいつも聞きたがった。彼にとってはそれも、それらを所有する悦《よろこ》びの欠かせぬ一環であるようだった。たいていは私も事実をありのままに伝えたが、話をもう少し劇的にしようと若干尾鰭《おひれ》を付けることもあった。二度目に語るときなど、捏造《ねつぞう》した細部をちゃんと覚えているか不安になった。

例の象牙の棒が、ひとつの啓示につながった。

ある日フランクが図書室のテーブルでそれらの棒に見入り、私は最新の揚水機のマニュアルに読みふけっていた。出し抜けにフランクが、これを手に入れたときの話をもう一度してくれと言った。何しろマニュアルに並ぶ専門用語で頭が一杯だったので、私はほとんど考えもせず、うっかり本当のことを言ってしまった。パリでホテルのそばの宝石店のウインドウで見つけて、君へのお土産にと思って買ったのだ、と。

「だけどノートルダムのそばの街角で物乞いをしてた、松葉杖をついた年寄りのジプシーに教わったっていう話は?」とフランクは言った。「パパがその人に二十フラン札あげたらすごく感謝して、象牙を売ってる秘密の店に連れていってくれたんでしょ。暗い裏通りの、長い階段を上がったところにあって、ジプシーが杖をついて一緒に歩いてくれなかったら、そんな店絶対わからなかっただろうって」

現場を押さえられてしまったいま、私は観念し、老人も松葉杖も秘密の店もみんな作り話だと白状した。お土産の話を面白くしたくてときどき物語を作るんだ、だから絶対の真実ってわけじゃないんだよ、と。

フランクはたじろぎもせず私を見た。

「知ってるよ」。そのぶっきらぼうな言い方は、ほとんど非難のように響いた。

私はすごく驚いて、これからもそうすると約束した。もはや細かいことを間違えてしまうのではと気を揉む必要はなかった。むろんフランクももはや、真実と虚構が区別できないふりをする必要はなかった。

じきに今度は、豆本がフランクの情熱の対象となった。

例によって旅に出ていた私は、アテネを通過中、もうじきに迫ったフランクの十二歳の誕生日のプレゼントを探してアクロポリス近辺のモナスティラキ地区をそぞろ歩いていた。たまたま入った一軒の書店が稀覯本を専門にしていて、切手ほどの大きさもない豆本も扱っていた。私はそれらを何冊か、拡大鏡を添えた書見台に載せて見てみた。どれも美しく印刷され、普通の大きさの本と変わらぬ精緻さのカラー挿絵が入っているものも多かった。

一冊のひどく小さな革装の本がとりわけ私の注意を惹いた。『四季の書』、ブリュッセル刊、一四五〇年。三百ページに及ぶ一種の祈禱《きとう》書で、祈りの言葉がそれぞれ、美しく装飾された大文字で始まっていた。私の心を捉えたのは、ラテン語の祈禱文でも凝ったレタリングでもなく、五十ページに及ぶ、中世の人々とその生活を緻密かつ写実的に描いた図版を収めた部分だった。値段は高かったが、フランクが気に入るだろうと直感して買って帰った。

勘は当たった。拡大鏡を通して一目見たとたん、フランクは虜《とりこ》になった。一冊の本がまるまるミニチュアになっていて、普通の大きさの書物の属性がすべて揃っているという事実に、フランクも私に劣らず驚嘆した。何よりも一連の図版が彼を魅了した。

ある晩図書室で、フランクは長いことそれらに見入っていた。

「ねえ、これ見てごらんよ」とひどく興奮した様子で彼は言った。

私は机の方に行き、フランクから拡大鏡を受けとった。それを通して見ると、彼がいままで眺めていたちっぽけな絵が、たちまちそこらの画廊にあるどんな絵にも負けぬ大きさと鮮明さを獲得した。それは宗教的な絵で、後光もちゃんと具わった聖人が馬に乗り、アルプスだろうか、山の峠の川沿いを進んでいる。そびえる山々、渦巻く川の流れ、馬に付けられた馬具と馬の膨《ふく》らんだ筋肉、馬上の聖人が着ている中世の衣服の細部、上流を見やる彼の敬虔《けいけん》そうだが決然たる顔、すべてが生々しく迫真的に描かれていた。

「そっちの方をもっとよく見てごらんよ」とフランクは、絵の特定の部分に私の注意を喚起した。

私はよく見てみた。拡大鏡を違う角度で当ててみると、いろんな種類の鳥がさまざまに異なる形の木にとまっているのが見えた。土手を上がったところには山小屋が何軒かあって、スモック姿の農夫たちが庭仕事をしている。一軒の山小屋の、両開きの窓から誰かが、遠い馬上の人の方を、あたかもこっちへ来るのを心待ちにしているかのように見ているのまでわかった。

「ボート、見てごらんよ」とフランクは言った。

私にはボートなど一艘も見えていない。だがもう一度拡大鏡を調節してみると、ずっと上流の方のごく小さな点と思えていたものが、実は男三人が乗った手漕ぎボートであることが判明し、その目鼻立ちや衣服までくっきり見てとれた。二人は一心不乱に漕ぎ、懸命に流れに抗《あらが》っている。

「もう一人を見てごらんよ」とフランクが言った。「手に何持ってるか、見える?」

私はまた拡大鏡を細かくずらしてみた。見れば三人目の男はたしかに指先に何か持っているようで、自分でもそれに見入っている。ふたたび拡大鏡を調整すると、手に持った物が揺らぎながらも一瞬焦点が定まった。疑いの余地はなかった。男が手に持っているのは本だった。

「その人、この本を読んでるのかな?」とフランクが言った。

フランクがそんなことを思いついたというだけで、私はびっくりしてしまった。私にとっては目もくらむような思いつきだ。ここで初めて、こうした豆本の魔力をいくらかなりとも私は理解したように思う。世界のなかに限りなく小さな世界が隠れていることが示され、私たちは巨人のごとくにそれら極小の世界を観察する。だが翻《ひるがえ》って見れば我々自身の世界にしても、無限の宇宙のなかで、無限に大きい巨人に観察されているちっぽけな一点にすぎぬかもしれないのだ。

もちろん、この最後の考えをフランクに向かって言ったりはしなかった。そういう発想が、少年の華奢《きゃしゃ》な精神を狂気に追いやってしまうのではと心配だったのだ。けれどそもそも、幼くはあれ、フランクという子をどう捉えたらいいのか、私にはわかったためしがなかった。この子は父親よりずっと逞しく出来ているんじゃないか、そう思えることもたびたびだった。

2

その後六年間、フランクが中学、高校と進んでいくあいだに、私は何度も豆本を土産に買って帰った。何冊かはその分野では古典とされている作品だった。一七四一年刊『マドリード情景集』、一八〇〇年刊『親指トム』、一八三四年刊『ヒンドゥークシュ山脈の風習』、一八四一年刊『イングランド珠玉のカレンダー　詩的挿絵入り』。どれも見事な挿画で有名だった。

フランクのコレクションがちょうどよく収まる、小さな棚の並ぶミニチュア本棚も私は見つけてやった。彼は本棚にも惚れ込んだ。

フランクの十八歳の誕生日と、大学合格の両方を祝うために、私は特別な豆本を探した。トルコ東部エルズルム近郊の鉱山に仕事で行ったとき、よい書店があると聞いた古代の村ゲズに車を借りて出かけていった。アクセルに悪そうな石畳の本通りを半分くらい行ったところで、店は見つかった。

あらゆる形、大きさ、年代の革装の本がずらりと並び、美しい古い鵞《が》ペンやインク壺を何十と陳列したガラスケースもたくさんあった。だが一時間近く探しても、豆本は一冊も見つからなかった。

そこで店主に訊いてみた。イスタンブール出の洗練されたトルコ人で、英語も話せた。豆本ならあります、と彼は言った――ただし一冊だけ。出しておくにはあまりに高価なので展示していないのだという。店主は私を執務室へ連れていき、ずんぐりした金庫を開けて段ボール箱を取り出した。箱の蓋を開け、私がじっくり見られるよう小さな本を手渡した。

縦五センチ、横三センチくらい、革表紙で、使い込んで滑らかになったと思しき銀の掛け金が付いている。春本の古典『カーマスートラ』の十四世紀トルコ版だと店主は言った。私は掛け金を外し、中身をざっと見てみた。本には六十四の有名な体位を描いた極小フルカラーの挿絵が含まれていた。少なくとも私はそう判断した。あまりに小さくて、確かなことはわからなかったのだ。

拡大鏡を持ってきましょう、本当に真に迫っているんです、と店主は言ったが、その必要はないと私は答えた。私はすでに、これぞフランク十八歳の誕生日の完璧なプレゼントだろうと決めていたのだ。じきにお決まりの値段交渉が始まった。結局、思っていた以上の額を払うことになったが、首尾よく本をポケットに入れて私は店を出た。

トルコからキャンバルーに戻ってくると、フランクは家にいなかった。トロントの大学に上がることになったので、アパートを探しに出かけたのだ。フランクがいなくて私はほっとした。実のところ、この本がプレゼントとして本当に適切なのか、自信が持てなくなっていたのだ。拡大鏡を使って絵をちゃんと見てみると、いくら古典的名作とはいえ、果たして父から息子への贈り物に相応しいのか、よくわからなかったのである。

アリシアにこの迷いを話してみると、見せてちょうだいと彼女は言った。そして彼女は拡大鏡を使って絵をじっくり見はじめたが、やがてゲラゲラ大声で笑い出した。彼女にしてはひどく珍しいことである。

「すごいわねぇ、これ！」と彼女は何度も言った。見終えると、彼女に迷いはなかった。「もちろんあの子にあげなくちゃ。あの歳の誰にだって最高の贈り物よ。面白いったらないわ！」

というわけで、トロントから帰ってきたフランクに本を渡すと、どうやら喜んでいる様子だった。だが私たちは本の内容については何も話さなかった。私としても何と言ったらいいかわからなかっただろう。彼の方も、いつものように絵のなかの興味深い点を私に指摘したりはしなかった。だが彼がアリシアと二人で本を眺め、一緒になってゲラゲラ笑っているところを私は目撃した。

その年の九月、最初の学期が始まってフランクはトロントに行った。ほかのミニチュア本は置いていったが、『カーマスートラ』だけは持っていった。

彼がいなくなってアリシアは本当に寂しがった。私も寂しかったが、アリシアほどではなかった。もちろんそんなことは彼女には言わなかったが、実際のところ、大きくなってからというもの、フランクは私にとってどんどん謎になっていったのだ。私と私の父親との関係は、無条件の温かさと愛情が土台になっていたが、私とフランクのあいだには一定の距離があった。フランクが私の心のなかを見抜いて、何か耐えがたい点を見つけてしまうんじゃないかと私は恐れた。そのことをあまりに意識するものだから、彼に対して、父親が息子に感じたいと望むようなのびのびとした愛情を感じるのは不可能だった。二人で話していても、彼が私に何を望んでいるのか、はっきりわかったためしがなかった。もしかするとフランクは私に、私にはなれない何者かになってほしいと願っていたのかもしれない。だから彼も、私に対して自分をさらけ出しはしなかったのだ。

『カーマスートラ』に対するアリシアの反応は、性的な事柄すべてに関する彼女の受け止め方の典型と言えた。終始一貫、とことん現実的に割り切る。フランクの出産以降、自分たちにその面での活動がないことを気にしていることは私にもわかった。

彼女はたびたび、同情したような口調で、「上手くやっている」かと私に訊ね、大丈夫、とそのたびに私は答えた。

たいていのことには生来的に真実を尊《たっと》ぶのに、夫婦生活の外面《そとづら》に関してはアリシアはためらわず人をだました。たとえば、そう頻繁にあることではなかったが、わが家に夕食の客が来るたび、我々は理想的な夫婦のようにふるまった。実際、私たちは二人とも、迫真の演技をすることをある意味で楽しんでいた。まあそういう夫婦は多いのだろう。

そうしたディナーの客はおおむね男性だった。工場の機械を見学に来て、キャンバルーに一、二日滞在していく採鉱業者たちである。彼らが私を羨ましがっているのが私にはわかった。彼らの妻も同行している場合、アリシアの演技はいっそう見事になるのだった。

ルー・ジョンソンに対してもある意味では同様だった。ジョンソンは私がキャンバルーにやって来る何年も前に妻を亡くしていた。夫婦に子供はいなかったので、ルーはアリシアのことをほとんど娘として見るようになっていた。私が仕事で留守にすると、彼女が寂しいのではとよく電話してきた。その結果、アリシアが彼を夕食に招くこともたびたびあった。

ジョンソンとのそうした夕食で生じる、ある奇妙な儀式のことをアリシアは打ちあけた。オペラ好きのジョンソンは、アリシアは交響楽団の理事なのだから、夕食後に自分の持参したレコードを一緒に聴いたら二人とも楽しいにちがいないと考えた。彼女がこの儀式をひどく疎《うと》ましく思っているなどとはジョンソンは夢にも思っていなかった。父親と同じで、アリシアは音楽がそれほど好きではなかったのである。

　だったらはっきりそう言って終わりにしたらいいじゃないか、と私は一度彼女に言ってみた。

　彼女は激しく首を振った。

「音楽が嫌いだっていうこと、知られたくないのよ」と彼女は言った。ここまではっきり、それがひとつの欠陥だと認めるような言い方をしたのは初めてだった。

　というわけで、ジョンソンがレコードを持ってくると、彼女は一応の興味を示すよう努めた。だがジョンソンを心底喜ばせる歌姫やテノールは、彼女には掛け値なしの苦痛だった。父と娘の音楽の夕べ、というイメージにジョンソンは浸っていたわけだが、それはアリシアと私が世間に見せた完璧な夫婦生活と同じく、ただのお芝居なのだった。

もしミリアム・ゴールトと結婚していたらどれだけ素晴らしかっただろう、と私はしばしば、ふと気がつけば考えていた。だがそういう願望、想像は一種のサディズムであり、心のある部分が別の部分を苛んでいるだけの話だ。私はただちに違うことを考えるよう努め、それで効き目がなければ庭に出て芝刈りか草むしりをした。最後の手段は図書室に行って、『国際揚水機ジャーナル』最新号のきわめて専門的な記事に集中するよう自分に強いることだった。

そういうとき、狂気を避けるためにもこういう自制が必要なのだと自分に言い聞かせた。だが、疑念を長く遠ざけられはしなかった。真の狂気はむしろ、過去のそれほど重要な出来事を忘れようとしつづけることではないのか。

いずれにせよ、夢については何の防御もなかった。とりわけ執拗な夢のひとつのなかで、私はミリアムの家に向かってダンケアンの紫の丘を、期待に胸を弾《はず》ませ跳ぶように歩いているのだった。

その夢から、胸も弾ませたまま いまの現実に戻ることは、手の込んだ拷問と言うほかなかった。

オルーバ

1

フランクが大学に入って最初の三月の初旬、私はキャンバルーの雪を後にして仕事で南半球に出かけた。そこへはゴードンもたびたび行っていて、過去フィジーまで旅するのがいかに大変だったかを聞かされていた。数週間に及ぶ船旅がまずは難儀だったし、ひどく荒れた天候がひとしきり続く確率も高かった。だがいまでは、太平洋横断フライトに乗れば、数時間後にはもう、プルメリアをはじめさまざまな異国の香り漂う暖かな空気に降り立つ。

今回のビジネスの主要な目的地は、フィジー本島ヴィティレヴの首都スヴァだった。何度も会合を重ねた末に、新しい揚水機六基とさまざまな部品を、島で最大の採鉱企業コンソリデーテッド・ミネラルズが購入してくれた。この会社には、もう何年も前からわが社の揚水機を売り込もうとして成果が上がっていなかったので、今回は非常に嬉しい結果だった。

私がキャンバルーを発つ何週間か前にジョンソンが、フィジー近辺のオルーバ諸島に属すバード島の燐酸《りんさん》製造会社の支配人から手紙を受け取った。手紙の要点は、会社が二十五年前に購入した燐酸採取作業に使う揚水機二基が老朽化してきたということだった。現支配人が購入記録を見つけて、スミス揚水機と連絡をとって買い換えか修理の可能性を相談しようと思い立ったのである。

ジョンソンから手紙を見せられて、二人で相談した結果、フィジー行きのついでにこっちにも寄ることに決めた。バード島の支配人と技術者が、本島のオルーバまで来てくれることになった。

というわけで、フィジーの用事が済むと、島同士を往来する南行きのスクーナーに乗ってオルーバ諸島へ向かった。この諸島はいくつかの火山島と珊瑚礁《さんごしょう》が、五百キロにわたる海に散在している。地図の上では、連なった島々はなかば水に埋もれた怪物のように見え、本島のオルーバは怪物の頭という感じだった。ゴードンからこの島の話を何度か聞いたことを私は覚えていた。ここの人々がとても親切だったことを彼は力説していた。

丸一昼夜乗るスクーナーで移動中、私はまたしても船酔いに襲われた。夜が明けると、吐き気があまりにひどいのでキャビンからよたよた甲板に出て、新鮮な空気を吸い込んだ。前の夜に水平線に浮かぶしみと見えたものが、島であることがわかった。

そばでロープを巻いている船員に、私はどうにか吐きもせず、目的地はもう近いのかと訊ねた。

「ええ、もうじきです」と相手は言った。「あれがオルーバです、まっすぐ前の。あそこの女たちは刺青《いれずみ》をしていて足も頑丈なんです」

妙な物言いだ。だがとにかく自分の調子があまりにひどかったので、どういう意味か訊ねもしなかった。

オルーバは夜明けに見えたほど近くはなかった。実際、スクーナーが礁のあいだの狭いすきまを疾走し、礁湖《ラグーン》の滑らかな水に入っていったときには、腕時計は午後四時半を指していた。と同時に、吐き気も魔法のように消えて、周囲にもそれなりに目を向けられるようになり、帆船が何十隻か停泊していて貨物船も何隻か並んでいるのが見えてきた。豪華そうなモーター付きヨットが、スクーナーが入っていく埠頭に係留されている。島民が何人か、スクーナーの乗組員たちを手伝っていろんな積み荷を降ろしはじめた。

鞄を手にホテルへ向かいはじめたときには、もう日も暮れかけていた。ふたたび陸に上がれて私はほっとしていた。

ざっと見た限り、オルーバは古くからある海辺の村の典型だった。本通りが一本あって、それなりに大きな埠頭がラグーンに突き出ている。教会、カラフルな看板を掲げた店が何店か、そして郵便局、といったどこにでもある施設は竹などの地元産の木材で出来ていた。家々の屋根は草葺《くさぶ》きで、壁は風が通るよう薄っぺらく造ってある。トイレは大半、海の上に突き出るよう建てた掘っ立て小屋だった。

通りの果てまで来て、特大の看板を掲げたホテルに行きあたった。マンゴトゥリー・ホテル。ゴードンの記録によれば、この島へ来るたび彼はいつもここに泊まっていた。砂地になった囲い地に竹のキャビンがいくつかある真ん中に、草を編んだ屋根の本館が周りを見下ろすように建っている。私はそのなかに入っていった。

チェックインデスクの向こうには、長袖の青いスモックを着た女性が座っていた。頭上のランプの光で見ると——明らかにこのホテルには自前の発電機があるのだ——女性の顔と首の皮膚は著《いちじる》しく傷んでいるように見え、最初は何かひどい事故にでも遭ったのかと思った。やがて、それらの傷が実は、草や花や蔦を描いた手の込んだ刺青であることに私は気がついた。

それで、けさ甲板で船乗りがこの島の女性たちについて言っていた奇妙な一言を思い出した。私も旅はさんざんしてきたが、ここまで手の込んだ刺青を見たのは初めてだった。刺青がカムフラージュにもなるせいで年齢を推測しがたかったが、おそらく二十代だろう。愛想はよかったが英語はまったく、ピジンすら話せないので、我々は身振り手振りで意思を交わした。その末に、割り当てたキャビンの番号を書いたカードを彼女が渡してくれた。カードには数か国語で、夕食は七時に供される旨《むね》が書いてあった。私は宿帳に名前と職業を書き、自分のキャビンへ向かった。

キャビンは本館の裏手にあって、ラグーンが見渡せた。竹の壁は白く塗られ、床は籐《とう》の敷物で覆われていた。大きなベッド、机、椅子、衣裳箪笥があった。キャビン内にシャワーとトイレもあるのが非常に有難かった。

ベッドランプがこの部屋の奇妙な特徴を浮かび上がらせていた。ベッドの頭上、円く削った硬木の梁がベッドと平行に渡され、何本かの柱で支えてある。薄っぺらい蚊帳《かや》が梁から垂れていたが、蚊帳を吊るだけにしてはいささか大げさじゃないかと思えた。

旅で体にこびりついた塩気をシャワーで洗い流したあと、新しい服を着て本館に戻っていった。ダイニングルームに行くには品揃え豊富なバーを通ることになり、私はバーテンにスコッチを注文した。動きののろい、六十くらいの禿《は》げたバーテンは、伝統的な腰巻を着けているものの島の人間ではなかった。相当たっぷりした腹の上で、無地のワイシャツが膨らんでいた。

酒を前にカウンターに座っていると、バーテンが自分の話、このホテルの話を始めた。名はジョーといい、アメリカ人で、ゆっくり間延びした喋り方は明らかにオルーバの暮らしのペースに合っているのだろう。第二次世界大戦中に兵士としてここへ来て、すっかり気に入ったので、戦争が終わってから定住しに戻ってきたのだという。

「ホテルの経営者はアナータという女性です」と彼は言った。「いまはキッチンにいて今日のディナーを作っています」

彼はまた、私とスミス揚水機とのつながりについても興味津々だった。

「スミス揚水機、私知ってるんですよ」とジョーは言った。「ゴードン・スミスがよくここに来ました。もう二十年くらい会ってませんかねえ」

ゴードンが亡くなってから十八年になることを私は伝えた。

「ゴードンが亡くなった?」ジョーはショックを受けたようだった。「それはお気の毒に」彼はダイニングルームの方を向いて、現地語で何か呼びかけた。銀髪の現地の女性が中から現われて我々に仲間入りした。

これがマンゴトゥリー・ホテルの経営者アナータで、その第一印象は実に独特だった。銀髪は長く、顔とむき出しの肩と腕は蔦、蔓、熱帯植物と思しき刺青に覆いつくされていた。これら刺青の植物はアナータ本人と同じく萎《しお》れかけているように見えた。一種サロンのような、足首から腿《もも》まで切れ目が入った服を着ているので、両脚にも植物の刺青が入っているのが見えた。人生の盛りを過ぎた女性の脚にしては図抜けて筋肉質に見えた。

ジョーが彼女に、現地語で何か静かに言った。ゴードンの名前が何度か出てきた。

ジョーに言われたことに彼女は衝撃を受けたようだった。私の方を向いて、自分の言語で早口に喋り出した。顔じゅうに広がる刺青のせいで、何だか鉢植えの陰から話しているみたいだ。もちろん何と言っているかはわからなかったが、ゴードンの名前はやはり聞きとれた。

彼女が喋り終えると、ジョーがかいつまんで通訳してくれた。

「ゴードンのことを聞いて彼女はひどく動揺しています」と彼は言った。「ゴードンには大変よくしてもらいましたから」

もっと何か言いたそうだったが、ちょうどそのとき、食事をしに来た客が五、六人現われた。どうやら沖合に停泊している貨物船の乗組員らしい。ジョーはバーテンの仕事に戻って彼らに応対し、アナータも料理に戻っていった。

夕食はラグーンで獲《と》れ立ての魚を椰子酒で流し込むというものだった。椰子酒は意外に味もよく、私はいささか飲みすぎてしまった。ほかのテーブルに座った船員たちも同じ酒を飲んでいて、相当乱暴でやかましくなってきたので、私はキャビンに戻った。前の晩は船で眠れず疲れていたから、少し本を読んだら早寝しようと思った。

だが、本を開く間もなく、ランプが蚊を呼び寄せてしまい、フィジーではノノスと呼ばれている人を噛む小さな虫も寄ってきた。それで私は服を脱いで、『島々のベールを剝《は》ぐ』と題された本を持って蚊帳の下のベッドに入った。スヴァの書店で見つけた本で、私が惹かれたのは表紙に、これはオルーバを取り上げた本で、オルーバをいち早く訪れた西洋人旅行者――アイリニーアス・フラッドなる人類学者――によって書かれたものだと記されていたからである。

第一章でフラッドは、オルーバで、特に女性のあいだで行きわたっている刺青のことを書いている。その起源をフラッドは、この地域で広く行なわれている植物と豊饒《ほうじょう》をめぐる祭儀に求めている。また彼は、女性の脚についても詳しく論じている。

> 筋肉質の脚はオルーバの女達の間で最も望ましい特質と見做《みな》されている。島に着いて間も無い時期に私が浜辺を歩いていると、男の島民達が、魚獲り網や、舷外浮材《アウトリガー》付きカヌーの帆を修繕している姿が見えた。だがそれより遥かに興味深いのは、あらゆる年代の女達が膝の屈伸を始めとする脚の運動を精力的に行っている姿であった。私の問いに答えて、オルーバの族長の一人が、この運動はパラタクの儀式の為だと説明してくれた。この言葉は当時の私には馴染《なじ》みが無かった。

フラッドはじきにその言葉の意味と、そうした脚を鍛える習慣の目的を知ることになる。

彼はオルーバの族長に招かれて晩餐に出席した。宴が終わると、客人をもてなすしきたりに従って、族長は娘の一人を、一夜の贈り物としてフラッドに差し出した。

族長の娘は彼をそばの住居に連れていった。中に入ると、床から一メートル半くらいの高さに、太い木の梁が、体操で使われる水平のトレーニング棒の要領で据えられていた。

そこで起きたことをフラッドは忠実に記録している。


娘はサロンを脱いで、軽業《かるわざ》の如き身軽さでその重い梁に両脚を掛けて逆さにぶら下がり、黒髪が床まで垂れた。彼女は両腕を私に差し出し、それから、私の腰を摑んでゆっくり持ち上げ、逞しい両脚で私達二人の重みを受け止め、私を逆さにし、私達はたがいに向きあう格好になった。この姿勢で彼女は私を自分のなかに挿入し、私にしがみついた。

「パラタク」と彼女は言った。

彼女はゆっくり前後に体を揺らしはじめ、重力の法則に従って私も上下にゆっくり動いた。間も無く彼女は喘《あえ》ぎ出し、自分の言語で何やら叫んだ。こっちも参与すべきだと思ったので、私は英語でそれらしい言葉を叫びはじめた。こちらの声が加わった事で相手は益々刺激された様子で、それで私も一層興奮した事を告白する。

束の間の狂乱の後、私達は黙ってぶら下がっていた。やがて娘がゆっくり私をまっすぐ縦に戻し、床に下ろして、自分も脚を外した。「パラタク」が終った事を私は理解した。


私は本から顔を上げ、ベッドの上の梁に目をやった。間違いなく元はパラタクのために造られたものにちがいない。フラッドが描写したこの営み全体、およそ誘惑的とは思えなかった。

私は読書に戻った。その後の数章は、オルーバ族が信仰するトーテムの複雑な体系をかなり専門的に分析していた。たとえば、パラタクの軽業的なセックスの営みも、それ自体トーテムの一環である。それはフルーツ蝙蝠《コウモリ》のふるまいの模倣であり、フラッドがのち自ら観察したところによれば、フルーツ蝙蝠も椰子のてっぺんで逆さになって繁殖するのだという。

こうした専門的な章は、人類学者が読めばきっと面白いのだろう。だが蚊帳の下で汗をかいて横たわり、旅で体は疲れはてて、椰子酒も回って目も開けているのがやっとの私には荷が重すぎた。私は努力を放棄し、ランプを切って、眠りに落ちた。

2

翌朝シャワーを浴びて、そもそもここまで来た目的であるビジネスに向けて身支度をした。バード島燐酸工業の代表との会合である。バード島はオルーバからは一五〇キロ南にあるが、私がもう一度船旅をせずに済むよう、支配人と主任技師がオルーバの港まで来てくれたのである。会社の船の上で商談を行ない、二人は正午の潮に乗ってバード島へ戻ることになっていた。

港まで歩いていくと、会社の船というのは、昨日埠頭につながれているのを見た高級そうなモーターヨットであることがわかった。バード島燐酸工業の支配人と技師が船上で私を出迎えた。二人とも私と同年代の英国人で、仲もよさそうだった。会合は甲板の日除けの下で行なわれた。

朝は引き潮でラグーンは浅く、水草や珊瑚が顔を出していた。空気には腐りかけた草木や、陽にさらされたいろんな死骸の臭いがあふれていた。遠くの方で、海のはてしないダークブルーを背景に波が礁に当たって砕けるのが見えた。

技師はゴードンがずっと前にこの燐酸会社に売った揚水機二基の写真を持ってきていた。どちらも初期のモデルで、シリンダーブロックもバルブプレートもひどく摩滅しており、したがってピストンが効率よく動くことはもはや不可能だった。

その言葉の端々から、古い揚水機が修繕不可能であることを技師が望んでいるのは明らかだった。バード島で過ごす時間の多くを、技師はこの二基を円滑に動かす作業に費やしていたが、いまやそれは負け戦になりつつあったのだ。わが社の最新カタログを彼はすでに見ていて、新しい揚水機を買いたくて仕方ない様子だった。いずれにせよ、速断が必要である。燐鉱石の大半は海面下にあり、採掘作業には海水のオーバーフローが付き物なので、揚水機は決定的に重要なのである。

支配人も明らかに友の技師と同感だったが、彼の仕事は財政を考慮することである。摩耗した部分を交換すれば費用の節約になるのでは、それで揚水機もふたたび能率よく動くようになるのでは、と彼は意見を述べた。

この議論が二人のあいだで初めてでないことは見ていてわかった。実際私も、同様の状況でこうしたやりとりはさんざん耳にしている。

「そりゃもちろん、新しい部品を買うことはできますよ」と技師は言った。「でもそうしたところで、揚水機のほかの欠陥が露呈するだけです。そうしたらまた新しい部品を買わないといけない。悪循環ですよ」。技師は支持を求めて私の方を見た。「結局そこらじゅう部品を買い換えることになって、新品の揚水機を十倍の値段で買うことになりかねません――そうでしょう?」

私だってここまで上手に売り口上はやれない。だがまずは、支配人の顔も立てようとして私は言った。おっしゃるとおりです、いまの揚水機を修理することも可能かもしれません。ですが、技師の方がおっしゃるのもそのとおりでして、古い機械に新しい部品を入れますといろいろ問題が生じかねません。

　ここで私は、キャンバルーを出る前にジョンソンと話しあっておいた切り札を出した。バード島燐酸工業には長年贔屓《ひいき》にしていただいておりますから――と私は言った――新型の揚水機二基をご購入いただければ大幅に割引いたしますし、配送料も無料で、十年間保証もお付けします。

　詳細を聞いた末、支配人も説得された。友である技師も大喜びだった。契約書が交わされた。

「乾杯しましょう」と支配人は言った。


甲板の日除けの下に座って汗をかきながら、私たちはスコッチを何杯か飲みながらお喋りに興じた。この会社のブランドの燐酸が、農業肥料の原料として世界じゅうで需要があることを私は教わった。採取に携わる労働者たちはほかの島々から連れてこられる。この英国人二名は、いままでのすべての前任者と同じく、三年契約で雇われている。三年ぴったり務めたらあとは一日だって余計にいない、と彼らは言いきった。

「バード島に三年以上暮らしたら、誰だって発狂します」と技師が言った。「人間が住むところじゃありません。島なんて呼ぶのが間違ってるんです。何千年分もの鳥の糞が、珊瑚礁の上に積もってるだけです。蠅《ハエ》もひどくて、海から近づいていくと、活火山が煙を上げてるんだって思いますよ」

　彼の言い方に私たちは笑った。アフリカで、デュポンの病院近辺の戦場で見たそういう蠅の柱を私は思い出した。

「有難いことに、新しい揚水機が設置されるころには私どもの契約期間もほぼ終わります」と支配人が言った。そうしたら二人ともイングランドに帰って六か月休養し、またどこか別の辺地に派遣される。どこへ行ったってバード島よりは絶対ましですよ、と彼らは言った。

二人の顔には、マラリアと孤立の爪痕《つめあと》が見てとれた。それで私も、いま聞いた話を踏まえて、そもそもバード島みたいな場所で人生の一部を過ごそうなんて、どうして思う人がいるんでしょうね、と言ってみた。

技師はしばし私の顔を見て、私の意図を読みとろうとした。

「誰の人生にもそれぞれのバード島があるんですよ」と彼は言った。

たぶん酒が回っていたからだろう、私たちは三人とも声を上げて笑った。

3

その夜の夕食のあと、マンゴトゥリー・ホテルでの最後の夜、私は本館のベランダに行き、ラグーンが見渡せる深い籐のカウチに腰かけた。酒のグラスと、椰子酒の残りが入った水差しを持ってきていた。

南洋諸島最良の牧歌的な時間だった。ベランダのランタンにとまるか、私の首にとまるか決心のつかない蚊たちのブンブン騒々しいうなりも、それをわずかに損ねるだけだった。眼下の海岸では暖かい夜風に揺られて椰子の木が軋み、ため息をついた。アウトリガー付きのカヌーがラグーンに点在し、オルーバの漁師たちが魚に催眠術をかけようとランタンを垂らしていた。はるか頭上の空で、無数の星の群れに混じって大きすぎる月が浮かんでいた。

五分もしないうちに、床板の軋みと衣擦れの音がした。私はあたりを見回した。

ベランダの入口に、到着時にフロントでチェックイン手続きをしてくれた女性が立っていた。顔を覆って生い茂る刺青の向こうから私を見つめている。赤いサロンを着て、小さな編み細工のハンドバッグを持っている。髪は長くて黒く、左耳の上に白い蘭を一輪挿していた。

英語は通じないので、カウチの隣にある籐椅子を私は指さし、座るよう手招きした。ところがその椅子にではなく、彼女はカウチの上、私の隣に、編み細工のハンドバッグを膝に載せて座った。肌は何か香りのついたオイルが塗られてキラキラ光っていた。それもあり、植物刺青もあるので、彼女全体が芳香を施した庭園みたいだった。

私は自分を指さした。

「ハリー」と私は言った。

彼女は自分を指さした。

「マラタウィ」と彼女は言った。

その名は私の耳に歌のように響いた。

「お酒はいかがです、マラタウィ?」と私は言って、グラスを持ち上げた。

彼女はうなずいた。

こちらも酔っ払っているので、フラッドが『島々のベールを剝ぐ』で述べている古い習慣はいまも生きているのであってこの美女は私という客人をもてなしに送り出されてきたのだ、と思い込むのはわけないことだった。

そして実際、物事が一つまた一つと――というか酒が一杯また一杯と――つながっていった。じきにマラタウィは私のキャビンに来ていて、私の服が床一面に散乱し、かたわらに彼女のサロンも脱ぎ捨てられていた。私たちはベッドの上で、彼女が編み細工のハンドバッグから出した小瓶入りのオイルでたがいの体をマッサージしあった。彼女の脚は全然筋肉質には見えなかったが、頭上で蚊帳を支えている重たい木の梁を私は意識せずにいられなかった。先に控えた甘美な試練に向けて私は心の準備をした。

その必要はなかった。

私たちの営みは、ベッドの上で、ごく普通のやり方で為され、いささか騒々しくはあったがきわめて満足の行くものだった。その後、二人とも眠りに落ちた。午前二時ごろ私が目を覚ますと、彼女はいなくなっていた。私の目覚めも長くは続かなかった。椰子酒と、肉体的疲れとが合わさって、じきまた深い眠りに戻っていった。

翌朝、割れるような頭痛と、昨夜の自分のふるまいをめぐる激しい自責の念とともに目が覚めた。朝食を食べにダイニングルームへ行くにはフロントの前を通らねばならず、そこにマラタウィがいないのを見て私はほっとした。バーテンのジョーがすぐにブレッドフルーツのパンとコーヒーを持ってきてくれた。

「お疲れのようですね」とジョーは言った。「無理もない。あなたとマラタウィ、昨夜はずいぶん盛り上がっていましたよね。私らの部屋はホテルの反対側にあるんですが、それでもしっかり聞こえましたよ。一晩じゅう寝かせてもらえないかと思いました」

明らかに、草で出来たホテルというのは秘密を隠すのに適した場所ではない。私は何とも答えなかったが、ジョーは話がしたいらしく立ち去らなかった。

「マラタウィは今日は来ませんよ」と彼は言った。「亭主と子供二人と一緒に、家にいるから」

この聞きたくもない情報で、私の気分は一段と暗くなった。だがまだ続きがあった。

「パ、パ、パラタクって聞いたことあります?」と彼は言った。

どんな話が来るのかよくわからないまま、私はうなずいた。

「ゴードンとアナータはいつも二人でやってましたよ」とジョーは言った。「あのころはまだ女たちがあれをやったからね。最後にここへ来た二、三回は、もう歳だからできないってゴードンは言って、そのことで落ち込んでましたよ。パラタクを経験したあとじゃ、普通のに戻るのは難しかったんだろうね」

私は言葉を失った。ゴードンはあの刺青女と、アクロバットまがいのセックスをやっていたのか! これもまた、私がふだんゴードンについて抱いているビジネス修道士というイメージにそぐわなかった。

バーテンのジョーによる暴露はまだ終わっていなかった。

「マラタウィは二人の娘なんです」と彼は言った。「ゴードンが何度もここへ来たのも、ひとつにはそれが理由だったんです。娘がどうしてるかを見に」

今度は本当にショックだった。それが事実だとしたら、ゴードンの娘の一人と合法的に結婚している私は、彼が秘密にしていたもう一人の娘とつい昨夜寝たことになる。

「昨夜マラタウィを送り出してくれた、アナータに感謝するといい」とジョーは言った。「双方とも楽しめる限り、ここではうるさいことを言ったりしないんです」

そのとき、刺青女アナータが、脚のある植物みたいにサラサラ音を立てて入ってきた。

どうして母親が自分の娘にそんな真似ができるのか、理解に苦しむ。もし私がゴードンのもう一人の娘と結婚していると知ったらアナータはどう思うだろう。いや、全然気にしないか?

「アナータがマラタウィを孕《はら》んだと知ったとき、ゴードンはここを買ってやって、こういう一流ホテルに仕立てる金も出してやったんです」とジョーがいつしかまた喋っていた。「母娘《おやこ》が一生安楽に暮らせるようにしたんです。ゴードンのお墨付きをもらって、アナータは私を亭主に迎え、私ら二人でここをすっかり綺麗にしたんです。ビジネスマンや船長はこの町へ来るとだいたいここに泊まります。あなたもまたぜひそうしていただきたいですね。マラタウィはいつでも喜んでお相手しますよ」

その日の午後五時ごろ、私は島間スクーナーの甲板に立ち、次第に遠ざかるオルーバを見ていた。アナータとジョーが埠頭から手を振ってくれて、私も振り返した。礁のあいだのすきまを船は首尾よく抜けて、大海に出てフィジーに向かった。風は順風、青空にはごく小さな雲が点在していた。

浜辺にいる人たちの姿は、もうひどく小さくなっていた。私は一等航海士から双眼鏡を借り、彼らに焦点を合わせた。アナータとジョーが手を振っていて、そこに三人目が加わった——マラタウィ。私も振り返したが、向こうからまだ見えているかは疑わしかった。だが彼らはなおもそこにとどまって手を振り、どんどん小さくなっていき、私も礼儀上振り返し、やがて六時になり闇が斧のように一気に降ってきた。

フィジーに戻る船旅のあいだ、船酔いがそれほどひどくないとき、私はオルーバでの経験の意味合いを何度も反芻《はんすう》した。

私は一夜マラタウィと、いにしえのオルーバの慣習の現代バージョンを楽しんだ。それについて考えれば考えるほど、ゴードンの別の娘と寝床を共にしたのだという思いにうろたえざるをえなかった。理屈の上では、べつに近親相姦ではないのかもしれない。だがもし私が、その行為が起きる前に事実を知っていたなら、どれだけ椰子酒を飲んでいてもあんな真似をする気にはならなかっただろう。そしていまはもう知っている。今後ほかに誰一人知らずに終わるとしても、私はその事実を抱えて生きねばならないのだ。

私はまた、オルーバでゴードン・スミスが成し遂げたことに関する驚くべき発見にも思いをめぐらせた。またしても私は、近しかったとはいえ彼という人間をほとんど知らなかったことを思い知らされた。もちろんそんなのは驚くには当たらない。人はみな、自分の真の気持ちを他人から隠すことに腐心する。だとすれば、他人が開かれた本だと期待する方がどうかしている。

船旅のあいだずっと、そうした事柄で頭が一杯だった。翌日スクーナーがナンディの港に着くころには、少なくともひとつのことだけは心に決めていた。オルーバは、二度と私を見ることはない。

4

私が帰ってきた日の朝、三月後半の暴風雪の前触れとも言うべき、ひどく冷たい北東の風がキャンバルーの街に吹き荒れていた。けれどアリシアの出迎えはいつになく温かだった。私はいないし、フランクはトロントの大学に行っているしで、彼女としても寂しい思いをしていたのだ。寂しさを紛らすために彼女が猫を飼いはじめたと知って私は驚いた。彼女もゴードンも、ペット好きには見えなかった。特に猫は、その予測しがたさを好まないだろうと思えたのだ。

私は正午に寝床に入り、旅の疲れを解消すべく数時間眠った。目覚めると気分はずっとよくなっていた。六時にアリシアと夕食を摂り、それから図書室に入ってそれぞれコーヒーとブランデーを飲んだ。私はあかあかと燃える暖炉のそばの肱掛け椅子に座った。アリシアは向かいのソファに座った。

膝の上には猫のミス・ソフィーがいる。小さな象牙色のシャム猫で、もうすでにすっかりこの場になじんで見えた。

そこに座っているアリシアの姿に、私は例によって見とれずにはいられなかった。濃い茶の瞳、顔を部分的に隠した長い髪、何と美しく神秘的に見えることだろう。彼女はいつになく口数が多く、私の旅についてもふだんよりたくさん質問した。フィジーのあとでオルーバという島に二日滞在したことを私は話した。

「オルーバ?」と彼女は言って、にわかに興味津々の顔になった。「知らなかったわ、あなたがあそこへ行く予定だったとは」

最後の最後で旅程に加わったのだと私は説明した。

「もっと話してちょうだい、オルーバのこと」と彼女は言った。「ゴードンはすごく気に入っていたのよ」

珊瑚礁、白い浜、椰子の木のことを私は詳しく語り、バード島に住む二人の男との興味深い出会いと、彼らの置かれたおぞましい状況についても話した。

「マンゴトゥリー・ホテルはまだそこにあるの?」と彼女は訊いた。

アリシアがその名を知っていることに私は驚いた。そこに泊まったよ、と私は認めた。

「ゴードンがよく話していたわ」と彼女は言った。「ゴードンもそこに泊まったのよ。そのころ経営者はアナータという女性だった。その人には会わなかったわよね?」

ゴードンのためにも、そして自分のためにもここは用心しないといけない。うん、アナータはいまもオーナーだよ。年配の女性だったね。

「いままでに出会った最高に美しい女性の一人だってゴードンは言ってた」とアリシアは言った。

「ホテルを買うお金も、ゴードンが出してあげたのよ。きっと見込み大と思ったのね」

どうも嬉しくない方向に話が進んできた。

「まあある意味で、奉仕に対するお返しだったわけだけど」

私は戸惑ったような顔を装った。

「うん、そうなのよ」とアリシアは言った。「その人、ベッドではすごい軽業師だったみたい――少なくともそのころは。パラタク、とか何とかゴードンが言ってたと思うわ」

彼女がその言葉を使うのを耳にし、オルーバでの寝室の営みについてゴードンが娘に話したのだと知っても、驚くには当たらなかったのだろう。だがまたしても、やはり私は驚いてしまった。何と普通でない父娘《おやこ》関係か。

まだ続きがあった。

「二人のあいだに幼い娘がいるって、アナータが言わなかった?」とアリシアは言った。

娘? 私は驚いた表情を装い、アナータとはつかのま顔を合わせただけだったんだ、それに向こうは英語が喋れないしね、と答えた。

「その子にマラタウィっていう名前をつけたのよ」とアリシアは言った。「素敵な名前じゃない? 私が六つのときにその子が生まれたのよ。『お前には世界の裏側に腹違いの妹がいるんだよ』ってゴードンによく言われたわ。もういまじゃすっかり大人でしょうね」。彼女はまっすぐ私の目を見ていた。「あなたほんとに、マラタウィっていう人に会わなかった?」

もちろん私は否定した。

アリシアは実に多くの面で、私にとって完全な謎だった。彼女と接していると、まるでついて行けないと思うことがよくある。もし私がすべてを――酔っ払って彼女の異母妹と寝たことも含めて――

話したら、どう反応するだろう？　動揺するだろうか？　それとも面白がるか？　もちろん私は何も言わなかった。

「もしまたオルーバに行くことがあったら」と彼女は言った。「ぜひマラタウィを探しなさいな。何と言っても、あなたの義理の妹なのよ」

きっとそうするよ、と私は請けあったが、どうしてこれまでアリシア自身、異母妹に会いたいと一度も言わなかったのかは不思議だった。そしていま彼女は、ひどく疑わしげな目で私を見ている。旅をめぐる私の報告にまだ納得していないのだ。

「もうあなたにもわかってるでしょう、私には本当のことを言っていいのよ」と彼女は言った。「もし私に何かひとつ耐えられないことがあるとすれば、それは真実を話してもらえないことなのよ」

私は話題を変えて、フランクにはオルーバにいる異母妹の話をしたことがあるのか訊いてみた。考えてみればマラタウィは彼の叔母、というか半分叔母なのだ。

アリシアはこの誘いに乗ってくれた。

「いいえ、まだ話してないわ」と彼女は言った。「あの子には黙っていてね。いずれびっくりさせるために取っておいてあるんだから」

結局私は、またオルーバに行ったらマラタウィを探すとアリシアに約束した。もう二度とそこへ戻らないと決心したことは伝える必要を感じなかった。

エンポリウム

1

フランクは大学で美術を専攻し、古い家具や稀覯本を研究して卒業した。いまや彼は二十二歳の青年であり、髪と目は母親譲りの濃い茶色だった。実際、見かけはいろんな面で母親似だった。はたから見れば皮肉に思えるかもしれない。人づき合いを避けがちな女性の遺伝子が、親として私たちの息子に己を刻み込む上では断然支配的だとは。フランクが私から受け継いだもので唯一目につくのは、わずかに左に曲がった鼻だけだった。

だから私は、アリシアが「フランクはあなたが思ってる以上にあなた似なのよ」と言うたびに戸惑うのだった。気質か人柄のことを言っているのだろうが、彼女がそう思っているという事実に驚かされた。

卒業するとフランクはキャンバルーに戻ってきたが、私たちと一緒には住まなかった。若者だから当然だろうが、自分の場所が欲しいと言ったのだ。むろんアリシアはがっかりしたけれど、それでも、私がキャンバルーに来てまず住んだ、公園に面した建物にアパートメントを見つけてやった。荷物を運び込むのを手伝ったとき、私は自分の人生の同じ時期を思い起こして、ひどくノスタルジックな気分になった。

フランクの今後の身の振り方については、揚水機に興味らしい興味を示したことは一度もなかったものの、いずれは家業を継いでくれるだろうとアリシアも私も思っていた。だが未来に関し、本人には独自の考えがあることが判明した。

アパートメントに移ってまもないある晩、フランクはわが家に夕食を食べに来て、しばらく前から考えていたにちがいない計画を明かした。すなわち、珍しい品物、とりわけ家具と本を商う店を開きたいというのだ。すでに調査はしていて、キャンバルーにも周辺にもそうした店は一軒もないので、開けば唯一無二の店になれるという。

「僕が子供のころ、父さんがいつも買ってきてくれたお土産——わかってるよね、僕がいつもすごく喜んだこと」と彼は私に言った。「大学に行って思うようになったんだ、ああいう物を揃えた店を持てたらいいだろうなって。卒業までずっと、そのことが頭にあったんだよ」

私は驚いた。この予想外の宣言が為された大もとの原因が自分にあると言われて、我ながらどういう気持ちでいるのかもよくわからなかった。彼がスミス揚水機に加わる気がないと知ってもアリシアはあまり気にしていないように見えたが、まあ彼女は日ごろからフランクの好きにさせてやっていたから、これは意外ではない。私にしても、たしかにそれほど気にはしなかったのだと思うが、その理由は違っていた。私はしばしば、フランクと一緒に仕事をしたら私たちはそりが合わないのではないかと心配していたのだ。それに、私がこれまで行なってきた倫理上の妥協をはっきり知ったら、フランクがますます私を低く見るようになるのではという懸念もあった。

我々は漠然と相談を始めた。計画を実行に移すには、手ごろに借りられる店舗を見つけて、適切な品を揃えないといけない。当然私たち両親は、金銭面では大きな役割を演じるものと覚悟した。場所はやっぱり繁華街がいいということで三人の意見は一致し、もっと詳しく調べてみるよう私たちはフランクを促した。

その夜フランクが帰ったあと、アリシアと私は彼の構想について話しあった。その現実性のなさを、私たちは二人とも現実的に受けとめた。彼が思い描いているたぐいの店は、おそらく大して繁盛するまい。でも私たちは、息子が幸せになってくれればそれでよかった。

会話が思いがけない方向に転じたのはそのときだった。

「もし私の身に何かが起きたら、あなた約束してくれる、あの子の面倒を見てくれて、あの子が自分の人生を滅茶苦茶にしないよう気をつけてくれるって？」とアリシアが言ったのだ。

私は取り合わなかった。何を馬鹿なこと言ってるんだい、君の方が僕より何十年も長生きするさ、と。だが彼女は真剣だった。それで私も、わかった、かならずそこにいてあの子に忠告する、と約束した。といっても、生き方に関して息子が父親の忠告を聞くものだと信じていたわけではない。特に、息子の前でくつろげたためしがない父親となればなおさらだ。

アリシアが何を恐れていたにせよ、私が約束したことで、それもひとまず和《やわ》らいだようだった。「ありがとう」。彼女はニッコリ笑った。「心配は要らないわ。私もね、あなたより長生きするつもりでいるから」

秋になって、フランクはほどほどの大きさの、以前は靴屋だった古い店を、市庁舎のそばのキング・ストリートとデルタ・ストリートの角に借りた。建物の大半は一九二〇年代から変わっていないように見え、煉瓦の壁はあちこち崩れかけ、板張りの床はギシギシ軋んだ。大昔の気送管システムがまだ残っていることにフランクはとりわけ魅せられていた。表のカウンターから、注文書や現金が、頭上にのびた真鍮《しんちゅう》の管を通って、一瞬にして奥の会計室に届くのだ。

このころフランク自身はしじゅう旅に出て、店に並べる品を揃えていたが、店の改装についても自分で指示を出していた。だが改装という言葉は当たるまい。むしろ復元と言うべきで、フランクは建物を建ったばかりの状態に戻そうと、漆喰《しっくい》のうしろの煉瓦をさらし、年代物の暖房装置のパイプの覆いも外したのである。店の全盛期に漂っていたであろう匂いを復元できるものなら、きっと喜んでそうしただろう。

2

十一月、スミス商館《エンポリウム》はさしたる鳴り物も伴わずに営業を開始した。家族の名前を使ったことをアリシアは非常に喜んだ。開店の前の晩、アリシアが理事会に出ているあいだ、フランクが私に電話してきて、店の品を一足先に見に来ないかと誘った。

「父さんの意見が聞きたいんだ」とフランクは言った。

招待されて嬉しかったことは認めねばならない。これは私たちの関係がいい方向に発展したしるしではないか。というわけで私は店内をガイドツアーしてもらうべく出かけていった。

「**エンポリウム**」**は**それほど大きくなかったが、フランクは店をはっきり二つのエリア――「ギャラリー」と彼は呼んだ――に分けていた。「家具ギャラリー」は玄関から入ってすぐ始まり、十世紀中国の寺院に置かれていた四頭の獅子に守られていた。このエリアの品を揃えるために、破産したニューヨークの骨董品業者の在庫をフランクはほぼ全部買いとっていた。さまざまな世紀の品々がそこには含まれていた。特大の衣裳箪笥、クルミ材の食器棚、座り心地の悪い丸椅子、重たい楢のテーブル、そして例の獅子四頭。陳列された品のかたわらにはそれぞれ小さなカードが置いてあり、その由来が書いてあった。

いくつかの品はなかなかの掘り出し物だった。最大の自慢はルネッサンス初期の、公爵の館での日常生活を描いた象眼細工の羽目板を使った衣裳箱だった。それに劣らず貴重なのが十七世紀フランスの田舎風食器棚《ヴェスリエ》で、中には牧歌的情景を描いた磁器製の配膳皿が何枚も入っていて、その多くは割れていたものを丹念に貼りあわせてあった。

家具ギャラリーの特別セクションには、フランク自身が偏愛する品が揃っていた。それらが並ぶ上の壁からは、フロリダの沖合で見つかったスペインのガリオン船に付いていた、腕のない裸体女性の船首像が突き出ていた。ペルーから来た、使い込まれた様子の黒いクルミ材の祭器卓は、征服者エルナン・コルテスが食事に毒が盛られていないか召使いに確かめさせるのに使った品で、事実何人かの召使いが激しく苦しみながら死んでいったのだった。フィレンツェで作られた、手の込んだ脚付き整理箪笥は、ローマ教皇のなかでもとりわけ堕落した殺人者インノケンティウス八世の息子と結婚した女性マッダレーナ・デ・メディチの寝室にあった品だった。箪笥のそばにはアメリカの南北戦争で使われた軍隊用折り畳み椅子が何脚かあった。そのうちのひとつに置いた色褪《いろあ》せた黄色っぽいクッションのしみは、チッカモーガの戦いに加わった南軍将校の血と特定されていた。

家具ギャラリーは、店の残りの部分を占める「書籍ギャラリー」にまで流れ込んでいた。書籍ギャラリーには主としてラテン語の古い革装本が並んでいた。本の内容はさほど誘惑的ではなく、園芸に関する論考、祈禱や宗教的瞑想を集めた書物などだったが、書物愛好者にとっては、ただ撫でるだけ、そのきわめて古いページを繰ってみるだけで――さらにはその大昔からの埃を吸うだけで――たまらない快楽なのだ。

「エロチカ」セクションにある何冊かは、エロチックということとはまったく別の理由で目を惹いた。それらは私家版で、入手も困難な書物だった。タイトルを挙げれば、『麗しき側妻』、『鞭打ちを愛するヴィーナス』、『慎み深い性交者』、『叙事詩 張形《はりかた》物語』など。大半の場合、著者は賢明にも匿名を通していた。

私が書籍ギャラリーで一番惹きつけられたのは、「西洋の失われた名著四点」という表示が上に掛かったガラスケースだった。中に陳列された四冊の本は、それぞれ印刷されたカードがかたわらに置かれ、本自体についてのみならず、フランクがこれらを購入したヨーロッパの定評ある骨董業者についての情報を提供していた。

四冊は時代順に並べられていた。

一冊目は一見したところぼろぼろの、ラテン語で *Inventio Infortunata*（不運な発見）と題された書物だった。十四世紀に匿名で書かれた、一見ありえないと思える出来事について当事者が記した報告文である――すなわち、北極への旅。その後の数世紀、さまざまな学者がこの本に言及しているが、現物はこの一冊しか見つかっていない。

二冊目はしみのついた布装のフランス語本 *Les Journées de Florbelle*（フロルベルの日々）。どうやらこれは、生涯の大半を精神病院で過ごしたサド侯爵が病院にいるあいだに手書きで書いた大作春本の第九巻であるらしい。以前学者たちのあいだでは、作者が病院で死んだのち全巻がサドの息子によって破棄されたと信じられていた。

三冊目は本というより煙と火で著しく傷んだ剝ぎ取り式便箋帳で、表紙には *My Secret Love*（わが秘密の恋）と殴り書きしてある。これはロバート・ルイス・スティーヴンソンがサモア人女性との情事をペンとインクで綴《つづ》ったものである。彼の死後、妻のファニー・オズボーンが枕許の引出しのなかに見つけ、火に投じたが、のちに召使いが救い出した。

四冊目もやはり刊行された本ではなく、奇妙な、革のように見える表紙で閉じた大部の手書き原稿だった。表には書名と作者名がタイプしてあった。

貧しい男と貴婦人

トマス・ハーディ 著

これはハーディが初めて書いた、彼が唯一出版しなかった長篇小説の草稿である。出版はしなかったが原稿はずっと手許に置いていて、そのあちこちをほかの作品に組み込んでいた。ハーディが亡くなると、一連の伝記によれば、妻の墓に埋めるためにその心臓が胸部から取り出された。摘出された心臓はしばし、食卓に置かれたビスケット缶に入れられた。と、誰も見ていないすきに、ハーディが可愛がっていた猫が開いた窓からこっそり入ってきて、缶の蓋を叩き落とし、ご主人の心臓の一部を食べてしまった。この原稿を綴《と》じている、革と見える表紙は、その猫の皮で作ったものだという。

「**西洋の失われた名著四点**」の入ったガラスケースを初めて覗き込み、添えてある説明書きを読んだとき、これらの文学作品が事実本物なのか、私はフランクに訊いてみた。

「それがね、以前はどれも本物だと判定する専門家もいて、作家の公式出版目録にも記載されていた」とフランクは言った。「けれど今日《こんにち》、最新の科学的な調査器具を使っている学者たちにははっきり否定されている。間違いなく、どれも贋作《がんさく》なんだ」

だったらなぜ購入したのか、理解に苦しむ。そんなペテンの品を読みたいとか集めたいとか思う人間がいるとは思えなかった。

「これだけ真に迫っていると、本物だと思いたくなるものなんだよ」とフランクは言った。「ここまで質の高い偽物には、収集家も金を惜しまないんだ。偽物だとわかっていても、偽造者たちがいかに完全主義だったか、どれだけの手間を偽造に注ぎ込んだか、感嘆せずにはいられない。まず第一に、作家の癖や流儀を、その筆蹟までマスターしないといけない。そして紙、製本、インクも、専門家でもだまされるくらい本物らしく見せないといけない。作者が知ったらきっと喜んだと僕は思うね」

偽物と本物の違いをこんなふうに軽視するのはどうなのか、私はいささか懐疑的だった。

「もちろん父さんにはそう考える権利がある」とフランクは言った。「でも僕は、偽書によっては、一部の偽絵画と同じに、元の作家の作品より事実優っているものもあると思う。実際、あまりによく出来ているからこそ、偽物だとバレてしまうんだ」

この四冊、父さんの時間があるときにいつでも読んでいいよ、自分で見てみるといい、とフランクは言ってくれた。読むと考えただけで私は落着かない気持ちになった。

書籍ギャラリーの奥にある執務室の隅の、ガラス扉の付いた、装飾を施した書棚にはミニチュア本のコレクションを入れていた。長年のあいだに私が土産に買ってきた本がすべて、その後フランクが自分で入手したものとあわせて並んでいた。最新の購入品は、十九世紀に作られた、ヴィクトリア女王のペニーブラック切手七百枚の裏面に手書きされたシェークスピア全集だった。

　狂気の献身が生んだこの偉業は、どうやらオーストラリアの流刑地に送られた英国人の手になるものらしかった。一人の俳優が銀行強盗をやり損ない、二十五年の刑期を務めていたのである。未遂に終わった強盗は、ロンドンにおいて、本人が主役プロスペローを演じる『あらし』の巡回公演資金調達のために企てたのだった。判決は、ヴァンディーメン島（タスマニア島の旧称）に二十五年間追放。まさにその二十五年をかけて、俳優はミニチュア版シェークスピアに取り組み、完成させた直後に死んだ。

「自分の髪を筆にして書き写したんだよ」とフランクは私に言った。「読むには普通の三倍の倍率の拡大鏡が要る」


その小さな執務室に置いた机がフランクはとりわけ誇らしげだった。ひとつの壁全体と、床スペースの大半がその机に占められていた。ジョージア朝期の、中が迷路のようになった書き物机で、高さは一メートル半、幅一メートル強、引出しや分類棚や引戸式パネルが碁盤目状に合わさっている。机はどこでも好きな場所で組み立てられるようになっていた。動かす必要が生じたら、分解して組み立て直すことができる。

「組むのに何日かかかったけど、その値打ちは十分ある」とフランクは言った。「僕にこれを売ったアイルランド人の業者は、スウィフトが『ガリヴァー旅行記』を書いたまさにその机だという可能性もあると言っていたよ」。彼は引出しのひとつを開け、接眼鏡と思しき品を私に手渡した。「これが中に入っているのを、その業者は見つけたんだ。見てごらんよ」

　私は接眼鏡を装着してみた。右目は物を拡大し、左目は縮小する。私がどちらの目を閉じるかによって、フランクが巨人にもなりちっぽけな操り人形にもなる。ひどい吐き気がしてきて、私はあわててそれを外した。

「こういう接眼鏡は中世に、古代哲学を学ぶ人たちが本当に使っていたんだ」とフランクは言った。「自然においても、宇宙全般においても、大小の類比という観念に彼らは魅せられていた。だから僕がこの机を買った業者の、スウィフトの持ち物だったのではという主張にも一理ある。『ガリヴァー旅行記』の、リリパット国の小人とブロブディングナグ国の巨人、覚えてる？　スウィフトはあれを書くにあたって、まさにこの接眼鏡をつけた経験を参考にしたのかもしれないよ」

私が感じ入っているのを見て、フランクはニッコリ笑った。

「その反面、アイルランドの骨董業者は大法螺《おおぼら》吹《ふ》きで悪名高いから、たぶんこの接眼鏡も自分で机に入れたんだと思う」と彼は言った。「僕としては、嘘だろうが本当だろうが考えてみるだけでとにかく楽しいし、この机を売る気はさらさらない」

机の上の壁には、もうひとつの購入品が飾られていた。それは奇妙な見かけの壁掛け時計で、野兎の骨格を保存し、空を飛んでいる姿にのばしてあり、その胸郭に古風な時計のメカニズムが組み込まれていた。チクタク、チクタク、という重たい響きが、野兎がすさまじいスピードで飛んでいる雰囲気とはまるでそぐわなかった。

私がその時計をすっかり気に入ったことをフランクは見てとった。

「がっかりさせて悪いけど、これも売るつもりはないんだ」と彼は言った。

どうやら、スミス・エンポリウムの品が何ひとつ売れなくてもフランクは気にしないんじゃないか。ここは商売の場というより、フランクの私的博物館なのだ。

その夜を境に、フランクと私のつき合い方の何かが変わった。自分のコレクションに私が見るからに感心したことへの嬉しさをフランクは隠せなかった。そしてその事実が私にとっても悦ばしかった。

それまで私は、自分の反応がフランクにとってさしたる意味があるのか、自信が持てなかったのである。

こうした偏執的な収集癖は「本当の人生」の代わりにすぎぬのではないか、とアリシアは時おり気に病んでいて、かつては私もおおむね同感だった。だがその晩のガイドツアーのあと、私は彼女を説得する側に回った。スミス揚水機のような普通の商売から見ると、たしかに実際的でも有用でもないように思えるかもしれないけれど、もしかしたらこっちの方がずっと人間にとってやり甲斐のあるまっとうな営みなのかもしれないよ、しかもその人間は僕たちが二人とも愛する人間なんだよ、と私は説いた。アリシアはむろん本当にフランクを愛していたが、私の弁護の意味がいまひとつ呑み込めていないようだった。彼女はいまもゴードン・スミスの娘だったのだ。

3

フランクは間違いなく自分の仕事を愛していて、表向きは六時に閉店しても、その後長いあいだ店にとどまることも多かった。時おり私は、たまたま車で通りかかって執務室の明かりがまだ点いているのを見ると、車を停めさせ、運転手を帰らせた。それから店の窓をコンコン叩いて、フランクの注意を惹く。向こうも私の訪問を喜んでくれているようで、そのことが私にはこの上なく嬉しかった。また、店の最新の入荷品を見るのも楽しかったし、それらを選んだ理由を聞けば、フランク本人に関する洞察も深まるのではと思った。

前にはめったにそんなことはなかったのに、いまではフランクは、ユーモアのセンスまで垣間《かいま》見せるようになった。

ある夜、私が店の窓をコツコツ叩き、フランクが出てきて扉を開けると同時に、犬二匹をリードにつないで夜の散歩をさせている男が通りかかった。一方の犬は大きくて動きもゆっくりで、憂いを帯びた猟犬の顔をしていた。もう一方はひどく小さな明るい目のテリアで、歯を剝《む》き出し、大きな犬の脚に食いついていた。

「まるっきり夫婦みたいだね」とフランクが言った。

いかにも父と子らしく一緒に笑いながら、私たちは店内に入っていった。フランクは私に、買ったばかりの大昔のエジプトの立方体を見せてくれた。大理石で出来ていて、高さは十五センチくらい、象形文字が四面に彫ってある。エジプト学者たちが解読を試みてきたものの、いまだ成果はないらしい。

まあいずれきっと誰かが読み解くだろうね、と私は言った。

「そうならないでほしいね」とフランクは言った。「どうしても解けない謎には、何かとても心に訴えるものがあると思うんだ。僕たち人間の心みたいに」。それが私たちにも当てはまるかのように、フランクは私の顔を見た。おたがい本当にはわかりあえないのも、実はそんなに悪いことじゃないかもしれないよと言うかのように。

当時フランクにはつき合っている女性がいて、『キャンバルー日報』の記者だった。この女性が手を回してくれて、店の紹介記事が新聞の週末版に載り、ジョージア朝の大きな机の前に座ったフランクの写真も出た。見出しは「エンポリウムの皇帝《エンペラー》」。
その後何週間か、この報道のおかげで、かなりの数の町民が、いったいどういう場所なのか見てみようと店を訪れた。当然ながら、彼らの大半にとって、陳列された品々は高価すぎるか、奇妙すぎるか、あるいはその両方だった。

たとえば、自宅居間のテーブルの上に、エンポリウム最新の展示品のひとつを置くことを思い描ける客はそう多くあるまい。それはティエラデルフエゴの南で見つかった、黄ばみかけた実験用ガラス壜で、中には男性性器の塩漬けが入っていた。十九世紀末にしばしば行なわれた、おおむね悲惨な結果に終わった南極探検に参加したロシア人探検家の性器である。壜の横に置かれたカードの説明によれば、探検家の遺体で残っているのはこれだけだという。あとは探検の生存者たちが食べてしまったらしい。

いずれにせよ、新聞記事で一時期注目されたあとは、訪問者の数も次第に減っていった。フランクは少しも気にしていなかった。私がすでに察していたとおり、エンポリウムは彼の個人的コレクションなのであり、それが商いの場のふりをしているだけなのだ。

4

エンポリウム開店後のほぼ一年、まずまず静かな日々が続いた。ある金曜の午後、私は会社の執務室で、ジョンソンと何かビジネス上の相談をしていた。ジョンソンはもう帰り支度をはじめていて、レインコートを羽織りながら、窓の外のキャンバルー広場の、すでに紅葉しかけた大きな木々を見ていた。

綺麗だねえ、と私は思わず口にしていた。

「それは見方によりますね」とジョンソンは言った。「科学的な見地からすれば、こうした色の変化は一種の絞殺です。葉がまだらになるのは日光が足りない結果です。これを美しいと言うのは、窒息させられかけている人間は美しい色に変わると言うようなものです」

私は何とも答えなかった。自分が科学者でないことを有難く思うだけだった。ジョンソンが部屋を出てドアを閉めるのとほぼ同時に電話が鳴った。

フランクからで、不安そうな声だった。

「母さんとコーヒーを飲もうと思って家に寄ったんだけど」と彼は言った。「母さんいるんだけど、何か変なんだ。ねえ、すぐ来てもらえないかな」

ひどく心配げな顔をしたフランクが玄関を開けてくれた。

「浴室にいるんだけど、呼んでも返事がない」と彼は言った。「ドアは開けられないし、どうしたらいいかわからなくて」

昼間の入浴がアリシアにとって欠かせぬ儀式であることは我々二人とも認識している。でももういまは三時を過ぎている。とっくに済んでいるはずの時間だ。

二階のメインバスルームに私たちは上がっていった。猫のミス・ソフィーがドアの外をうろついていた。私はノックし、アリシアの名前を呼んだ。フランクがやったようにドアの把手を回してみたが、中から鍵がかかっている。肩で思いきり押してみると、ドアは開き、私は中に入った。

ミス・ソフィーが私の横を駆け抜けて、浴槽の縁に跳び乗り、私が見たものを猫も見た。

水がほぼ一杯たまった浴槽に、アリシアは仰向けに横たわっていた。大理石の縁には蠟燭が六本置かれ、二本は消えかけて炎も揺れ、芳香を放っていた。水はひどく澄んでいて、アリシアはとても美しく穏やかに見えた。胸と腕がわずかに水面の上に浮かんでいた。目は開いていて私を見上げ、唇は軽く開いて歯が見えた。あれでもし、目が水中何センチかに沈んでいなかったら、元気に生きているのではと思えたかもしれない。私はかがみ込み、彼女の肩に触れてみた。肩は冷たく、水も冷たかった。

フランクはまだ廊下にいるままだった。

「どうしたの?」と彼は私に呼びかけた。

母親が溺死したことを私はフランクに告げた。

「え、そんな」と彼は言った。

母親の裸の死体を息子が見ても、何らいいことはあるまい。それで私はフランクに、一階に降りて警察に電話するよう命じた。その間、私はトイレのシートに座っていた。アリシアの反応がないことにがっかりしたミス・ソフィーが、私に撫でてもらおうと膝の上に跳び乗った。

こうしたすべてに、どこか心安まるものがあった。蠟燭はまだ燃えていて、猫は喉をゴロゴロ鳴らしている。アリシアは浴槽になかば浮かび、すっかりリラックスして瞑想でもしているみたいに見える。顔にごくわずか、笑みの痕跡すらある気もした。ただし水は冷たかった。そのことは彼女も全然喜ばなかっただろう。

犯罪行為があった可能性を警察は早々と却下《きゃっか》した。浴室の扉も窓も、中からしか鍵はかからないのだ。まもなく検屍官が到着し、浴槽の水を抜いて彼女の体を調べると、後頭部に大きな打撲傷が見つかった。これで自殺の線も消えた。おそらく浴槽に入る際に滑って頭を大理石か蛇口にぶつけて意識を失ったのだろう、というのが検屍官の見解だった。肺のなかに水がたまってもいなかったから、頭部の打撲と、鼻腔が瞬時に塞がったことの組合せが死因と思われた。

「誠にお気の毒です」と、まもなく一階に降りてきた検屍官はフランクと私に言った。年輩の、皺の多い悲しげな顔をした男で、おぞましいものをたくさん見てきたのに人間らしさを失っていない人物という雰囲気を漂わせていた。「不慮の死というのはご家族にとって辛いものです」と彼は言った。「どこまで慰めになるかわかりませんが、これ以上はないというくらい安楽に逝かれたことは断言できます」

　私は礼を言った。それから検屍官が助手たちと一緒に遺体を運んでいった。

　フランクは居間のソファに座って静かに泣いていた。私がかつて体験したのと同じたぐいのショックの只中に彼はいる。フランクにとって、死をめぐる初めての本物の体験は、自分を誰より可愛がってくれた人の死だったのだ。


私自身、アリシアの死は大きな痛手だった。実際、思ってもみなかったほどに。ずっと前から私は、彼女との関係がいかなるものであれ、それは魂の伴侶の結びつきではないという確信に至っていた。ミリアムと結んだような、傷心とともに終わる関係ではないのだ、と。

だがいまになって、私はだんだん理解しつつあった。ミリアムは幽霊となって記憶の片隅にじわじわ退いていった一方、アリシアこそは、変わることなき最良の友であり味方だったのだ。彼女は彼女なりのやり方で、私を全面的に愛してくれた。私も自分では気づかぬまま、少しずつ彼女を愛するようになっていたのである。

　検屍官が言ったことを私は考えた。悪い逝き方ではなかった、という話。意識を失って湯のなかに体が滑り落ち、最後の息は蠟燭の芳香に包まれていたのだと思うと、何となく心慰められた。もし私がそういうふうに死んだら、たぶん彼女も同じように感じたことだろう。

三日後、私たちはアリシアを火葬した。意外な人物が一人現われた。ゴードンの主治医である。二十年分老いていたが、水玉模様の蝶ネクタイは変わらない。火葬炉に入れられる前に頸動脈を切ってほしい、と彼がアリシアとゴードンの二人から求められたと聞いて私は愕然とした。
そう言われて私は、ゴードンが亡くなってまもないころ、彼がよく読んでいた『図解　スコットランド史』を何げなく手にとったときのことを思い出した。早すぎる埋葬について述べたページの隅が折ってあったのだ。つい十九世紀まで、そうした埋葬はかなりの頻度で起きていたため、この忌まわしい可能性を避けるために、死期が近づいた人が、臨終を宣告されたあとに頸動脈を切ってほしいと要求することがよくあった。目が覚めたら土のなか、棺のなかだった——あるいはもっとおぞましいことに、火葬炉の地獄だった——などということがないよう手を打ったのである。
私はそのページを破って捨てた。アリシアが何かの拍子で見たら動揺するだろうと思ったからだ。だが長年ずっと、彼女はゴードンとの盟約を秘密にしていたのだ——私が動揺するだろうとわかっていたから。

その日の後刻、小雨のなか、フランク、ジョンソン、私の三人で、二十年前にゴードンの灰を土と混ぜた薔薇の茂みの下にアリシアの灰を埋めた。長年のあいだその茂みは、いかにも元気そうだったし、しかもアリシアが丹精込めて世話したのに、一輪の薔薇も咲かせていなかった。
家に戻って、酒を飲みながら、わが家のささやかな埋葬儀式の由来についてジョンソンから訊かれた。最高の蘭は死体の上で育つ、悲劇から美が生まれ出る、そう信じている南米の部族がいるんだ、と私は答えた。

「なるほど」とジョンソンは言っただけだった。感傷的な人間ではないのだ。

でも私には、たとえ単なる象徴としてであれ、この儀式の発想が好ましかった。ゴードンとアリシアという、私にとてもよくしてくれた二人、私を愛してくれた二人の灰のなかから何か美しいものが生まれますように、と願って何も悪いことはないはずだ。

5

アリシアの死から一年が過ぎた。彼女がいなくなってどれだけ寂しくなるか、私にはわかっていなかった。寂しさを紛らわせようと、私は仕事に没頭するよう努めた。やがて、南北アメリカ《A》採鉱《M》業《C》年次大会《A》がラベルダで行なわれるとの通知が届いた。長年、ＡＭＣＡにはたいてい出席してきたし、今回はわが社の最新型揚水機についてプレゼンテーションを行なうよう誘われもした。だが行くつもりはなかった。フランクと私は、彼の母親の死のあと一気に近しくなっていたから、彼を一人きりにして行くのは嫌だった。ところが、大会の話を聞いたフランクは、ぜひ行くべきだと主張した。一週間メキシコに行くのはいい気分転換になるよ、と。

それで私は、しぶしぶラベルダに出かけたのである。実際、この旅全体を、私は時間の無駄と決めていた。嵐から逃れて数分むさ苦しい本屋にいる最中、一冊の本を発見するまでは。

『黒曜石雲』を持ち帰った私は、フランクの意見を聞こうと本を預けた。

フランクは興奮した。こういう奇妙な発見は彼の好みにぴったりなのだ。私自身のダンケアンとのつながりについては前にも話していたが、ごく大まかに伝えただけである。まずは私としても空き時間をかなり注ぎ込み、大学図書館で本の由来や著者についていろいろ調べてみたが、成果はゼロだった。

フランクは驚かなかった。

「ねえ、僕は経験からわかるんだ」と彼は言った。「こういうのは素人の手には負えないんだよ。専門家に預けるしかないよ、そうしたら何か出てくるかもしれない」

自分のことを言っているのかと私は思った。フランクの奇妙な品々のコレクションには稀覯本も含まれていたからだ。エンポリウムのコレクションに『黒曜石雲』を加えるのも悪くない、というようなこともフランクはすでにほのめかしていた——もちろん売り物としてではなく、飾っておくために。

実のところ、彼の頭にあったのはもちろん、グラスゴーのスコットランド文化センターの稀覯本担当の学芸員だった。

「会ったことはないんだ。でもいろんな雑誌でこの人が書いた記事は読んだ。知識は確かだよ」

そこで私はフランクの提案に従い、その結果、学芸員が熱く反応してくれたわけである。そして学芸員の調査が進行中に、もう一人の重要人物が私の過去から戻ってきた。

デュポン再登場

1

金曜日のこと、私は月曜午前に開かれる、複数の採鉱企業から成る共同事業体の代表者たちとの重要な会合の準備をしていて、いつもより遅くまでオフィスにいた。電話が鳴り、ジョンソンだと思って受話器を取った。ジョンソンはさっき、部品をチェックしに工場の方に行って、何か足りなければ電話してくると言っていたのだ。

「ハリー、君かい？」

ジョンソンの声ではなかった。

「チャールズ・デュポンだよ」

来《きた》るべき月曜の会合のことで頭が一杯だったので、はじめその名前を聞いてもピンと来なかった。

「ほら――ドクター・デュポン。アフリカで、二十年以上前に一緒だった」

デュポン！　私は驚き、嬉しかった。長年のあいだによくあなたのことを考えましたよ、どうしてらっしゃるかと思っていました、と私は言った。僕が心底友人を必要としていたときに、あなたは本当に親身になってくれましたから、と。

「うん、忘れられていないと聞くのは嬉しいものだね」とデュポンは言った。「私も君がどうしてるかと思っていたんだ」

最後に会って以来の自分の人生を私はかいつまんで話し、彼も同じことをした。アフリカを去って以来、方々の地域でさまざまな地位にデュポンは就いていた。この三年は、ニューヨーク州北部、カナダとの国境近くにある研究所の医療部長を務めているという。

「そのおかげで君のことも聞いたのさ」と彼は言った。

どうやらその研究所のラボを動かしている発電機のひとつに入っている高圧発電装置《マグネトー》が故障したので、カナダから技術者が呼ばれたらしい。今日その作業が終わり、技術者は国境の向こうへ戻る前にデュポンのところへ終了の報告に来た。そしてこの技術者がたまたま、キャンバルーのスミス揚水機で仕事の一部を覚えたという話をし、そのなかで私の名前が出てきた。いくつか質問するうちに、これはずっと昔アフリカで知っていたハリー・スティーンにちがいない、とデュポンは合点したのである。

「いやあ、本当にびっくりしたよ」とデュポンは言った。「それに、すごい偶然でもあった。というのも、たまたま君のことを考えていたんだよ。今度の週末に、君がいつも話していたあのスコットランドの小さな炭鉱町で暮らしたことのある客がうちに来るのさ。ダンケアン、だったよね？」

ラベルダでの発見の直後にまたその名を聞いたものだから、こっちはもっとびっくりしたし、もう何年も経ったのにデュポンがその名をまだ覚えていることにも驚いた。

「まあのころ、君が何度も話してくれたからね。ダンケアンのこと、君の失恋のことを」と彼は言った。「とにかく、その技術者が帰ってすぐ、スミス揚水機の電話番号を調べたんだ。君が出てくれてよかったよ。私の訊きたいことはこうだ――ずいぶん急な話だとは承知だが、君この週末、こっちに来られないかな？　二人で積もる話もあると思うし、君は僕の友人と会ってダンケアンの話も好きなだけ聞ける」

そんな魅力的な誘いをどうして断われよう？　もちろん行きます、土曜日に車で行きますと私は言った。でも日曜の早めに失礼しないといけません、月曜の朝早くにキャンバルーで大事な会合があるので。研究所のそばに、土曜の夜に泊まれるホテルはありますか？

「ホテルなんて考えなくていい。研究所には私の住まいもあるから、君はゲストルームに泊まればいい。じゃ、ここへ来るのに一番いい道順を教えるよ。いささか辺鄙なところにあるんでね」

2

私は土曜の朝に出発したが、週末で道がひどく混んでいたため、思ったより時間がかかってしまった。やっとのことで、消耗させられる七時間を過ごした末に、デュポンに教わったジャンクションで高速道路を降りた。その後一時間、トウヒとカエデの森を走り、道はどんどん狭くなっていって、しまいには対向車とすれ違う幅もなくなった。時おり、食べ物を漁《あさ》っている鹿の家族を驚かせてしまい、一度などはのっぽの痩せこけた狼に行きあたった。狼は道路の真ん中に立っていた。たぶんこの時期に日蔭の藪《やぶ》にはびこる蚊たちに耐えきれず出てきたのだろう。

午後三時ごろ、道路が行き止まりになって、兵舎のような建物の連なりが見えた。半円形のトタン屋根の、細長い簡素なバラックが、フットボール場数面分の広さの野原に並んでいる。その全体を、剃刀《かみそり》付き鉄条網がてっぺんに付いた高い金網が囲んでいる。バラックの破風《はふ》の部分は色褪せたカーキ色だった。窓もドアもペンキを塗る必要がありそうだった。ブリキ屋根は錆びていた。全体に堂々たる外観とは言いがたいが、周囲の森には溶け込んでいた。

小さな駐車場の、公用車ふうの車が数台並んでいる横に私は駐車し、車を降りて暑い日差しのなかに出た。虫がブンブンいう音が唯一の音だった。ひょっとして曲がる場所を間違えてしまったのだろうか。

だがそうではなかった。金網に設けられた大きな鉄のゲートに、この看板が掛かっていた。

連邦研究所 77

立入禁止

迷子になったときのためにデュポンから聞いていた名前と番号である。呼び鈴が見当たらないので、ゲートの把手を回してみた。すぐさま一番近いバラックのドアが開いた。軍服を着た若者が、白衣を着た年輩の男性とともに、炭殻を敷きつめた通路をこっちへやって来た。兵士がゲートの鍵を開け、中へ入るよう私に手招きした。細いサングラスをかけたもう一人の男が、私に向かって片手を差し出した。

「ハリー」と男は言った。「また会えて嬉しいよ」

ドクター・デュポンだった。

見ただけでは彼だとわからなかっただろう。前よりずっと歳をとって、ずっと瘦せていた。髪は短く白く、顔は綺麗に剃っている。私が記憶のなかでつねに思い描いていた二本の鬚はなくなっていた。白衣に縞のネクタイという格好は、いかにも政府に雇われた科学者に見えた。それから、サングラスを外すと、あの見覚えのある、面白がっているような表情をたたえた緑色の瞳が現われた。

兵士が私の鞄を車から出してくれて、私たちは二人が出てきたバラックに歩いていった。そこへ入っていくのは、真ん中で二つに切って横に倒した巨大な樽に入るみたいな感じだった。中には使い古したテーブルがいくつかと、キッチンにつながる通路があった。どうやらここが研究員たちの集会所であり食堂であるらしかったが、いまは週末なので空《す》いているのだ。

デュポンと私はひとつのテーブルに座り、じきに濃いコーヒーを飲みながらすっかりくつろいで喋っていた。まるで二十年の時などなかったように思えた。アフリカで別れてからの自分の体験を私はもう少し詳しく語った。大西洋を渡って、南米で英会話教師として働き、スミス揚水機の経営者ゴードン・スミスと出会い、やがてその娘アリシアと結婚して息子が一人生まれたこと。悲しいことにアリシアが昨年亡くなったこと。

デュポンは、時おりしかるべきところでうなずきながら、静かに耳を傾けていた。

今度は私が彼に、アフリカでのその後の日々について訊ねる番だった。飛行機の窓から最後に見た彼とクララの姿はいまでもありありと覚えていた。

「私も覚えているよ。すべてを置いて飛び去っていく君のことが私もクララも羨ましかったが、とにかく病院の後始末はしないといけなかった。それから、反乱軍がやって来るという前の日に、沿岸へ向かうトラックにどうにか二人とも乗せてもらった。敵が追いかけてくるんじゃないかと怖かったが、絶対捕まるものかという気でいた。クララには黙っていたが、念のため青酸カリも二錠持ってきていた。捕まったらどういう目に遭わされるかは君も見ただろう。

　道路は普通以上にひどくて、のろのろとしか進めなかったから、駐まって夜を過ごす破目になって、木々のなかにトラックを入れてカムフラージュしないといけなかった。クララと私はトラックの荷台で眠った。夜が明ける直前、どういう種類だか、蛇が頭上の枝から落ちてきて、クララを咬んだ。ほんの数分で体じゅうに毒が回った。あんなのは見たことがない。一時間後、彼女は全身がなかば麻痺してほとんど息もできなかった。私は何もしてやれずに、彼女の体が腫《は》れ上がって苦しみながら死ぬのをただ見ていた。

　青酸カリは持っていたから、それを彼女に与えて楽にしてやることもできた。赤の他人だったら迷わずそうしたと思う。でも私は彼女を愛していた。だから待ちつづけ、望みつづけた」

　デュポンの目に浮かぶ痛みが私にも見えた。

「あんな死に方をさせたのは、私の自分勝手だった。あんなことをした自分がいまだに許せない」

　あなたがなさったことはまったく無理もない行ないだと思いますよ、と私は慰めたが、彼が納得していないのは明らかだった。

少ししてデュポンは、その後に携《たずさ》わった、世界のさまざまな場所での仕事の話をしてくれた。中には同じように危険な場所もあった。やがて、寄る年波には勝てず、そういう苛酷な暮らしにもはや耐えられなくなった。もう少し安全で、だがやはりやり甲斐のある仕事を探したところ、この研究所77の医療部長の職を与えられた。外科医としての熟練はむろん、人類学者としての知識もここでは活かせるという。

「ここの仕事の方が安全だというのは、あくまで比較の問題にすぎない。ここにもリスクはある。ただし大半は患者にとってのリスクだが」と彼は言った。

デュポンは腕時計を見た。私たちはすでに一時間以上話していた。

「もう行かないと」。彼は立ち上がった。「君を部屋に案内して、それからウォーターヴィルへ行く。ここから車で一時間くらいのところにある町だ。電話で言った、ダンケアンを知っている友人がそこでディナーに合流する」

バラックのうちいくつかは、研究所スタッフの共同住居に使われていた。医療部長のデュポンは自分専用のバラックを与えられていた。かなり広いリビングルームの床には絨毯《じゅうたん》が敷かれ、座り心地のいいカウチや椅子があった。

中に入ると、巨大な緑の目をした白猫が、眠っていたカウチから飛び降り、嬉しそうなキーキー声を上げてデュポンに駆け寄ってきた。そして肩に跳び乗って、ゴロゴロ喉を鳴らしながら彼の顔に体をすりつけた。デュポンもその毛を撫でてやった。彼の動物好きなところが私は以前から好きだった。そしていまこの白猫が、堂々デュポンの肩の上から、さも偉そうに私を値踏みしている。

「プリシーというんだ」とデュポンは言った。「少なくともこのバラックでは鼠《ネズミ》が厄介になりすぎないようにしてくれている。研究所じゅう鼠だらけでね、特に冬はひどい」

猫を肩に乗せたまま、居住空間の奥の、寝室が並んでいるところへデュポンは案内してくれた。私が一晩泊まるゲストルームは、鉄のベッド枠、ランプを置いた樅《モミ》材のテーブル、と質素な調度だった。専用のバスルームが付いていていた。

私はこの機を利用して顔を洗い、シャツを替えた。リビングにいるデュポンのところへ戻ると、彼もすでに白衣からジャケットに着替えていた。プリシーはふたたびカウチに陣取っていた。

「ウォーターヴィルに出かける前に一人、患者のところに寄らないといけない」とデュポンは言った。「ほんの数分で済む。よかったら一緒に来ないか。ちょっと面白いかもしれないよ」

3

私たちはいくつかのバラックの前を通っていった。バラックのあいだの横道にはところどころ雑草がはびこっていた。

「このへんのバラックは戦争末期以来使われていない。そのころここは軍事基地として機能していた」とデュポンは言った。

次に現われたのは現代風の煉瓦造りの建物で、横の壁で空調の室外機がブンブン鳴っていた。ここへ入るのだろうと私は思った。

「いや、ここは手術室だ。最新の設備ではあるが、ここを見せたいわけじゃない」

我々の行き先は、ふたたび現われた軍隊用バラックで、いままで通ってきた一連のバラックよりずっと大きく、外側の状態もよかった。破風のペンキも新しかったし、トタン屋根は最近錆《さび》を落としたようだった。黒光りする鉄棒がすべての窓を護っていた。

「回復室だ」とデュポンは言った。「ここにはいつも見張りがついている」

彼がドアをノックすると、閂《かんぬき》を外す音が聞こえた。がっちりした体付きの、弾帯を着けて拳銃をホルスターに挿した兵士がドアを開けた。

「お入りください、ドクター」と兵士は言った。

「お客さんも一人いる」とデュポンは言った。

兵士はざっと私を見た。

「結構です」と兵士は言って私たちを中に入れ、また閂を差した。

バラックの左側はずっと廊下がのびていて、半円形の屋根のせいで少し狭くなっていた。ドアが右に並ぶ廊下を私たちは兵士に導かれて進んでいった。最後のドアには覗き穴があった。兵士はそこで止まり、鍵を挿して錠を回したが、ドアは開けなかった。脇へ退《の》いて、腕組みをして立った。

デュポンがドアの覗き穴に目を当て、そっとノックして耳を澄ました。中からは何の音もしなかった。デュポンはドアの把手を回し、ついて入ってくるよう私に合図した。私たちが中に入ると兵士がドアを閉めた。

壁を水色に塗った、広々とした部屋にはデュポンと私以外誰もいなかった。アンモニアだろうか、かすかな臭気が室内に漂っている。唯一の音は部屋の隅、流し台とトイレの上にある鉄格子付きの窓で蠅たちが立てているブンブンやかましい音だけだった。整えていないベッド、椅子一脚、机、家具はそれで全部。床には新聞紙が散乱していた。

突然、部屋にいるのは私たち二人だけでないことに私は気がついた。痩せた女性がベッドの足側に座っていた。青いワンピースは壁とだいたい同じ色だとはいえ、どうしていままで気づかなかったのだろう。歳は四十くらいか、短く刈り込んだ髪は灰色がかった茶色で、目は灰色。顔はハート形で肌はひどく青白かった。顔の左側、長さ七センチくらいの青黒い傷跡が髪の生えぎわから眉に走っている。

私たちが入ってきたことに、女性は明らかに気がついていた。デュポンに向かって疲れたような、陰気な笑みを浮かべ、デュポンも笑みを返した。

「こんばんは、グリフィン」とデュポンは言った。「ちょっと寄ってみたんだ。気分はどうかね」

「ええ、とてもいいです」と彼女は言った。「休んでいたところです。このごろすごく疲れているので」

ひどく静かな声で、わずかに外国訛《なま》りのようなものもあったから、耳を澄まさないと聞きとれなかった。

デュポンが私の方をしぐさで示した。

「この人は私の昔の友人で、ハリーだ」と彼は言った。

私は握手しようと手をのばしかけたが、デュポンが私の腕に手を当てて止めた。

グリフィンは私を上から下までじろじろ眺めた。灰色の目がさっきから明るく輝いていて、私の方の空気をくんくん嗅いでいるようにさえ思えた。

「念のため来たんだ、君が夜眠るのに何か必要なものはないかと」とデュポンが言った。

「いいえ、夜は大丈夫」と彼女は言った。

「結構。それだけ確かめたかったんだ。朝になったらいつものとおり面談に来るからね」

私たちはそれ以上何も言わずに立ち去った。ドアから外へ出るときにちらっとふり返ると彼女はまだ私を見ていた。私たちが外に出ると兵士が鍵をかけた。

駐車場までは歩いてすぐだったが、そのわずか数分のうちに、闇がキノコのごとく成長していくように思えた。デュポンが研究所のバンを選び、二人で乗り込み、ウォーターヴィルに向かった。一キロちょっと走ったところで、星が出てきた。

「一時間くらいで着く」と、木が両横に並ぶ道路を飛ばしていきながらデュポンは言った。

私はひとつのことしか考えていなかった。二人で部屋に入ったとき、なぜ私にはあの女性が、グリフィンが、見えなかったのか？　秘密の仕切りでもあったのか、どこかに隠れていたのか？　私がそう言ってみるとデュポンは笑った。

「わかるよ。たしかに不安になるよな」と彼は言った。「でも断言する、私たちが入っていったとき、グリフィンははっきり視界内にいたんだ、君には初め見えなかったがね。なぜ見えなかったか？　科学者や哲学者がくり返し観察してきたとおり、人間の目は多くの点においてそれほど信頼できるものではない。あそこの星座が見えるかね？」。デュポンはフロントガラス越しに夜空を指さした。「あそこに星座がある、と私たちの目は伝えるが、天文学者に教えられて、あの星の多くはもはや存在すらしないことを私たちは知っている。

あるいは、映画だ。私たちの精神はひとつの映像を捉えるわけだが、フィルムは実のところ数千もの像がつなぎあわされていて、あまりに速く動くので私たちにその継ぎ目が見えないだけだ。また逆に、この上なく遅い動きもやはり私たちには見えない。たとえば樹木の一分ごとの生長とか。

あるいはもっと身近なところで、君と私はどうだ？　私がずいぶん老けたことに君は気がついたにちがいないし、私も君が歳をとったことを目にとめている。まあ私ほどひどくはないがね！　だがもし我々が長年日々接していたら、時が人間にもたらす荒廃にもほとんど気づかないにちがいないよ。

まあとにかく、わかるよね。たとえば、パーティで知った顔を見つけて、そっちへ行って声をかけて、目が間違えていたことにやっと気がつく。あるいは、隅で君の猫が寝ていると思ったら、左右一緒に丸めてある靴下だったり。こういう例はいくらでもある。

それで、グリフィンの場合も、まったく同じじゃないが、似たような話だ。誰もが時おり経験するあの感じは君も知ってるよね――君は何かを探している、たとえば車のキーだ、だがどうしても見つからない。やれやれ、もうあきらめるかと思った矢先に、突然そのキーが、ほぼいつもの場所にあるのが目に入って、どうしていままで見えなかったのか愕然としてしまう。

グリフィンもね、小さいころからそれと同じような特徴があったのさ。誰かの目の前にいるのに、時にはほとんど感知されないという特徴が。そういう能力がある動物はたくさんいる。体の色を変えて周囲に溶け込むカメレオンとか。鳥のなかにも、背景に調和するのがあまりに上手くて、ベテランのバードウォッチャーでもなかなか見つけられないのがいる」

私は突然、アフリカでトラックに乗っていて、デュポンがヨタカを指さしたときのことを思い出した。あんな大きな黒い鳥たちが白昼切り株に座っているのに、ほとんど見えないものだからものすごく驚きましたよ、と私はデュポンに言った。

「あれは私も覚えている。だがグリフィンの場合、ヨタカとは違って、生まれつきそういう能力が備わっていたわけじゃない。努力して身につけていったんだ。たぶんその根本には彼女の家庭環境があった。母親は早くに亡くなり、父親に育てられたんだが、この父親というのがえらく信心深い、そもそも父親なんかになるべきじゃない人物だった。

自分の言葉が幼い子供にどれだけ破壊的な影響を与えうるか、この父親はそれを想像することが生来的にできない人間だった。グリフィンが何か、彼が容認できないことをしでかすたびに、お前は犯した罪ゆえに苦しみにのたうちながら死ぬだろうとか、永遠の闇に堕《お》ちて体を炎に貪《むさぼ》り食われるだろうとか言ったんだ。

あるタイプの子供にとっては、こういうのは底なしに恐ろしい言葉だ。特に、権威の声から発せられたとなればなおさらだ。

グリフィンの変装能力は、あれを変装と言ってよければだが、それに対する反応として発達したと思える。自分をできるだけ目立たなくしようと努めたんだ、まずは父親に対して、やがては世界全体に対して。高校に上がったころにはすっかり有能になって、ほかの生徒たちに混じっていてもほとんど気づかれなかった。

ほぼ不可視であることが、つねに彼女を護ってくれるとは限らなかった。実際、そのせいでもっと辛い目に遭うこともよくあった。たとえば、高校を卒業すると彼女は、タイプ課での職に就いた。同僚たちは、彼女がすぐそこにいて聞いているのにも気づかずに、あの人はつき合いが悪いとか、何だか気持ち悪いとかいつも陰口を叩いていた。結局、そうした状況に耐えきれなくなって神経衰弱に陥り、病院に入れられた。

そんなとき、私たちが彼女に目をとめた。私たちはつねに、ここの研究に向いた人間を捜しているんだ」

いまや高速道路もすぐ近くに迫り、満月のせいで何もかもが昼間のようにはっきり見えた。研究所77の目的は何なのか、そのなかでのデュポンの役割は何なのか、ずばり訊くならいまだと思えた。だから私は訊いた。

車が高速に上がるまで、デュポンは答えを言いはじめなかった。

「いいかいハリー、研究所でやっていることはすべて極秘なんだ。ここで働くことを引き受けたときに私たちはみな秘密厳守同意書にサインする。でも君は科学者ではないし、私たちは古い友人同士だから、これから話すことを君が口外しないものと信頼する。いいね？」

彼に信用してもらえたことが私には嬉しかった。

「簡単に説明できることじゃないんだが、とにかくやってみる。我々の研究所は政府と、医学と人類学の専門家との共同研究の拠点なんだ。私は人間の脳内の、人間をほかの霊長類と違うものにしている部分を研究する実験作業の外科面を担当している。私たちの患者は——我々はボランティアという言い方を好むが——何か深刻な種類の心理的な問題がくり返し起きて、人生が破綻してしまった人たちだ。私たちは彼らに、脳に関するある種の研究の被験者になってくれる気があるかを訊ねる。我々の計画がいかなるものであるか理解できるだけの頭脳の明晰さが彼らにはなければならないし、自分自身の意志に基づいて参加してくれないといけない。グリフィンはその好例だ」。デュポンは私をちらっと見た。「ここまではついて来ているかな?」

だいたいは、と私は答えた。

デュポンはここで、霊長類の脳と、その二つの半球の諸部分に関するちょっとした講義をやり出した。私は精一杯ついて行こうと努めたが、とにかく専門用語が次々出てくるので——腹内側《ふくないそく》皮質、海馬、小脳、前頭部、頭頂部、側頭葉、扁桃核——じきにすっかり圧倒されてしまった。

やがてデュポンはもっと簡単な言い方に切り替えてくれた。いま名を挙げたような要素はすべての霊長類の脳に含まれていることが立証されている。だがホモサピエンスの脳だけは、諸部分をつなぎ合わせる機構に何か微妙な異型があって、それによって理性や倫理が発生するに至り、今度はそれがいわゆる良心を生み出した。

これがこの研究所の重点課題だった。ボランティアの脳内の結合組織を丹念に、段階的に取り除くことによって、結合がどのように機能しているのか、いずれ正確に割り出せるようになることを実験者たちは期待していた。

初めは外科的でない方法が用いられた。結合組織に変更を加えることを意図したさまざまな薬物をボランティアたちに投与したのである。だが薬が作用する範囲が広すぎて、目標の周りの部分まで麻痺させてしまった。効き目が薄れると、薬によって世界の認識にいかなる変化が生じていたにせよ、患者はいっさい思い出せなかった。

やがて、より精密な、ただし後戻り不可能なルートが提案された。外科手術である。破壊したい小さな箇所を特定し、ほかの部分は傷つけずに済ませる方法を見つけるために研究プログラムが立ち上げられた。デュポンの前任者たちは、当時是認されていた方法を試していた。電極かアイスピックを眼窩《がんか》から挿し入れ、そっと動かしていくのだ。当然予想できることだが、このやり方でもまだ荒っぽすぎた。何人かのボランティアが命を落とし、視覚を失ったり、味覚、運動能力、便通の制御能力を失ったりした者もいた。

デュポンは首を横に振った。全体として、結果は実験者たちにとって大きな失望だった、と彼は言った。

彼がそう言うのを聞いて私はぞっとした。ボランティアたちが遭った恐ろしい目に較べれば、実験者の失望など取るに足らぬものではないか。だがその意見は胸にしまっておいた。

研究所77外科チームの長にデュポンが就任したちょうどその時点で、大きな前進が生じた。額に穴を開けるために、最新の、ダイヤの刃を装着した頭蓋用鋸《のこぎり》が導入されたのである。この穴を通して、最新型のロボトミー用機器をロボット的に挿入することができる。これを操作して、脳のごくわずかな部分を、ここの細胞をひとつ、そこを二つといったふうに切りとる。この方法はほぼ百パーセント効果が上がることが判明した。何人かのボランティアに対して手術が成功した。

「結果はまだ予備分析の段階だ」とデュポンは言った。「こういうことは時間がかかるんだ。でも万事、実に有望に思える」

　彼が探している「結果」というのはいったい何なのだろう。私は訊いてみた。デュポンは丹念に言葉を選んだ。

「いいかいハリー、まずこのことを理解してくれないといけない。研究所77での我々の仕事の背後にある目的は、従来の脳神経外科学とは根本的に異なっている。通常の目標は著しく損なわれた患者を、可能であれば精神的に健全な人間に戻すことだ」

　デュポンはふたたびためらい、私はますます好奇心をそそられた。彼が深く関与しているこの研究を、私はぜひとも理解したかった。

「実際、我々の目標は、従来のそれの正反対と言っていい。たしかに私たちのボランティアも、このプログラムに受け容れられた時点では、みな著しく損なわれている。だが我々がここでやろうとしているのは、彼らを精神的に健全な前‐人間に変えることだ」。この発想が私の胸に沈み込むよう、デュポンは間《ま》を置いた。「我々はこう信じている。もし倫理観や理性といった、人間としての精神的健全さの指標である特性が優位である状態を除去することに成功すれば、その患者は、良心が発生する前の霊長類の、完璧に正常な見本になる可能性が十分あるんじゃないか。言い換えれば、人類という種の、かつてのありようが再現できるということだ。たとえばグリフィンだ。ここへ来た時点での彼女は、通常の生活が不可能なくらい激しい罪悪感に苛まれていた。処置を施したあと、彼女は従来の意味では『治った』。何しろ罪悪感を生じさせる元である良心がなくなったんだからね。基本的には、彼女はいわゆる社会病質者《ソシオパス》だ。だが話は全然それだけでは済まない」

　私が愕然としているのを見て、デュポンの口調がますます熱っぽくなった。

「想像してごらんよ、ハリー。現代の人類が、いまだ人間でない霊長類の目で世界を見ることができるんだ！　私たちはそういう贈り物をグリフィンたちボランティアに与えたんだよ。彼らがお返しに私たちに与えうる贈り物を考えてごらんよ。言語能力はそのままだから、原初の知覚や感覚を彼らははっきり言葉にしてくれるんだ。人間の先祖がどのように考え、どのようにふるまったかをめぐる我々の理解に、グリフィンのような人たちがどれだけ大きな貢献をしてくれることか。何よりまず、人類学は革命的に変わるだろうよ。

実験はまだ初期段階だが、すでに不思議な発見がいくつか為されている。たとえば、この処置には女性のボランティアしか使えない。男のボランティアが不足しているわけじゃない。それどころか何百人といる。だが男性の脳をX線で撮ってみると、摘出する必要のある脳のその部分が、初めからすでにないに等しい小ささなんだ。いささか面喰らう発見だが、貴重でもある。きっと今後の重要な研究課題になると思う」

その事実の意味合いを私が考えていると、デュポンはその他の興味深い、難題も多い発見に話を進めた。グリフィンがそもそも言葉を使っているという点が、言語と良心は依存しあっているという昔からの見解と矛盾しているように思える、とデュポンは言った。彼女の喋り方に奇妙な訛りがあることには君も気がついたにちがいないが、いままでのところこの処置を受けたボランティア全員がそうなっている。みんな英語が母語なのに、もはや以前のように自然に使えないみたいなんだ。ゆっくり慎重に、外国語の語彙《ごい》を思い出そうとしているみたいに喋るんだよ。

この特性があまりに顕著なので、デュポンのチームは近い将来、母語がフランス語のボランティアにこの処置を施してみる計画だった。ソルボンヌの言語学の専門家に加わってもらい、処置の後効果《あと》を――特に、ボランティアのフランス語の訛りが外国人のようになったかどうかを――観察してもらう。

またグリフィンは、自分の脳の一部が除去された自覚がまったくないらしかった。チームとしては、鏡を使って額の傷跡を彼女に見せてみたのである。だがほかの被験者たちと同様、彼女はもはや犬や猫と同じで、自分の鏡像を自分と同一視しなくなっていた。同意書をはじめ、手術前に自分がサインした一連の書類を見せられても、いかなる処置が行なわれたことも認めなかった。

このように、リクルートされた人々が脳手術を受けたことを把握できないのは、実のところもっけの幸いだった。いまのところデュポンのチームは、何か問題が起きたら——そしてこういう新しい分野ではまず間違いなく何かが起きる——処置の流れを逆転させる方法がわかっていない。指定された部分を脳から取り出すのは比較的容易になったが、それをもう一度詰め直し、完全に正確な場所で組織につなぎ直して、良心をふたたび始動させるのはとうてい無理な相談である。とはいえ、処置を施したあとでも、ひょっとすると脳の別の部分がいずれ良心、倫理、その他関連の機能を引き受けるようになるのではないか。この点についてもチームは関心を抱いていたが、まずは時が経たないことにはわからない。

この処置から生じたもうひとつの奇妙な結果は、ボランティアたちがもはや自分の名前に反応しなくなるという点だった。グリフィンの本名はウィニフレッド・バークといったが、いまではそう呼ばれても答えない。「グリフィン」と呼べと彼女が主張したのは、それが高校のときに読んだH・G・ウェルズの小説『透明人間』の主人公の名だったからである。だがほかのボランティアたちとの経験から見て、おそらく彼女はこの第一の選択に長くはとどまらないと思われた。一か月に一回といった頻度で彼らは名前を変えることが多い。この移り気は、自分は唯一無二の個人だという確固たる感覚がなくなったという意味ではないかとチームは考えていた。

グリフィンの部屋の奇妙な臭いとビリビリの新聞紙という現象も、処置を受けた人間全員に共通するものだった。雑用係が彼らの部屋を掃除したり脱臭剤を撒いたりすると、ボランティアはひどく悲しんでしまう。まるで自分の巣なり本来の匂いなりにちょっかいを出された動物のようなのだ。

グリフィン自身、部屋を掃除しようとした雑用係に暴力をふるおうとし、警備の兵士が飛び込んできて押さえつける破目になった。それに忘れるなよ——とデュポンは指摘した——彼女は社会病質者なんだからね、何をするかわかったものじゃない。結局、掃除の努力は放棄され、さらに多くの新聞紙が彼女に与えられた。彼女はそれをすぐさまビリビリに破いて部屋じゅうに撒き散らした。臭いに関しても、身繕いにはただの水を好み、石鹸は絶対に使おうとしなかった。

ボランティアたちの注目すべき特色をもうひとつだけ挙げれば、彼らは夜起きていることを好むようになる。研究チームは初め、外科手術に起因する不眠症かと考えた。だがいまでは、処置によってなぜか原始の狩猟本能が解き放たれ、ボランティアを夜行性の生物に変えるのだと見られていた。ほかのボランティアたちと同様、グリフィンも真っ暗な室内をせかせかうろつき、昼間は猫のように寝たり起きたりをくり返すのだった。

4

研究所のバンは小さな丘やカーブを次々越えていった。デュポンは運転に専念し、少しのあいだ何も言わなかった。それからまた、グリフィンの症例の説明を再開した。

「ここを出たら彼女は、南にいくつかある我々の施設のどれかに送られることになる」と彼は言った。

「そこへ行ったら、一流の人類学者数人に毎日質問されるのに加えて、手術後に生じた一連の奇癖を矯正するための厳しいプログラムに携わる。当然ながら、新聞をビリビリに破って巣を作り石鹸も使おうとしない人間が社会復帰するのは難しいだろうからね。私たちとしては、彼女にぜひ復帰してほしいと思っている。ほとんど不可視になる能力もあるわけだから、この社会が前‐人間的霊長類にどう見えるか、理想的な観察者になると思うんだ。ある意味で、人類学者を反転させた存在と言える。彼女の証言はこの分野に革命をもたらすにちがいないよ。

奇妙なものだ。正常な人間のようにふるまうよう教えさえすれば、誰一人彼女とほかの人間との違いがわからないだろうよ。私たちが他人を判断する上で、その人が言うこと、すること以外に拠りどころはない。他人の頭のなかで何が起きているのか、私たちはまったく何の確信も持てない。誰より近しい人であっても、私たちの頭のなかで起きていることがわかりはしない。幸いグリフィンの場合、作られた社会病質者であることを我々は十分意識しているから、少なくとも最初の数年は、何か問題が生じた場合に備えてしっかり監視を続けるつもりだ」

こうした話に私が愕然としていることをデュポンは見てとっていた。私が何か質問をする間もなく、彼は自己弁護を始めた。

「なあハリー、君はたぶん驚いているだろうね、私がこういう仕事をしていることに」と彼は言った。「ある人々にとっては、これは医療という職業の倫理にかならずしも合致しない。だからこそ我々のチームのメンバーは、学界や産業界から非常に慎重に選ばねばならなかったし、あらかじめ秘密厳守にも同意してもらったんだ。こういう性質の調査に関わることをよしとせず、阻止しようとさえする人もいるだろうからね。

だがこの点は確信してもらっていい。処置を受けようとしているボランティアたちに関し、我々はつねに実験細則を厳守しているんだ。彼らが自ら進んで、生じうる結果を十分知った上で処置を受けていることを、私自身二重、三重に確認している。奇妙な話だが、彼らは一人の例外もなく、脳の一部を摘出されるという点については何ら懸念を抱かない。中にはグリフィンのように、これまでの人生があまりに苦しかったから、自分のためにもぜひ処置を受けたいと言う人もいる。それが科学の進歩にも寄与するならなお結構、というわけだ。

科学の進歩、という点はそのとおりだと思う」とデュポンは締めくくりに言った。「私たちのやっている処置は、外科的、人類学的調査として革命的というだけじゃない。私が思うに、哲学と心理学も大きな恩恵を被るはずだ。研究所77でやっていることのおかげで、有史上初めて、何が本当に人間の精神の発展をもたらすのか、それを科学的に探り出す道が拓《ひら》けるんだ」

果てのない上り坂と思える道をバンが難儀そうにのぼっていくなか、デュポンはそうやって自分の仕事を弁護しつづけた。他人の人間性を意図的に減じることで自分は知識の発展に寄与しているのだというその主張は、昔からずっと、疑わしい科学実験の擁護に使われてきた口実でしかない。あいにく、すべてが合理的、論理的なのだと彼が力説すればするほど、いっそう倫理に反しているように思えてしまうのだ。人間は他の生物より高等だと前提しておいて、先端科学という人類の偉大な知的達成をこんな歪《ゆが》んだやり方で使うなんて、馬鹿馬鹿しいにも程がある。そのくらいデュポンにもわかるはずだ。

だが私は何も言わなかった。私は自問せずにいられなかった。もしかしたら彼は、世界じゅうでもっとも不安定で野蛮な地域を渡り歩いて、あまりに多くの残酷さや非道を見てきたものだから、自分もそれに染まってしまったのか？　自らが怪物になってしまったのか？　初めて会ったときの彼は、あちこち危険な場所で職務を遂行し命を危険にさらしてきたにもかかわらず、自分が立派な人道主義者だというようなことは一度も主張しなかった。あのころ彼が勤《いそ》しんでいた仕事は、もっと善意の目的を持っていた。と同時に、冒険やエキゾチックなものを愛することもデュポンは隠さなかった。

実際、当時私から見て、自分を聖者のように仕立て上げたりしないからこそ、彼はいっそう人間的で好ましい人物に見えたのだ。それに彼は、私の友人になってくれていた。良き友、信頼できる友に。とはいえ、こんないかがわしい科学実験の話をしたいまも、彼はかつてのデュポンと根本的には少しも変わっていないように思えた。だいいち、私などに人を裁く権利があるのか？　倫理的な事柄に関し、私にどんな自慢ができるのか？　結婚にしても、私は愛とはほとんど、あるいはまったく関係ない理由で結婚した。二十年以上にわたって、環境を破壊し、罪もない無数の人々の生を損なう産業から利益を得てきた。少なくともデュポンの犠牲者たちは、己が損なわれることを「ボランティア」したのだ。

だから私は、いまにも彼に、あなたの仕事は倫理に適《かな》っていますよと言ってやる気でいた。とにかくデュポンは私を、そしておそらくは自分を、説得しようとあまりに熱心だったのだ。私もそうだし、たぶん大半の人間は、何らかの形で自分を裏切っているんだと思いますよ、と私は言おうとしていた。

ところがそこで、バンは最後の丘を越え、かなりの大きさの町の灯が眼下に広がっていた。

「前方にウォーターヴィル！」とデュポンがすっかり陽気な声で言った。「私の友人がもう来てるといいが」

5

私たちの行先は、ウォーターヴィルの外れの、〈古き水車小屋《イー・オールド・ミル》〉なる十九世紀の廃墟を改造した高級ホテル、レストラン、バーだった。ロビーの自然石の壁に掛かった銘板によると、百年前ここは「マニュファクトリー」だったという。

「『工場《ファクトリー》』の気どった言い方だね。まあ『ファクトリー』だって『搾取工房《スウェットショップ》』の気どった言い方だが」とデュポンは二人で中に入りながら言った。いかにも上機嫌である。私に告白したことで胸のつかえが下りたのか、それとも全然告白とは思っていないのか。

ヘッドウェイターに案内されて私たちはテーブルに向かった。長い金髪の、人目を惹く女性が立ち上がって私たちを迎えた。着ている絹のようなガウンはくるぶしまであって、見た目に心地よいゆったり粗い編み方になっている。

デュポンは彼女の唇に軽くキスしてから、私に紹介した。

「こちらはマーシャ・ウッズ」と彼は軽くウィンクしながら私に言った。いままでずっと、いかにも男の友人に会うのだと思わせて、まさか目を見張る美人だなどとは匂わせてもいなかった。

「このあいだ話したハリー・スティーン、ダンケアンにいた男だよ」とデュポンは女性に言った。

彼女がのばした指を私は握り、私たちは席についた。

「いま来たばかりなの」と彼女は言った。「スーツケースはフロントに預けてきたわ。まだ飲み物も注文していないのよ」

レストランの薄暗い照明に目が慣れてくると、彼女がはじめ思ったほど若くないことに私は気がついた。実際、私とほぼ同い歳にちがいない。化粧も目の周りの細かい皺を隠せてはいなかった。

「マーシャは明日正午にワシントンへ発つんだ」とデュポンは私に言った。「今夜は研究所に泊まっていって、明日朝はみんなで一緒に朝食を食べる。スタッフの一人が飛行機の時間に合わせて空港まで車で送っていく」


デュポンがワインをボトルで注文し、食事が出てくるまで私たちはゆっくり飲みながらお喋りをした。マーシャが国連に勤務していることを私は聞かされた。デュポンとはつい二、三か月前に知りあったばかりだという。デュポンはいままで働いてきた世界じゅうのいろいろな場所や、そこで目にした奇妙な習慣の話で彼女を惹きつけたらしい。

「で、いろんなことがつながっていって」と彼女は情愛のこもった目でデュポンをチラッと見ながら言った。

「寝室も含めて」とデュポンが言い足した。二人とも笑った。

ワインを飲めば飲むほど、私は彼女の容姿が好きになっていった。もうずっと前に亡くなったデュポンの恋人クララとは正反対だ。クララはアフリカの太陽にさらされて歳より早く老け、それを少しも隠そうとしなかった。マーシャはもう事実中年なのだが、若く見せようと技巧を弄している。あまり笑わないが、それももしかしたら皺が増えないよう気をつけているのだろうか。

三人とも腹を空かせていたので、メインディッシュを食べているあいだは話も最小限にとどまった。だが一息ついて、デザートを待っているときにまた話が始まった。デュポンがしばらく太平洋諸島にいたことを思い出した私は、オルーバで見た刺青の女たちの話をした。最近ではもう全身刺青も絡んだ豊饒信仰は廃《すた》れたけれど刺青はいまも女性の装飾の一部なのだと私は言った。

「面白いわねえ」とマーシャが言った。

彼女の冷静で、かつ好奇心旺盛な様子に私は好感を持った。

「おいハリー」とデュポンが言った。「女性の刺青が全身にあったって言ったよな？　どうしてわかったんだ？」

私たちはみんな笑った。

「まあそれでも、オルーバの刺青から儀式的意味が失われたというのは進歩のしるしかもしれないな」とデュポンは言った。「ほかの列島では、みんな古い習慣にしがみつくものだから、現代世界に導き入れるのに一苦労だったよ」。そうして彼はマヌアで過ごした年月を回想しはじめた。マヌアはオルーバのはるか南にある。彼が特に覚えていたのは、そこに診療所を開こうとして伝統的な信仰の障壁にぶつかったことだった。私には初めて会ったころ聞かせてくれた話である。マヌアの人々は、輪廻転生《りんねてんせい》を中心概念とする複雑な信仰体系を持っている。いまの人生で苦しんでいる病気が治ることを望まないので、彼らはデュポンの提供する薬を飲もうとしなかった。治ってしまったら、次に生まれ変わるときにもっと苦しい病に襲われるというのだ。

「じゃあどうやって薬を飲ませたの？」とマーシャが訊ねた。

「飲ませられなかったよ。あらゆる手を尽くして説得に努めたが、無駄だった。実際、科学の訓練を積んだ者としては相当な屈辱だったね。何しろ石器時代から変わっていない世界観に完敗したんだから。問題のひとつは、話しあおうにも彼らとは何も共通の基盤がないことだった。

たとえば彼らのシャーマンの頭《かしら》は、二足す二は四だという概念を私が説明しようとしても、何の話かまるで呑み込めなかった。逆に私がいかに間違っているかを示そうとしたんだ。糸を二本出してきて、それぞれに二つずつ結び目を作った。そうして私に言うんだ――ほら、これをつなぐにはもうひとつ結び目を作るしかないだろう？　そして二本の糸を一緒に縛って、これで五つになったぞ、と来た。そのあとはもう、私のことをまるっきり子供扱いさ」

マヌアの人々のつむじ曲がりぶりに、私たちは笑った。

「シャーマンみたいに、私の知識は神から授かっているのだぞ、とか言えなかったの？」とマーシャが言った。

デュポンは首を振った。

「科学者にひとつ信じねばならないことがあるとすれば、それは合理的思考の力だ。これは命よりも大事なことなんだ」とデュポンは、決して偉そうにではなく、本気でそう信じているかのように――そして科学的調査の名の下に人々の脳を一部分切りとる研究所になど勤めていないかのように――言った。

彼を見る目付きから、マーシャが感じ入っていることは明らかだった。妙なものだが、彼の仕事の実態を知ったにもかかわらず、私はそのとき、デュポンの確信を羨ましく思った。少なくとも、ある程度は。私自身はといえば、もうずっと昔に、命よりも大事な信念を失くしてしまった気がした。

デザートのあと私たちはレストランを出て、大きな石壁と暖炉のあるバーに行った。ゆったりブランデーが飲める静かなテーブルに私たちは座った。最近ラベルダに行ったことを私は二人に話し、『黒曜石雲』を見つけたこと、その本に書かれたダンケアンの空で十九世紀に起きた奇怪な事件のことを話した。

「ダンケアン！」とデュポンが言った。「これはこれは。君がずっと昔にダンケアンに住んでいたことはもうマーシャに話したよ」

彼女はさっきから、興味津々、私の話に耳を傾けている。

「ええ、あなたがあの町にいらしたことはこの人から聞いたわ」とマーシャは私に言った。「残念ながらダンケアンでも、スコットランドのアップランドじゅうどこでも、不可解な出来事が起きる日々はもう終わってしまったようね。私が勤めている部署は世界各地の人口減少が関心事だから、私はそういうことを嫌になるくらい知っているのよ。人口減少の原因を特定して、もし是正が求められればその方法を探るのが私たちの仕事なのよ。

五年くらい前に、アップランドの人口流出が止まらないというんで、その状況を調査する仕事を私は割り当てられた。地域の隅から隅まで車で回って、残っている住民を片っ端からつかまえて話を聞いて、時おり見かける外から狩りや釣りに来た人の話も聞いたわ。

そのなかで、ダンケアンはというと……それがね、もう町がほとんどなくなってしまっているのよ。少なくともあなたが覚えているような形では。あの地域全体、もう定住者があまりいないのよ、ところどころに羊飼いがいる以外は」

ここからマーシャは、私が去ったあとの数十年で起きた地域の衰退をめぐる、愕然とさせられる歴史を語り出した。主たる原因は、男性人口の大半を雇用していた炭鉱が、石炭が枯渇したか、経済・政治状況が変わって石炭がエネルギー源として好まれなくなったかで閉鎖されたことだった。カムナー、ロスマーク、ラニック、テイマイア、ギャトブリッジといった、少なくとも中世からずっと存在してきた町がいまや見捨てられた。

「まるで土地に呪いがかかったみたいなのよ」とマーシャは言った。

　彼女が「呪い」という言葉を使うのを聞いて、ずっと昔にミリアムから聞かされた、アップランドのあちこちの町で起きた不思議な出来事を私は思い出した。広場に出来た穴に町全体が沈んでいきつつあったストローヴン。片脚の男をそこらじゅうで見かけるミュアトン。そうして、どこよりも奇怪な、町民たちが不可解にして致死的な喋り病に苦しんでいたキャリック。たしかにこれらの町は、まるで呪いがかかっているように思えたものだ。私はそうした町のことをマーシャに言ってみた。

「残念ながらどの話も聞いたことないわ」と彼女は言った。「でも私がダンケアンに行った時点で、炭鉱が閉鎖されて十年が経っていた。十年前に町は終わってしまったのね。今日では住む人もごくわずかで、建物も朽ちかけている。古いホテルはまだ一軒あるけれど、泊まるのはたまたま通りかかった旅行者や狩りに来た人くらいね」

ダンケアンの没落をこうして聞かされたことは、私にとって大きな打撃だった。よく知った地を離れて以来何年も戻っていない人々はたいていそうだろうが、私も頭のなかにダンケアンの姿を、自分が住んでいたころのままに保存していた。そのダンケアンのイメージは、時の流れなどといった常識的な観念を超越していた。同じことがとりわけミリアム・ゴールトにも当てはまる。私にとって彼女は、永遠に若く美しくなければならないのだ。私の心の、より現実的な面が割り込んできて、そんなことはありえないと指摘しても、あっさり追い払うまでだ。
　だから、アップランドの人口減少とダンケアンの衰退をめぐって、目撃者による客観的な報告を聞かされたことで、私はひどく動揺した。何だかまるで、私自身のなかの、人間として何かとても大事な要素が同様に抹消されてしまった気がした。その昔ダンケアンでつかのま数か月暮らした、希望に満ちた若者がいたという思いは、私にとってこの上なく大切だった。常識的に考えれば、長い人生で人は皆いろんな人間になるのであって、そのいろんな人間のなかには自分にとって好ましい者もいればそうでもない者もいるだろう。ダンケアンで過ごした若者は、一人の人物を形作るその長い物語における一登場人物にすぎない。だがそういう考えは、時として私には受け容れがたかった。

私の頭で生じている思いを、デュポンはある程度感じとった。

「君には話さなかったね、ハリーがダンケアンで若者だったとき、一人の女の子に恋して、恋に破れて傷ついたことを」と彼はマーシャに言った。「だから町を去り、ひとたび去ったあとは二度と戻らなかった。そうだろう、ハリー？」

それだけ誘い水があれば十分だった。ワインにも助けられて、私はマーシャに向かってミリアム・ゴールトへの愛を語り、その惨憺《さんたん》たる結末を語った。それについて考えたせいで、すべてがよみがえってきて、それを語ることでほとんどそれを生き直すことになった。自分の言葉に私は心を揺さぶられた。

語り終えたころには、マーシャは新たな興味の目で私を見ていた。

「悲しい話ねえ」と彼女は言った。「でも、あの町に誰もいなくなってしまう前にもう一度訪ねていったらどう？　ひょっとしたらその人、ダンケアンに残っている数少ない一人かもしれないわ。もう一度会えたら素敵じゃない？　すごくロマンチックじゃない？　アップランドは道路の状態はいいから車で回るのは楽よ。それにホテルもまだあると思う――たしかブラッケン・インっていうのよね」

マーシャが私を見る目はさっきより温かかった。単にブランデーのせいでこっちがそう思っただけかもしれないが。

「じゃああなた、本当に心底傷ついたの？　それだけ激しく恋をしたっていうこと、素晴らしいわねえ」と彼女は言った。「たった一度だけでも」

どうやらマーシャは真《まこと》の愛というものを信じているらしい。そしてまた、自分では一度も経験したことがないようだった。

十一時ごろ、そろそろ研究所に帰ろうということになった。デュポンがマーシャから預かり証を渡され、スーツケースを受けとりに行った。それから三人でバンに乗り込み、もう車もとだえた道路を走り出した。明るい月の下、見通しは素晴らしくよかった。なぜか「狩猟月《ハンターズ・ムーン》」（中秋の満月の次の満月）という言葉が頭に浮かんだ。口にしてみたが、それにはまだだいぶ早いとデュポンに言われた。

三人ともバンの大きな前部席に、マーシャを真ん中に座っていた。いままで仕事をしたほかの場所のことを彼女は少し語ったが、何しろすぐそばに彼女がいて、香水の匂いも漂ってくるものだから、私は話に集中するのに苦労した。バンがカーブを曲がったとき、彼女は私の方にもたれかかってきて、一度などは手を私の腿に載せて体を支え、道路がまっすぐになったあともしばらく手を離さなかった。どう考えたらいいのか、私にはわからなかった。

6

午前零時ごろ研究所に帰りついた。デュポンのバラックまで行くと、寝る前にみんなでテーブルを囲んでもう一杯ワインを飲もう、とデュポンが言った。いつもはとても人なつっこい白猫のプリシーが、窓際に立ってニャーニャー騒々しく鳴いていた。

「外に出たいんだな」とデュポンは言った。そして窓辺に行って窓を開け、猫に向かって甘い声でささやいた。と同時にマーシャは、ずっと私のことを意味ありげな目付きで見ていて、目をゆっくりしばたたかせていた。

「夜中に戻ってくるから、窓は少し開けておくよ」とデュポンは言いながらテーブルに戻ってきた。

「しばらくうろつき回りたいんだよ、寝ている鳩を脅《おど》かしたり」

ワインを飲み終えると、私は席を立ち、これで失礼しますと言った。何しろ長い一日だったのだ。翌朝は三人で七時に食堂バラックで落ちあうことにした。私はキャンバルーへの長い車の旅が控えている。部屋へ戻ろうとする私の手をデュポンが温かく握り、また会えて本当に嬉しいよと言った。私はマーシャの頰にキスし、彼女と目を合わせるのを避けた。

客用の寝室で服を脱ぎ、目覚まし時計をセットして明かりを消し、ベッドの上に大の字になった。ただひとつ聞こえる音は、窓の方から漂ってくる、鳩たちが翼をガサガサ鳴らす音だけだった。プリシーに脅かされて巣から飛び出したのだろうか。

マーシャのふるまいのことを、私は考えずにいられなかった。もしかりに私の読みとり方が正しいとしても、いったいどうやって彼女は、夜中にデュポンのベッドを抜け出し、デュポンを起こすことなく私の部屋に来られるだろう？　こんな古い床板はちょっと動いただけでギシギシ鳴って、この北の森の静けさではほとんど悲鳴のように聞こえるだろう。

私はぐっすり寝入ってしまったにちがいない。彼女が部屋に入ってくるのが聞こえなかったからだ。気がついたらもう、彼女が毛布の下にもぐり込んできて、裸の体を私に押しつけてくるのがわかった。

「シーッ」と彼女はささやいた。

警告されるまでもない。デュポンの部屋からは何メートルも離れていないのだ。でもどうやら、最後の一杯のワインが効いてデュポンは眠りこけ、彼女はまんまと抜け出したのだ。

ブラインドは閉じられていて、部屋には明かりの気配もなかった。だがそのまったき闇のなか、私たちの営みは一種、解読に訓練を必要としない点字のようなものだった。思わず出てしまう喘ぎやため息と、伴奏のうめきを上げるベッドのスプリング以外、私たちはほとんど何の音も立てなかった。事が済むと、二人とも仰向けに横たわり、並ぶものなき満足感と達成感を味わっていた。

まもなく彼女は、ドアを音もなく開け、閉めて立ち去った。デュポンの部屋へ戻っていくなか、床板は何ら警告を発しなかった。懸命に耳を澄ましながらも、私はふたたび眠りに落ちた。

7

目覚まし時計で七時ごろ目が覚めた。ひどい二日酔いで、夜のあいだに何が起きたかを思い出すにも少し時間がかかった。いざ思い出すと、おそろしく疚《やま》しい気持ちになった。昔からの友人に何とひどいことをしたのか。とにかくデュポンが熟睡していて何も気づかなかったならいいが。マーシャはきっと、昨夜の出来事は単にワインを飲みすぎたせいだと——少なくとも私の方はそうだったと——わかってくれるだろう。

シャワーを浴びて、服を着ると、覚悟を決めて、バラックの中心部に行った。デュポンの部屋のドアは閉まったままで、中からは何の音も聞こえなかった。二人ともまだ眠っているのか、それとももう食堂バラックへ朝食に行ったのか。

ぎらつく朝日のなかへ私は出ていき、食堂バラックの方へ、新鮮な空気を胸深くに吸い込みながら歩いていった。と、二つのバラックのあいだの、草の茂る横道で何かが起きているのが目にとまった。男が三人、地面を調べるみたいにかがみ込んでいる。二人は軍服を着ていて、もう一人は昨夜と同じスーツにネクタイ姿。

デュポンだ。

こっちへ来い、と彼は私に手招きした。ひどく動揺している様子だった。

「見てくれ」と彼は言った。

その短い草に埋もれるように、何かおぞましいものがあった。ぐじゃぐじゃに乱れた白い毛に血がこびりつき、内臓があたりに飛び散っている。

「プリシーだ」とデュポンが言った。「けさここで見つかったんだ」

「たぶん、このへんでは『フィッシャー』と呼ばれている大きなイタチに襲われたんですね」と私の隣にいた兵士が言った。「森から出てくるんですよ。塀があっても乗り越えて入ってきてしまうんです。小さな動物を餌食にするんです。当然猫もね」

「私が夜に外へ出したのがいけなかったんだ」とデュポンは言った。「フィッシャーに気をつけろと言われていたのに、いつも出たがるものだから、つい出してしまったんだ」

兵士たちはスコップでプリシーの亡骸《なきがら》をゴミ袋に入れ、デュポンと私は食欲などなかったがコーヒーとベーグルの朝食を摂りに食堂バラックへ行った。マーシャがそこにいないのを見て私はほっとした。上手くすれば、彼女がベッドから出る前に出発できるかもしれない。

「何てひどい一日の始まりだ」二人ともろくに味わわずに食べながらデュポンが言った。「起きたときからもうへとへとだった。昨夜はほとんど眠れなかったんだ」

その言葉を聞いて、私は一気に緊張した。よく眠れなかったのなら、マーシャが自分と一緒にベッドにいなくて隣の部屋で私と一緒だった時間にもきっと起きていたにちがいない。

だが実のところ、彼は何も知らなかった。眠れなかった理由をデュポンが告げると、私はもっとひどい気分になった。

昨夜の夕食後、〈イー・オールド・ミル〉から去ろうというとき、デュポンはフロントでマーシャのスーツケースを受けとった――少なくとも彼はそう思った。だが実はそれは別人の、男物の服が詰まったスーツケースだった。研究所で、寝床に入ろうというところで彼らはやっと間違いに気がついた。自分のスーツケースにパスポートなどのプライベートな書類を入れていたので、マーシャはひどく動揺した。

デュポンがただちにミルに電話すると、客の一人が誤って彼女のスーツケースを持っていき、返しに来たことが判明した。こうして少なくとも事情は解明された。

いますぐウォーターヴィルに戻らないといけない、さもないと私は一睡もできない、とマーシャは力説し、デュポンも納得した。あなたほどワインを飲まなかったから私が運転する、と彼女は言った。ミルに着いたときは午前二時をとうに回っていたが、スーツケースはしかるべく交換され、誰もが胸を撫でおろした。マーシャとデュポンは研究所までまた車を運転するような気分ではなかったから、ミルに部屋を取って泊まった。マーシャが正午のフライトに乗れるよう、コンシエルジュが宿のリムジンを空港まで手配してくれることになった。

「**というわけで今朝は**、夜明けに一人で道路を走っていたのさ」とデュポンは言った。「君が発つ前にぜひ一緒に朝食を食べたかったからね。それにすぐあとは全体会議が入っている。起きていられるといいがな。

三十分ばかり前にここへ戻ってきて、プリシーの無残な死体が見つかったと見張りの兵士に知らされた。マーシャが一緒に戻ってきて見ることにならなかったのは幸いだよ。ところで彼女は、君にさよならを言う機会を逃して残念そうだったよ。君のことをすごく気に入っていて、またじき三人で会いたいと言っていた」

デュポンがこうしたことを私に告げているあいだ、太陽がバラックの窓を通って彼をまともに照らしたので、その顔はいささか不気味で空恐ろしい金《きん》の色合いを帯びることになった。私のベーグルはおが屑に変わっていた。マーシャではない？　あの真っ暗闇のなか、私と一緒にベッドにいた女性はマーシャではなかった？　では誰だったのか？

「さ、君はそろそろ行く時間だね」とデュポンは言った。私たちは二人とも立ち上がって握手した。「また会えて本当によかった」とデュポンは言った。「初めて君に会ってからそんなに経ったなんて信じられないな。君とはいつでも心を開いて話せる気がするよ。次はもっとゆっくり過ごせるようにしないとな」

連絡を取りあおう、と私たちは約束した。彼は会議に行き、私は荷造りをしにバラックへ戻った。

数分後、そろそろ車に行こうかというところで、デュポンが息を切らしてバラックに駆け込んできた。「間に合ってよかった」と彼は言った。なぜか私のことを、さも興味深げに見ていた。「たったいま、プリシーを殺したのはグリフィンだとわかったんだ。君には知っておいてもらった方がいいと思ってね」。どうやら会議へ向かう途中、グリフィンを見張っていた兵士に呼びとめられたらしい。兵士はそのすぐ前、彼女の部屋のドアノブに血のしみがついているのを見たのだ。デュポンも一緒に行って、自分の目で血を確かめた。

兵士がドアを開けてくれて、デュポンは中に入った。

グリフィンがベッドの上に静かに座っていた。服一面に血が付いているせいで、いつもほど見つけるのは困難でなかった。それが自分の殺した猫の血であることを彼女は認めた。

「どうやら昨晩、夕食の盆を取りに来た兵士がドアを少し開けていたあいだにこっそり外へ出たらしい。兵士は彼女がいなくなったことにも気づかなかった。何しろ彼女がいることに気づかないのはいつものことだからね」

時おり見せる探るような目でデュポンは私を見ていたが、私は極力何げない顔を装った。

「持って回った言い方はよそう」とデュポンは言った。「君と一緒だったと彼女は言っているよ、ハリー。一目見た瞬間から君に惹かれたそうだ。私たちがウォーターヴィルから帰ってきたとき、彼女はすでにゲストルームにいて君を待っていたんだ。君が服を脱ぐあいだも彼女は見守っていた。もちろん君には、明かりが点いているあいだも彼女が見えなかっただろうが」

だが私は何かを聞きはした。窓の外でプリシーに脅かされた鳩の翼の音だと思った、あの音。あれはグリフィンだったにちがいない。私を見ながら、これから起きることを思ってわくわくしていた彼女が立てた音だ。

「今夜も君はここにいるのか、と訊かれたよ」とデュポンが言った。「もう一度君と寝たいそうだ。どうやら絵に描いたような一目惚れらしい」

腹がむかむかしてきた。自分の耳がほとんど信じられなかった。

「本当だよ、ハリー、信じてくれていい」とデュポンは言った。「君の許を去って、自分の部屋へ戻る途中に彼女はプリシーを殺したんだ。あっさり抱き上げて、八つ裂きにした。なぜやったんだ、と訊いたら、なぜやっちゃいけないんです、と言い返された。もちろん私はそれを聞いて、処置のせいで彼女が社会病質者のみならず肉食動物にも変わったことを悟った。ひょっとすると、私たちが除去した脳の一片に、暴力的衝動を抑える要素があったのかもしれない。だとしたら、それはそれで貴重な発見だよ。脳のその部分をさらに切りとることで、問題を逆転させる方法があるかもしれないからね」

私はぞっとしたが、デュポンは賛嘆――あるいは羨み？――の目で私を見ている。

「なあハリー、わかるだろう。彼女が君を殺したとしても不思議はなかったんだよ。彼女は君にとって人生最高に危険な愛人だったんだよ」

何と言ったらいいかわからなかった。明らかにデュポンは、一緒にベッドにいたのがグリフィンだったことを私が知っていたと思っている。反論しようにも、実はマーシャだと――彼の恋人だと――思ったんだなんて言えやしない。

デュポンは更なる情報を私から引き出そうとした。グリフィンはいかなる性的行為を好んだか？支配的な役割を演じたがったか？　やり方に何か目立って獣的なところはあったか？

私は答えを拒んだ。

「わかるよ、この手のことを訊かれるのは気まずいものだ。でもこういうことこそまさに、我々の研究にとってきわめて価値ある事柄なんだ。こういう問題に関して、我々はこれまでずっと、事実ではなく推測に頼らざるをえなかった」。そして彼は驚くべき告白を口にした。「一時期は、この処置を自分の脳にやらせようかと思ったくらいさ。私のような専門の科学者が、前‐人間的霊長類に世界がどう見えているかを語れたら、知の進歩にどれだけ大きく貢献することか」。デュポンは首を横に振った。「でももし、手術によって、まさにそうした知識を尊ぶ脳の部分が破壊されてしまったら？ そのことがわかるまでは、専門家に手術を施すわけには行かない」

そんな狂気じみたことをデュポンが考えたというだけで、私はぞっとした。

「なあハリー、君こそ適役かもしれないよ」と彼は言った。「特に、昨夜のグリフィンとの戯れのあとではなおさらそう思える。カナダ人にはそういう人間がたくさんいるが、君は実のところ、すごく変わった人間なのに、ごく普通の人間に変装しているんだ！」。目がギラッと光って、デュポンは笑った。「そんなに心配そうな顔するなよ。冗談だから」

その一言とともに私たちはふたたび握手し、デュポンは会議に飛んでいった。

私は鞄を手に駐車場へ向かった。見張りの兵士にゲートを開けてもらって、自分の車のところへ行った。夜中に大風でも吹いたみたいに、駐車場は落葉に覆われていた。ところが、それらの葉っぱに足を下ろすと、葉っぱは飛び立ち、見ればそれは、日なたぼっこをしていた赤銅色の羽の蝶の群れだった。やがてキーを挿してエンジンをかけると、駐車場の表面すべてが上昇するように見えた。蝶の大群が、空飛ぶ絨毯のごとく宙に飛び立ち、一瞬のあいだ日の光を遮ってから、梢《こずえ》の向こうの南の空に消えていった。

その日、キャンバルーまでの長い道のりを車で走りながら、初めのうちはずっと、デュポンが私のことを、相手がグリフィンのような人物だと知りながらベッドを共にする人間だと決めてかかったことが頭に引っかかっていた。

もちろん私は、相手はマーシャだと思ったのだとはっきり言ってしまうこともできた。だが、招待主であり昔の友である人物を裏切る恥知らずの行為を潔く認める代わりに、相手はグリフィンという、自身恥を知らない存在だとわかっていたとデュポンに思い込ませておく方を私は選んだのだ。倫理的に見て、目下のもやもやは自業自得だった。

突然、愚かしい考えが頭に浮かんだ。私は道路から外れて車を停め、バックミラーを動かして自分の額を映してみた。髪の生えぎわまで、あらゆる角度からおでこを隈なく点検し、指先でそっと押してみた。

何もなし。痛みもないし、手術の痕跡もまったくない。少し二日酔いの気がある以外、研究所に着いたときと気分も変わらなかった。デュポンも言ったとおり、気分が変わらないというのも処置に対する普通の反応なのだが。

まあとにかく、傷跡はなかった。

極度のパラノイアも消え、私はふたたびエンジンをかけて、車を北へ走らせた。とはいえ、自分自身をめぐるわだかまりがすっかりなくなったのは、やっと数時間後、国境を越えてふたたびカナダに入ってからだった。

第四部

心は未知のものを愛する……心自体の意味が未知だからだ。
——ルネ・マグリット

学芸員いま一度

研究所77に行ってから数か月が過ぎていた。初めのうちは、どれだけ頑張っても、あの半人間グリフィンの真夜中の訪問のことが頭から追い払えなかった。ほかはすべて、デュポンと再会したことも、彼がおぞましい外科的－人類学的実験に携《たずさ》わっているのを知ったことも、マーシャからアップランドの衰退について聞かされたことも、デュポンのバラックのゲストルームで起きた出来事の記憶の前ではるか後景でしかなかった。キャンバルーに帰ってきた次の日の朝、採鉱企業の代表者たちとの会合が始まっても私はまだ霧のなかにいた。風邪を引いたふりをして、主役はジョンソンに譲った。

けれど、時が次第にその魔法の力を及ぼしてくれた。じきにグリフィンとの一件も、オルーバでのマラタウィとのあのもうひとつの奇怪な官能体験と同じ位置に退いていった。私はもう、どちらの出来事についてもそれほど考えなくなった。考えたとしてもほとんど、誰か他人の人生のいささか心乱されるエピソードのように感じられた。

ある朝執務室で退屈な技術的文書に目を通している最中、スーリス学芸員からふたたび電話があった。『黒曜石雲』の調査の進行状況をまた簡単に報告したいという。だがその前にまず、私の寄付を理事会が非常に喜んでいるという話を彼はもう一度くり返した。おかげさまで、この本の調査を手伝わせたいので有能な調査員を雇用したいという申請も通りまして、と彼は言った。彼女が入ってくれて、判型に関する作業も迅速に完了し、本を印刷した会社も突きとめられたということだった。

加えて、著者のマクベーンに関する伝記的手がかりも精力的にたどりつつ、本で語られている自然現象に関して彼らはさまざまな専門家に相談していた。この手のことには関心がおありでしょうし、たぶん書物愛好者一般が興味を持つ話なので、お電話でお知らせしようと思った次第です、と学芸員は言った。

私はもちろん、好奇心全開で聞いていた。

「気象学の専門家何人かの話はすでに聞きました。実のところ、彼らから何か有用な話が得られるとはほとんど期待していなかったのですが、これがとんだ見当違いでして。なかなか興味深い推測をいろいろ聞かせてもらったんです。また、黒雲の前例に関して、歴史学者とも広範に連絡を取っております。何か決定的なことが言えるようになるまではまだまだ作業が必要です。全体として、私どもにとってこれまでのところ実に新鮮な展開でした。いつもやっているたぐいの調査とは全然違いますから。で、このマクベーンなる男が実際どういう人物であったかについては、まだはっきりした成果は上がっていません。しかし手がかりはいくつか出てきておりまして、この方面の探求も決して放棄してはいません。いずれにせよ、予備的な結論に達した段階ですべての詳細をお送りいたします」

当然私は、読むのが楽しみです、と答えた。

「それと、前回申し上げたことをお忘れなく。各地を回られるなかでグラスゴーにいらっしゃることがおありでしたら、ぜひともお立ち寄りください。お忙しいことは承知しておりますが、お会いしてこの本に関する最新の発見をお伝えできれば嬉しいですよ」

その一言とともに、電話は終わった。

その日の午後は仕事を早目に切り上げて、フランクに会いにエンポリウムへ行った。奥の執務室で、学芸員の電話の内容を伝えた。最新の進展を聞いて、彼も私に負けず興味を示した。

「その誘い、受けたらいいじゃない」とフランクは言った。「会いに行って、ついでに本の話が直接できたら素晴らしいよ」。と、彼が突然あることを思いついた。「時間があったら、ついでにダンケアンまで足をのばして、まだ残ってる町を見てくるといいよ」。アップランドの町がいまやどこも悲惨な状況にあることは彼も知っていたのだ。

おそらくフランクからのこういう励ましこそ、私に必要な最後の一押しだったのだろう。実際、私の頭のなかでも、誘惑的だったのは学芸員との面会より、ダンケアン再訪だった。マーシャ・ウッズにも言われたとおり、長年ずっと私の感情的・精神的生活においてかくも大きな役割を果たしてきた女性が——ミリアム・ゴールトが——まだそこに住んでいて、もう一度会えたら素敵ではないか？

とはいえ、フランクに促されていくらも経たぬうちに、この思いつき全体が忌まわしいものに思えてきた。これはフランクに対する、そしてアリシアの思い出に対する裏切り、背信ではないか。だから私は、無理だよ、目下カナダで急を要する用件があるから、と出任せを言った。

「何言ってるのさ」とフランクは言った。「少しのあいだならジョンソンが切り盛りしてくれるよ。何と言っても、『黒曜石雲』について専門家と話せるチャンスなんだよ。それってすごいことだよ」

というわけで私は、何よりフランクを喜ばせるために、自分に強いて行くことにした。考えてみれば、私にとってはマクベーンとその著書の神秘をめぐってフランクと共有している関心こそ、新たに見出した父と子の絆を確かめる手立てなのだ。

自分の執務室に戻ると、私はスコットランド文化センターに電話した。スーリスはもう帰ってしまっていたが、翌週月曜日の午前に会う手はずを整えることができた。それに合わせて私は旅行計画を立てた。

あの旅行に出ないことに決めていたらどうなっただろう、といまも時おり考える。だがもちろん、そんなことを思いわずらっても仕方ない。思うに、運命なるものが本当にあるとしたら、意図してどんな行動を採ったところでそれを変えられはしない。ひょっとしたら、一見ごく取るに足らない要素——聞き間違えた一言、誤った想定、無理もない計算違い——こそ実は、物事の連鎖における何より強力な環なのかもしれないのだ。

スーリス

1

飛行機の窓から陸地の先触れが見えた。西側の諸島だ。雲の切れ目から、雪で引かれたその輪郭が、暗い海を背景に浮かび上がっている。孤立した村と、ちっぽけな家々までところどころに見えた。あそこで生命などという脆《もろ》いものが——ましてや愛が——生きのびられるとは信じがたかった。

一時間後、グラスゴーのすぐ南の空港に着陸したときには日曜の午後四時を過ぎ、すでに日は暮れかけていた。雪はここでも降っていた。

レンタカーを借りて、左側通行に慣れていないのではじめはおそろしく慎重に運転した。何だか自然の秩序が反転したみたいな感じで、いささか混乱した気分だった。だがそのうちに鏡の世界にいる感覚にも慣れてきた。とはいえ依然、ゆっくり進まないといけなかった。雪がみぞれに変わり、やがて大雨になったからだ。

街の外れに着いたころにはもうすっかり夜で、街灯も点《つ》いていた。東側から街に入れるよう、遠回りのルートを私は選んでいた。こうすれば、もう何十年も前の爆発事故以来見ていないトールゲートを直接通れる。苦々しい記憶と向きあうことを覚悟していたが、その後の年月に生じた変化を目の当りにして私は呆然としてしまった。主要な道路の輪郭はおおむね同じだったが、私が育った地域は何もかもが変貌していた。長屋はすべて取り壊され、新しめのアパートメントが並んで、明るい照明の灯った店舗やファストフードレストランが小綺麗《こぎれい》にひしめいている。あんな悪夢などまるで起きなかったみたいだ。

すっかりうろたえて、市の中心に向かってそのまま車を走らせながら、ホテルはないかと左右を見ていた。じきに桟橋のそばに出ると、道の横を流れる川は昔と同じく禍々《まがまが》しく黒光りしていた。降りしきる雨を通して見る限り、埠頭につながれた船もみな昔と同じく錆《さ》びついて見えた。だがそれ以外、この地域もやはり何ひとつ見覚えがなかった。両側の土手沿いにひしめいていた物騒なスラムは消滅し、高層建築や華やかなオフィスビルに代わっていた。歴史の長い建物はいくつか保存され綺麗に修復されたようで、「ストラス・ホテル」とネオンサインの灯った建物もそのひとつだった。なかなか魅力的に見えたので、極力近くの路上に車を駐めて、冷たい風と雨のなかをホテルに駆け込んだ。

ロビーは暖かく、部屋も空いていたので、チェックインした。腹がぺこぺこだったから、荷物を置くとすぐ、天井の低いパブ兼レストランに降りていった。揚げ物、ビール、煙草の煙の匂いが充満していた。あちこちのブースに、十人余りの客が座っている。何人かは軍服を着ていて——たぶんさっき並んでいた船から降りてきたのだろう——化粧の濃い女たちが同伴していた。

雨の降る道路が見える窓際の小さなテーブルが空いていたので、そこに座ってフィッシュ&チップスで腹を満たし、強いダークビールを一パイント飲んだ。窓の外を見ると、街の変わりように感嘆せずにいられなかった。だがなぜか、変わったことが悲しく思えもした。トールゲートについて言えば、あのはるか遠い忌まわしい日に爆弾に破壊された廃墟がもういまはないという事実が私には受け容れがたかった。あれは私の両親がかつて生きていたことを印す一種の墓標だった。それがなくなって、両親の存在は二重に儚《はかな》い、取るに足らないものにされてしまったのだ。私の心のなかでは二人ともいまだあざやかに生きているのだから、と言い聞かせて何とか自分を慰めた。それこそ唯一、彼らが大切に思ってくれたであろう記念碑なのだ。
やがて私は、翌朝の学芸員との面会と、ダンケアン再訪とに思いをはせた。どちらを考えてもわくわくしてしかるべきなのに、飛行機で眠れなかったせいで、どっと疲れが襲ってきた。美味しいビールの二杯目を半分飲んだころにはあくびが止まらなくなっていた。私は勘定を払い、部屋に上がって、まだ九時を少しすぎたところだったがベッドに入った。雨が窓を打つ音の下に、レストランからのかすかな音が混じって、五感を鎮めてくれた。

デュポンに案内されて、独房のような部屋に入った。ボランティアの青白い男が寝台の上に静かに横たわり、白衣を着た監視員たちに観察されていた。この男が一個の化石を額に当てて目を閉じると、彼は数百万年前に舞い戻るのだ。白衣の監視員の一人が男に古びた石ころを与えると、男は奇妙な草や木について語りはじめた。それから、巨大な動物が接近してくることに男は気づき、寝台の上で体が縮み上がり、悲鳴が上がって、額の血管がぴくぴく脈打った。このままではショック死しかねないので、さっきの白衣の男が、汗をかいている手をこじ開けて石を取り上げた。男の目が突然開いて、私を見上げたと同時に私の背後で独房の扉がガシャンと閉まった。

男の責めるような目と、ガシャンと閉まる扉の音ではっと夢から覚めた。ここがストラス・ホテルであることを思い出すのに少し時間がかかった。おそらく隣の部屋のドアが事実音を立てて閉まったのだろう。少なくとも壁の向こうから男女の笑い声が聞こえる。枕許《まくらもと》の時計は午前三時を指していた。
馬鹿げた夢を頭の外へ追いやろうと努め、眠りに戻ることに気持ちを集中した。明日は忙しい一日になるのだ。ところが眠りはいっこうに来てくれない。私はいつしかトールゲートのことを考え、もう何十年も前の、私の両親が粉々に吹っ飛ばされたあの日をふたたび生きていた。

ホテルの外から早朝の車の流れが聞こえてきてやっと、悲しみに包まれ疲れはてた脳は活動を停止し、私は眠った。

2

雨は夜中に止《や》んでいて、ホテルから一キロちょっと離れたスコットランド文化センターまで歩いていく途中、冬の太陽がつかのま顔を出しさえした。

センターには約束の十一時の五分前に着いた。それは新しめの、箱形の建築だったが、ひとつ際立った特徴があった。東側のウィングは丸い時計塔なのだ。ずっと古い、石造りの建物の名残りである。中に入り、稀覯本課の学芸員と約束があると告げると、まさにその古い塔へ行くように言われた。行ってみると、まず階段をのぼらねばならず、そこからはじかに大きな円形の部屋につながっていて、壁は滑らかな石、床は磨き込まれた木だった。円い窓がいくつか、石の壁を切って作られ、船の舷窓《げんそう》のような見かけになっていた。高い板張りの天井からランプがいくつかぶら下がっている。灰色の金属のファイルキャビネットが何十も、部屋の真ん中から極大のドミノみたいに扇形に広がっていた。それらの横に、がっちりした見かけのテーブルと木の椅子が並んでいた。だが稀覯本のコレクションはどこにも見当たらなかった。

キャビネットの陰にいたせいで私がそれまで気づいていなかった、禿《は》げかけた小柄の男が手を差し出しながら寄ってきた。

「ミスター・スティーン?」。すでに聞き慣れたあの大声だ。「お会いできて光栄です。学芸員のニール・スーリスです。お電話でお話ししました」

私が思い描いていたような優雅な学者タイプでは全然なかった。歳は五十がらみ、団子鼻で、金縁の眼鏡をかけている。青いスーツには皺が寄り、ネクタイの結び目は曲がっている。見るからに服装には興味のない人間だ。

私たちは握手した。

彼がさらに何か言おうとしたところで、ぎょっとする出来事が起きた。がっしりした石壁と床が激しく揺れはじめ、塔が崩れ落ちてしまうのではと思った。それから、耳をつんざくような轟音が頭上で響きわたった。時計の鐘がゆっくり十一時を打っているのだ。鳴るのが終わるのを待ってからスーリスは話を再開した。少なくとも彼の唇は動いているのだが、私の耳の奥にはまだ谺《こだま》が残っていて、何を言っているのかほとんど聞きとれなかった。彼はまたしばし待ってから、ふたたび話しはじめた。というより叫びはじめた。

「もう聞こえますか?　あいにくおいでになるのが少し早すぎたようです。警告してさし上げるべきでしたね。あの時計、私が手を加えるまでは十五分ごとに鳴っていたんですよ、信じられますか?いまは一時間に一度で済みますからね」。反響は止んでいたが相変わらずものすごい大声で喋っている。「この塔はこのあいだの戦争で爆撃されるまで、市長公邸の一部でした。鐘は一八五〇年にハンガリーで鋳造されました。ハンガリーはかつてヨーロッパで一番鐘造りが盛んだったんですよ、ご存じでしたか?」

私は少しうしろに下がった。もしかすると、たえず鐘が鳴っているせいでこの男は耳をやられたのだろうか。この大声は耳が遠い人の声だ。

私は部屋のなかを見回した。ここが稀覯本室なら、コレクションはどこにあるのか？　見えるのはファイルキャビネットと作業用のテーブルだけだ。

「あ、いいえ、本自体はここには置いてないんです。本は何キロか離れた大学の特別収集品室にあります」とスーリスは言った。「明日もいらっしゃるんでしたら、お連れしてお見せしますよ。非常に興味深いコレクションです」

あいにくそれは無理です、と私は答えた。今日このあと丘陵地帯を越えてダンケアンまで行って昔を偲《しの》ぶつもりなので。アップランドに一、二日とどまるかもしれませんが、あとはもうカナダに帰って仕事に戻らないといけません。

「ダンケアンを再訪なさりたいお気持ち、よくわかります。次にいらっしゃるときはもっと時間があるといいですね。ここはですね、単なるリサーチ用の施設なのです。鐘がうるさくてほかに使いたがる課がなかったので、とにかくファイルを置くスペースが増えればと思って私が手を挙げまして。ご覧のとおり理想的な空間とは言いかねますが、私としてはオフィスとしても使えますし、おいでになる方には普通、〇〇時の数分あとにおいでくださいとお伝えするんです。そして次の鐘が鳴る数分前にお帰りになるようお勧めします。ひとつの利点は、おかげで話しあいが要点から逸れないことです」

笑わせるつもりなのか。よくわからなかった。

「ですから心配はご無用。十二時五分前にはここから出してさし上げます」とスーリスは言った。その声に私も少しは耐えられるようになってきた。

彼は私を、居並ぶキャビネットになかば隠れた散らかった机に導いた。

「ここが一応、私の執務室のようなものでして」と彼は申し訳なさそうに言った。そして机の向こう側に座り、私はその向かいに座った。書類の束のかたわらに、私の『黒曜石雲』が見えた。二人で話しているあいだずっと、彼は時おりその表面を指で撫でた。

「おいでいただけて本当に嬉しいですよ。すでにお伝えしたとおり、私はこの本を素晴らしい発見と見ております。すごい話じゃありませんか、あなたが若いころ実際にダンケアンに住まれて、ずっとあとに、メキシコの真ん中でこの本と出会われたなんて！　そして、おっしゃっていたとおり、『ダンケアン』という名前が入っていなかったら、あなたはおそらく何の興味も抱かれなかった。いやまったく、私どもの仕事では、本当の大発見は往々にしてまさにそういう偶然から生じるんです。あたかもどこかの本の神様が力を貸してくれたみたいに」。ニッコリ笑うと、並びの悪い黄色い歯が現われた。「メキシコつながりの方はたぶん何もないと思いますが、とにかく徹底的に調べます。きっと誰か、身元確認可能な旅行者がメキシコに持っていったか、どこかの収集家がずっと前に入手したかでしょうね。我々の業界ではこの段階を、本の『来歴《プロヴェナンス》』と呼んでおります」

それから彼は机の上の書類の山を見下ろし、それらを選り分けて順番に並べはじめた。

「さて、これまで何をやっていたかをお話ししましょう」と彼は言った。「助手と二人で、『黒曜石雲』がいつどこで出版されたか、著者は何者かといった点に関し、すでに予備調査をだいぶ進めました。これがいままでの成果です。

手紙でお伝えしたとおり、まずこの本の物理的大きさからして非常に異例なのです」

3

私の送った『黒曜石雲』を初めて見たスーリスの注意をまず惹いたのも、その例外的な大きさだった。定規を当ててみると、縦38・1センチ、横27・9センチ。これは「インペリアル四つ折判《クオート》」と呼ばれる珍しい判型で、十九世紀末にはもはや廃《すた》れていた。あまりに大きくて普通の本棚に入らないことも一因だった。それに何といっても扱いにくく、普通に手に持って読むより、傾斜をつけた読書机や書見台に置くのに向いた大きさなのだ。

全盛期にあっても、コストが非常に高いので限定版で作られる場合が大半だった。その大きさに合わせるため、印刷機を調節する必要があり、手間賃が余分にかかったのである。

稀覯本の収集家のなかにはこれを「スコティッシュ四つ折」と呼ぶ者もいた。この製作を引き受けるのはおおむねスコットランドの印刷所に限られていたからである。スコットランド人は倹約で知られる。彼らであれば、よそだったら捨ててしまう残り紙を活用してこれを作成し、それなりの利益を上げられると人々は考えたのだ。

『黒曜石雲』を印刷したオールド・エア・プレスについてスーリスは、スコットランドの印刷を包括的に扱ったある歴史書のなかでいくつか事実を発見していた。このごく小さな印刷会社は、エアシャー郡のキルコーランの町で一五〇年にわたり営業していたが、第一次世界大戦中に倒産した。かつて社があった建物は取り壊され、土地は現在、団地の一部となっている。会社の記録もおそらくはゴミ捨て場に葬られ、『黒曜石雲』の正確な出版年月日は永久に謎のまま終わるかもしれない。題扉に記された印刷年は一八まで読めるのだが、残り二桁は黴《かび》にすっかり覆われ、一八〇〇年から九九年までのいつでもありえた。

印刷所についてはそこまで。スーリスとしては、誰がこの本を出版したかの情報が欲しかったことだろう。正規の出版社が関わっていれば、著者とも相談しつつ、本を印刷所に回し、出来上がった本がちゃんと流通して読まれるよう手を打つ。だから出版社がわかれば、後世の研究者にとっても実り豊かな調査経路が拓《ひら》けることになる。

残念ながら『黒曜石雲』の場合、本の前付《まえづけ》部分に出版社名は記されていなかった。もしかすると、K・マクベーン牧師は自費で個人的に印刷することを選んだのかもしれない。名声や商業的成功を求めているという非難を避けるため、そうする牧師の著者は多かったのである。もしそうだったとすると、オールド・エア・プレスは印刷代をマクベーンから受けとり、刷り上がった本をすべて彼に送り、あとはどうするのも本人の自由という取決めだったかもしれない。友人に送るもよし、雑誌や新聞に送るもよし、野心があればエアシャー内外の書店に、さらにはスコットランド全体の書店に置いてもらおうと企《くわだ》てたかもしれない。

だがこれまで、そうした試みの記録はいっさい見つかっていなかった。いつも当たる場所をスーリスはひとつ残らず当たっていた。十九世紀の書籍目録、文芸誌、全国紙、地方紙、さらにはスコットランド聖職者の登録簿。K・マクベーン牧師、『黒曜石雲』、そのどちらへの言及もいまのところまったく出てきていなかった。

こうしたことから、スーリスはいささか懐疑的になっていた。これほどセンセーショナルな出来事を扱った本であり著者なのだ。きっとどこかで、少しは注意を惹いたはずではないか？

「私ども、これほどたくさん興味深い難問を突きつけてくる稀覯本にはめったに出会いません」と彼は言った。「何としてでも真相を究めたいと思っております」

私は言ってみた——ひょっとして偽物では？　誰かが古い本に見せかけて作ったのでは？

私も初めからその可能性は考えていました、とスーリスは答えた。どんな稀覯本についても自動的に考えるのです、と。

「私どもは一部の人たちが考えているほどお目出度くありません」と彼は言った。「昨今ではまず、ラボでの分析から始めます。『黒曜石雲』の場合、紙、インク、糊、製本材料、すべて完全に本物です。したがって、贋作の要素がどこかにあるとしても、本を構成している素材にはありません」

でも本の核にある、途方もない雲はどうなのか？　自然界において、まさかそんな出来事が起こるはずはないのでは？　そうした問いを私は彼にぶつけてみた。

「私自身は少しも疑っていません」とスーリスは言った。

私の顔に浮かんだ驚きの表情を彼は見てとった。

「いやつまり、個人的には、あの雲がマクベーンの想像の産物だということを少しも疑っていないという意味です」と彼は言った。「ですが、念のため、これに歴史的根拠があるかどうか確かめる必要がありました」

この件を私がもっと聞きたがることを彼は承知していた。それで山を探ってもう一枚の書類を引っぱり出し、調査の成果を私に語った。


グラスゴー大学の歴史学科に、天候に基づく出来事が歴史にいかなる影響を及ぼすかに関心を抱いている教授がいて、この人がスーリスに請けあったところによれば、異例の天候から異例の事態が生じて文書に詳しく記述されることは実際ときどきあるという。たとえば紀元五三〇年に起きた大規模な干魃《かんばつ》は、ローマ帝国に大打撃を与えた腺ペスト大流行の直接の原因となった。一五八八年には予想外のハリケーンがスペインの無敵艦隊を襲い、ヨーロッパ史全体の流れを変えた。もうひとつ有名な例は「小氷河期」と呼ばれる時期で、これは一六九二年のセーレム魔女裁判を引き起こした。首吊りにされた女性たちは、季節外れの寒さをもたらした罪を咎《とが》められたのである。

けれども大半の「天候問題」は、歴史家の視点から見れば周期的に起きる予測可能なものだという。たとえば一八一二年にナポレオン軍を全滅させたのは、ロシアではごく普通の冬でしかなかった。さんざん話に聞く、何世紀ものあいだ艦隊を沈没させ探検や貿易を妨げてきたケープホーンの嵐にしても、少しでも有能さを持ちあわせている船長であれば、その嵐に遭っても「不意を突かれた」などとは言えないはずである。

非科学的な歴史記述とでも言うべきものに目を向ければ、天候が象徴的、神話的、寓話的に現われた物語はいくらでもある。ノアの方舟、二つに分かれた紅海などはそのよく知られた例である。そもそも宗教的な文学にあっては、出来事の前兆を、海や空、その他都合のいい異様さを見せてくれる場所に求めがちである。

要するに――と歴史学者は締めくくった――『黒曜石雲』も間違いなく、この後者の、非科学の範《はん》疇《ちゅう》に属すものにちがいありません。信頼できるいかなる出典にも、そのような出来事がダンケアンの――あるいはスコットランドの、さらには世界じゅうどこであれ――上空で起きたという記録は見つからないのですから。

それで天候の問題は終わったと私は思った。私たちがすでに疑ったとおり、マクベーンの雲は作り話なのだ。ところがスーリスの表情を見ると、まだ続きがあることがわかった。

「普通なら私も教授の説明で納得していたでしょうが、ちょっとした驚きが待っていたのです」と彼は言った。「雲に関する意見を求めて、私はロンドンの王立気象協会にも手紙を出していました。やがて協会のヌビオノミストから長い返事が来ました――雲の形成に関する専門家をそう呼ぶんですね」。机の上の山からホッチキスで束ねた数ページをスーリスは探し出した。「これです。ざっと要約をお伝えします」

ヌビオノミストによれば、マクベーンの雲は断じて作り話と片付けていいものではない。「眼下の地上に対して鏡のようにはたらく黒雲というのは、たしかに驚異的に思えるかもしれません」とその学者は書いていた。「ですが、マグニチュード10の地震や、エッフェル塔の高さの津波と同じで、理論的には間違いなく可能な自然現象の領域内にあるのです」

彼の見解によれば、どこか遠くで噴火した火山から、激しい風圧で運ばれてきた二酸化珪素の粉が、まさに「黒曜石雲」と呼びうるものを生じさせることは十分可能だという。粉のなかに、光を放つ粒子が高濃度で入っていれば、現代的なビルによくある色付き窓と同じに、鏡のような効果が生じうる。そしてもし、そうした構成の雲がのちに溶けて雨になれば、その雨自体もまず間違いなく黒い色を有すると考えられる。

事態の只中で目玉が飛び出すという気味悪い出来事でさえも、一応理屈はつけられる。「極端な天候においては、気圧が突然一気に下降することがよくあります」とヌビオノミストは説明していた。「たとえばハリケーンのような場合、内側から開いてしまわぬようドアや窓を護らないといけません。

屋外の気圧の方が屋内の気圧よりも低いからです。また、俗に『耳破れ《イヤー＝ポッピング》』と呼ばれている耳の気圧性外傷も、ハリケーンの際には頻繁に起きます。極端なケースとなれば、人間の目のように脆弱《ぜいじゃく》な器官が傷を負うことは十分ありえます。ガラス容器から空気が吸い出されるような事態を考えてみてください」

とはいえ、ヌビオノミストはこの驚くべき手紙を、用心深い口調で結んでいた。そう、「黒曜石雲」のような出来事は可能です――理論上は。ですが私の知る限り、ヌビオノミー研究史全体を見渡しても、そのような現象はひとつも記録されていません。「特に近年であれば、そしてスコットランドのように小さくて人口の多い国となれば、このような出来事が起きたらかならず、きちんと能力のある人物が何人も観察し、しかるべき刊行物で報告を行なったはずです。これが出所も疑わしい一冊の本にしか記録されていないこと、信頼に値する科学的証言者の発言がひとつも挙げられていないことから見て、懐疑の目で見るのは正当だと思われます」

何か新しい展開が生じましたらまたご連絡します、とヌビオノミストはスーリスに約束していた。

「**『黒曜石雲』で名の挙がっている**証言者がどれくらい信頼に値するか、この雲の専門家が本当に知っているとは思えません」とスーリスは言った。「ですが私も調べてみて、たしかに信頼に値する人物たちとはおよそ言いがたいことが判明しました」。彼は腕時計をちらっと見た。「もしよければ手短にご説明しますが」

ぜひお願いします、と私は促した。

スーリスは机の上の別の文書に目をやった。

「雲の目撃者と言われた、ドクター・スレイシー・ド・ウェアのことは覚えてらっしゃいますか？」

名前は覚えています、と私は答えた。

「本のなかでは『著名な博物学者にして天文学者』とあります」とスーリスは言った。「そして事実、ド・ウェアは十九世紀前半には著名な人物でした――ただし、天文学者《アストロノマー》ではなく占星術師《アストロロジャー》として。スコットランドの田舎を回って、星と惑星の動きに基づいて未来を予言したんです。それにこの男、司法とも無縁ではありませんでした。詐欺に関するいくつかの法廷文書で名前が見つかりました。彼の予言に従って行動した顧客が一財産失った、とかそういう話です。言いかえれば、科学者が『信頼に値する証言者』と呼びそうな人物ではまったくないわけです」

スーリスはふたたび文書に目を落とした。

「この本で具体的に名前が挙がっているのはあと一人だけ、メグ・ミラーなる女性です」と彼は言った。「詩人で民間伝承採集者で、ド・ウェアと同じ時期にエアシャーに住んでいました。あるアップランド文学史によれば、『ムーアランドの吟遊詩人』と呼ばれていたそうです。地元の伝説や神話を集めた本を作っていて、これは非常に興味深いです。また、地元の花々について何百というソネットを書いています」。スーリスはおどけた様子で目をくりくりさせた。「残っているのはほんの数篇ですが、ま、それでよかったと言うべきでしょうね」

私はスーリスに、『黒曜石雲』を初めて読んだときにメグ・ミラーの名を見て、この名前には見覚えがあると思いましたと告げた。昔、彼女が書いた、金貨の入った大釜を探した失意の男をめぐる物語を読んだことがあったんです、と。ダンケアンでその本をミリアムからもらったことや、それを読んだ夜私の心はミリアムへの愛情に満ちていて彼女が私に壊滅的な失望を与えようとしているなどとは夢にも思っていなかったことはスーリスには言わなかった。のちにふり返ってみて、ミリアムがあの本を渡したのはショックに対する予防だったのだろうか、と時おり考えたものだ。

「ええ、その物語は私もよく知っています」とスーリスは言った。「彼女の書いたもっとも有名な作品のひとつです。文化研究では『夢ばなし《ドリーム・ストーリー》』というやつですね。世界じゅうで似たような話が見つかるのです。主人公は決まって埋められた宝の夢を見て、夢で示された場所へ探しに行く。宝が見つかることもあれば、見つからないこともあります」。そして彼は言い足した——「当然、スコットランドのバージョンでは見つかりませんがね！」。

我々は二人とも微笑んだ。

「メグ・ミラーの人生についてはあまり知られていません。本当にエアシャーで生まれたのかも定かでないし、生没年もわかりません」とスーリスは言った。「ですが、絵空事を集めて回っていた人物を、権威ある目撃者の一人として挙げていること自体、マクベーンの話がまったくの作り話であることを暗示していますよね」

4

スーリスはもう一度腕時計をちらっと見た。この数分間、前より少し早口に、もっと大声になっていた。

「さて、十二時五分前です」と彼は言った。「これでいままでに行きあたった興味深い事柄はひととおりお伝えしたと思います。鐘がまた鳴る前にここをお出になりたければ、もう動きはじめないと」。指がいま一度『黒曜石雲』を撫でた。「この本、調査が済むまでお借りしていてよろしいでしょうか？　コピーで作業することもできるんですが、やっぱり本物が手許にあると違うので」

好きなだけ持っていてください、と私が答えると、彼はさんざん礼を言った。どうやらこの本に深い愛着を持つようになったらしい。

階段へ向かう途中も、スーリスは喋りつづけた。

「もう一度申し上げます。私どもはすべての問題の解明に向けて今後も全力を尽くします」と彼は言った。「たぶんおわかりと思いますが、私から見て『黒曜石雲』は大発見です。文学作品として最上の質とは言いがたいかもしれませんが、中世にまでさかのぼるスコットランド幻想文学の伝統に属していることは確かですし、実際このジャンルのなかでも相当に特異な例です。もっと古いヨーロッパの伝統に『スペクルム』というのがありますが、それともどこかでつながっているかもしれません――『スペクルム』はご存じで？　『鏡』を意味するラテン語です。昔の形而上学者のなかには、この世界のすべての事物はほかのすべてのものの象徴である、つまり事物はたがいに鏡のように反映しあっていると考える者がいたのです。マクベーンのような牧師でしたらその伝統にも通じていたかもしれません。いずれにせよ、助手と二人で、K・マクベーン牧師が何者か、知りうることはすべて調べ上げる所存です。もっとも、もうすでに行きどまりに達している可能性も大いにありますが」

我々は階段の上で握手し、何か発見があり次第また手紙を書くとスーリスが約束した。

「アップランドへの旅、楽しまれますよう」と彼は言った。「まだあなたのことを覚えている人に会われたら楽しいでしょうね」

まさにそれが私の望みだったが、そのことは言わなかった。実際、私が何も言う暇はなかった――彼が先に口を開いたからだ。

「お急ぎになった方が――いまにも時計が十二時を打ちますよ！」

精一杯速く階段を駆け降り、玄関扉から外へ出ると同時に、建物は鐘が鳴る前の振動を始めた。街路に広がる平日の車の喧噪も、時計台からの最初のすさまじいひと鳴りを部分的に包むのみだった。私はそれから逃れようと歩道を疾走していった。

だが私はストラス・ホテルの方向には戻らなかった。街の中心に戻る途中、ここからなら、かつて下宿した、あの猫女ディアドリーとバイオリン奏者ジェイコブの家にも遠くないと気づいたのだ。私が困っていたとき、あの奇妙な夫婦が親切にしてくれたことを私は決して忘れていなかった。二人はいまもあそこに住んでいるだろうか。だが行ってみると、彼らの家があるべきところは、街路全体がとっくに一掃されてしまっていた。超近代的な大学の住居棟が、いまやそのスペースを占めていた。

私はふたたび悲しい気持ちになり、わずかにパラノイアに襲われもした。あたかも何か悪意ある力が、私のかつての人生の大切な形跡を一つひとつ消して回っているのではないか。だがむろん、そんな考えは馬鹿気ている。すべては「時」と「進歩」のはたらきにすぎず、そこに何ら個人的な要素はない。トールゲート出のハリー・スティーンの切ないノスタルジーなど、時にも進歩にもまったくどうでもいいものでしかない。私は回れ右し、ホテルに戻っていった。

昼食を摂ってから部屋に行って、学芸員から聞いた話を、記憶が新しいうちに何ページ分かメモした。帰ったら委細漏らさず報告するとフランクに約束したのだ。それが済むと、落着かぬ夜のあとですっかり疲れてもいたし、横になって、一時間ばかり昼寝しようとしてみた。だが無駄だった。一方では学芸員から教わった新情報にわくわくする思い。もう一方で、先に控えているダンケアン再訪をめぐる不安。この二つが私の関心を惹こうと競いあった。単なる眠りなど勝ち目はなかった。

結局、ベッドから出て、荷物をまとめ、宿代を払って、アップランドへ向けて出発した。グラスゴーの街外れまで来たころには、都市のスモッグと雪とで交通はノロノロになっていた。これは思ったよりずっと時間がかかりそうだ。海岸沿いのエアの町まで、南への車の流れはずっと葬送行進のようで、私はエアでいったん停まってサンドイッチを食べコーヒーを飲んだ。もう真っ暗だし、ここでホテルに泊まることを私は考えた。だが雪はかなり弱くなっていたので、やっぱり先へ行くことにした。東に進む、くねくね曲がった道路から丘陵地帯に入っていった。

アップランド

1

雪は小降りだったが、慎重に運転しないといけないので、二時間かかってようやく峠をひとつ越え、そして突然ダンケアンに着いた。海岸からの道路が、そこから一キロのあいだ、町を貫く本通りになった。一定間隔を置いて絞首台形の街灯柱が並び、その多くから、弱々しい光を放つ街灯がぶら下がっていた。

マーシャ・ウッズの話を聞いたあとでは、瓦礫《がれき》のような情景が出てくるものと覚悟していたが、車から見る限り、建物の屋根や壁はおおむね無傷で残っている。もっとも窓は多くが割れていたし、人っ子一人見あたらなかった。少なくとも雪の歩道に足跡はなく、車道にもタイヤの跡はなかった。というわけで、ダンケアンは一応まだあるけれど、まったくのゴーストタウンに見えた。

町の広場にたどり着き、かつてカーク薬局、警察署、〈マッケンジーズ・カフェ〉だった人けのない建物に私は目をとめた。小さな公園の戦争記念碑は生き残ったようで、銃剣を持った三人の青銅兵士はいまも構えの姿勢を保ち、何も見えぬ目を見えない敵に向けていた。広場の角に建つブラッケン・インだけが、唯一明かりの点いている建物だった。私は前の通りに駐車し、トランクから鞄《かばん》を出して、早足で中に入っていった。

ずっと昔この町にいたときには一度も中に入らなかったが、ロビーの様子から見て、たぶんあのころとそんなに変わっていないと思えた。花柄の絨毯《じゅうたん》はくたびれてすり切れ、フロントデスクの上からは黄ばみかけた鹿の角が突き出し、壁に掛かったずっと昔の行楽客たちの写真は大半が白黒だった。雑音の多い有線放送の音楽と、炒めた肉の匂いが空気を満たしていた。

私はデスクのベルを鳴らし、待った。痩せた中年の女性が暗い通路から出てきて、いらっしゃいませ、と挨拶した。

「ええ、部屋は空いております」と彼女は私の問い合わせに応えて言った。イングランド南部風の声をしている。私は言われたとおり必要事項を記入した。女性は私に部屋の鍵を渡し、食堂は八時まで開いていますと告げた。

二階にある私の部屋はごく平凡で、調度品もホテルによくあるたぐいのものだった。私はしばし、広場の見える窓辺に立ち、それからベッドに腰かけ、悲しみに打ちひしがれていた。明らかにそれは、ごく普通の反応なのだろう。もう何年も見ていなかった場所に久しぶりに来たのだ。自分の死すべき運命をあらためて意識させられ、世界は自分がいなくても続いていくことを思い知らされる。

ここでもまた、だからこそいままで一度もスコットランドに戻らなかったのだろうか、と考えた。過去何十年かで何度も、最後にダンケアンを見たときの自分を思い描こうとするたび、ずっと昔に読んだ本の登場人物を思い出すような気がしたものだ。

もうほぼ八時で、降りていって夕食を食べようかと思ったが、突然、いっさいの精力が抜け出てしまった気がした。この二日間走ってきた物理的距離よりも、私が頭のなかで為したもっとずっと長い帰還の旅。疲れの原因はそちらだと思えた。私は服を脱ぎ、ひんやりしたベッドにもぐり込んで、数分と経たぬうちにぐっすり眠っていた。

翌朝は七時半くらいに目が覚めた。腹が空《す》いていた。チェックのテーブルクロスが掛かったテーブルの並ぶ階下の食堂に降りていった。ベーコンエッグが美味しく、存分に味わって食べた。

そのあとでロビーを通り抜けると、例のイングランド人女性がふたたびデスクにいて書類を処理していた。よく眠れましたか、と声をかけてくれたので少しのあいだお喋りした。知らない人間と話す機会を彼女は歓迎しているようだった。

聞けばこの人が宿の経営者だった。十五年前に伯父から相続したのだという。だいたいそのころ、鉱山の炭層が尽きてきて、採鉱のプロセスに時間がかかるようになって利益も上がらなくなり、町の衰退が始まった。鉱山を所有していたイングランド人たち（その一人が彼女に宿を遺した伯父だった）は炭鉱の閉鎖を決めた。

その瞬間から、イングランド人女性が言うには、町の人々が去りはじめた。二、三年もするとダンケアンはほとんど人けがとだえ、宿は主として釣りに来た人、雷鳥《ライチョウ》を撃ちに訪れた人たちの拠点になった。でも時おり、かつてここに住んでいた年配の人が、墓参りに来たり、あるいは単に生まれ育った場所に何が残っているかを見にきて泊まっていくこともあった。

「みんなダンケアンのこと、とてもセンチメンタルに考えていて、商売としては有難いです」とイングランド人女性は言った。「でも私はセンチメンタルじゃありません。かつて役に立っていたものが廃れたところには独特の魅力があるなんて言うけど、私にはそんなものは見えません。この宿だって、誰か買いたい人が現われたら迷わず売りますよ」

私もこの町にごく短期間暮らしたことがあるんです、と私は打ちあけた。ここの学校で教える仕事があったんですが、結局立ち消えになりまして。あの学校はどうなったかなあ、と言ってみた。

「ああ、学校ね」と女性は言った。「学校もなくなりましたよ。炭鉱とだいたい同じ時期に閉鎖されて、校舎も取り壊されました。でも校長先生はそのあと何年もダンケアンで暮らしていましたね。よくビールを一杯やりに寄ってくれました」。彼女は眉間に皺を寄せ、記憶をたどっていた。「サム・マッケイっていう名前で、とてもいい人でした。もう亡くなりました。奥さんも五、六年前に亡くなりました」

こう聞かされてひどくショックを受けたことを、私は表に出さなかった。

「そうなんです」と彼女は言った。「奥さんにもたびたび会いましたが、親しくはならずじまいでした。お墓に旦那さんと並んで埋葬されました。そのころにはもうダンケアンの住民は大半出ていってしまって、どちらの葬式も参列者はまばらでした。ムーアに建っている夫婦のお屋敷はいまでも見られますよ。もう誰も住んでいませんから、きっとすっかり荒れてるでしょうけど」

部屋に戻って、少しのあいだじっと座って、いま聞いたことの吸収に努めた。この数年、ミリアムが死んでいるかもしれないという可能性は私も考えてはいた。とはいえ、頻繁に考えたわけではなかったし、真剣に考えもしなかった。実際、ほぼ毎日のように彼女のことを想い、私のことを懐かしく想ってくれているといいが、と願っていたのだ。そしていま、彼女の死を知らされたショックに、体の芯まで空っぽになった気がした。たぶんいろんな意味で彼女は、私が自分という人間を捉える上でつねに中心にいたのだろう。

これでもう、なぜ彼女が私を拒んだのか、永久にわからなくなってしまった。でもとにかく、サム・マッケイが断言したとおり、彼女は私を捨てて彼と結婚したわけだ。

仕方がない。ミリアムがもうこの世に亡いとわかったいま、ダンケアン滞在を続ける意味はない。明日の朝さっさと発《た》とうと私は決めた。今日は丘を——最後にもう一度だけ——歩いて、ムーアの館に行ってみよう。

そしてもちろん、彼女の墓にも。

2

朝のうちにムーアに入っていき、目から涙が出るほどの風を受けてみると、冬物のコートを着てきたことが有難かった。自然の風景は三十年前と変わっていない。実際、地球全体の最後の大きな地殻変動があって以来ほとんど変わっていないにちがいない。雪に残った人間の足跡は私のものだけだったが、木々に護られた場所では野ウサギや穴ウサギや鳥その他いろんなムーアの生き物の華奢《きゃしゃ》な足跡が見えた。その模様があまりに込み入っているので、こっちにその知恵さえあったら何かメッセージが読み解ける気がした。

しばらく歩いたところで、黒いヌマライチョウの一羽がさっと横を通り過ぎ、それで私はミリアムと出会ったときのことを思い出した。この鳥たちの、人間の目玉を好む陰惨な嗜好《しこう》を警告しに彼女は岩に登ってきてくれたのだ。

そしてその岩！　まだある、あそこに、ずっと西の方に、雪を背に黒っぽい輪郭が見える。前より小さく見えたし、背景の丘陵もそれほど堂々とは見えなかった。だがとにかく岩も丘もまだ存在している。反面ミリアムはもう死んでいて、彼女の顔はいまや私の頭のなかの幽霊のような幻でしかない。それもまた、ひどく悲しいことだ。時間と距離が、霜の付いた窓となり、我々はその窓越しに、愛する者の顔立ちをかろうじて見てとるにすぎないのだ。

そんな憂いに満ちた心持ちで、三十分歩いた末、屋敷に着いた。

一見、屋敷もやはり前より小さく見えたが、たぶんそれは単に常緑樹の防風林が大きくなったせいだろう。表の芝生に立つ楢《ナラ》の木も前より高くなっていたが、骨ばかりという感じで、枝にしがみついた葉っぱがほんの数枚、冬はまだ来ていないふりをしていた。

近くで見ると、屋敷は荒れ放題の様子だった。玄関の上に刻まれた「ダンケアン館」の名は苔《こけ》に覆われ半分しか読めなかった。玄関ドアのペンキは剝《は》げかけていた。屋根に薄く積もった雪も、タイルがいくつか欠けたりなくなったりしている事実を隠せはしなかった。煙突の通風管のひとつにはひびが入り、別のひとつは完全に落ちてしまっていた。一階の窓はどこも割れていなかったが白い布が屍《し》衣《い》のごとく覆い、中は何も見えなかった。

念のためドアをノックして、ノブを回してみた。ドアがキキィッと鳴って開き、私は中に入った。

まず気づいたのは匂いだった。湿っぽい黴の匂い、見捨てられた物たちの匂い。私の想像かもしれないが、わずかに甘い匂いも混じっているように思えた。あたかも老人の喫っていた阿片《あへん》の名残りが、長年ずっと漂っていたかのように。

窓を覆う白い布越しに光がそれなりに入ってくるので、床に埃《ほこり》が積もっていること、色褪《いろあ》せた壁紙があちこち剝げかけていることは見てとれた。居間の椅子やカウチなどの家具には紺色の布が掛けられ、奇妙な体形の怪物が眠っているみたいに見えた。壁に掛かった一連の絵にまで同じ布がかぶせてあった。

書斎のドアはわずかに開いていた。ずっと昔、あかあかと燃える暖炉の前のソファに座ったミリアムの父親を初めて見た夜のことを思い出しながら、用心深くドアの前まで行き、中を覗いてみた。

部屋はがらんとしていた。家具には布が掛けられて、本はすべて棚から取り去られ、暖炉の火格子は冷えきっていた。窓の方でブツブツ音がしていた。私は白い布を少しだけ横に引いてみた。窓台の上に、巨大なアオバエが仰向けに横たわっていた。きっと夏の暮れにどうやってだか家に入り込み、いままで生き延びたのだろう。ハエが体を元に戻そうともがくのを眺めていると、外の風が急に強くなるのが聞こえた。常緑樹のてっぺんが撓《しな》い、家がうめき声を上げた。

こんな悲しい場所はもうたくさんだった。私は立ち去りかけた。

突然、あることを思い出して、もう一度書斎に入っていった。炉棚の上に、覆いのかかった額縁がある。私は布をそっと持ち上げた。

やっぱり！　ミリアムの写真が、年月が経っても無傷で残っていた。ものすごく長い時間、私は火の消えた暖炉の前に立ち、ほとんど忘れかけていたその顔を心に吸い込んでいた。彼女は本当に、いつも夢に現われるのと変わらぬ美しさだった。悲しみの混じった喜びの涙が私の目にあふれた。

まさにその瞬間、頭の上の床板が、ゆっくりと軋《きし》むのが聞こえた。ずっと前のあの朝、ミリアムが本を取りに二階へ上がったとき、彼女の動きが同じ音を生じさせたのを私は聞いた。およそありえないことが、いま起きている――彼女はふたたび二階にいて私を待っているのだという思いに私は襲われた。

階段の下まで行ってみたが、上がりはしなかった。埃はもう何年も乱されていないように見えた。私は彼女の名前を呼んだ。何度も何度も呼んだ。

もちろん、返事はなかった。

書斎に戻って、壁から写真を下ろし、脇に抱えた。冷たい風の吹く外に出たが、もうそれほど冷たくは感じなかった。そうしてドアを引いて閉め、ふり返りもせず、幽霊の憑《つ》いた屋敷を去った。

3

屋敷を出てから何時間も、私はダンケアンの周りのムーアを歩き、その瞬間を遅らせ、なお遅らせていた。だがやっと、ありったけの意志の力を駆使して、町の東の外れへ——墓地へ——向かっていった。墓地は平べったい一画で、雨風にさらされた低い石壁に囲まれていた。入口の錆びた門は霊柩車が通れる広さがあり、それぞれの門柱から禍々しい目付きのガーゴイル像が見下ろしている。中央の通路に積もった雪には私自身の足跡が見えるだけで、その両側におそろしく古い墓石が並び、その多くは傾き、崩れかけ、碑文はすり減って読めなくなっていた。

装飾の少ない、もっと最近のものと知れる墓標や石板のなかに、求めている墓がじき見つかった。それは小さな、御影石《みかげいし》の、三つの名が刻まれた墓標だった。

ジョン・ゴールト
サミュエル・マッケイ
ミリアム・マッケイ

日付も碑文もなかった。

私はひどく惨めな気分で、数分とどまっただけだった。と、立ち去ろうとしたそのとき、墓に積もった雪に、わずかな突起があるのが目に入った。かがみ込んで、指先で雪を払いのけてみた。驚いたことに、赤いカーネーションの小さな花束が、紙の包みにくるまれたままそこに横たわっている。花びらのいくつかはまだ萎《しお》れていなかった。

ブラッケン・インに戻ると、ミリアムの写真を額から出して、ていねいにスーツケースにしまった。その晩夕食のあと、フロントに行って、明日の朝のチェックアウト時間をイングランド人女性に知らせた。サム・マッケイの墓を訪ねて、まだ相当新しく見える花があったことも言ってみた。

「ああ、きっとお二人の娘さんが置いていったんですね」と相手は言った。「一年に何度か、お墓参りに来るんです。この宿に泊まっていくこともあるんですよ。実は二週間前に来たばかりで、だからお花も新しかったんです」

お二人の娘さん？　そう聞いて私は驚いた。

「ええ、そうなんです。セアラといいます。セアラ・マッケイ。とても素敵なお嬢さんですよ。イールドン・ハウスで運営の仕事に就いていますよ」。聞けばそれは何か政府の機関で、ダンケアン南東の、イングランドとの境界地方の孤立した地域にあるらしい。きっと両親の墓をこまめに世話する娘にちがいない。イールドン・ハウスからここまでは車で最低三時間かかるし、この季節は道路も危険だという。

「よかったら電話番号をお教えします」と、私がまだ訊ねもしないうちからイングランド人女性は言った。

そしてカード索引《さくいん》を探り、番号を見つけてくれた。

「イールドン・ハウスって、ちょっと不思議なところなんですよね、あんないいお嬢さんの勤め先としては」と彼女は言い、誰も聞いていないことを確かめるかのようにあたりを見回し、声を落として

「頭の具合がおかしくなった人たちのための施設なんです」と言った。

部屋に戻って番号をダイヤルすると、セアラ・マッケイの秘書が出た。

「ミス・マッケイは今日はもうお帰りになりました」と秘書はひどくぶっきらぼうに言った。

自分がカナダからの訪問者で、セアラ・マッケイの両親とかつて知り合いだったことを私は説明した。できたらお会いして、ご両親のお話を伺えればと思ったのですが、と言ってみた。

すると秘書は態度を一変させた。

「それならきっとミス・マッケイもお話しなさりたがると思います」と彼女は言った。「ただ私、ご自宅の番号をお伝えする権限は与えられておりませんで。申し訳ありませんが、明日の朝にもう一度この番号にかけていただいて、本人とご相談いただければと思います。でも……ちょっとお待ちくださいね」。紙がサラサラ音を立てた。「あ、やっぱり。予定表によると明日の午前十時から十二時のあいだは空いています。これ、ほんとはいけないんですけど、もしお望みでしたら、その時間に入れてさし上げられます」

もちろんそれが望みである。

「承知しました。個人的なご用件でお会いになりたいそうです、とメモしておきます」。そして彼女は私の名前の綴《つづ》りを訊ねた。

「それでは、ミスター・スティーン」と彼女は言った。「明日十時ごろおいでになるというメッセージを置いていきます」

セアラ

1

翌朝、まだ日もろくに出ないうちに、私はブラッケン・インをチェックアウトした。ひどく慎重に運転しないといけなかった。降り立ての雪が薄く積もって道路が滑り易くなっているばかりか、冬の霧で視界も悪かったのだ。

町外れの墓地を通り過ぎるとき、墓石が並ぶ上に漂う霧が濃い筋を描き、特にミリアムが眠っている奥の方でゆらゆら揺れているように見えた。彼女が、ダンケアンの死者みんなが、私に向かって手を振ってくれているような気がした。烏《カラス》がぽつんと一羽、墓の入口に陣取った一方のガーゴイルの角にとまっていた。烏もガーゴイルも狂った目で私を睨みつけていた。

十分ばかりはゆっくり行くしかなかったが、やがて霧も一応晴れ、その後二時間はまずまずの速度で走れた。十時も近くなってやっと「イールドン・ハウス　ERC」と書いた看板が見え、木の並ぶ道路を進んでいき、何エーカーも広がる芝生と、緑の軟泥に包まれたなかば凍った池の前を通っていった。木々の切れ目から、アーチ、扶壁《バットレス》で補強した壁、支柱、そしてゴシック様式・パラディオ様式の窓が無数にある巨大な屋敷が垣間見《かいまみ》えた。きっとこれが本館だろう。

駐車場を見つけて、そこから玄関まで歩いていった。さんざん踏まれて角が丸くなった石の階段をのぼって、太い円柱に支えられた玄関柱廊《ポルチコ》に達した。ポルチコの床はすり減った板石で、玄関扉はものすごく大きかった。呼び鈴の凝った把手を回すと、中でベルが鳴る音がごくわずかに聞こえた。

少しして、ダークブルーの、胸ポケットに警備員の記章が付いた制服の男がドアを開けた。手に持ったクリップボードに私の名があることを確かめてから、天井の高い、薄暗いロビーに私を通した。私が入ると男はドアを閉め、建物の西側に通じる廊下に私を案内した。この先に待合室があるという。木の床を歩いていくと、自分の靴音が反響した。磨き剤を塗ったばかりの床はおそろしく強い匂いがした。これなら何かもっと嫌な臭《にお》いが発生しても隠せるだろう。

角を曲がると、待合室があった。そこの雰囲気は別の時代のそれだった。暗い色の壁板、くすんだ油絵からはヴィクトリア朝風のポークチョップ型頬鬚を生やしたニコリともしない男たちが見下ろしている。背がまっすぐ伸びた木の椅子がいくつか、低いテーブルを囲んでいる。鉄格子を嵌《は》めた、暗緑のガラスの小さな窓が、厚さ一メートル近くあろうかという壁に埋め込まれ、そのガラス越しに、外側の窓台に巨大な蠅《ハエ》が何匹か集まっているのが見えた。よく見たら雀《スズメ》の歪《ゆが》んだ像だとわかってほっとした。ガラス越しに私の等しく歪んだ像を見ると、雀たちは飛び去っていった。

手の込んだ蛇腹《じゃばら》で飾られた天井から、シェードもない電球がぽつんと一個付いたコードがぶら下がっていた。電球の投げる光はひどく弱々しく、物を読むのは難しそうだったが、見れば何の読み物もあたりにはない。古い雑誌一冊置いていない。私は木の椅子のひとつに腰かけた。長く座るのに向いた作りではなかった。

かように、待合室全体が、待つことを奨励していなかった。

一、二**分いっさい何の音も**しなかったが、やがてきびきびとした足音の反響が聞こえ、若い女性が角を曲がってやって来た。やはり制服を着ていたが、こちらは緑っぽい色で、記章には**所長**という言葉が入っている。彼女はまっすぐ私の方に歩いてきた。

「ミスター・スティーン？」と彼女は愛想のよい声で快活に言った。「セアラ・マッケイです……ミリアムの娘です」。そして私と握手した。

私はほとんど喋ることもできなかった。近くで見る彼女が、昨日私がダンケアンの屋敷から持ち出した写真のミリアムにあまりによく似ているものだから、過去の時間に連れ戻されたような気分だった。その青い目は、もう何十年も前に彼女の母親がムーアのあの岩のへりから、初めて私をじっと見たときの目と同じ率直さをたたえていた。

「あなたがおいでになると伺って嬉しかったです」とセアラ・マッケイは言った。「あなたのことはほとんど存じ上げているような気がするんです、母がお名前をしじゅう口にしていましたから。あなたの人生がその後どうなったか、母はいつも気にかけていました。きっともう一度お会いできたらさぞ喜んだと思います」

自分がミリアムに忘れられていなかったと聞いて、私は深く心を打たれた。何も言うことが思いつかなかった。

「私のオフィスに行きましょう」とセアラ・マッケイが待合室の陰気な調度品を見渡しながら言った。「ここより少しは快適ですから」

2

私はセアラ・マッケイのあとについて迷路のような廊下を歩き、イールドン・ハウスの奥へ入っていった。

歩きながら彼女は、ここが元々、十九世紀産業界の大立物アンドルー・イールドンの住居だったことを教えてくれた。財産のかなりの部分をイールドンはこの屋敷に注ぎ込み、設計も自分で行なったという。当時の新聞はここを「イールドンの愚行」と呼んだ。二十世紀初頭に至ると、子孫の誰一人、この館を維持する財力はなかった。

「結局、国が引き継いで、現在の用途に変えたんです」と彼女は言った。

「現在の用途」というのはある種の監禁ということだろう。廊下の多くは曲がり角にチェックポイントがあって、ベルトにピストルを挿した制服の警備員が立っている。私たちが通ると皆セアラ・マッケイに恭《うやうや》しく会釈した。

高速道路に立っていた看板の「ＥＲＣ」とは何ですか、と私は訊いてみた。

「“Enforced Residential Community”（強制共同生活体）です」と彼女は言った。「この地域の大半の人たちにとっては、要するに『刑務所』ということです。でも被収容者のうち実際に犯罪行為を犯した人は半分くらいです。とにかく私たちは彼らを、囚人ではなく患者と考えています」

そのころにはもうずいぶん多くの角を曲がって、どこも同じに見える廊下をたくさん歩いていたから、私はもうあらかた方向感を失っていた。兎の穴みたいなところですね、と私は言ってみた。

「おっしゃるとおりです」と彼女は言った。「この迷路のような造りのおかげで、住人たちの気持ちが落着くみたいなんです。統制されている感じ、見張られている感じがしないから。そこは普通の監獄とはずいぶん違うんです。もし写真をご覧になったことがあったらご存じでしょうけど、たいていは大きな車輪のような形をしていて、スポークにあたる部分に独房が並んで、真ん中のハブから常時在監者を監視しているんです」

私もデュポンの、軍用バラックを改造した、金網の上に鉄条網がめぐらされ捕虜収容所みたいに見える研究所を思い起こしていた。そこを訪れたときのことを私はセアラ・マッケイに話した。こういう閉じ込めることが目的の場所は、どんな造りであれ、そこで働いている人も自分まで囚人のような気がしてくるんでしょうか、と私は言ってみた。

「鋭い指摘ですね」と彼女は言った。「ここイールドン・ハウスでも、警備員をはじめとする下級職員に関しては、彼らがよその仕事を探さないよう給料を相当高くしないといけないんです」。彼女は眉間に皺を寄せた。「ですが私たち専門職の場合、こういう場所で生涯の大半を過ごすことも厭《いと》いません。これが私たちの仕事なんです――天職と言ってもいいです――たとえ全然お金にならなくてもやると思います。実際、時おり私たちのことを、心の苦痛を抱えている人たちに共感するあまり、心気症的に彼らに同化しているんじゃないかと批判する人もいるんです。私たちをよく思わない人のなかには、他人の苦しみに敏感であること自体が心の病だと言う人もいるくらいです」

私が本気で興味を抱いていると、彼女も見てとったにちがいない。歩きながら話はさらに続いた。

「申し上げておくべきでしたが、イールドン・ハウスは、何らかの異常を来《きた》した芸術家と学者に特化しています」と彼女は言った。「つまり、ここにいる人の大半は、彼らの職業に特有の心理的トラウマを体験しているんです。

ここに差し向けられてくる芸術家タイプの、圧倒的多数は作家です。深刻な問題を抱えた作家をすべて収容しようと思ったら、イールドン・ハウスが十必要だと言っても過言ではありません。

収容される学者のなかにも、当然きわめて優れた頭脳の持ち主がいます。ただし彼らは、並外れて凶暴な犯罪に走る傾向があります。たとえば、授業の割当てをめぐって学科長を刺し殺したり、ごくわずかな研究費を拒んだ学部長を射殺したり。一人はまったく別の理由でこの地域では特に悪名高いんです。アーティモア教授――たぶんお聞きになったことありますよね?」

当然、聞いたことはない。
「これが、実に興味深いケースでして」としか彼女は言わなかった。

3

いまやセアラ・マッケイと私は、一世紀は経っていそうな白黒写真が並ぶ廊下を歩いていた。写っている人々は、イールドン・ハウスの従業員服を着て、サッカーのチームのようにグループを成している。彼らの顔に笑みはなく、カメラを生まれて初めて見る人にありがちな用心深い表情を浮かべていた。

所長室と書いた札の掛かったドアに着くと、彼女は私を中に招き入れた。

オフィスは広々としていて、ファイルキャビネットがいくつかあり、大きな窓の前に横長に机が置かれていた。窓の外側の太い鉄格子が丘陵の美しい眺めを損ねている。壁は無地の灰色っぽい色で、ここも装飾としては、廊下で見たのと同様の古い白黒グループ写真がいくつかあるだけだった。

机の向かいに、艶やかな黒い革のカウチと肱掛け椅子のセットがあった。そのかたわらに、教会でよく見る、ひざまずくための台があった。私がそれを見ていることを彼女は目にとめた。

「イールドン・ハウスには自前の礼拝堂があったんです」と彼女は言った。「国がここを引き継いだあとは、とにかくいろんな物を倉庫に放り込んで、礼拝堂の調度品も同じ扱いでした。そこにある祈《き》禱《とう》台は実のところ、アンドルー・イールドン専用だったんです。一目見て、これは所長室で使えるかもしれないと思って運んできてもらいました。案の定、ここへ私に会いにくる患者には、これにひざまずきたがる人が結構いるんですよ」。彼女はニッコリ笑った。「もしよかったらお使いください」

冗談を言っているのだと思って、私も笑顔を返した。彼女は肱掛け椅子に腰を下ろし、私はカウチに座った。高価そうな見かけなのに、座ってみるとおそろしく硬く、少しも凹《へこ》まなかった。

二人とも座ってまもなく、白い管理人ふうの制服を着た若い綺麗な女性が入ってきた。コーヒーポットとカップが二つ載ったトレーを持っている。

「ありがとう、ジョージーナ」とセアラ・マッケイは言った。

女性はトレーを机の上に置いて立ち去った。

「ジョージーナも患者の一人なんです」とセアラはごく事務的な口調で言った。私の驚きを彼女は見てとった。「ええ、被収容者の半数は女性です。狂気というのは昔から男女平等が実現していた分野なんです」

どうしてジョージーナは監禁されないんですか、と私は訊いた。

「長い話なんです」とセアラは言った。「彼女は手伝いをするのが好きだし、薬のおかげで人と接するのもまったく問題ないので、大半の時間、閉じ込める必要はありません。彼女がここにいるのは、作家になりたかったからです。その話、お聞きになりますか？」

二十二歳で大学を卒業したあと、ジョージーナは小説を書こうと決め、そのためにタイプライターも買った。その後一年、毎日家にこもって、ほぼ一日じゅう、書く以外ほとんど何もしなかった。タップ、タップ、と初めての小説を一時間また一時間とタイプし、めったに部屋から出なかった。一心不乱に書きつづけ、食事の時間もほとんど取らなかったので、何か月かすると体は痩せ衰え、指先に水ぶくれが出来て、やがてはタイプライターのキーにも服にも血が飛び散った。

当然ながらもはや家族の手には負えなくなり、精神の安定を欠いた人々のための施設を転々とすることになった。タイプライターを奪われると、緊張病的にまったく動かなくなってしまうが、返してもらうとまたすぐに自殺的なタイプ作業をやり出す。中庸の状態はありえないように思えた。薬も集中的カウンセリングも効き目はなかった。


「**結局**彼女はここに収容されました」とセアラ・マッケイは言った。「連れてこられたときのファイルには、それまで書いていた小説の原稿が数百ページ分入っていました。私はそれを熟読しました。主人公が一日じゅう部屋にこもって小説を書いている女性だとわかっても、驚きはしませんでした。書いているうちにこの女性は、自分の部屋の外にいる世界じゅうすべての人々が彼女に害を為そうと共謀していると考えるようになったのです。なお悪いことに、その『人々』とは人間ではなく人間に変装した巨大な齧歯類《げっし》だと彼女は信じました。ドアの外で、齧歯類たちがヒソヒソ声を上げドアを引っかいて中に入ろうとする音が彼女には聞こえました。彼女自身が地球上で最後に一人残った本当の人間であって、必死のタイピングを続けている限りは齧歯類たちも近づけないと彼女は確信しました。それゆえ彼女は強迫的にタイプを続けました。そしてこれが、書き手のジョージーナにも広がったのです」

これを聞いて、私は好奇心をそそられた。そんな恐ろしいナンセンスを信じてしまうなんて、ジョージーナはどこが悪いのか?

「それはまさに、作家という職業の危険な核心に触れた問いですね。現実と虚構を区別できないという作家の性《さが》です」とセアラは言った。「作り話のなかでは、世界じゅうの人間が齧歯類に変わったとヒロインが信じても問題はありません。むしろそこから、いろいろ興味深い可能性が拓けてきます。ジョージーナにしても、はじめはヒロインについて三人称で書いていたわけだし、まだ十分正気だったにちがいありません。ですが、本人がだんだん現実を把握する力を失っていくとともに、小説も一人称で書くようになりました。登場人物と全面的に同一化するようになったんです。

さっき触れたとおり、最新の向精神薬も私たちはすべて試してみました。時にはそれが効いているように見えることもあります。館内をさまよって、ちょっとした仕事をすることもできます――ついいましがたご覧になったとおり、コーヒーを出したり。タイプライターを返してあげると、最初のうちは問題なく、三人称で登場人物について書いています。ところが、しばらくすると、また徐々に、一人称の語り手に戻ってしまうんです。これが躁病状態に戻った確実な徴候です。そうなったらタイプライターを取り上げるしかありません。するとまた緊張病的な状態に陥って、我々はふたたび薬を投与し、行動のバランスが取り戻されるよう持っていきます。いままでのところはこういう悪循環ですが、まだあきらめてはいません。一人称に舞い戻るのを止められないのであれば、また別の、書くことを全面的にやめるような薬を調合して、恒久的にノーマルな人間にするよう努めるつもりです。あくまで最後の手段ということですが」

4

ジョージーナの物語を語り終えたいま、セアラ・マッケイは次に、私の生涯の物語を根掘り葉掘り訊ねはじめた。その訊き方は明らかに、新しい入院患者に質問するやり方そのままだった。詳細な、熟慮の上での返答にしか彼女は納得しなかった。ダンケアンから逃げ出したあとどこへ行ったのか、どうやってカナダに行きついたのか。私は仔細に答えさせられ、結婚や仕事についても同様だった。彼女はじっくり耳を傾け、アリシアやフランクをめぐる巧みな質問で私から話を引き出した。特に、私とフランクの父子関係の複雑さ、その最近の発展に強い関心を抱いたようだった。

そして最後に、今回のスコットランド訪問の目的が問われた。学芸員との面会、メキシコで『黒曜石雲』を見つけたこと、その著者マクベーンをめぐる神秘、そうしたいっさいを語るよう私は求められた。

セアラはすっかり魅了されて聴き入っていた。

「何て興味深いお話でしょう」と彼女は言った。「母からよく聞かされたアップランドの古い伝説にも、それと同じような話がいくつもありました」

話は次に、彼女がイールドン・ハウスで働いていることを私がどうやって知ったかという点に及んだ。学芸員に会ったあとに、ダンケアンがいまどんな様子か見たくもあったので、車で行ってみたのだと私は答えた。ひょっとしてあなたのお母さんがいまもあそこで暮らしていて、ばったり会えたらなんてことも期待していたんです、と私は言った。そして彼女が亡くなったことを知り、墓を訪ね、まだ枯れていない花を見ました。それを通して、ブラッケン・インの経営者からあなたの存在を知らされたので、探してみようと決めたんです。

彼女は深々と座り直した。どうやら私が語った、私自身をめぐる陳述に満足している様子だ。

「探し出していただけて、とても嬉しいです」と彼女は言った。「あなたがその後どうなったか知ったら、ミリアムは本当に喜んだと思います」。彼女は時おり母親のことを、親子というより友人同士か姉妹のようにファーストネームで呼んだ。

私にはそれが理解できた。私の両親も、理由は違ったけれど私が彼らのファーストネームを使うことを好んだのだ。

「ひょっとすると、あなたがなさっているお仕事には驚いたかもしれませんが」とセアラは言った。「理想主義的なところのある方だと思っていたみたいですから」

そう言われて少し傷ついたが、私は何も言わなかった。

「母も一人っ子だったことはご存じでしたか?」と彼女は言った。

そうなのだろうと元々思ってはいた。でも私は、そもそも彼女のことをほとんど何も知らなかったのだ。

「ええ、ミリアムの母は――私の祖母は――体が華奢で心臓も弱く、ミリアムを産んで数日後に自宅で亡くなったんです。祖父は再婚しませんでした。私が子供のころミリアムが、自分の生まれたところに連れていってくれたことがあります。その家に住んでいた人たちがいいと言ってくれたので、あちこち見て回れました」。その情景を彼女はふり返ってみせた。「東の海岸沿い、エジンバラの北にある家です。崖の上に大きな屋敷が並んでいるうちの一軒で、海に面した居間に張り出し窓があります。岸から二、三キロ離れたあたりに巨大な岩があって、鳥の糞にびっしり覆われていました。私たちが行ったときには陽を浴びて大聖堂の丸屋根みたいにかすかに光っていました。けれど祖母が臨終だった日にはどうやら空は曇っていて、岩もだんだん見えにくくなり、やがてすっかり見えなくなったそうです。これはつねに、嵐が沿岸に近づいてきたしるしなんです。

祖母が亡くなったあと、祖父は屋敷を売り払い、エジンバラで長屋建住宅を一軒借りました。祖父は親に向いた人ではなかったので、乳母《うば》を雇ってミリアムの世話を任せました。十歳になると、ミリアムはエジンバラの女子寄宿学校に入れられました。彼女の子供時代を通して、父親はあまり姿を見せませんでした。貿易会社の共同経営をしていて、年じゅう極東に行く必要があったんです。阿片の嗜好も極東で身につけました。そのことはご存じでしたか？」

　もちろん知っている。あの廃人同様の男のために、阿片のパイプを世話してやるときのミリアムの嫌悪の表情を、どうして忘れられよう？

「やがて父親は」とセアラは先を続けた。「会社の持ち株も売ってしまい、何から何までダンケアンの館に移しました。引き金《ロック》も銃床《ストック》も銃身《バレル》も（「一切合財」の意の成句）——そう、本当に樽《バレル》があって、一生分の阿片が入っていたんです。祖父がなぜダンケアンを選んだのかは謎です。海の景色は嫌な記憶を呼び起こすから、アップランドでも一番陸に閉ざされた場所にしたんだろうか、などと私たちは考えたものです。

　ミリアムは十六で学校を終えて、父親と暮らしはじめました。父親はまだそれほどの歳ではありませんでしたが、もうすでに世話が必要だったのです。ダンケアンの町民は祖父のことはほとんど知りませんでしたが、母のことはだんだん知るようになって、母は誰にでも好かれました。サム・マッケイと結婚してからは、屋敷で祖父と一緒に三人で暮らしました。サムは祖父のような人にも耐えられる人柄だったんです。

　やがて私が生まれました。私は祖父とはそんなに関わりませんでした。祖父はいつも、人類のごく曖昧な一員というふうに見えました。屋敷の一角に棲《す》みついて、奇妙な臭いがして奇妙な習慣を有する生物という感じです。私がまだ七歳のときに、阿片が元で生じた合併症で亡くなりました。いざ死んでしまうと、祖父がいないことを私は寂しく思いました。たぶん、家にそういう不気味な生き物がいることが当たり前になっていたんです。

十四のときに、もっとずっと辛い喪失が起きました。サムが亡くなったんです。あんなに大きくて逞しく見えたのに、前から心臓が悪くて、あまりに早い最期になってしまったんです。サムが死んで、ミリアムもすっかり元気をなくしたみたいでした。

私は大学を卒業してから、ここと同じようないろんな施設に勤めました。たぶん、すぐそばにいつも祖父という謎がいるなかで育ったせいで、こういう場所に惹かれるんだと思います。このイールドン・ハウスの所長になったとき、母を呼んでもっとそばに住んでもらおうとしたんです。でも母にとってはダンケアン以外で暮らすなんて考えられませんでした。

五年前のある朝、ムーアを上がったところにあるタムズ・ブリッグの下で、何人かの漁師が母を発見しました。そんなところで母が何をしていたのかはわかりません。足が滑って橋から落ちたのかもしれないし、飛び降りたのかもしれません。どちらにせよ、あれでよかったんだと思います。もうそのころには、母は死ぬ気になっていたんです。ただ、もう少し恐ろしくないやり方を選んでくれていたらとは思いますけど」

ミリアムが死んだ経緯を聞いて私は愕然とした。ブラッケン・インの経営者の女性は、おそらく気を遣ってくれたのだろう、そのことについては何も言わなかったのだ。ずっと昔の、ミリアムと二人で丘をのぼり、渡る人もいなくなったあの橋から激流と岩場を見下ろした日のことを私は忘れていない。峡谷の底の、彼女の折れ曲がった体を私は考えぬよう努めた。

だがセアラの語りは容赦なかった。

「最悪だったのは、岩場で見つかった母の両目が鳥にえぐり取られていたことでした」と彼女は言った。「鳥がいるからムーアで眠ってはいけない、っていつも私に言っていたのに」

ミリアムの死に様を聞かされ、その身が鳥によって無残にされたと知るのはひどく辛かった。私と初めて会ったときも、やはり鳥に気をつけろと彼女は警告したのだ。

「母は祖父とサムと並んで墓地に埋葬されました」とセアラは言った。「母が死んで、私は無二の親友を失いました。母のこともサムのことも私は深く愛していたし、二人とも私を愛してくれました。二人のことを考えただけで泣いてしまう状態を脱するまで、ずいぶん時間がかかりました。いまもときどきダンケアンに出かけて、ミリアムのお墓に花を供えに行くんです、そして彼女と話をしに」

5

少し経つと、部屋に立ちこめていた告白の空気のせいだろう、私はセアラに対して弁明を始めた。決して私の方からあなたのお母さんを見捨てたわけではありません、と私は強調した。彼女と過ごした日々は人生で一番幸福な時でした、と。ミリアムは自分と結婚するのだとサム・マッケイから言われた日、どうしてそんなことがありうるのかミリアムを問いつめよう、気を変えてくれるよう彼女にすがろうと私は屋敷に飛んでいったんです。私がそこにいることが彼女にはわかっていたし、窓越しに私の姿を見さえしたのに、ドアを開けてくれなかったんです。

そう、私は無実の側、罪を犯された側なんです。あなたはたぶんそれとは違う話を聞いているでしょうが。

「いいえ、違う話なんか聞いていません」とセアラは言った。「その最後の日、あなたが玄関にやって来たとき何があったか、母は私に何もかも話してくれました。いまあなたが使われたのとほとんど同じ言葉でした。その瞬間のことはずっと母の心を苛《さいな》んでいました。その後母が一生不幸だったことの大きな一因でした」。彼女はゆっくり、一言一言はっきり喋った。「あなたに会うのを拒んだことは、母にとって一生で一番辛かった行ないでした。でも、このことは信じてくださらないといけません——母はあなたのためを思ってそうしたんです。あなたが愛してくれていることを母は知っていました。とうていあきらめられるはずがないくらい、深く愛してくれていることを。だから母は、自分で事態を動かすことにしたんです。自分が犠牲になることに」

何のことか私にはわからなかった。

「自分にくっついている家族のお荷物をあなたに押しつけるのは酷だ、そう母は判断したんです」とセアラは言った。「あなたが祖父について、祖父の中毒についてひどく不安な気持ちでいることに母は気づいていました。だからといって、祖父を見捨てて、あとは一人で勝手にやれとは言えません。そしてもしあなたが屋敷で母と一緒に暮らすようになったら、毎年毎年、来る日も来る日も祖父の姿を見ることに、あなたは本当に耐えられたでしょうか? 母は自分があなたの人生を駄目にしようとしていると感じて、そんなことはできないと思いました。だからこそ、あなたとの関係を絶ったんです」。セアラはまっすぐ私の目を見据えた。「あなたがひどく傷つくだろうと母にはわかっていましたが、時が過ぎるにつれてきっと立ち直れるはずだと信じていたんです」

こう聞かされて、少し居心地の悪い思いはしたものの、私をめぐるミリアムの評価が正しかったことが私にはわかった。彼女に対する永遠の愛を想って自分に酔うことも時おりあったが、私はずっと、長い人生、彼女なしで上手《うま》くやってきたのだ。

「母は愛というものをよくわかっている人でした。よく私に、初恋というのはたいていの場合一種の自己愛だ、恋をしているという観念に酔っているんだと言っていました。あなたの場合も、その観念を壊さないために、長い目で見れば有害に決まっているのに、ここにとどまると言いはることを母は恐れていました」

　ここでもまた、ミリアムがどれだけ私という人間を見抜いていたかを私は思い知った。完全無欠の恋人、という自己像に溺れるあまり、もしとどまっていたらどういうことになっていたか、私はほとんど考えたこともなかった。あの陰気な館に、彼女とあの老人と一緒に閉じ込められた日が続いていたら、私が彼女を恨むように――さらには憎むように――なるのに長い時間がかかっただろうか？ そういう自分の真実と向きあう代わりに、私は一生涯、彼女のせいで真の愛が不可能になってしまったと決めてミリアムを責めつづけてきたのだ。長年にわたって、「傷心」がわが利己的なふるまいの口実となっていたのだ。

「あなたと母との関係をサムはすべて知っていました。母がサムに、あなたが話したより前にすべて話したからです」とセアラは言った。「けれどそれでもサムは母を愛していて、結婚したいという気持ちは変わりませんでした。母は彼にとってよき妻であろうと精一杯努めました。けれどあいにく、母が愛したのはあなた一人でした。母はあなたのことをいつまでも乗りこえられなかったんです」

　愛したのはあなた一人。そう聞かされるのは何という皮肉だろう。何年ものあいだずっと、私は彼女を愛していたが彼女は私を愛していなかったと思い込んでいた。それがいま、真実と向きあわねばならない。私の傷心はただの自分勝手だったのであり、彼女は真に私を愛してくれたのだ。

「ええ、母の人生の残りずっと、あなたは彼女に取り憑く幽霊のような存在でした。母からひどい仕打ちを受けたとあなたがずっと信じつづけるだろうと母にはわかっていました。そのせいで強い罪悪感に苛まれていたんです」。彼女はそこで言葉を切って、ゆっくり首を振った。「私がこの職業でひとつ学んだことがあるとすれば、私たち人間は罪悪感を抱くことがおそろしく得意だということです。あなたのためを思ってやったことなのに、そのせいで母は途方もない罪悪感を背負い込んだんです」。

彼女はため息をついた。「人間らしくあるために、人は何と大きな代償を払うことでしょう」

私たちはしばらくじっと黙っていた。それから、この悲しい話題から離れるためだろう、自分が婚約しているという話をセアラは始めた。

「来年あたりに結婚しようと思っています」と彼女は言った。「相手はエジンバラで弁護士をしています。二人とも仕事を続けられるように、エジンバラとここの中間のどこか小さな町に家を探すつもりなんです」

子供は？　と訊いてみた。

「作らないつもりです。母もたぶん賛成してくれたと思います。私たち家族は呪われているんじゃないか、ときどきそう言っていましたから。理に適《かな》った恐れとは言えないけれど、まあ理解はできますよね」

時間がなくなってきていた。今度スコットランドに来たらぜひまたおいでください、と彼女は促し、次はもっとゆっくりしていくと私に約束させた。ここで相手にしているいろんな種類の患者をお見せしたいんです、きっと興味深く思われますよ、と彼女は言った。

子供が自分のおもちゃを見せたがるみたいなこの熱心さに、私はデュポンのことを思い出した。彼もやはり、自慢のボランティアたるグリフィンを私に紹介したとき、ひどく得意顔だったものだ。それがどういう事態に至ったかを思い起こして、私はぞっと身震いした。

机の上の電話が鳴った。彼女は少しのあいだ受話器に向かって喋っていたが、やがてため息とともに受話器を置いた。

「やれやれ」と彼女は言った。「省の人たちが面会に来ました。さすがにこれは逃げられません」

わかります、と私は言った。私もそろそろ空港に向かわないといけない。飛行機は四時に発つのだし、チェックインはもっとずっと早くにしないといけない。いらしたのと同じルートで行く必要はありません、と彼女は言った。そして机から地図を引っぱり出し、沿岸へ行くもっと静かな別の道を教えてくれた。それが済むと、私たちは二人とも立ち上がった。

「玄関までお送りします」と彼女は言った。「よろしければ、アーティモア教授をお見せするだけの時間はあります。外へ出る途中に個室のそばを通りますから。彼の名をさっき出したのは覚えてらっしゃいますよね。学者の犯罪者たちのうちでも図抜けて悪名高い人物です。生身の彼を見たいと言ってお金を払おうとする人もいるくらいです。彼の研究内容が裁判で公にされたときは大騒ぎになりました。イールドン・ハウスで扱った人たちのなかでも、これほど奇妙な人物は稀です」

もちろん私はついて行った。


彼女は私を連れて横の廊下を進んでいき、いままで通ったどのドアとも違うドアのついた部屋の前に出た。ドアはいくつもの金属の突っ張りで補強され、中にいる人間が見えるよう、鉄格子の付いた長方形の小窓が空けられている。

セアラ・マッケイはそこから中をちらっと覗いてから、私を手招きした。

「見てごらんなさい」と彼女は言った。

覗いてみると、そこは小さな、調度品も最低限の部屋で、ケージで覆われた電球が一個、天井の真ん中からぶら下がっていた。その下に年配の男性が、床にネジ留めされたまっすぐな木の椅子に両手両足をストラップで留められて座っている。灰色の髪はもじゃもじゃで伸び放題。顔も灰色だが、額の真ん中にいくつか、角張った青っぽい印があって、アルファベットのようにも見えたが、何なのか私のいるところからはっきりはわからなかった。頬には不安ゆえか痛みゆえかの皺が何本も走っている。なかば閉じた目は遠くを見るような目付きで、何かの問題に集中しているように見えた。

私がじっくり見終えると、私たちはまた先へ進んでいった。セアラは見るからに、私の印象を聞きたがっている様子だ。

「どうです？　わりと普通に見えると思いませんか？」

でもだいぶストレスを抱えているみたいでしたね、と私は答えた。

それを聞いて彼女はニッコリ笑った。

「まったくそのとおりです」と彼女は言った。「抱えていて当然なんです。こういう経歴なんです。アーティモアはエジンバラ大学の著名な言語学教授でした。主たる関心は、人間たちのあいだで言語がどのように生まれたかを探り出すことでした。学者の世界ではこれがいまだに大きな謎だそうですね。

歴史を調べていた教授は、やがて、はるかエジプトのファラオの昔から成果なく試みられてきた、きわめて残酷で非人道的な言語実験に行きあたりました。実際これは、何世紀ものあいだに何度もくり返されていて、スコットランドの例まであります。十五世紀末、いっぱしの言語学者を気どっていた王ジェームズ四世が同じ研究を行ない、やはり成果はなしに終わったのです。

言語学者たちは長年、アーティモア自身もそうでしたが、こういう企てを野蛮だと非難してきました。けれどアーティモアは、心のどこか奥の方で、もしこの実験が言語研究に画期的進歩をもたらすようなことがあれば学者仲間の態度も変わるはずだと信じていました。それで、やってみようと決めたんです」

アーティモア教授が要するに何をやったのか、私にはまだわからなかったが、その理屈はデュポンのそれと同様に思えた。結果がよければ、手段は正当化される。忌まわしい話が出てくるにちがいないと私は身構えた。

「教授は人間の肉体を商う地下市場に接触しました」とセアラ・マッケイは言った。「そこを通して、女の新生児を二人手に入れたんです」

もうそれ以上聞く必要はなかった。だが人間の好奇心というものは、犬の鼻と同じで自らを抑えられはしない。私は続きを待った。

「教授は独身で、エジンバラでも指折りの高級住宅地ニュー・タウンにあるジョージア朝築の大邸宅に住んでいました。すでに部屋を特別に地下に用意してあって、そこに二人の幼児を入れ、身の回りの世話をする若いメイドも一人つけました。メイドは聾唖《ろうあ》者でした。これは実験にとって決定的に重要なことでした。子供たちが接触する人間は彼女一人ですから、子供たちは言語が使われるのを決して耳にしないわけです。

二人が屋敷に着いてから、その後の五年間、アーティモアは毎日何時間もマジックミラーの前で、幼児たちの成長を観察しました。メイドに対してであれ、たがいに対してであれ、うなり声、しぐさ、その他二人が行なうコミュニケーションの試みすべてを教授は綿密にメモしました。

しかし、やがて惨事が起きました。

ある日の午後、教授は会議に出席しに大学へ行かねばなりませんでした。留守にしているあいだに、すさまじい雷雨がエジンバラを襲いました。稲妻が邸宅を直撃し、建物は炎上しました。街じゅうで木が倒れ水が氾濫したため、消防隊が到着するのに長い時間がかかりました。聾唖のメイドはどうにか生きて救出されました。彼女が狂おしく発する声と身ぶりから、もう一度中に入る必要があることを人々は理解しました。入ってみると、子供たちはすでに煙を吸って窒息死していました。屋敷の残りの部分も焼け、教授の研究も、すべてのノートも失われました。

アーティモア教授はやがて――とセアラはさらに語った――人身売買、誘拐、不法監禁、故殺などいくつもの罪で起訴された。聾唖の娘も手話と筆談で、彼に不利な証言を行なった。

教授は黙秘を貫いたが、弁護人を通して、すべての罪状を認めた。

判決の際、同じ弁護人は、罪の軽減事由として、こうした実験を行なったのは決して教授が最初ではないことを訴えた。よく知られた事例を、スコットランド王のものも含めて列挙してみせた。また、同様の実験が今日《こんにち》でも、文明の進歩が遅れた、児童の人権概念が確立していない地域ではさまざまな言語研究者によって実践されていることも弁護士は訴えた。

彼はさらに論を進めた。今日、ここ北半球にあっても、種々の職業に携わる人々が、行動修正を目的とする恐ろしい処置を日々児童に課すことを許されているではありませんか。そこではしばしば薬物が使われ、有効性が確認されていないにもかかわらず、それを実践する者たちは当局から何の咎《とが》めも受けていません。私が弁護人を務めておりますアーティモア教授は、たしかに誤った考えに取り憑かれていたかもしれませんが、根は情けある人物でありまして、地下室に閉じ込めて言語を奪ったことを除けば、子供二人がきちんと世話を受けるようあらゆる手段を講じたのです。実際、二人が死んだのは天災が原因であって、教授の研究のせいではありません。

この演説に裁判官は心を動かされなかった。アーティモアは重警備刑務所での終身服役を言い渡された。のちに、学者の犯罪者が生涯服役する場としてはこちらの方が相応《ふさわ》しかろうということでイールドン・ハウスに移された。

初めのうちは、かつての学者仲間が何人か会いに来た。どうやら彼は、火事が起きる前に、言語の起源に関して驚異的、画期的な発見をしたというようなことをほのめかしていたらしい。その仲間たちが、君はいまも学者としての義務を負っているのだから、研究成果を公表すべきだ、言語研究発展のために己の発見を世に知らしめるべきだと促した。たしかに君のふるまいは、人類の目から見てのぞましいものではあったが、やってしまったことはもう取返しがつかないし、成果を発表することが立派な償《つぐな》いとなるはずだ、と。

これらかつての同業者の前で教授は沈黙を保ち、じきに仲間の訪問も途絶えた。

「ここへ来てもう十年になります」とセアラ・マッケイは言った。「来て以来、誰に対しても一言も喋っていません」

教授の額の、アルファベットのように見える印のことが私は気になって仕方なかった。まるで誰かがゴム判を押したみたいなのだ。

「当たらずといえども遠からずです」とセアラは言った。「重犯罪刑務所に入れられていたとき、真夜中にガラスの破片を使って自分の額にあれを彫っているところを取り押さえられたんです。どれも大文字で、'THGIR'です。'THE GIRLS'と書こうとしていたのではと推測した者もいます——つまり、墓石に彫る碑文のようなものだというわけです。ですが、鏡もなかったわけですし、'RIGHT'だったという可能性もあります。いずれにせよ最後まで彫れなかったことだけは確かです」

アーティモアの研究の話を聞いて、デュポンの仕事を私は思い起こした。他人には犯罪行為と見られかねない行ないを、デュポンが倫理的に正当化しようとしていた記憶がよみがえった。そこから今度は、ミリアムが私のなかに見ていた「理想主義的な傾向」から鑑《かんが》みて、私の選んだ職種を知ったら失望しただろう、というセアラの一言が思い出された。だから私はニッコリ笑って、「正しい《ライト》」という語が間違った向きで書かれているという皮肉について何やら軽口を試みた。

セアラ・マッケイは笑わなかった。

「『正しい《ライト》』と『間違っている《ロング》』はイールドン・ハウスではほとんど役に立たない言葉です。あるタイプの人々がここで働くのが容易でない一因もそこにあります」

そのあと私たちは、今度ばかりは黙ってイールドン・ハウスの廊下を歩き、じきに玄関の階段に立っていた。空は曇っていて、セアラ・マッケイに別れを告げる私の気分に合っていた。彼女はまっすぐ私の目を見据えた。

「あなたのお話はミリアムから何度も何度も聞いていたので、お会いできることになってものすごく楽しみでした」と彼女は言った。「おいでいただけて、本当によかったです。私がここでやっていることに興味を持っていただけたのも感激です。あなたとは本当に気持ちを通じあえます」

こちらとしてもお会いできてよかったです、お仕事の話を伺えたことも、と私も応じた。特にミリアムについていろいろ聞かせてくれてありがとう。ようやく真実がわかって気持ちが鎮まりました、と私は言った。

彼女は何かまた言いかけたようだったが、思いとどまった。

それで私は会ってくれたことの礼をふたたび述べ、あなたは立派な女性です、ミリアムもサムもさぞ誇らしかったでしょうよと言った。

彼女の青い目に決意が宿った。心に引っかかっていたことが何であれ、それを言おうとしたことが見てとれた。実際私は、これから起きようとしていることがあらかじめ予測できてしまったような、あたかもそれが以前すでに起きたかのような、何とも落着かない気分に襲われた。さっきフランクについて、そして私と彼との関係について彼女が訊ねたいくつもの問いが脳裡をよぎり、彼女が何と言おうとしているか、私にはほぼ確実にわかった。

「ええ、二人とも私のことを自慢に思ってくれました」とセアラ・マッケイは言った。「でもサムは私の父親ではありませんでした。私の父親はあなたです」

車で西へ進む道はごく単純だったが、天候はみぞれ混じりの雨に戻った。すれ違うトラックが水しぶきを上げるときなどはとりわけ、曲がりくねった道路に気持ちを集中しないといけなかった。それでもやはり、セアラの最後の一言が頭から離れなかった。

セアラ・マッケイ、私の娘！　どうやら彼女は、小さいころからそのことを知っていたのだ。彼女には知る権利があるとミリアムとサムも考えて、事実を伝えたのだろう。ミリアムが私を拒んだ理由は、私が彼女の父親に耐えられなくなるだろうという予測だけではなかった。彼女はまた、自分が妊娠したことを知ったのである。これら二つを、まだ若い男に――ほとんど子供に――耐えよと求めるのはあんまりだと彼女は判断したのである。

長年のあいだに、時おり私もふと考えはした。ミリアムの私に対する最後の行動の背後には、あの老人への義務だと彼女が考えたものがあったのではないか、と。だが、彼女が妊娠していたかもしれないとは思いつきもしなかった。何という皮肉か。妊娠に責任のある男が逃げる、というのはよくあることだ。私たちの場合、私が逃げないことがミリアムにはわかっていた。彼女の妊娠を知ったら、私はますます依怙地《いこじ》にとどまろうとしただろう。だから彼女は、何も言わずに私を追い払った。私を愛してはいたけれど、おそらく彼女は、どんなに辛いことがあっても私が彼女の許にとどまるとは信用できなかった。そしてサムに対して同じ愛情を抱いてはいなかったが、サムのことは信用できたのだ。

辛い決断を、正しい選択をミリアムは下した。

イールドン・ハウスの玄関先で衝撃的な事実を聞かされたあと、私はセアラにもそう言った。許してほしい、と私は彼女に乞うた。彼女は私をハグして、許すべきことなど何もありませんと言った。二人とも目に涙を浮かべたまま、私は車に乗り込んで走り去った。

空港に着くと、午後の濃い海霧のせいで便は軒並遅れ、四時をだいぶ過ぎてからやっと私の便の搭乗が始まり、程なく出発した。私は窓側に座って、時おりちらちら外を見たが、頭のなかは依然セアラの最後の宣言で埋まっていた。いまはもう、彼女の話をめぐる私の感情ももっと複雑なものになっていた。ある瞬間には、またも自分を憐れんで、ミリアムが私を見捨てたことで私はほかの誰かを真に愛する力を奪われたのだと考える。だが次の瞬間には、自己嫌悪が自己憐憫《れんびん》に取って代わり、ミリアムは私に関する根本的真実をはっきり見抜いていたのだと考える――つきつめれば私が自分しか愛せない人間なのだということを。そんなふうに行ったり来たり、自己正当化と自己糾弾との無限の変奏と組合せが続いた。

飛行機はいったんアップランドの上に戻ってから、海に向かっていった。かろうじて残っている光で、雪の筋が入った眼下の低い丘陵の輪郭が見え、積み上がった岩の壁に囲まれた古代から続く野原の模様も見てとれた。そうした野原のひとつで、大地に櫛《え》が入ったかのように、きっちり左右対称の列が並んでいて、ところどころで地面が突き出ていた。柄の長い鍬《くわ》を持った男がぽつんと一人、突き出た部分のひとつに鍬をふるい、えぐり取ったものを近くの土の山に放り投げていた。それは人間の脚のように見えた。脚は黒ずみ、朽ちかけている。土の山にはそういう腐りかけた人体の断片が無数に交じっていた。

男の目が飛行機の方を見上げ、私の目を探した。

幸い、飲み物カートがカタカタ鳴る音で、生々しい夢からはっと覚めて、私は夕食前のスコッチを受けとった。それを少しずつ飲みながら、ふだんからよくやるように、いまの夢から何か意味が読みとれるだろうか、と自問した。もしかしたら今回の夢は、自分がいま、世界のはるか上を飛ぶという、鳥以外いかなる動物にもできたことのないことをやっているという感慨から生まれたのではないか。この新奇な経験はきっと、人間が世界を見る目を変えたにちがいない。いまの夢のなかで、はるか下に広がっていた野原の幾何学模様は、私の目には、自然の混沌状態から秩序らしきものを引っかき出そうとする人類のあがきのように見えた。野原自体が豊饒《ほうじょう》なのは、ひとえにその土が地表のすぐ下で、何世代にもわたる人間たちの腐乱死体から滋養を得ているおかげにほかならない。人間たちのつかのまの生は、人類の創意工夫が生んだもうひとつの成果、すなわち土の重さを支えきれなかった一連の古い坑道によって潰されてしまった。ゆえにあの野原を歩くことは、死者の亡骸の上を歩くことなのだ。

柄の長い鍬をふるっていた男に関しては、どうにも意味が取りかねた。彼の見かけも、私を見上げた目付きも嫌な感じだった。だからあれは死神だったのかもしれない。スコッチのグラスを手に空高く飛んでいたっていずれお前の番が来るのだぞ、と警告していたのかもしれない。

全体として、まあ少し陰鬱ではあれ夢をこのように読み解けて、私としてはまずまず気分がよかった。実際、つかのまのうた寝のおかげか、夢のおかげか、スコッチか、それとも三つ全部が功を奏したのか、ミリアムが為した選択をめぐる苦悩もいつのまにか消えたように思えた。代わりにいまは、もっとずっと意義深い二つの新事実を想って、浮きうきとした気分に私はなっている。すなわち、ずっと昔彼女があんなことをしたのはあくまで私を愛していたからだということ、そして、彼女の娘が——驚くべき人物セアラが——私の娘でもあるということ。

この二点に、あの奇妙な鐘楼に棲むスーリス学芸員の許を訪れて多くを知ったことを加えれば、これはもう、祝う理由は十二分にある。ゆえに飲み物カートがふたたび回ってきたとき、それらを祝して私はスコッチのお代わりを注文した。

6

朝早くにキャンバルーに帰りつき、午後遅くまで眠ってからフランクに電話した。当然フランクは、旅の成果をすぐに聞きたがった。会社に一、二時間寄らないといけないけれど今夜夕食のときに何もかも話す、と私は約束した。

というわけで、七時を回るころ私たちは、最近オープンしたばかりの、昔キャンバルーに何軒かあった大邸宅のひとつを改装したレストラン〈ザ・ライブラリー〉で落ちあった。その夜、客はほかに数人しかいなかった。フランクと私は、大邸宅のかつて書斎だった部屋の張出し窓の前に置かれたテーブルに座った。部屋にはいまも堂々たるマホガニーの本棚が並んでいたが、書物自体は偽の表紙を刷った壁紙に取り替えられている。食事はといえば、ごくわずかな量のメインディッシュは味はよかったが、あまりにも芸術的な見かけなので、何だか油絵にナイフとフォークを突き刺す蛮人になった気分だった。

学芸員の仕事場への訪問、『黒曜石雲』に関する調査の進展についてフランクは興味津々で、何から何まで漏らさず語るよう私を促した。何しろスコットランド式四つ折判の特徴まで聞きたがる。エンポリウムのコレクションへの貴重な追加候補というわけだ。

ここまでは問題ない。が、学芸員の為した発見についてすべて聞き出すと、今度は私がダンケアンにも行けたかどうかをフランクは訊ねた。

私は覚悟を決めた。ここはもう、真実を打ちあける時だ。私が若いころダンケアンにしばらくいたことはフランクもすでに知っているが、その間にミリアム・ゴールトという名の女の子に恋したことは話していない。彼女はやがて私を捨て、私は絶望に駆られて国を去った。けれど彼女がその後どうなったか、私はいつも気にしていた。それで今度の機会を利用して、もしかしたらまだ彼女がいるかもしれないと、駄目で元々というつもりでダンケアンの町を再訪した……。

こうした一切を初めて聞かされてフランクは驚いたようだったが、動揺している様子はなかったし、私が懸念していたように、このダンケアン訪問を自分の母親に対する裏切りとも見なさなかった。もっと詳しく聞かせてくれとせがんだ。

そこで私は、今日のダンケアンのさびれた様子を伝え、かつての恋人ミリアムが亡くなったという悲しい発見を語った。それから、もう何十年も昔に彼女が私を追い払った理由を私はほとんど偶然に知った——彼女は私たちの子供を、やがて娘として生まれた子供を身ごもっていたのだ。わが娘を私は捜し出し、彼女が勤務するイールドン・ハウスなる場所で会った。名はセアラ・マッケイ。

彼女の育ての父サム・マッケイとは実は知り合いだったという説明に私は差しかかっていた。ところが聞いていたフランクは、驚きから、まさかという思いを経て、歓喜に達していた。

「つまり、僕にお姉さんがいるってこと？　腹違いの姉が？　すごいニュースだね！」

フランクが本気でそう言っていると実感できて、私は心底ほっとした。ゴードンもきっと、お前には太平洋の遠い小島に腹違いの妹がいるんだよと打ちあけたときのアリシアの反応に同じ安堵を感じたにちがいない。

「セアラのこと、何もかも聞かせてよ」とフランクは言った。

それで私も、セアラを訪問したときの細部をすべて思い出そうと努め、彼女から受けた印象をフランクに伝えた。その一言一言に彼は目を輝かせて聴き入り、二人ともこの私たち家族の新たな一員をめぐってしばし感嘆の念に浸った。

「会いたいなあ、ぜひ」とフランクは言った。「向こうは嫌がるかな？」

そんなことないさ、と私は請けあった。彼女もお前のことを根掘り葉掘り訊いたんだよ、絶対会いたがるさ、と。おたがい知りあえるよう、彼女をここに招待しようじゃないか。フィアンセがいると言っていたから、その人も一緒に。

これを聞いて、フランクはものすごく嬉しそうだった。

実際私は、こうした告白は私にとってもいいことなのではないか、と思いはじめていた。たとえば、もうそろそろフランクに、祖父ゴードンがはるか異国の地でも子供をもうけたことを知らせてもいいのではないか？　言いかえれば、彼の母親にはオルーバなる地に異母妹が、すなわち彼自身には異母叔母がいたことを。それに私自身、このエキゾチックな、全身刺青《いれずみ》に覆われた義理の異母妹と、アリシアに認めた以上の関わりを持ったことは？
そもそも、アリシアがマラタウィのことを息子に打ちあけなかったのは、彼女が不慮の死を遂げたからにすぎぬのではないか？　いいや、いくらあの真実を愛するアリシアでも、言わずに済ませた方がいい家族の秘密もある、と考えるに至ったのだ。

だとすれば、私も彼女に賛成だった。

たとえば、グリフィンとの真夜中の情事を思い起こすと、私はいまもぞっとした。あのささやかな出来事に自分が加担したことをフランクに打ちあけたら？　胸のつかえが下りるのでは？　事実を彼と共有し、自分が怪物と愛を交わしていることをわかっていなかったのだ、と訴えて同情を求めることもできるのではないか？

けれども、父親が息子に自分一人の悪夢をぶちまける、というのはやはり自然の理に反しているように思えた。実際、フランクと〈ザ・ライブラリー〉での食事を終えたころには、私はもう決断していた。私のような人間にとって、告白という道には、棘《とげ》のある花があまりに多く散らばっているのだ。

黒曜石雲

1

翌月はスミス揚水機にとって忙しい月で、私は業務にかかりきりだった。月曜の朝早く、机に向かって注文内容に目を通していると、着いたばかりの郵便の山に、スーリス学芸員からの分厚い封筒が交じっているのが見えた。

宛先は万年筆で書かれ、かろうじて判読できる程度だった。塔にこもったスーリスが、頭上のあの大時計の鐘に机も振動するなかで字を書こうと苦戦している姿が目に浮かび、思わず愉快な気持ちになった。幸い、封筒に入った手紙はタイプしてあり、コピーとおぼしき数ページがあとに続いていた。

私は読みはじめた。

スティーン殿
先日はお会いできて大変光栄でした。また、『黒曜石雲』を私どもスコットランド文化センターにお預け下さったこと、改めてお礼申し上げます。今回は先日お越し戴いた以後の調査の進展をお伝えすべくお便り申し上げます。
実は相当に大きな発見がありまして、一刻も早くお知らせしようと考えた次第です。
グラスゴーで申し上げた通り、私どもの調査の主たる眼目は、作者マクベーンの身元を割り出すことにあります。この作業には、これまでに遭遇した多くの事例より遥かに長い時間が掛かっております。新任の助手ジーン・マードウと二人で、膨大な時間を費やして古い書籍目録、雑誌、新聞を調べてきましたが、マクベーンへの言及も『黒曜石雲』への言及も一切見つかりませんでした。スコットランド中の無数の聖職者名簿も取り寄せてK・マクベーン牧師を探してみましたが、ご訪問時にお伝えした通りこれも全く成果はありませんでした。

あれ以来、ジーンと私とで、入手可能な出生記録をすべて虱潰《しらみつぶ》しに見ております。ご存じかどうか分かりませんが、スコットランドは十九世紀半ばまで、出生が記録されない例が多数ありました。これは調査に携わる者にとって大きな障害です。とはいえ、数ある登録簿のどこかに我らの著者の名が見つかるのではと私どもは期待しています。特に、旧教会区記録簿は、決して網羅的ではありませんが、私どもにとって最良の資料であります。

けれどもこれらの記録簿には、別種の問題が付きまといます。筆蹟はしばしば判読不能ですし、名前の綴りも一貫性がなく、万事記録する者の気まぐれに左右されるのです。当時、綴りはおよそ標準化されておりませんでしたから。

これを念頭に、私どもはMacbane以外にMacbeane、Macbayne、Macbyne、MacVaine等々も検索の対象に含めました。あいにく、これら種々の綴りも考慮に入れたために、結局何百もの候補が手許に残りました。

入手可能なあらゆる情報源（国勢調査結果、軍隊名簿等）を用いてかなりの数は排除できました。何人かは出生時、もしくは幼少時に病気で他界しておりましたし、兵士としてさまざまな戦争で戦死した者や、オーストラリアやカナダに移住して記録から消えた者も大勢おりました。残りの大半の、農夫、羊飼い、大工、医者などに関しては可能な限り生涯を辿りましたが、彼らが余暇に本を書いていたことを示唆《しさ》する情報は何も見つかりませんでした。勿論、そのうちの誰かが私たちの探している人間だった可能性は捨て切れませんが。

もうこれで辿れるルートは辿り尽くした、と思い始めていた矢先、全くの偶然から、探し求めていたものが見つかったのです。

この手柄は全てジーン・マードウに帰されねばなりません。彼女も私同様『黒曜石雲』にすっかり魅せられて、たびたび夫の前でも話題にし、捉えがたきマクベーン氏捜索についても話していました。ジーンの夫はグラスゴーの大手法律事務所に勤務する弁護士でして、つい一週間前に、驚くべき知らせを携えて帰宅したのです。

その日の仕事もそろそろおしまいにしようという時点で、ジーンの夫は、事務所が関わっている何かの案件に関する法的前例を探しておりました。そのためには、何世紀にもわたるスコットランドの判例をまとめた何巻もの資料に当たらないといけません。これらの書物は通例、とことん無味乾燥な法律用語で書かれており、弁護士でもなければ読めたものではありません。

ジーンの夫はその時、十九世紀中葉の『スコットランド判例集』第六巻に目を通しておりました。この刊行物は、法律的に興味深い当時の判例を数多く取り上げ、諸事実の概要を述べた上で判決とその意義について寸評を付したものです。

と、自分の調査とは全く関係ない、ある判例の名がたまたま彼の目を捉えました。

内容をざっと読んだ途端、これは妻にとって意味あるものかもしれないとの思いが浮かびました。そこで彼は該当ページのコピーを取り、自宅に持ち帰りました。ここにお送りするのは、その主要ページを再コピーしたものです。この手紙の残りをお読みになる前に、まずはコピーに目を通されることをお勧めします。

これは何とも有望ではないか。私はすぐさま指示どおりコピーを読んだ。何しろさんざん使われた大昔の本のコピーのコピーなので、少々不鮮明でぼやけている。だが中身は実に生きいきとして、驚くべき内容だった。

2

国王対イザベル・マクベーンとロバート・リーニー

一八六六年夏のエジンバラ巡回裁判所に於て、イザベル・マクベーン(旧姓リーニー)と其の弟ロバート・リーニーがマクベーンの夫レヴォン・ケネルム・マクベーンの親族間謀殺容疑で裁判に掛けられた。

自ら此の事件を立件した検察総長は、提出された証拠を元に、謀殺に於て被告人が各々果した役割に対し別個に公訴の提起を行うべきと判断した。斯《か》くしてロバート・リーニーは肉切り包丁で致死傷を齎《もたら》した行為に関し起訴された。現場に居合せたイザベル・マクベーンは所謂《いわゆる》「従犯」、イングランド法で云う所の「教唆幇助罪」で起訴された。

認否を問われた被告人二名は答弁を拒否した。

公判は陪審の前で行われ、アレグザンダー・ウィア裁判官が裁判長を務めた。被告人が供述を拒んだ場合の通例として、裁判長が被告人に代って無罪の答弁を行った。

様々な証人が召喚されて証言を行った。被害者レヴォン・ケネルム・マクベーンが、教区学校で教育を受けた後、キルコーラン炭鉱に事務員として勤務していたことが確認された。五年間夫婦の関係に在ったイザベル・マクベーンは農家の娘であった。

六月十二日の晩、前述のイザベル・マクベーンは弟の農場労働者ロバート・リーニーを伴って自宅に入った。二名は居間の卓に向い書類に記入中であったマクベーンの夫に近付き、リーニーがイザベル・マクベーンの幇助を受けて刺殺を意図した。この謀殺を二名は実行した。死体を更に切り刻んだ後、被告人二名は家内全ての書籍、文書を燃やす作業に取り掛った。その後二名はイングランドに逃亡し、ドーヴァーでカレー行き定期船に乗船せんとした所を逮捕された。

斯様にロバート・リーニーとイザベル・マクベーンに対する立証が為されたのを受けて、ウィア裁判長は被告に尋問を試みた。二名共沈黙を保ち、連帯して黙秘を貫いた。

ウィア裁判長は次に、他の選択肢も無き故、有罪の評決を下す様陪審に指示した――ロバート・リーニーは謀殺罪、イザベル・マクベーンは従犯者・教唆者として教唆幇助罪で。其の通りの評決が下されると、ウィア裁判長は黒帽（死刑宣告に際してかぶる）を被り、絞首刑を宣告した。被告人は一週間拘束された後、犯罪が行われた住居からも近い、キルコーランの町の中心に立てられた絞首台で処刑さるる事となった。

……

一八六六年十一月、エジンバラの首席裁判官室で開かれた年次裁判官会議に於て、夫殺しという極悪犯罪の予防策を裁判官達が話し合った。

スコットランドの妻達が夫殺しに用いる一般的、伝統的な方法に首席裁判官が言及した。即ち、ストリキニーネを密かに盛る事に拠り、夫の緩慢な、苦痛に満ちた、確実な死が齎されるのである。嘗《かつて》は同様の犯罪が起きるのを抑止すべく、罪に見合った罰を科す裁量権が裁判官に与えられていたものだ、と首席裁判官は回想した。

夫殺しに際しては、縛り首にした後死体を切り刻むか、若しくは晒《さら》し柱に吊すというのが最も一般的な刑であった。グラスマーケットに於て晒し柱に吊された死体を鳥共が貪り食っている光景を民は簡単に忘れるものではない、と首席裁判官は論じた。その後、一八三四年の法制改革で、そうした刑罰がロンドンの議会に於て廃止された所為《せい》でスコットランドの法律が貧しくなった、と首席裁判官は嘆いた。

此処でアレグザンダー・ウィア裁判官が口を開いた。最近自分が裁判長を務めた、イザベル・マクベーンとロバート・リーニーの裁判に関して彼は語った。刑執行の場に連れて行かれる前日、コールトン・ヒル刑務所に在る女性囚独房で、イザベル・マクベーンはウィア裁判官に、書記官も同席した上で、夫レヴォン・ケルネム・マクベーンを残虐に殺害した理由と方法を明したのである。正確を期して、ウィア裁判官は書記官の記録を読み上げた。

ウィア裁判官　何故此の会見を要求したのか？
イザベル・マクベーン　死が迫ったので真実を全てお知らせしたかったのです。
ウィア裁判官　話し給え。
イザベル・マクベーン　レヴ・マクベーンと私との結婚は、私の父が持参金によって纏《まと》めたものでした。然《しか》しマクベーンは私にとって良き夫ではありませんでした。結婚して一年と経たぬ内に、仕事から帰って来ると専《もっぱ》ら書き物机で過ごす様になりました。夫の中に残っていた精力は全てペンに注ぎ込まれました。私と同じ寝床で眠りはしたものの、其処に在っては生殖の力も無く、私は子を産まぬ運命を強いられました。ですがもう一人の相手には十分力が有ったのです。

ウィア裁判官　それは誰の事か？

イザベル・マクベーン　夫が通い詰めたキルコーランの会員制図書館を運営している女です。此の女は夫の書いた物が読めたのです。私は子供の頃父の農場で豚の世話をせねばなりませんでしたので読み書きを学べませんでした。その所為でレヴ・マクベーンは私を見下していたのです。

ウィア裁判官　お前の夫と此の女性との間には姦通があったのか？

イザベル・マクベーン　はい。弟のロバート・リーニーに頼んでこっそり見て貰った所、女の住居の窓から姦通を目撃したのです。弟がその目で見た女は既に腹も相当膨《ふく》らんでおりました。レヴ・マクベーンが女の許から帰宅した時、私達は二人でその両腕を後ろで捕え、縄で縛りました。夫が姦通を認めたので、私は夫に、貴方が私と結婚したのは本の印刷代の為でしか無く種は外で蒔くというのなら貴方を殺すと云いました。すると夫は、お前に読み書きができたなら愛せたかも知れぬと云い返しました。貴方の黒曜石雲は一冊残らず燃やす、文書も全て燃やすと私は誓いました。どうか其れだけは勘弁して欲しい、本に罪は無いのだからと夫は訴えました。

ウィア裁判官　黒曜石雲とは何の事か？

イザベル・マクベーン　私の持参金を使って印刷した五十冊の本です。
ウィア裁判官　殺害と四肢切断について述べよ。
イザベル・マクベーン　台所から肉切り包丁を持って来て弟に渡し、弟が夫の胸を五回刺しました。結婚一年につき一回です。夫は未《ま》だ生きていて、命ばかりは助けて呉れろと乞いました。私は夫の机からインキ壜と、鉄のペン先が付いたペンを持って来ました。弟が夫の顎を押えて、私はインキを夫の喉に流し込み、ペンで夫の喉を、春の豚を切り裂くみたいに掻っ切りました。切った所から血が零《こぼ》れて腹を流れ落ち、インキと混じり合いました。夫の目から光が消えるのを私は見届けてから、弟と二人で夫の机の上から黒曜石雲も他の文書も皆掻き集め、暖炉に焼《く》べて燃やしました。後には灰しか残りませんでした。
ウィア裁判官　罪を悔いているか？
イザベル・マクベーン　私の所為で弟も縛り首になる事だけは悔まれます。弟は私に命じられて行動しただけです。弟一人だったら殺したりはしなかった筈です。

口述記録を読み終えると、アレグザンダー・ウィア裁判官は、首席裁判官を始め年次裁判官会議の出席者全員に向い、イザベル・マクベーンに会見した後自分は彼女に下した刑が適切であったか否かをさんざん考えたと述べた。彼女が夫のレヴォン・マクベーンを殺すに当ってコソコソ毒を盛ったりせず力ずくで速《すみ》やかに殺した事は天晴《あっぱ》れだと思うとウィアは述べた。とは云え、幾ら読み書きができぬとは云っても、本と文書を燃やす事でレヴォン・マクベーンの記憶を抹殺するのは彼を二度殺すに等しく、因って此れは二重の犯罪だという事をイザベル・マクベーンは十分理解していた筈である、とウィア裁判官は主張した。従って此のような場合、単なる絞首刑に加えて、一八三四年の法制改革以前のように、晒し柱に吊すという二重の刑罰を復活させるべきだとウィアは唱えた。

此等の発言に首席裁判官も同意し、次のような動議を提出した。「死刑に処すに際し新たに導入された寛容さは極めて遺憾であり、スコットランド裁判の先達諸氏が何世代にも亘り必要と見《み》做《な》してきた抑止効果を十分考慮しておらぬが故、再検討さるるべきである」

アレグザンダー・ウィア裁判官が動議に賛成した。出席した裁判官全員が満場一致で動議を承認した。

3

コピーしてきた文書を、私はもう一度読み直さずにいられなかった。たったいま自分が読んだ内容がほとんど信じられなかった。言葉遣いは若干古風であり、法律用語もあるせいでところどころわかりづらいが、意味は十分明快だ。私はショック状態でスーリスの手紙に戻っていった。


短い文書とはいえこれを発見したことを、貴殿にもきっと喜んで戴けるものと存じます。こういう瞬間こそ研究者にとっての生き甲斐なのです。

我々はずっと「レヴ」とは「牧師《レヴァレンド》」の略であると思い込んでいて、「レヴォン」というファーストネームの略だなどとは考えてもおりませんでした。当然ながら我々は、著者は聖職者だとの前提に立っていたのです。これ以降我々も発見したのですが、レヴォンという名はかつて実際に用いられた古い名であり（中期スコットランド語で「大鴉《レイヴン》」の意です）、今では稀になっているもののアップランドでは依然使っている家族もあります。

マクベーン自身、自分の名が聖職者の称号と混同されれば、出版社が本を出してくれる可能性が増すと考えていたのかもしれません。だとすれば、十分に理解できる計算だったと言うべきでしょう。今日では信じ難いことですが、当時は聖職者の著書となれば、およそどんなに中身のない本でも、広く読まれることが保証されたのです。

ですが、マクベーンが仮にそうした策を弄したとしても、明らかにそれは、出版社を見つける助けにはなりませんでした。きわめて信頼できる情報源『スコットランド判例集』のおかげで、『黒曜石雲』を五十部、オールド・エア・プレスが大判四つ折判型で印刷製本する費用を、マクベーンが自分の懐《ふところ》から――より正確には妻の持参金から――出さねばならなかったことを我々は今や知ったのです。印刷会社は恐らく割引を申し出たことでしょう。お会いした時に申し上げた通り、印刷会社にとっては古い紙の残りを使い切る絶好の機会だったでしょうから。そうやって刷り上がった五十部を、マクベーンは自宅に持ち帰ったと思われます。

その五十部が、妻が放った火によって全て焼失したのではないことは明らかです。例えば貴殿は、よりによってメキシコで――これについてはすぐ後で！――この本に出会われた訳ですから。恐らくマクベーンは、何冊かは書店に置いて貰ったか、或いは知人に贈呈したかしたのでしょう。例の会員制図書館が一部購入してくれるよう話をつけたということも考えられます――どうやら通常の利用者以上の特権を享受していたようですから。

些《いささ》かシニカルな憶測と言うべきでしょうが、事実ここから次の道筋が拓けたのです。即ち、マクベーンが不倫の関係を持った図書館の女性の身元を割り出すこと。キルコーランの会員制図書館に関する資料がどこかにあることは確実でした。仮に女性についてては何も分からなくても、マクベーンがどんな本を読んでいたかが分かるだけで、実に興味深いことだと思えました。

因《ちな》みにこうした会員制図書館《サブスクリプション・ライブラリー》は、当時イギリス中いたるところにありました。利用者は若干の料金（これをサブスクリプションと言います）を払って、本を借り出す権利を得ます。エアシャー郡の歴史を綴ったある書物によると、キルコーランの会員制図書館は百年以上続き、一八九〇年代に至ってようやく無料の公共図書館に取って代わられたそうです。会員制図書館が一角を占めていたキルコーランの古い町庁舎も、世紀の変わり目に取り壊されました。

ですが図書館の記録は、町の古文書館のどこかに保存されているに違いありません。私どもは発掘作業を続けました。今のところまだ、会員名簿や貸出記録は見つかっておりませんが、勤務していた司書のリストには行き当たりました。

さて、ここが大発見です。一八六四年から六六年にかけて、キルコーラン会員制図書館の運営を任されていた司書は、ラモナ・バスケスという名のメキシコ人で、ラベルダの出身だったのです！　その後私どもはラベルダの古文書館に問い合わせ、この女性の夫アロンソ・バスケスがメキシコ政府の鉱業省の役人だったことを突き止めました。彼は二年間キルコーランに駐在し、アップランドで鉱業を学んだ後メキシコに帰りました。そしてこの二年間のアップランド勤務に、どうやら妻も同行したという訳です。図書館の運営を任される位ですから、妻は英語が堪能だったに違いありません。

我々の推測では（お忘れなきよう、あくまで推測です）、セニョーラ・バスケスは図書館でマクベーンと出会い、複数の面でマクベーンに好意を示し、恐らくは『黒曜石雲』を一冊受け取り、メキシコに持ち帰った。それが正に、現在貴殿が所有しておられる一冊と考えられるのです。バスケス夫妻がいつラベルダに帰ったかは定かでありません。キルコーラン古文書館では、二人に言及した資料は他に何も見つかっていないのです。けれども、もしマクベーンがラモナ・バスケスの子供の父親だとすれば、調査すべき有望な道筋がもう一つ見えてきます。バスケスはメキシコではよくある名前ですから、未来の学者の仕事はたっぷりある筈です。

一方、『スコットランド判例集』のおかげで、『黒曜石雲』とマクベーン当人の生涯に関し、限定的とはいえ決定的な情報が得られました。即ち、マクベーンは地元の教区学校で学び、結婚し、殺され、一八六四年から六六年にかけてのどこかで刊行された『黒曜石雲』は彼が唯一出版に至った著作と思われます。他に著作がないというこの事実が、当初我々の調査がなかなか実を結ばなかった一因と考えられます。研究者の立場からすれば、この一件で何より悲劇的なのは、マクベーンが作成した他の文書が全て失われてしまったため、彼の評価はひとえにこの一冊の本に依らざるを得ないという点です。

マクベーンの妻イザベルに関しましても、裁判記録を出発点として更に多くが分かるものと期待したのですが、これまでのところ何も出てきておりません。マクベーンとは違い、小さい頃から父親の農場で働かされたせいで、教区学校で初等教育を受けることもできなかったようです。読み書きができないというのは当時多くの農家の子供の――特に女子の――宿命でした。悲しいかな、正にそれが夫殺害の主因の一つとなった訳です。

マクベーン本人は教区学校に通ったことが分かっているので、キルコーランの教区学校についての記録も探している最中です。政府出資による公共教育が導入されるまで、スコットランド中どこの町にもこういう学校がありましたから、キルコーランのそれに関するファイルも、教育省の地下資料室のどこか埃を被った片隅にきっと眠っている筈です。そこから例えばマクベーンの素姓や家系などに関し何か分かるかもしれません。

要するに、まだまだ新しい事実が発掘されるものと私は確信しております。この稼業の人間は楽天家になりがちです。こうした発見を思えば、学芸員が決してあきらめてはならぬ理由もお分かり戴けることと存じます。

さて、最後に、これも関連した事柄ですが、貴殿の所有される『黒曜石雲』を当センターの常設コレクションに御寄贈戴けないか、改めてご検討戴ければ幸いです。予算不足のため何の返礼もご提示できぬことが心苦しく、特にこれまで賜ったご協力を思えば誠に申し訳ない限りであります。無論、カナダでそうしたものが役に立つのであれば、適切な額を記した課税控除証明書を発行させて戴きます。

私といたしましては、センターの展示エリアに置かれた、特別書籍展示ボックスで本書を陳列させて戴ければと考えております。これらのボックスは、スコットランドの文人大家の著作の展示に利用するのが常でありまして、目下も一つのボックスに、ヒューム、スコット、スティーヴンソンの初版本が入っております。ですが、知名度においては劣っても等しく注目に値する珍しい作品も陳列していると私どもは自負します。『黒曜石雲』は間違いなくそうした本であります。

マクベーンに関する私どもの発見に関しましては、『季刊 文書館員』春号に私自ら特別記事を執筆する予定であります。当然ながら、貴殿にご協力戴いたことは明記いたします。この時代を調査対象とする研究者たちから多大な関心を集めるものと確信いたします。遠からぬ将来、本書の新たな版が刊行されることも十分考えられます。

そもそもの始めに当センターに『黒曜石雲』をお預け下さったこと、改めて御礼申し上げます。当本書を最終的にどうなさるか、いずれお気持ちお聞かせ願えることを楽しみにしております。当センターが受け入れ先として不足なしとお考え戴けることを切に願っております。

敬具
スーリス

4

スーリスは大いに高揚していたが、私はそれと同程度に強い嫌悪を感じた。

学芸員の視点からすれば、たしかに上々の成果だろう。助手と二人で、当初は解きようがないと思えた謎の、鍵となる答えをいくつも発掘したのだから。何より重要なことに、レヴォン・マクベーンなる男がかつて実在し、その男が事実『黒曜石雲』の著者であることを突きとめたのだから。

手紙のなかでスーリスは、マクベーンの残酷な死に方についてはごく簡単に触れているのみだった。おそらくスーリスにとっては、研究者にとってきわめて貴重だったであろう、マクベーンのその他の文書を燃やしてしまったことこそ、殺人者たちの真に許しがたい行為だったのだ。

だが私は学芸員ではない。私にとって、マクベーンとのつながり、その著書とのつながりはきわめて個人的な事柄だ。私は彼のことを私の著者、私の発見と見なすようになっていたのである。その彼がどうやって死んだかを聞かされるのは、私にしてみれば、親しい友人が残虐に拷問された末に殺されたと知らされたようなショックだった。

　実際、この手紙を読んでますます、自分とマクベーンとの関係が特別なものだという思いが強まった。スコットランドでの私の過去の一時《ひととき》を思い起こさせるこの奇怪な古書に、よりによってメキシコでめぐり合ったなんて何とも妙な話だとは前々から思っていた。そしていま、マクベーン本人が現実の、物理的なつながりを――このセニョーラ・バスケスなる人物を介してにすぎぬとはいえ――メキシコと有していたとわかるとは！

　それにまた、マクベーンの生涯が私の人生と決定的に重要な形で交叉したこともどうして忘れられよう？　彼がいなければ、おそらく私は、セアラの存在も知らずじまいだっただろう。彼にはいくら感謝しても足りない。それゆえ、残酷に殺されたことで、わが子を両腕に抱く機会を彼が永遠に失ったかと思うと、私としてはますます耐えがたかったのである。

　私の気持ちからすれば、スーリスの手紙には本当に嫌悪しか感じない。彼の調査からどんな事実が掘り起こされるか、わずかでも見当がついていたなら、この本を彼に預けるなんて考えもしなかっただろう。そうした調査を可能ならしめた張本人として、ほとんど自分がマクベーンを殺害したような気持ちだった。

それが第一の反応だった。『黒曜石雲』をそもそもスーリスに送ったことへの後悔。本を手許から放してしまうことで、私はマクベーンを裏切ったのだ。私の好奇心のせいで、無情な「事実」の世界に彼は引きずり出された。その世界にあっては、彼の奇怪な書物も、切り刻まれた体も、等しく学問という粉挽き器にとっての穀物でしかない。

けれどもやがて、気持ちが落着いてくると、スーリスの手紙に対する私の本能的な反応も、それはそれで自分勝手な気まぐれにすぎぬことが見えてきた。本を愛する人間はつい、作者や書物と気持ちをつなぐなかで、それらが自分のペットであるかのように、独占欲、保護欲を感じてしまうのだ。

いや、スーリスにあの本を送ったことは間違ってはいなかった。もし何らかの奇跡によって、一世紀以上のちに『黒曜石雲』の一冊がスコットランドのアップランドから遠く離れた〈ブックストア・デ・メヒコ〉で見出されることをマクベーンが予見できたなら、その発見者がこっそりそれを隠すのを彼は望まなかったにちがいない。死の直前に発した言葉からも、そのことは明らかだ。自分の本が、稀な絵画か何かのように地下室に貯蔵され個人収集家がこっそり眺めて楽しむのではなく、多くの人が知ってくれることを彼は望んだだろう。

スーリスのような人間の許に本を持っていった私の判断を、マクベーンは喝采《かっさい》したことだろう。スーリスを介して、『黒曜石雲』は、マクベーンが生きていたあいだに得た以上の読者を得ることになるかもしれない。

いずれにせよ、『黒曜石雲』を発見した体験、それだけは永久に私一人のものだ。あの古い四つ折判を初めて開き、扉ページに「ダンケアン」という言葉を見つけたとき、この本は私を待っていたのだ、ほとんどそう信じたい思いだった。謎を明るみに出す役を演じる者として、己一人のささやかな謎をダンケアンに持っている人間たる私をこの本は選んでくれたのだ、と。

むろん、本にそんな力があると考えること自体、無意味な感傷だとは自覚している。だが今日もなお私は、あの瞬間のことを考えると、首筋の毛がさっと逆立つのだ。うだるように暑いラベルダの、ブックストア・デ・メヒコなる奇妙な名前の書店でそうなったときとまったく同じように。

エピローグ

すべてはそのように終わったかもしれない——終わり方としてはまあ一応明るい、その一言とともに。

「まあ一応」と言わざるをえないのは、『黒曜石雲』の謎は解き明かされたものの、それとともに、マクベーンが死んだ恐ろしい経緯も明らかになったからである。それにまた、ミリアムが私を捨てた理由はこれでわかったが、新たにめぐり合った娘の人生を何年も知らずにきてしまったことは今後もずっと悔やまれるだろう。

まあ仕方ない。ロマンチックな小説でもあるまいし、いくら望んだところで完全なハッピーエンドなんてありはしないんだから、と私は自分を慰めた。

この先にまだ不穏なものが待ち受けているなどとは、考えてもいなかった。

一年が過ぎてようやく、セアラとその婚約者がカナダを訪れ、フランクに会うことができた。二人とも仕事がおそろしく忙しくて、七月に五日間休みを取るのが精一杯だった。キャンバルーではウォルナー・ホテルに泊まった。フランクと私とで、キャンバルーや周りの田舎の美しい夏の盛りを案内できたし、私たちの行きつけのレストランにも何軒か連れていくことができた。そして私たちは話した。話して、話して、また話した。
セアラとフランクの気が合うといいが、と私は切に願っていたが、少し不安な気持ちもあった。結局のところ、二人の人間がウマが合うかどうかなんて、誰にわかるだろう？　人間にとっては自分の心だって神秘なのだ。会ったこともないきょうだい二人、たがいの存在さえ知らなかった二人が相手のなかに心魅かれるものを即座に見出すはずだ、などと決められるわけがない。とはいえその反面、たとえばスコットランドのアップランドの上空に巨大な黒い鏡が現われる可能性に較べれば、その確率は間違いなくずっと高い。

結果的に、私の心配は杞憂《きゆう》だった。会った瞬間から二人は意気投合した。二人ともたがいを好きになるべく定められていたのだと思う。フランクのすべてにセアラは魅かれたようで、特にエンポリウムを訪ねたあとはますますそうなったらしかった。明らかに彼女は、あの店がフランクの人柄を多く明かしていると考えたのである。おそらく職業柄だろう、私だったら訊こうなどとは思いもしないたぐいの質問を少しも臆せず次々浴びせた。たとえば——あなたの収集熱を衝き動かしている力は何だと思うか？　あなたは一種風変わりな歴史の旅人であって、こうした途方もない人工物を介して過去と物理的につながることを何らかの理由で必要としているのか？

フランクはそれに応えて、自分にとって興味深く思える自分だけの世界を身の回りに築くのが楽しいだけだと言った。みんなそれぞれのやり方で、同じことをしているんじゃないかな？　背後にある動機をあんまり分析しても、楽しみが損なわれるだけでは？

二人とも声を上げて笑った。フランクがすでに、彼女を全面的に信頼していることは傍からもわかった。私と同じで彼も、セアラのひたむきさ、決して威圧的になることなく自分をしっかり把握している様子を好ましく思っていた。セアラはごく自然に姉の役割を引き受け、まさにずっと姉を必要としていたかのようにフランクもそれを喜んだのである。

これだけでも十分嬉しかったが、私にとっては予期せぬ副産物もあった。つまり、セアラは見るからに私を好いてくれたのであり――何と言っても本当の父親が見つかったのだ――その好意がフランクにも目に見えて伝染したのである。そうやっていろんなことがいい方、いい方につながっていった。私を好いている人間の目を通して見ることで、フランクもますます私を好きになってくれたようだった。

私たちはセアラの婚約者にも好印象を持った。長身で物静かな、エジンバラで活動しているこの弁護士は、乾いたユーモアのセンスの持ち主だった。たとえば私が、『黒曜石雲』をめぐる学芸員の最新の発見についてセアラに報告していたときのこと。婚約者はマクベーンの妻の裁判の法律的な面にとりわけ興味を示した。絞首刑死体を晒し柱から吊す刑が廃止されたことを首席裁判官が嘆いたくだりまで来ると、彼はうなずいた。

「今日のエジンバラでも、晒し柱から死体を吊したら、きっと大観衆が集まるでしょうね」

その一言に私たちはみんな笑った。かりにセアラが、自分の婚約者を私とフランクに認めてもらいたいと願っていたとしたら、これできっと彼女も満足しただろう。

週末のあいだ、会話のなかでデュポンの名が何度か出てきた。

イールドン・ハウスで私が話したことをセアラは覚えていて、彼の仕事についてさらに質問してきた。私は言葉を濁した。何しろ最高機密なのだから、あまり多くを明かすわけには行かない。むろんできることなら本人を招いて君に引き合わせたいが、あいにく連絡の取りようがないんだ、電話局に番号も問い合わせてみたけど、もしそのような機関が存在するとしても番号は電話帳に載せないはずですと言われたんだ、と私は弁解した。

この言い訳でセアラが納得したかどうか、顔付きからは判断できなかった。だが彼女もそれ以上は追及せず、デュポンがキャンバルーにもっと近いところに住んでいなくて残念だ、話ができたらよかったのに、と言っただけだった。彼らが二人だけの会話に没頭し、損なわれた精神を修正するには会話療法、額に突き刺すアイスピック、どちらがいいか熱く論じあっている姿を想像して私は一人悦に入った。セアラはきっと、外科的処置をわが旧友が熱を込めて唱えるのを聞いても、単に議論のための仮定の話だと考えることだろう。

本音を言えば、デュポンを招くために何の手段も講じなくてよかったと私は思った。したたかなセアラのことだ、下手をすればグリフィンの話も探り出し、私と彼女との関わりまで聞き出したかもしれぬではないか。

つい昨夜、セアラと婚約者のあまりに短い訪問が終わった。フランクが運転してみんなで空港まで行った。セキュリティチェックで別れる前にセアラは、秋にエジンバラで行なう結婚式に私とフランクを招いてくれた。喜んで行くよ、と私たちは答えた。それまで会えなくて寂しいね、と。

空港から帰路につき、フランクは午前零時ごろ私を家に降ろしてくれた。それから彼は公園の脇にある自分のアパートメントに向かった。

さっき触れた不穏な出来事が、じきに起ころうとしていた。

私はデッキに出て、三十分ばかり、気持ちを鎮めようとスコッチを手に座り、温かい夏の夜と星空を楽しんでいた。やがて寝床に入ったとき、『世界の揚水機』最新号をパラパラ眺めようと思ってベッドサイドランプは点《つ》けたままにしておいた。雑誌はベッドサイドテーブルの上、到着した日からもう何度も読み返したのでほとんど中身を暗記してしまったスーリスの手紙の上に置いてあった。

『世界の揚水機』を読むのはじきにあきらめた。頭は依然、セアラの訪問のこと、彼女とフランクが仲よくやっていたことで一杯で、どうにも集中できないのだ。それと、デュポンに連絡を取ろうという努力を私は十分しただろうか、という疑問も湧いてきた。そう自問していると、グリフィンとの一件をまたしても考えはじめ、あの夜に研究所77で彼女が私と寝床を共にしたと知ったときにデュポンが使った恐ろしい言葉のことを考えた。「彼女は君にとって人生最高に危険な愛人だったんだよ」とデュポンは言った。どれだけの脅威を彼女がなしうるとデュポンが考えていたにせよ、とにかく無事に生きのびてよかった、と私は呑気に思ったのだ。

けれどいま、横になってあの言葉を考えていると、私は急に心配になってきた。なぜだかパラノイア的に不安が湧いてきた。

本能に衝《つ》き動かされて、次に私は、何とも奇怪な行動に出た。ベッドから出て、ガレージに行き、ずっと前から持っている柄の長い斧《おの》を探し出したのだ。長年使っていないせいで、刃はすっかり錆《さ》びている。愚かしいふるまいを誰にも見られていないことを有難く思いながら、斧を寝室に持っていき、ベッドサイドテーブルのかたわらに置いた。そしてベッドに這い戻り、明かりを消した。暗い部屋のなか、横たわって耳を澄ましていると、天井ファンのゆっくり回転する羽根が、自分の巣を巡回している巨大な蜘蛛の脚に思えた。

果たせるかな、十分と経たぬうちに、ウォークインクローゼットの方から妙な音が聞こえたように思った——衣ずれのような、忍び笑いのような音。心臓がドキドキ高鳴って、ろくに息もできなかった。その音が、グリフィンが訪ねてきた夜に研究所77のゲストルームで聞いたのとまったく同じであることを私は絶対的に確信した。

何とか気持ちを落着かせようと努め、そうっと手をのばして、小さなベッドサイドランプのスイッチを入れた。すばやく部屋を見回し、侵入者の気配がないことを確かめた。むろんそんな方策は、グリフィンのように感知困難な人間が来たなら、無意味な気休めにすぎない。

そこで私は、右手をのばしてベッドサイドテーブルのかたわらから斧を取り、ベッドからそっと抜け出た。またあの音がした。クローゼットの半分開いたドアの向こうから聞こえてくるように思える。私は大きく息を吸い、斧の重みに意を強くして、爪先立ちで床を歩いていった。左手を前に突き出したままに保ち、見えない肉食獣がいる場合に備えて、見たところ何もない空間を指で探った。

こうしてクローゼットの前にたどり着くと、半開きのドアからは、中の恐ろしげな闇が見えるばかりだった。私はまた何度か大きく息を吸った。それから、斧を高く掲げて、いつでも振り下ろせるよう身を屈め、ドアをぱっと摑んで一杯に開き、クローゼットの明かりを点けた。

何もなし。だが衣服は不吉に揺れていた——前にうしろに、前にうしろに。

退却する気はなかった。もう一度覚悟を固めて、クローゼットのなかに踏み込み、シャツやジャケットやズボンの並ぶ列に沿って用心深く進んでいった。空いている左手を衣服の集まりに突っ込んで動かし、彼女のほぼ人間的な体がないか探った。

何もなし。

いまにもふたたび息をしよう、気を緩めようとしたところで、突然あの衣ずれの音、忍び笑いの音がすぐうしろで聞こえた。

後頭部の髪の毛が逆立った。ここでは身をよじって逃げる余地も、ふり返って斧で打ちかかる余地もない。私は恐怖に凍りついたウサギのように背を丸め、肉食獣が襲ってくるのを待った。

何も起こらなかった。

私は待ち、さらに待った。だが依然として殴打は訪れず、肉食獣は襲ってこなかった。代わりに襲ってきたのは、自分は何と馬鹿馬鹿しいことをやっているのかという思いだった。いい歳をした大人が、錆びついた斧を手に、自宅のクローゼットで怪物を探している！　もちろんここでグリフィンが見つかりはしない——なぜなら彼女はこのクローゼットにいないからだ！　キャンバルーのどこにもいない、そもそもカナダにいない！　彼女のあざけりの笑いと思えたものはきっと、ハンガーにかかったスポーツコート、仕事用のワイシャツ、ストライプのネクタイが、この暖かい夏の夜に天井ファンが作った風のせいで衣ずれを生じさせただけにちがいない。さっき服が不吉に揺れたのも、私が乱暴にクローゼットのドアを開けたからにすぎないのだ。

実際、唯一掛け値なしに現実だったのは、私の恐怖心だ。あとはすべて疲れと、過剰な刺激を受けた想像力との産物でしかない。この場面全体が、夜が来て心の合理的な部分が店じまいし、代わって稼動しはじめる別の工房から送り出されたのだ。

ベッドに戻ると、たったいま起きたことの意味を私は考えた。夢だったのではない。斧をいつでも振り下ろせる態勢で寝室を爪先立ちで歩いていったとき、私ははっきり目覚めていた。私は本当に、クローゼットのなかに馬鹿丸出しの気分で立っていたのだ。ということは明らかに、いま初めて、私の目覚めた生活に、悪夢の世界が侵入してきたということだ。ずっと昔ゴードン・スミスは、まさにこうした可能性ゆえに、自分が年じゅう夢を見るたちでなくてよかったと私に打ちあけ、私はそれを笑い飛ばしたものだ。いまそれを自ら経験してみて、何とも嫌な気分だった。私は心配でたまらず、ずいぶん長いこと横になったまま、眠らぬよう努めた。結局とうとう眠ってしまい、言うまでもなく、夢を見た。

鬚の両端を尖らせ鈴もちゃんと付けたデュポンが、鉄格子の向こうにいるグリフィンを私に見せていた。ベッドに座った彼女の姿ははっきり目に見え、その肌は前よりずっと灰色、死んだような灰色だった。細い、灰色の両腕にひどく小さな赤ん坊を抱いていて、その子にキスしようとするかのように彼女は前の方にかがみ込んでいた。と、ほとんど予想どおりという感じで、ムシャムシャ嚙む音が聞こえてきた——赤ん坊の小さな指を貪《むさぼ》り喰っているのだ。そのおぞましいご馳走を分けあおうとするかのようにグリフィンは赤ん坊を私に差し出した。彼女の目は銀色の細い切れ目で、顔は灰色だった。開いた口は血まみれの洞穴だった。

「何て美味い食事だ」とデュポンが言って、小さな鈴がちりんと鳴った。

そしていま、翌日の朝、私はこのキッチンに座って、ダンケアン館から救い出したミリアムの写真の下でコーヒーを飲んでいる。だが、あんな夜を過ごしたあとでは、写真の存在も、窓越しに聞こえる鳥たちのかすかな歌も、遠くで自動車やトラックが行き交うシュッシュッという音も——その頼もしい、ごく日常的な音も——不安をさして和《やわ》らげてはくれない。グリフィンが事実訪れたわけではなくとも、寝室に漂う脅威の気配はまぎれもなく本物だったのであり、考えるといまも身震いさせられる。そのあとに続いた夢も等しく生々しかったし、そのおぞましい像はいまだはっきり瞼の裏に残っている。

二つの空恐ろしい経験を、白昼落着いて客観的に、それこそ技師にでもなったつもりで考えてみると、合理的な説明を割り出すのは難しくない。実際、その生成の過程はきわめて論理的である。セアラの訪問中、デュポンの名と研究所77での仕事のことは何度か話題にのぼった。そこからごく自然に、私はグリフィンのことを考えた。その彼女が今度は、クローゼットでの恐怖、そしてその後の夢、両方の中心になったのだ。

グリフィンが赤ん坊を貪り喰っている姿さえ容易に説明がつく。これはすなわち、私が現実にデュポンとアフリカを旅した際に見た情景の歪んだバージョンにすぎない。あのとき一緒に旅した連中は、木に棲《す》む小さな猿を串に刺して食べていた。あのぞっとする情景が、私の記憶に焼きついていたのである。

要するに、落着いて客観的に考えられるときには、昨夜私をあんなに感じやすくした精神状態の理由を見出すことに何の苦もない。またそこに、フランクとセアラが仲よくなれるかをめぐってずっとストレスを——結果的には不要に——抱えていたという事実を加えてもいい。さらに、マクベーンの恐ろしい死をめぐる、ほとんどトラウマ的な報せさえ加えることができる。私はあの男と特別な結びつきを有しているのであり、彼のことをほとんど無二の友人と見なすようになっていたのだ。その死に方を知ったショックを、私はいまだ乗り越えていないと思う。

こうしたことすべてが重なって、私をひどく感じやすい状態にしていたにちがいない。

落着いて客観的でいられるときは、それで済む。

だがいったんそうした精神状態が過ぎると、合理的に並べた説明は、必死に捏造《ねつぞう》した、何とも空疎なものに思えてくる。しょせん自己欺瞞《ぎまん》でしかない。自分が本当に恐れているもの、言葉が予言になってしまうのを恐れて口にすることもできないくらい心底恐れているものを認めぬための方便にすぎない。

その恐ろしい真実とは、次のようなことだ。

自分の娘セアラを見出し、彼女がフランクと悦《よろこ》ばしく出会うのをこの目で見ることができて私は幸福感に包まれていた。だがその幸福には、心の暗い片隅にひそみはじめた恐ろしい思いの影が差していた。いままでは隠れていたその思いが、昨夜一気に噴出してきたのだ。

私が考えまいと努めてきたのは、研究所77で共に過ごした一夜の結果、グリフィンも私の子を産んだかもしれないという思いである。

もし本当にそうだとしたら、子を分かちあいたいという原始的な母性に衝き動かされて、彼女が私を、父親を捜しに来ることも大いに考えられる。そうなったら私は、世間に対して——とりわけ私の子供たちに対して——自分がグリフィンの赤ん坊の父であることを認めねばなるまい。そうなったら、フランクは、このもう一人の異母きょうだいと関わりを持ちたがるだろうか？　あるいはその半人間の母親と？　私と？　そしてセアラはどうか。私がやったことを知ったら、見つかったばかりの、ほとんど愛するに至った父親に対し、軽蔑以外の気持ちが残るだろうか？

その一方で、私の恐怖にはさらにもうひとつ、もっと単純な理由もある。すなわち、グリフィンは赤ん坊を産んではいないが、それでも私を探しているのではないか——もう一度愛の相手として求めているがゆえに。そして事が済んだら、私を八つ裂きにするのだ。

ここでまた、私のなかの常識が前面に出てくる。

「ハリー・スティーン」と常識は言う。「そんなのはみんな、行きすぎた想像と悪い夢に基づいた憶測にすぎないじゃないか。お前は何の根拠もなしに自分を苛《さいな》んでいるぞ」

だとしたらどんなにいいだろう。

というのも、根拠はあるのだ、具体的な根拠が。けさ起きたとき、学芸員の手紙がベッドサイドテーブルにないことが目に入った。代わりにそれはベッドの横の床に落ちていた。まあもしかしたら、パラノイアに陥った私がばたばたしていた最中に自分で落とした可能性もあるが、そう決めることもできない。

　というわけで、斧は今日ガレージに戻すつもりだったが、やっぱり枕許に置いておくことにした。ひとまず何晩か、何が起きてもいいよう、念のために。合理的な思考の持ち主なら、みんなそうするのではないか？　少なくともマクベーンは、わが身に起きたことを想って賛成してくれるだろう。

　といっても、誰かに意見を求める気はない。いつも思うのだが、自分一人の胸にとどめておいた方がいい事柄もこの世にはあるのだ。

訳者あとがき

自分は何でこの人の書くものがこんなに好きなんだろう、と思う作家が誰にでもいるのではないかと思う。僕にとってスコットランド出身、カナダ在住の作家エリック・マコーマックは、間違いなくそういう書き手の一人である。

Macabre（不気味な、猟奇的な）という英単語がぴったりの奇怪なエピソードが頻繁に現われるものの、ほとんどつねにどこかユーモラスな感じも伴っている。心惹かれる謎が提示されても解決されるとは限らず、世界が謎であることが静かに再確認されているようでもあるが、単に構成がルースなのではと思えることもないではない。他者の不透明性、世界の不可知性がたびたび、諦念のような、だがどこか面白がっているようでもある気分とともに受けとめられる。そうしたすべてが、僕の個人的なツボにはまり、ああいいなあ、と思いながら至福の読書時間が過ぎていく。

というわけなので、このマコーマックの最新作『雲』を翻訳させてもらえることになったときは本当に嬉しかったし、マコーマック氏にメールで知らせたら本人もすごく喜んでくれてなお嬉しかったし、訳している最中も、こうしてあとがきを書いているいまも、嬉しさは持続している。そして『雲』への愛着はますます増した。

『雲』はマコーマックの第六作であり、彼の全作品で一番長く、これまでの作品に出てきたエピソードが随所にリサイクルされたりもしていて、マコーマック・ワールドの集大成という観がある。その一方、これまでの作品のように怪奇・幻想小説といったレッテルはやや貼りにくく、マコーマック世界の住人にしては比較的常識的な人物を語り手兼主人公に据えて、一人の人間の心理がほぼ全生涯にわたって丹念に描かれ、それなりにリアリズムに接近しているとも言える。

この小説はまず、作者が育ったスコットランドの貧しい村が少なからず反映されているという、グラスゴー近郊という設定のスラム「トールゲート」を舞台として始まる。この冒頭部分は、量にすると全体の十分の一程度だが、大家族の多いスラムで、いずれも孤児だった父と母とひっそり三人で暮らした日々を包む静かな温かさと寄る辺なさは、主人公がこのあとアフリカ、南米、南洋と放浪を重ね、カナダに行きついたあとも、つねに彼の——そして我々の——胸に残って作品の基調を定めている。「トールゲートのような陰惨で残酷な場所で生まれ育つと、人間が存在していることに意味があると確信するのは時に困難である。でも私たちの大半は、理性から見てどう思えるにせよ、自分の人生が何かを意味していると考えたがっているのではないか」。『雲』に現われる種々のエピソードをゆるやかにつないでいるのは、物語的な論理よりもむしろ、こうした人生全般に関する感慨ではないかと思う。

『雲』についてこれ以上は実際に読んでいただくことにして、ほかの作品を紹介する。まず、これまでのマコーマックの著書は以下のとおり。

Inspecting the Vaults（1987）短篇集『隠し部屋を査察して』（増田まもる訳、創元推理文庫）
The Paradise Motel（1989）長篇『パラダイス・モーテル』（増田まもる訳、創元ライブラリ）
The Mysterium（1992）長篇『ミステリウム』（増田まもる訳、国書刊行会）

First Blast of the Trumpet Against the Monstrous Regiment of Women（1997）長篇
The Dutch Wife（2002）長篇
Cloud（2014）本書

ほかに、僕が編集していた英語文芸誌*Monkey Business*第五号（2015, A Public Space）に短篇“Family Traditions”を寄稿している（言うまでもなく、これは僕にとって大きな自慢である）。

短篇二十本を収め、マコーマック的奇想がぎっしり詰まった『隠し部屋を査察して』、その中の「パタゴニアの悲しい物語」から出発して奇想をさらに膨らませた第一長篇『パラダイス・モーテル』、スコットランドの小さな町で奇怪な事件が次々と起きる風変わりなミステリ小説『ミステリウム』は邦訳があるので、ここでは残り二長篇と“Family Traditions”の冒頭を訳出し、それぞれの物語がその後どういう展開になるのか、読者の皆さんにそれぞれ想像を逞しくしていただこうと思う。

まずは、一九九七年刊、『女たちのおぞましき支配に異を唱える喇叭《らっぱ》の最初の一吹き』プロローグの書出しを——

どんな本であれ、読者に何らかの実際的効用のある情報をもたらさない本は読むに値しない。『カムノック』号の乗客係だったハリー・グリーンに私はそう言われた。これには私のノーマン叔父さんも同意したのではないかと思う。あるとき、セントジュード島で、叔父は私に、つかまえたサソリの入っている壜を見せてくれた。サソリは茶色っぽい色をしていて、私の手の大きさだった。

「一緒に来なさい」と叔父は言った。

私は石油缶を持たされ、私たちは庭の、何も生えていない場所に行った。叔父は土に指をつっ込んで、直径二十センチあまりの、環状の溝を作った。そして溝を石油で満たし、火を点けると、炎の輪が出来た。

「いいか、見てろよ」と叔父は言った。

そして壜の蓋を取って、輪の真ん中にサソリを落とした。サソリはすぐにささっと逃げようとした。炎がそれを食い止めた。サソリは何度も、何度も逃走を企てた。どこへ行っても、炎に追い返された。

サソリは止まって、輪の真ん中でしばしかがみ込んだ。それから、毒針をもたげて、ゆっくりと自分の背中に下ろした。殻の裂け目をそろそろと探り出し、針を挿入して、止まって、自分自身を刺した。

サソリはとたんにぶるぶる狂おしく震え出し、それから、一、二度大きく身震いして、死んだ。炎はまだ周りで燃えさかっていた。

「な?」とノーマン叔父さんは言った。「サソリは毒針を使わずに死ぬくらいなら、自分を刺すんだよ。いつか本で読んだんだ」

――やがて孤児となった「私」は、運命に流されるまま世界各地を転々とし、どこか夢のような、悪夢のような生涯を送る。

『ダッチ・ワイフ』の「序」で語られているエピソードについては何度かほかの場所(『MONKEY』第十八号「奇妙な旅文学 二十選」など)で紹介したので、ここでは本編第一部第一章の冒頭を――

……秋初めのある土曜の夕方近く、レイチェル・ヴァンダーリンデンは夫ローランドが外国から帰ってくるのを待っていた。夫がクイーンズヴィルを離れてからもう三か月以上になる。その日、夫から電報が届いて、東海岸からの列車で帰る、と知らせてきたのだ。今度こそ、何としても、夫と話をしなくては。

彼女は台所の窓の前に立ち、芝の向こうの湖を見ていた。波はまだ荒く、嵐の白波が残っていた。昨夜はこの大きな石造りの家でさえ引き裂かれてしまうのではと思えた。だが風はもう穏やかになっていて、窓はわずかに開いていた。そのすきまから、物悲しい音が聞こえたので、彼女は空を見てみた。雁の巨大な編隊が頭上を飛んでいて、北の国のかけらを運んできていた。彼女はぶるっと震え、ストーブに行って、コーヒーを注ぎ足した。

テーブルに座って『ガゼット』紙をめくっていると、玄関のベルが鳴った。三つの遠い、長い音。ローランドはいつもそうやって鳴らし、入ってくる前に帰宅を知らせるのだ。

彼女はじっと座って、呼吸を整え、夫が、帰還した旅人が入ってくるのを待った。ここは落着かないといけない。

ベルがもう一度鳴った。ふたたび三つの遠い、長い音。

鍵をなくしたのだろうか、と彼女は考えた。

立ち上がって、ゆっくり台所から出て、磨き込んだ木の廊下を進んで玄関扉に行った。壁に掛けた全身鏡の前を通るとき、自分の姿を確かめた。若い、茶色い髪の、緑のワンピースを着た、中肉中背の、面長《おもなが》の女がそこにいて、目の下の隈《くま》は化粧できちんと隠してある。見慣れた緑の目を彼女はさっと見て、いつもやるように、目に不意打ちを食わせようとした——目が彼女自身の神秘をめぐる何かをうっかりさらけ出しはしないかと。

今日は駄目だ。彼女は完璧に落着いて見えた。まあそうでないといけない。

玄関扉に行って、最後にもう一度深呼吸し、開けた。

見知らぬ人間がそこに立っていた。がっちりした、茶色い布の帽子をかぶった男で、その帽子を男は取った。鼻が曲がっていて、眉毛の上に傷があった。目は洗いざらしのような青で、冷酷になりそうな顔にそれが穏やかさをもたらしていた。男はなんだか自分に自信が持てない様子だった。

「はい？」とレイチェル・ヴァンダーリンデンは言った。この見知らぬ人物のことを、ときどきやって来る、芝を刈る見返りに食事を与えてもらおうとする物乞いかもしれないと思ったのだ。

男は何か呟いたが、いまひとつ聴きとれなかった。何か訛りがあるのだ、スコットランド訛りだろうか。

「え、何とおっしゃいまして？」と彼女は言った。

男は足をもぞもぞ動かした。黒いブーツは埃をかぶり、茶色いコーデュロイの上着はくたびれていて窮屈そうだった。男は帽子をぎゅっと握って、咳払いした。今回は、喋ると、「君の夫」という言葉が彼女にもはっきり聞こえた。

彼女の心臓が止まった。「私の夫？」と彼女は言った。「夫がどうしたんです？」

青い目はいまや、彼女をまともに見据えた。「僕が」と男はその一語にしばしとどまった。「君の夫だよ」。その笑みは部分的にはしかめ面でもあった。

「え、何？」と彼女は言って、相手の顔をしげしげと眺めた。「いったい何の話？」。彼女は怖くなってきた。

——こうして始まる不思議な夫婦関係から生まれた、そしていまやこの世を去ろうとしているトマス・ヴァンダーリーデンが自分の二人の「父親」を主要人物とする長く奇怪な物語を語る。そして短篇「家族の伝統」の書き出しは——

ベンジャミン・ウェストの父親は宿命というものを信じなかった。彼にとってその言葉は、人が人生で犯した自らの過ちの責任から逃れるために使う比喩でしかなかった。もしかりに宿命を信じたとしても、彼は「ただ黙ってそれが起きるのを待っている」タイプの人間ではなかった。以前『ニューヨーク・タイムズ』で、「他人の手症候群」と呼ばれる神経障害に関する記事を彼は読んだことがあった。この障害を抱えた人物の手は、もはや本人の意識の統制下にはなく、手が本人を絞殺した事例さえ知られている。その話を読んだベンジャミンの父親は、何よりもまず面白がった。彼自身の人生において、自分が独立した行為者ではないかもしれない、すでに書き上げられたドラマの中で役割を演じているだけかもしれない、などという可能性は、彼にはまったく受け入れがたいことだったのである。

このような父親と、その息子をめぐる物語が、『オイディプス王』のかなり変わったパロディへと展開していく。

これらの作品も、今回改めて読み直してもたまらなく魅力的であり、いつか翻訳する機会が訪れることを願っている。

『パラダイス・モーテル』文庫版の解説でも書いたが、二〇一一年に前述の *Monkey Business* 第一号の刊行記念イベントがトロントで行なわれ、日本からは川上弘美、小澤實、古川日出男が、カナダからはエリック・マコーマック、テッド・グーセンらが参加して、誰もがエリックの温かく剽軽《ひょうきん》な人柄に魅了され、エリックと二人で朗読とトークを行なった川上さんをはじめ、即席のマコーマック・ファンクラブが出来上がったのだった。そのときに彼に言った、いずれあなたの本を訳したいです、という言葉をやっと現実にすることができて、本当に嬉しい。魅力的な分身小説アンソロジー『ダブル／ダブル』を菅原克也氏と一緒に翻訳し、エリックの「双子」に出会って訳し、この人をもっと訳したい、と思ったのが一九九〇年。二十九年越しの思いが叶って、感無量である。

なんだか自分の思いばかり語ったあとがきになってしまったが、訳者から作者への深い敬意が読者の方々にも伝染することを祈るばかりである。本書刊行にあたっては東京創元社の井垣真理さんに一貫してお世話になった。あつくお礼申し上げます。

（この文章は部分的に、雑誌『ENGLISH JOURNAL』二〇一四年十二月号「英米小説最前線」に載せた『雲』紹介文に基づいている）

CLOUD

by Eric McCormack

訳者紹介
柴田元幸（しばた・もとゆき） 1954年東京都大田区生まれ。米文学者、翻訳家。1992年、『生半可な學者』で講談社エッセイ賞、2005年、『アメリカン・ナルシス』でサントリー学芸賞、2010年、トマス・ピンチョン『メイスン＆ディクスン』で日本翻訳文化賞受賞。2017年、早稲田大学坪内逍遙大賞受賞。文芸誌『MONKEY』（2013年創刊）責任編集。

[海外文学セレクション]

雲

2019年12月20日　初版

著者――エリック・マコーマック
訳者――柴田元幸（しばた・もとゆき）
発行者――渋谷健太郎
発行所――（株）東京創元社
〒162-0814 東京都新宿区新小川町1-5
電話　03-3268-8201（代）
URL　http://www.tsogen.co.jp
装丁――柳川貴代
装画――浅野信二
印刷――萩原印刷
製本――加藤製本

ISBN 978-4-488-01674-6 C0097